시린 꽃

시린 꽃

초판 1쇄 찍은 날 | 2018년 10월 1일
초판 1쇄 펴낸 날 | 2018년 10월 10일

지은이 | 이수현
펴낸이 | 예경원

편집 | 주승아

펴낸곳 | 예원북스
등록번호 | 제396-2012-000132호
등록일자 | 2012. 7. 25
YRN | 제1-0228호

주소 | 경기도 고양시 일산동구 호수로 646-24 위너스21-Ⅱ 206A호 (우) 10401
전화 | 031-819-9431 팩스 | 031-817-9432
http://cafe.naver.com/yewonromance
E-mail | yewonbooks@naver.com

ISBN 979-11-89450-47-2 03810

※ 이 도서의 국립중앙도서관 출판시도서목록(CIP)은 서지정보유통지원시스템 홈페이지(http://seoji.nl.go.kr)와 국가자료공동목록시스템(http://www.nl.go.kr/kolisnet)에서 이용하실 수 있습니다.

시린 꽃

이수현 장편 소설

Yewonbooks Romance Story

예원

C • O • N • T • E • N • T • S

프롤로그

시린 꽃

그녀는 더 이상 나를 보며 웃지 않는다.
외로운 밤, 서로의 온기를 찾아 몸을 겹칠 때에도,
그녀를 갈구하는 나로 인해 열락의 신음을 흘리면서도,
그녀는 항상 차가운 표정이다.

그녀는 더 이상 나의 이름을 불러 주지 않는다.
냉정한 표정으로 나를 도미누스(주인)라 부르며
결코 내게 먼저 다가오려 하지 않는다.

그녀는 나를 증오한다.
내게 더 이상 다정한 눈빛을 보여 주지 않는다.
그녀에게 나는 그저 자신의 조국을 파멸시키고
자신의 몸을 탐하는 원망스런 존재일 뿐인 걸까?

하지만 그녀는 내게
꽃이다.
그 차가움에 가슴이 시려도
만질 수밖에 없는,

차가우면서도 그 안에 불을 품고 있는
뜨거운 꽃이다.

그녀는
어느새 내 심장에 스스로 뿌리를 내리고
찬란하게 꽃을 피웠다.

아프도록 시리게,

그녀는 내게
서글프도록 아름다운 시린 꽃이다.

1. 흐르는 강물 같은 운명 앞에서

서기 106년 가을, 늦은 밤. 카르파티아 산맥이 동서 방향으로 가로질러 다뉴브 강과 만나는 트란실바니아알프스 산맥 근처.

"헉, 헉, 헉!"

깊은 밤, 달빛조차 없는 캄캄한 어둠 사이로 작은 존재가 거칠게 숨을 몰아쉬며 뛰고 있었다. 그 존재는 피곤에 지쳐 주저앉고 싶은 마음을 애써 가다듬으며 필사적으로 움직이고 있었다. 피로와 추위보다 더욱 무서운 것은 뒤에서 쫓아오는 사람들의 기척이었다. 칼리가(로마 시대의 군화)의 바닥에 박힌 징이 땅에 부딪혀 나는 소리, 뒤를 쫓는 남자들의 숨소리, 그리고 거친 말발굽 소리! 한 무더기의 로마 군단이 촘촘히 진을 짜서 적을 포위하듯이 다가

오고 있었다.

반면 지금 애써 도망치고 있는 존재는 혼자였다. 어렴풋한 별빛에 드러난 체구는 아직 성인이 되기 전의 소년인 듯 몹시 마르고 호리호리했다. 필사적으로 도망치고 있으나 무척이나 느려진 속도로 보아 곧 쓰러질 것만 같았다.

"멈춰!"

백인대장(60명으로 구성된 로마군의 켄투리아를 지휘하는 중간급 계급)의 위압적이고 낮은 목소리가 공기를 갈랐다. 하지만 작은 존재는 여전히 애써 앞으로 나아가고 있었다.

앞쪽은 낭떠러지. 더 이상 물러설 곳이 없다는 것을 아는 백인대장의 목소리에는 여유가 있었다. 저 절벽 아래로 몸을 던지지 않는 한, 달아나고 있는 존재는 이제 독 안에 든 쥐였기 때문이었다.

"앞은 절벽이다."

이제 무의미한 도망을 멈추라는 경고였다. 하지만 작은 존재는 아랑곳하지 않고 계속 앞으로 나아가고 있었다. 깎아지른 듯이 높게 솟은 낭떠러지가 작은 존재의 눈앞에 있었고, 그 아래에는 검푸른 강물이 음산하게 흐르고 있었다. 검은빛의 강물은 불길할 정도로 깊어 보였고, 제게 주어진 모든 것을 꿀꺽 삼켜 버릴 수 있는 커다란 뱀과 같았다.

착, 차르르!

발밑으로 흙과 작은 돌멩이들이 낭떠러지 아래로 흘러내렸다.

흠칫, 존재는 저도 모르게 발을 멈추었다. 공포에 휩싸여 정신이 없었지만 자신의 생명을 보호하려는 몸의 반사적인 움직임이었다. 까마득한 높이에 순간 현기증이 났다.

쫓기는 존재의 눈앞에 펼쳐진 것은 다뉴브 강! 산림이 울창한 게르마니아에서 시작하여 넓고 긴 평원과 가파른 산맥을 지나 흑해까지 이어지는 길고 긴 강이었다. 뒤에서 자신을 쫓아오는 로마 군단과 눈이 시릴 정도로 푸르게, 끝없이 흘러가는 다뉴브 강!

존재는 실낱같은 희망에 모든 운을 걸었다. 지금 여기서 저들의 손에 잡히기보다는 강에 빠져 죽는 한이 있더라도 일단은 모험을 해 보기로 했다. 그렇게 굳게 마음먹은 작은 존재는 과감하게 절벽에서 뛰어내려 흐르는 강물에 몸을 던졌다.

첨벙!

작은 존재는 아주 작은 물거품을 남기며 다뉴브 강의 깊은 물결 속에 삼켜졌다. 갈리아, 게르마니아, 판노니아, 하이모니아, 모에시아 속주를 거쳐 흑해까지 흐르는 다뉴브 강은 곧 아무 일도 없었던 것처럼 무심하게 흐를 뿐이었다. 떨어진 충격과 차가운 강물 때문에 서서히 의식을 잃어가면서도 작은 존재는 자신이 도망쳐 나온 땅을 멍하니 바라보았다.

카르파티아 산맥, 가파르고 높아 천연의 요새가 되는 지역. 과거의 그리스, 그리고 현재의 로마 제국, 주변의 트라키아, 그리고 북쪽에서 넘어온 켈트족까지. 그 모두의 치열한 전투와 삶이 이어지는 곳! 그리고 가장 사랑하는 조국, 다키아가 있던 곳! 이 자비

없는 땅에 왕국을 건설했던 다키아는 이제 역사의 뒤안길로 사라질 것이다. 더불어 어쩌면 자신도 이 차가운 물에 영원히 삼켜질 수도 있었다.

'그것은 또 그것대로 좋지 않을까? 최소한 내가 사랑하던 곳에 잠들 수 있으니…….'

그 생각을 마지막으로 가녀린 존재의 의식은 서서히 수면 밑으로 가라앉았다. 제 목을 옥죄는 차가운 물이 마치 누군가의 손처럼 그렇게 아래로, 아래로 끌어당기고 있었다. 도도하게 흐르는 강물은 모든 것을 그 안에 끌어안았다. 아픔과 고통, 그리고 기억까지. 모든 것은 강물에 휩쓸려 어디론가 흘러가고 있었다.

❖

2천년이 넘는 긴 역사를 자랑하는 로마 제국, 향후 팍스 로마나로 일컬어지던 오현제 시대의 2세기 초반. 로마 제국의 동쪽 변방을 위협하던 다키아 왕국은 한순간에 역사에서 사라지고 말았다. 오현제 중 두 번째 황제인 트라야누스는 이후 로마로 개선하여 다키쿠스(다키아를 정벌한 자)라는 칭호를 받았다.

다키아 원정은 긴 로마 역사상 전무후무한 대규모 군사 원정이었다. 이후 로마제국의 영토는 최대치로 넓어졌고, 다키아 지역에서 발견된 대규모 금광에서 들여온 자금으로 트라야누스 황제는 제국 곳곳에 거대한 토목 공사를 진행하였다.

지금은 오직 트라야누스 원주로만 남은 이 전쟁의 소용돌이에서 두 남녀의 운명이 엮이었고, 그것은 도도히 흐르는 강물처럼 다시 거침없이 앞으로 나아갔다. 이야기는 바로 다키아 원정이 끝난 직후 광대한 제국의 심장, 로마에서 다시 시작된다.

❖

서기 107년, 5월 중순. 로마. 현재.

"루시아."

나직하면서도 힘 있는 목소리에 페리스틸리움(로마 시대 귀족들의 집인 도무스 내부에 존재하던 정원)에서 하염없이 붉은 장미를 바라보고 있던 여인이 고개를 들었다. 매우 투명하고 하얀 피부와 대조되는 윤기 나는 직모의 검은 머리가 인상적인 여인이었다. 검은 곱슬머리와, 검은색 혹은 갈색 눈동자가 흔한 로마의 여인들과는 확연히 다른 느낌이었다.

다소 신비한 느낌의 그녀를 더욱 특별하게 만들어 주는 것은 다름 아닌 눈동자 색이었다. 붉은빛의 눈동자! 마치 눈동자에 새빨갛게 반짝거리는 커다란 루비가 박혀 있는 것만 같았다. 전체적으로 호리호리한 느낌이었으나 그녀는 상당히 키가 컸다. 그녀의 이름을 부른, 이 도무스(귀족의 저택)의 주인이자 로마군을 통솔하는 장군인 율리우스는 무척이나 큰 체구로 유명했다. 그런 그가 그녀 곁으로 다가와 나란히 서자 두 사람의 모습이 매우 근사하게 어울렸던 것이다.

"율리우스 님."

루시아의 표정에는 큰 변화가 없었다. 다만 전체적으로 차가운 인상이었던 그녀의 얼굴에서 크고 아름다운 눈동자가 반짝거렸다. 그 작은 반짝거림만이 그녀가 지금 율리우스를 매우 반기고 있음을 나타내고 있었다. 하지만 가까이 다가서지 않으면 알아차릴 수 없을 정도로 그것은 매우 미약했다. 그런 반응에 익숙한 것인지 율리우스는 별 표정 없이 그녀를 바라보았다.

그는 하얀색 튜니카(T자형 튜닉형 원피스)와 몸을 감싸는 토가(신장의 세 배 정도 되는 긴 천을 어깨에서 발끝까지 감싸서 입는 로마식 남자 정장) 차림이었다. 평범한 의상이었지만 키가 큰 그는 무척이나 늘씬하게 소화하고 있었다.

그 역시 특이하게도 로마에서는 다소 드문, 햇살처럼 반짝거리는 금발이었다. 그는 아무래도 갈리아(현 프랑스)나 게르마니아(현 독일) 속주 출신인 듯싶었다. 로마가 공화정에서 제국으로 변모하고 나서 이미 한 세기가 지난 지금, 광대하게 펼쳐져 있는 속주 출신의 인재들이 로마에서 활약하고 있었다. 하긴 지금 로마의 황제인 트라야누스도 히스파니아(현 스페인) 속주 출신이었다.

"뭘 하고 있었지?"

율리우스의 질문에 루시아는 별말 없이 그저 고개를 저었다. 그런 그녀를 율리우스의 은회색 눈동자가 강렬하게 응시하고 있었다. 상당히 독특한 회색 눈동자는 마치 황야에서 홀로 떠도는 늑대의 눈빛처럼 야성적이면서도 동시에 무척이나 상냥한 느낌이었다.

율리우스는 큰 손을 들어 그녀의 머리를 다정하게 쓰다듬었다. 순간 루시아가 까칠한 고양이처럼 움찔하고 몸을 사렸다. 예민한 율리우스는 그것을 알아차렸음에도 아무런 내색도 하지 않았다. 항상 처음에 그의 손길에 루시아가 움찔하는 것을 알고 있었기 때문이었다. 그리고 그것을 루시아가 상당히 미안해하는 것을 알기에 율리우스는 애써 모른 척했다.

잠시 후면 그녀는 새침한 고양이처럼 그에게 안겨올 것이 분명했다. 가까이에 있지만 항상 그녀는 어딘가 멀리에 존재하는 느낌이었다. 그래서 율리우스가 더욱 집요하게 그녀를 만지고, 안는 것 같기도 했다. 결국 그녀가 작은 고양이처럼 그의 넓은 가슴에 얼굴을 묻으며 속삭였다.

"그냥 어쩐지 바깥 공기를 마시고 싶었어요."

루시아의 낮은 목소리를 듣던 율리우스가 제 품에서 그녀를 떼어 내어 그녀의 얼굴을 응시했다. 꽤나 오래 나와 있었는지 차가운 밤공기 때문에 루시아의 입술이 창백하게 질려 있었다. 율리우스가 느슨하게 늘어져 있는 팔라(여자들은 튜니카, 스톨라를 입고 팔라를 두른다. 남성용 토가와 같은 용도)를 세심하게 여며 주었다.

"아직 차가운 밤공기는 좋지 않아."

그의 음성은 무뚝뚝했지만 그 내용은 매우 다정했다. 루시아의 얼굴 위로 옅은 미소가 피어났다. 그의 굵은 허리를 끌어안으며 그녀가 대답했다.

"알아요."

마치 응석을 부리는 고양이 같은 그녀의 모습에 엄격해 보이던 그의 입매가 살짝 풀렸다. 그 모습을 바라보던 루시아는 다시 온기를 찾는 사람처럼 그의 가슴에 다시 볼을 기대었다. 힘차게 뛰는 그의 심장소리에 그녀는 무척 안심이 되었다. 그리고 그의 체온 덕분에 따듯했다.

얼었던 몸이 사르르 녹는 것처럼 마음까지 풀어지는 기분이었다. 율리우스는 그런 그녀를 아무런 말 없이 안아 주었다. 그가 제 정수리에 입술을 찍는 것을 느끼자 루시아는 온몸이 구름에라도 뜬 것처럼 가벼워졌다. 그리고 실제로 그녀의 몸이 공중에 떠 있었다. 율리우스가 훌쩍 그녀를 안아 올렸던 것이다.

"율리우스 님."

그녀는 부끄러운 듯 작은 목소리로 그의 이름을 불렀다. 하지만 율리우스가 커다란 보폭으로 성큼성큼 걸어서 두 사람은 어느새 쿠비쿨룸(침실)에 들어왔다. 그가 조심스럽게 루시아를 침대에 내려놓았다. 무척이나 소중한 존재를 대하는 자세였다.

침실 안은 적당히 기분이 좋은 온도였다. 차가운 곳에 있다가 들어와서 그런지 그녀의 볼이 발갛게 달아올랐다. 하지만 루시아는 지금 자신의 두 뺨이 붉게 달아오른 것이 단지 그 때문이 아님을 알고 수줍어졌다. 평소에 냉정해 보이던 그의 은회색 눈동자에 어린 정열을 본 탓이다.

"루시아……."

그가 무척이나 다정한 음성으로 그녀의 이름을 불렀다. 그의 커다란 손이 그녀의 상기된 뺨을 부드럽게 쓰다듬었다. 루시아는 아무런 대답도 없이 그저 그의 손바닥에 자신의 뺨을 기대었다. 대답하고 싶지만 할 수 없었다. 대답하고 싶어도 목구멍이 꽉 막힌 것처럼, 혀가 굳어 버려 할 수가 없었다. 그가 서운해하는 것을 알면서도 어찌할 수가 없었다. 그것은…….

항상 그가 다정하게 불러 주는 그 이름은 자신의 것이 아니었기 때문이었다.

불안하고 두려웠다. 루시아는 자신의 본래 이름도, 정확한 나이도, 어디 출신인지도 알지 못했다. 다만 알고 있는 것은 다뉴브 강의 하류 자락에 쓰러져 있던 자신을 율리우스가 구해 주었다는 사실이었다. 그는 다친 그녀를 데려와 돌봐 주고 기억을 잃어 당황하는 그녀에게 이름까지 지어 주었다. 그리고 또 이렇게 아낌없이 사랑을 주고 있었다.

"루시아."

한숨처럼 속삭이며 그가 그녀의 입술에 입맞춤했다. 곧 저릿하면서도 애타는 달콤한 감각에 루시아는 모든 생각을 멈추었다. 설명할 수 없는 이 미칠 듯한 공포도, 뿌리를 잃고 부유하는 것 같은 불안함도 그가 자신을 안아 주면 모두 잊을 수 있었다. 그래서 그녀 역시 그의 부드러운 금발을 손가락 사이로 느끼며 그의 입술에 자신을 더욱 밀착시켰다. 곧 그의 뜨거운 혀가 그녀의 도톰하고 아름다운 입술을 끈적하게 쓰다듬었다.

"하아!"

그녀의 입에서 야릇한 신음이 다시 흘러나왔다. 그런 그녀의 목소리를 좀 더 듣고 싶은 듯 그의 혀가 입안으로 들어왔다. 곧장 안으로 들어온 그의 혀는 강하게 그녀의 혀를 얽고, 비벼대었다. 두 사람의 혀는 하나로 합쳐졌고, 곧 그는 농밀하게 그녀의 혀를 빨고 들이켰다. 그리고 부드럽게 깨물기도 했다. 마치 삼켜 버릴 것 같은 달콤한 키스에 루시아의 두 눈은 저절로 감겼다.

"아앗……. 하아……. 하."

그가 자신을 마음껏 탐해 주기를 바랐다. 그의 품 안에 있을 때에만 루시아는 자신이 온전한 사람이 된 것 같았다. 그녀의 과거가 어떤 것이든지 뜨거운 그의 품 안에서 그녀는 오롯이 여자일 뿐이었다. 그의 분신이 제 몸 안에서 격렬하게 요동칠 때 루시아는 안심했다.

하지만 그가 자신을 매우 아끼고 있다는 것을 잘 알면서도 불안한 마음은 존재했다. 그의 곁에 이렇게 머물러도 되는 것인지, 그를 사랑해도 되는 것인지 루시아는 확신할 수 없었던 것이다.

"허헉, 율리……우스 님, 안아 주세요!"

그녀는 그의 머리를 부둥켜안으며 애원했다. 그가 대답이라도 하듯이 지금까지 탐하던 그녀의 입술에서 얼굴을 들었다. 그리고는 곧바로 그녀의 가느다란 목덜미에 입술을 묻었다.

찌릿!

온몸을 휘감는 짜릿함과 더불어 마치 커다란 늑대에게 산 채로 잡아먹히는 공포가 루시아를 휘감았다. 그 설명할 수 없는 공포를 떨쳐 버리려 루시아는 좀 더 그를 졸랐다. 유혹하며 가슴을 그에게 밀착하자 남자의 손은 그녀의 몸에 걸쳐져 있던 스톨라와 튜니카를 순식간에 벗겨 내었다. 그리고는 곧장 그녀의 아름다운 가슴에 얼굴을 묻었다.

"하응!"

단숨에 머리에서 발끝까지 관통하는 쾌감에 루시아는 신음했다. 그의 혀가 그녀의 젖꼭지를 부드럽게 핥고 있었다. 부드럽던 선단은 그의 뜨거운 혀에 의해 딱딱하게 굳어 야릇한 모양을 드러냈다. 그의 혀가 그것을 입안에 넣고 세심하게 굴리자 그녀는 더욱 야하게 신음했다.

"하아, 하……으응……. 율리우스 님."

이 순간이 미치도록 좋았다. 루시아는 아무것도 생각하지 않고 그가 주는 감각에만 집중했다. 방치되었던 다른 쪽 가슴도 만져 주었으면 좋겠다는 생각을 한 순간, 그녀의 마음을 읽은 것처럼 그가 엄지와 검지로 그녀의 왼쪽 젖꼭지를 꽉 잡아당겼다.

"아……앗!"

다시 날카로운 쾌감이 그녀를 관통했다. 하지만 탐욕스러운 그녀의 몸은 더 강한 자극을 찾아 떨리고 있었다. 하얀 피부에 새겨져 있는 붉은 순흔을 바라보는 율리우스의 눈빛이 지글지글 타오르고 있었다. 그녀가 쾌락에 지쳐 기절할 때까지 탐해도 항상 부족한 눈빛이었다. 루시아는 그런 그의 이글거리는 눈빛이 자신을 향하는 것이 좋았다. 그의 눈빛에 타 버린다 해도 그가 자신을 이렇게 미칠 듯이 원하는 것이 짜릿했던 것이다.

제대로 그 마음에 보답하지 않아도 율리우스는 그녀를 탓하지 않았다. 그것이 더욱 미안했다. 그래서 더욱 그를 원했다. 줄 수 없는 마음 대신 이 몸만이라도 그에게 주고 싶었다. 알 수 없었다. 이렇게 자신을 아끼는 그에게 왜 마음을 줄 수 없는지, 무엇인가 거대한 힘이 그녀를 꽁꽁 묶고 있는 공포감. 죄를 짓고 있는 것 같은 불안감!

"루시아, 루시아!"

저 멀리로 부유하는 그녀의 생각을 자신에게 되돌리려는 듯 그가 애타게 그녀의 이름을 불렀다. 그의 뜨거운 눈동자가 자신만을 보라고 말하고 있었다. 항상 그의 눈빛은 그렇게 애틋했다. 아무것도 기억하지 말라고, 그래도 그는 그녀의 곁에 있겠다는 한결같은 마음을 전하고 있었다. 그 눈빛에 미혹당한 루시아가 천천히 눈을 감았다.

삼켜진다!

지금 루시아는 자신을 원하는 율리우스의 정열에 대책 없이 빠져들고 있었다. 루시아가 자신의 가슴에 붙어 있는 그의 머리카락을 지긋이 잡아당겼다. 마치 더 해달라는 듯이 그를 좀 더 제 쪽으로 이끌었다. 그의 혀와 손이 자아내는 감각에 빠져 모든 것을 잊고 싶었다.

그의 커다란 두 손이 그녀의 가느다란 허리를 움켜쥐었다. 곧 그 손은 봉긋하고 귀여운 루시아의 엉덩이를 잡았다. 루시아가 자연스럽게 다리를 벌렸다. 그의 혀가 가슴을 지나 부드러운 배를 핥고는 아래쪽 수풀 쪽으로 다가왔다.

"하아……. 으……응!"

달콤한 신음을 흘리며 그녀가 그의 머리를 지그시 누르자 곧 뜨겁고 부드러운 그의 혀가 그녀의 은밀하고 달콤한 비지에 닿았다. 순식간에 저릿하고 짜릿한 감각이 정수리에서 발끝까지 내달렸다.

"하……앗, 율……!"

그녀가 신음처럼 그의 이름을 불렀지만 곧 다가온 감각에 격렬하게 헐떡거렸다. 갑자기 목구멍이 콱 하고 막혔던 것이다. 잘근잘근하고 저릿하면서도 뜨거운 감각이 아래쪽에서부터 몸집을 점점 키우며 온몸 전체로 흘러가고 있었다. 작은 파도가 밀려오고 이후에 더 큰 파도가 밀려오는 것이었다. 그가 부드럽게 그녀의 갈라진 틈을 혀로 쓸어 올리자 그녀는 관능적으로 꿈틀거리기 시작했다.

"제발, 아무 생각도…… 하지 마."

그가 복잡한 그녀의 머릿속을 읽은 것처럼 명령했다. 말투는 명령조였지만 어딘가 매달리는 음성이었다. 그의 감미로운 명령을 루시아는 기꺼이 받아들였다. 곧 그의 혀가 꽃잎 사이에 숨겨진 작은 몽우리를 핥기 시작하자 루시아는 아무런 생각도 할 수 없었다. 폭력적일 정도로 달콤한 감각에 루시아는 그저 헐떡였다.

"하아, 더……!"

그녀의 애원에 그는 기꺼이 응답했다. 그는 항상 다정했다. 무자비할 정도로 그녀를 쾌감으로 몰아넣었지만, 혹시나 상처라도 줄까 저어하는 사람처럼 무척이나 부드럽게 그녀를 만지고 핥았다. 그가 입맞춤할 때부터 이미 달콤한 꿀을 흘리고 있던 그녀의 비부는 지금 꽃처럼 피어나 율리우스를 유혹하고 있었다.

"루시아!"

그가 그녀의 꽃망울을 입안에 넣고 살짝 굴리자 루시아의 가느다란 몸이 흠칫하고 경련했다. 그가 혀끝으로 콕콕 찌르고 끝 부분을 쓸어 올리자 루시아는 가르랑거렸다. 그럴 때마다 그녀가 귀여운 고양이 같다며 율리우스는 더욱 그녀를 몰아 부치곤 했다. 전장에서 무기를 잡아 단단한 굳은살이 박인 그의 한 손이 그녀의 허벅지 안쪽을 쓸고 다른 손은 아플 정도로 꼿꼿하게 솟아오른 그녀의 가슴을 희롱했다.

"하아, 시……싫어."

과도한 쾌감에 저도 모르게 그녀가 중얼거렸다. 하지만 율리우스는 거부의 말을 한 그녀를 벌하기라도 하듯이 더욱 집요하게 그녀의 꽃망울을 희롱했다. 그리고 그녀의 꽃잎을 입술로 잘근잘근 희롱하며 애타게 움직이는 그녀의 동굴 안으로 긴 혀를 집어넣었다.

"하악!"

그녀가 그의 머리카락을 잡아당기며 몸을 떨었다. 날카로운 감각에 루시아의 의식은 저 멀리로 부유하고 있었다. 부들부들 떨며 경련하는 그녀의 몸을 율리우스도 느끼고 있을 것이다. 애타게 그의 혀를 조이자 곧 그가 얼굴을 들었다. 절정으로 나른해진 그녀의 아름다운 몸을 마음껏 눈으로 감상하며 그는 자신의 옷을 벗어 던졌다.

전쟁으로 단련된 그의 아름다운 상체가 드러났다. 탄탄하게 짜인 근육질의 그는 아름다웠다. 그 아름다움은 그가 주는 강렬한 존재감 때문이었다. 빛으로 반짝이는 그. 그는 자신처럼 절대 뿌리를 잃고 부유하지 않았다. 단단하게 땅에 뿌리를 박은 나무 같은 그, 그런 그를 어서 제 안에 담고 싶었다.

"율리우스 님."

그녀가 유혹하듯이 그의 이름을 불렀다. 그가 삼켜 버릴 듯이 강렬한 눈빛으로 그녀를 바라보자 루시아는 짜릿해졌다. 단지 그의 시선이 닿을 뿐이었지만 온몸에 저릿한 감각이 흘렀다. 그의 시선이 닿은 곳곳이 만져진 것처럼 달아올랐다. 그녀의 하얀 피부 아래에서 욕망이 소용돌이치고 있었다.

나른한 몸을 겨우 들어 올려 그녀가 그의 남아 있는 옷을 벗겨 내었다. 떨리는 작은 손이 그의 튜니카를 벗기고 리니시움(남자들의 속옷 같은 요의)에 다다랐다. 이미 한껏 그 존재감을 자랑하고 있는 그의 분신이었다. 살짝 얼굴을 붉히면서도 그녀는 떨리는 마음으로 속옷을 벗겨 내었다.

"하앗!"

그녀가 저도 모르게 신음을 흘렸다. 그의 것을 갖고 싶었다. 그가 어서 이 뜨겁게 달아오른 몸에 그의 분신을 넣어 주었으면 했다. 루시아가 저도 모르게 그의 분신을 살며시 쓰다듬자 그가 크게 움찔했다. 뜨거우면서도 단단하고 부드러운 그의 성기가 그녀의 작은 손 안에서 움찔거렸다. 그리고 점점 더 크기를 키우며 그 존재감을 드러냈다.

"하아!"

그녀가 유혹적인 신음을 뱉어 내며 애원하는 눈빛으로 그를 올려다보았다. 그녀의 붉은 눈동자에도 뜨거운 불빛이 타오르고 있었다. 루시아가 무의식적으로 자신의 도톰한 입술을 작고 붉은 혀로 핥으며 그를 애타게 응시했다.

"율리우스 님!"

율리우스는 그런 그녀에게 사악할 정도로 아름다운 미소를 보여 주었다. 미소라기에는 아주 작은 미약한 입술의 움직이었지만 루시아는 한껏 달아올랐다. 자신을 안을 때마다 그가 보여 주는 저 미소가 좋았다. 그리고 자신을 탐할 때 무아지경에 빠진 그의 얼굴이 좋았다. 그를 가지고 싶었다.

"자……꾸…… 재촉…… 하지 마."

그의 목소리도 욕망으로 인해 매우 낮았다. 그 역시 지금 루시아를 원하고 있었다. 곧 그가 맹수처럼 재빠르게 움직였다. 어느새 그녀의 눈에 침실 천장이 보였다.

"헉!"

너무나 강렬한 그의 삽입에 그녀의 가녀린 몸이 침대 위쪽으로 밀려났고, 루시아는 짧게 비명을 질렀다. 뜨거운 불기둥에 몸이 쪼개지는 것처럼 강렬한 감각이었다. 그것만으로 이미 루시아는 다시 절정에 다다랐다. 제 동굴이 탐욕스럽게 움찔거리고 있었다. 그래서 그의 존재가 더욱 뚜렷하게 느껴졌다. 맥동하는 강인한 그의 분신이 그녀를 무아지경으로 몰아가고 있었다.

"으읏."

그가 낮은 신음을 흘리며 그녀의 두 다리를 잡았다. 그리고 미친 듯이 그의 분신을 그녀의 안에 박기 시작했다.

퍽, 퍽, 퍽!

처음이었다. 항상 서툰 그녀를 배려하며 부드럽게 안아 주었던 것과는 달랐다. 오늘은 그가 자신의 욕망을 제어할 수 없는 듯 매우 격렬하게 움직였다. 꽉 잡힌 두 다리가 살짝 아팠지만 루시아는 기뻤다. 그가 미친듯이 자신을 탐하는 것이 기뻤다. 그 역시 이렇게 이성을 잃을 정도로 자신을 원하는 것이다.

"유, 하앗……. 허억……우스 님!"

그녀가 그의 온기를 느끼고 싶어 애원했다. 그러자 곧 자세가 바뀌었다. 그는 침대 머리 쪽 벽에 등을 기대고 있었고 루시아가 그의 위쪽에 있었다. 그리고 그의 입술이 한껏 부풀어 오른 그녀의 가슴에 닿아 있었다.

"하앗!"

자세가 바뀌자 자신의 체중 때문에 평소보다 그의 분신이 더욱 크고 강하게 느껴졌다. 그가 앉은 자세로 그녀를 안고 있었던 것이다. 루시아가 그의 머리를 제 가슴에 끌어안았다. 서로의 얼굴을 마주하는 것이 정서적인 안정감과 만족감을 주었다. 그의 얼굴에서 흘러내리는 땀방울, 그가 자신의 안에서 움직이며 신음하는 것도 사랑스러웠다.

'그래, 분명 사랑스러워.'

루시아는 망설이지 않고 그의 두 뺨을 부드럽게 잡아 관능적인 입술에 키스했다. 온 마음을 담아서, 말할 수 없는 마음을 담아서 그렇게 그에게 애절하게 입맞춤했다. 그녀가 스스로 입맞춤하자 그는 살짝 움찔했고 그의 분신이 그녀 안에서 더욱 요동치기 시작했다. 루시아가 그런 그를 더욱 자극하려는 듯이 허리를 미묘하게 움직이자 그가 낮게 신음했다.

"크읏, 루시아!"

그리고 곧 잡아먹을 것 같이 움직이는 그의 입술에 루시아는 철저히 삼켜졌다. 동시에 그가 그녀의 허리를 잡고는 제 쪽으로 꽂아 넣듯이 당기며 아래쪽에서 허리를 강하게 튕겼다. 두 사람의 내밀한 부분이 마찰하며 사방으로 젖은 애액이 튀었다.

"하읏, 하아……. 아아!"

그저 터져 나오는 신음만이 지금 루시아가 낼 수 있는 전부였다. 머리끝에서 발끝까지 날카롭게 관통하는 쾌감에 루시아가 저도 모르게 등을 뒤로 확 제쳤다. 뜨거워서 타 버릴 것만 같았다.

이대로 타 버려도 좋았다. 그의 품 안에서 화려하게 타오를 수 있다면……!

"뜨, 뜨거워."

그녀가 무아지경으로 속삭이자 그는 더욱 강하게 자신을 그녀 안에 꽂아 넣으며 속삭였다. 그리고 야릇하게 허리를 돌리자 안쪽에서 불꽃이 피어났다.

"그래, 같이 타 버리자……!"

정말로 타는 것 같았다. 온몸이 지금 저릿저릿하면서 뜨거운 감각으로 타오르고 있었다. 더불어 그녀 안에서 그에 대한 애틋하면서도 달콤한 감정도 함께 타오르고 있었다. 그의 뜨거운 분신이 그녀의 동굴 안쪽을 마찰하며 자극할 때마다 그녀는 계속 절정에 삼켜졌다. 그녀의 동굴은 탐욕스럽게 꿈틀거리며 그를 재촉하고 있었다. 그의 얼굴에서 떨어진 땀방울이 루시아의 가슴에 떨어졌다. 루시아는 과도한 쾌감으로 어디론가 날아가 버릴 것 같은 두려움에 그의 얼굴을 더욱 부둥켜안았다.

작은 방 안은 그들의 열기와 땀으로 후끈했다. 그가 미친 듯이 그녀의 가장 안쪽을 공략했다. 그때마다 그녀의 안쪽은 계속 꿈틀거리며 그를 자극했고, 그녀는 그저 달뜬 신음을 뱉어 냈다.

"율……리……. 하앗!"

순간 그가 그녀가 가장 잘 느끼는 안쪽을 찔렀다. 그에 그녀는 그의 이름을 끝까지 부를 수도 없었다. 뜨거운 그의 피부, 자신의 젖꼭지를 깨무는 그의 달콤한 입술, 그리고 자신의 동굴을 미친 듯이 자극하는 그의 강한 불기둥! 그만이, 지금 여기엔 오직 서로를 원하는 그와 자신뿐이었다. 결국 그녀가 미친 듯이 경련하며 먼저 절정에 삼켜졌다. 그리고 동시에 루시아의 의식은 희미해졌다. 곧 그녀 안에서 그의 분신이 최대치로 커졌다.

"하앗!"

그가 짧은 교성을 지르며 루시아의 안에서 길게 파정했다. 부들부들 떠는 그를 안아 주고 싶지만 루시아는 과도한 쾌감과 절정으로 혼곤해졌다. 그저 그에게 매달리듯이 안겨 있는 그녀의 등을 율리우스가 사랑스럽다는 듯이 쓰다듬었다. 그 다정함에 몸을 맡기며 루시아는 혼곤한 잠 속으로 빠져들었다. 그만 있다면 '아무도 아닌 자신이라도 괜찮지 않을까, 모든 것을 다 기억해 내지 않아도 좋지 않을까.' 하는 생각을 하며…….

거친 강물이 소용돌이치며 루시아의 주변을 맴돌고 있었다.

2. 그가 이름을 불러 주었기에

"루시아 님."

나른하게 침대에 누워 있던 나를 깨우며 라빌라는 경쾌하게 내 이름을 불렀다. 밤새 나를 열락으로 몰아넣었던 율리우스의 자리는 비어 있었다. 아마도 새벽 즈음에 벌써 일어나 자신에게 맡겨진 일을 하러 나갔을 것이 분명했다. 아직 잠이 덜 깨서 희미한 눈으로 주변을 둘러보았다. 그와 내가 머무는 방, 이 도무스에서 가장 크고 좋은 침실, 단순한 장식이지만 상당히 우아하고 고상했다.

나는 루시아라고 불린다. 그건 그가 나를 그렇게 부르기 때문이다. 라틴어로 빛을 의미하는 이름이었다. 내 이름도 나이도 아무것도 기억할 수는 없었지만 이상하게도 그런 지식들은 기억할 수 있었다. 마치 머릿속에서 나 개인과 관련된 부분만 도려내어진 기분이었다.

"괜찮으시면 엑세드라(내부 정원 뒤쪽에 자리 잡은, 휴식이나 식사하는 공간)에 아침을 준비할게요."

이제 열여섯인 라빌라는 목소리도 몸짓도 무척이나 가볍고 경쾌하다. 그녀의 활기찬 기운에 나 역시 기분이 좋아지는 것 같았다. 율리우스가 굳이 그녀를 내 곁에 둔 것은 저런 밝은 기운 때문이 아닐까 하고 종종 생각했다.

"음, 고마워, 라빌라."

그녀에게 가볍게 인사하고 일어나서 옷을 입었다. 튜니카 인테리어(속옷), 튜니카, 그리고 스톨라까지 꼼꼼하게 챙겨 입었다. 하지만 항상 어딘가가 어색했다. 왠지 나의 옷이 아닌 것 같은 느낌이 강했다. 왜냐면 이런 우아한 옷을 입고 생활하던 나를 절대 상상할 수 없었기 때문이었다.

방 안은 따듯했지만 방 바깥으로 나갈 예정이기에 애써 팔라(숄)까지 챙겨 입었다. 율리우스의 말에 따르면 나는 작년 8월, 로마로 귀환하던 그가 다쳐서 의식을 잃은 나를 발견해서 데려 왔다고 했다. 그게 벌써 9개월 전이다.

"아앗!"

아무 생각 없이 급하게 몸을 움직이자 왼쪽 다리가 시큰했다. 물에 빠질 때 다친 것인지 내 왼쪽 허벅지에는 매우 크게 베인 상처가 있었다. 이제 상처는 다 나았고 희미한 자국만 남아 있지만 여전히 이렇게 급하게 움직이면 통증이 느껴진다. 되도록이면 율리우스 앞에선 조심스럽게 움직이려고 노력하고 있는데 지금은 약간 방심하고 말았다.

그는 내 상처를 볼 때마다 무척이나 신경을 썼다. 그 때문에 다친 것은 아닌데도 그는 마치 자신의 잘못처럼 속상해했다. 아니, 그것은 나의 생각이다. 그가 속상해한다고 생각한다. 그는 무척이나 말이 없는 남자였다.

하지만 나는 어느 순간 알게 되었다. 그의 눈빛은 입술보다 훨씬 많은 말을 한다는 것을 말이다. 그의 은회색 눈빛이 근심으로 짙어지면 그것은 가끔 푸른빛이 도는 미묘한 회색빛이 되기 때문이었다. 매번 사랑을 나누며 그의 눈동자를 바라보기에 나는 알 수 있었다.

조심스럽게 엑세드라로 걸음을 옮겼다. 화려한 벽화가 그려진 이곳은 정원과 더불어 도무스에서 가장 내밀한 곳이었다. 도무스 입구 쪽에 가까운 타블리눔(응접실)이나 만찬을 위한 트리클리니움(식당)이 손님을 위해 개방된 곳이라면, 뒤쪽에 자리 잡은 정원과 그 옆에 붙어 있는 엑세드라는 오롯이 가족을 위한 공간이었다.

라빌라의 말에 따르면 주변에 있는 다른 원로원 의원들의 도무스는 항상 시끌벅적하다고 했다. 로마에서는 아내와 부모와 가족들과 함께 떠들썩하게 산다고 했다. 그런 것을 머리로는 이해하지만 내가 그렇게 살았다는 생각은 할 수 없었다. 그리고 세련된 이 집 안의 모든 집기들을 사용하는 것이 어쩐지 불편했다. 아무래도 나는 로마인은 아닌 것 같았다.

하지만 이 공간은 항상 비어 있었다. 이 넓은 도무스의 주인인 그는 혼자 사는 것 같았다. 왜냐하면 그 이외에 어떤 가족도 만난 적이 없기 때문이었다. 하지만 나도 그도 가족에 대한 이야기는 절대 서로 입에 올리지 않는다.

넓고 단순하면서도 고급스런 이 엑세드라 역시 처음에는 불편하기만 했다. 하지만 점점 시간이 지날수록 이제는 이곳을 상당히 좋아하게 되었다. 그것은 이곳에 있는 벽화속 사람들의 얼굴이 행복해 보여 처음부터 상당히 마음에 들었기 때문이었다.

율리우스에게 물어보니 디오니소스의 신비의식(기독교 공인 이전이라 많은 종교적 의식이 허용되었음)을 표현한 것이라 했다. 아마도 전 주인의 취향인 듯싶었다. 모자이크 안에는 모두 스물아홉 명의 남녀가 있었다. 적막하고 오묘한 신비로 가득 찬 그 의식을 바라보고 있노라면 어딘지 모르게 나도 지금 그 의식의 주인공이 된 것 같았다. 어쩌면 사실일지도, 율리우스의 품 안에서 매번 쾌락에 헐떡일 때마다 나는 어딘가의 신비한 의식에 참여하고 있다는 생각을 하곤 했던 것이다.

"루시아 님, 춥지는 않으세요?"

5월 초순이었지만 어젯밤 비가 내려 공기는 다소 서늘했다. 라빌라가 두툼한 모직으로 만든 담요를 가져와 무릎에 덮어 주었다. 엑세드라는 내부 정원에 딸려 있어 지붕이 없는 공간이었기 때문이었다. 상냥한 그녀에게 고맙다고 인사하자 라빌라는 밝게 웃으며 내 옆자리에 앉았다.

그녀는 율리우스가 내 옆에 없을 때에는 거의 내 주변을 지켰다. 그녀가 아주 자연스럽게 나의 일거수일투족을 관찰하고 또 그것을 율리우스에게 알린다는 것도 알고 있다. 하지만 그것은 그녀의 일이니 뭐라 하고 싶은 생각은 없었다. 특이하게도 이 도무스에서 일하고 있는 모든 이들은 노예가 아니었기 때문이었다. 모두가 해방 노예들로 자유를 얻었음에도 율리우스 곁에 자발적으로 남은 이들이었다.

“앗!”

라빌라를 따라서 엉성하게 수를 놓던 나는 바늘에 손가락을 찔리고 말았다. 아주 작은 바늘이었지만 찔린 손끝은 상당히 아팠다.

“아이참, 그러게 애쓰지 마시라니까요.”

라빌라가 친근하게 웃으며 내 손에서 자수도구를 치웠다. 나는 그저 어색하게 어깨를 움츠렸다. 나도 알고 있다. 나는 이런 일에 무척이나 서툴렀다. 아무리 생각해 봐도 음식을 만들거나 혹은 자수를 하거나 옷을 짓는 나를 상상할 수가 없었다. 하지만 자수마저 하지 않으면 나는 율리우스가 돌아올 때까지 남은 이 시간을 어찌해야 하는지 알 수가 없었다.

“잠시 계세요, 공기가 조금 차가우니 따뜻한 멀찜(점액처럼 진득한 와인을 따듯한 물에 섞은 음료)을 가져다드릴게요.”

나는 다시 애매하게 고개를 끄덕였다. 그녀의 보살핌을 받는 덕분에 이곳에서의 삶이 무척이나 편했지만 라빌라는 과연 어떻게 생각하고 있을까? 나란 존재는 이 도무스에서 어떤 존재인 걸까? 처음엔 그저 몸을 다쳐 은인에게 보살핌을 받는 식객이었다. 갈 곳이 있는 사람이었다면 건강을 회복하고 산뜻하게 감사 인사와 보답을 하고 떠날 수 있을 것이었다.

하지만…… 나는 갈 곳이 없었다.

그리고 그와 몸을 섞은 이후부터 나의 존재는 더욱 애매해졌다. 나는 대체 무엇일까? 노동을 하지 않으니 노예는 아니었다. 그렇다고 그의 가족도 아니었다. 그럼 나는?

애써 떠오르는 생각을 억지로 억눌렀다. 그러면서도 한편으로는 불안했다. 그의 곁에 이런 식으로 머물러도 되는 것일까? 그는 아무런 걱정도 하지 말고 편안히 있으라 했다. 갈 곳이 없다면 그의 곁에 머물러도 된다고, 자신이 보호해 주겠다고 다짐했다. 하지만 나를 찾는 가족은 없는 걸까? 혹시 나는 이미 결혼한 것은 아닐까?

'아니, 그건 아닌 것 같아.'

나는 한숨을 쉬었다. 분명 그와 처음 밤을 보내던 날, 나는 파과했다. 아직 결혼을 하지 않았으니 내 나이도 라빌라와 비슷한 또래일까? 열여섯이면 이미 성년을 지난 나이다(로마 시대 여자의 성년은 14세). 결혼을 했을 수도, 하지 않았을 수도 있는 나이다.

아직 미혼인 라빌라의 얼굴은 항상 밝은 기운으로 반짝거렸다. 그 화사함이 좋아서 가끔 하염없이 그녀를 바라보곤 한다. 그러다 거울을 보면 낯선 얼굴이 있었다. 표정 없는 그 얼굴. 나는 대체 어떤 표정을 지어야 할지 알 수가 없었다. 난 어떤 생각을 하며 살았던 인간인 걸까?

"으윽!"

또 두통이었다. 과거를 떠올리려고만 하면 어김없이 지독한 두통이 나를 괴롭혔다. 그리고 오싹했다. 설명할 수 없는 불안이 다시 나를 움츠러들게 만들었다. 자신의 뿌리를 알 수 없다는 것은 상당히 무서운 일이었다. 한 인간의 정체성을 구성하는 요소 중 기억이 무척이나 중요한 요소라는 것을 나는 최근에서야 깨달았다. 그리고 주변의 사람들과 맺는 관계가 사회적인 나를 규정하기도 했다. 나는 지금 그 누구도 아닌 그저 루시아일 뿐이있다. 그가 없으면 존재할 수 없는…….

어떤 뿌리도 없이 그저 부유하는 것 같아 항상 불안했다. 나를 둘러싼 모든 것이 짙은 안개에 싸여 있었고 가끔씩 그 기억나지 않아 규정할 수 없는 과거가 무척이나 두려웠다. 차마 무서워서 도저히 꺼내 볼 수 없는 그 과거들…….

"루시아?"

나를 부르는 음성에 번쩍 고개를 들었다. 어느새 돌아온 그가 무릎을 굽히고 나와 시선을 맞추고 있었다. 그는 아무런 말도 없었지만 그의 눈빛은 세심하게 나의 구석구석을 살피고 있었다.

"율리우스 님!"

나는 내 어깨를 감싸고 있던 팔을 풀어 그의 목을 끌어안았다.

마치 그가 없으면 안 된다는 듯이, 그가 내 삶의 전부인 것처럼 그에게 의지했다. 그는 아무런 말 없이 이렇게 매달리는 나를 다정하게 안아 준다. 그는 어떤 위로의 말도 하지 않는다. 그래도 그의 넓은 품에 안겨 그의 심장소리를 들으며, 그의 체온을 느끼면 나는 안심할 수 있었다.

그가 없다면 나는 그저 아무것도 아닌 존재일 뿐이었다. 그가 이름을 불러 주지 않으면 나는 이름도 없는 그런 여자였다. 그가 나를 안아 주지 않으면 그 누구에게서도 온기를 얻을 수 없었다. 그가 없는 나는 존재의 이유를 찾을 수가 없었다.

"또 머리가 아픈 건가?"

그의 음성이 낮았다. 나는 고개를 저었다. 그가 걱정하는 것을 바라지 않았다. 그래서 나는 그에게 응석을 부리듯이 그의 가슴에 얼굴을 문질렀다. 부드러운 울로 만들어진 토가 자락에는 희미하게 그의 향기가 배어 있었다. 산소를 호흡하듯이 그의 향기를 깊이 들이마셨다.

"아니요."

그와 밤새 함께 있었음에도, 항상 그의 곁에 있어도 나는 그가 그리웠다. 그래서 그저 그를 끌어안고 있었다. 그가 부드럽게 내 머리를 토닥였다. 아이를 대하듯이 그가 이렇게 나를 만지는 것이 좋았다. 처음엔 나를 만질 때 다소 망설이던 그의 손끝이 요즘에는 무척이나 다정했다. 갑자기 초조해진 나는 불쑥 아까 하던 생각을 입 밖으로 내뱉었다.

"그냥 생각했어요. 내 나이는 얼마나 되었을까 하고……."

그가 아주 미세하게 움찔하는 것이 느껴졌다. 그는 내 과거에 대한 화제를 극도로 피하고 있었다. 마치 과거는 존재하지 않는 것처럼 그는 현재에 충실했다. 오늘도 역시 그는 아무런 대답도 없었다. 그가 어떤 대답을 하리라 기대한 것은 아니다. 그저 내 마음을 표현하고 싶었다. 그런데 오늘은 뜻밖에도 그가 조금 다른 반응을 보였다.

"모르긴 해도, 누나는 확실히 아닌 것 같아."

서투른 그의 유머에 나는 '쿡' 하고 웃고 말았다. 그의 나이는 스물여덟, 이미 군대에서 10년을 보냈다고 했다(로마에서 남자의 성년은 17세로 성년이 되면 군대에 들어가서 차근차근 경력을 쌓는 것이 귀족들의 일반적인 흐름이었다). 수석 대대장을 거쳐 드디어 명예로운 경력인 재무관에 당선되었고 1년 임기로 로마에 머문다고 했다. 업무는 1월 1일부터 시작하지만 그는 그 준비 때문에 최근 로마에서 머물고 있었다. 소위 말하는 귀족들의 엘리트 코스를 제대로 밟고 있는 셈이었다. 재무관은 로마 지도자계급의 등용문이었다. 로마 출신이 아닌 그로서는 무척이나 빠른 승진이라며 라빌라가 설명을 해주었다.

"미성년자일 수도 있잖아요?"

나의 반응에 갑자기 그의 눈빛이 미묘한 빛으로 반짝거리기 시작했다. 순식간에 그의 커다란 손이 튜니카 위쪽에서 내 가슴을 움켜쥐었다.

"핫!"

깜짝 놀라 숨을 삼키고 몸을 움찔했다. 그리고 영문을 몰라 그를 바라보았다. 분명 우리는 대화를 나누고 있었는데, 이런 흐름은 항상 당황스럽기만 했다.

"그러기엔 너의 몸이 무척이나 성숙한걸?"

그가 음흉한 미소를 지으며 내 몸을 쓰다듬기 시작했다. 그가 돌아오면 부르기 전에는 그 누구도 우리가 있는 공간을 방해하지 않았다. 순식간에 주변의 온도가 확 올라간 기분이었다. 뭐라 대답을 하기도 전에 그는 나를 번쩍 안아 들고 의자에 앉았다. 나는 그의 가슴에 등을 대고 그의 품 안에 폭 안겨 있었다.

"하아, 율리우스 님!"

그가 나의 까만 머리카락을 치우고는 드러난 목덜미에 입술을 묻었다. 그의 뜨거운 혀의 감촉에 전율하는 사이 그의 손은 내 가슴을 마음껏 희롱하고 있었다. 한껏 숙성되어 부풀어 오르는 빵반죽처럼 내 가슴은 파렴치하게 부풀어 올랐다.

"루시아, 귀여워……."

그가 은밀하게 속삭이며 귓불을 끈적하게 핥았다. 고막마저 그의 달콤한 속삭임에 녹는 것 같았다. 곧 그의 다른 손이 튜니카 자락을 끌어올리기 시작했다. 그의 손바닥이 부드러운 허벅지 안쪽을 쓰다듬자 이내 내 비부는 촉촉하게 젖어 들기 시작했다. 아주 짧은 시간, 내 몸은 그의 손길에 철저하게 길들여지고 말았다.

"젖었군."

그가 질척하게 젖은 내 비부를 문지르며 관능적으로 속삭였다. 부끄러워하면서도 내 몸은 그의 손길에 쉽게 달아올랐고 어느새 나는 그의 손길을 애타하며 기대하고 있었다. 조금 더! 요즘 나는 그가 주는 감각에 지나치게 집착하고 있었다.

"하아, 아……."

내 호흡이 흐트러졌다. 그가 빠르게 손가락으로 나의 꽃망울을 자극하기 시작했다. 나는 그의 허벅지에 앉아서 가쁜 호흡을 내뱉으며 몸부림쳤다. 그가 동시에 가슴과 꽃망울을 자극하면 나는 아무런 생각도 할 수가 없었다.

"아아, 그……그만!"

엄청난 쾌감에 몸부림치며 애원했다. 하지만 그는 그런 나를 더욱 몰아붙였다. 곧 그의 손가락이 동굴 안쪽으로 파고들었다. 내 몸을 너무나 잘 아는 그는 아주 효율적으로 나의 안쪽을 미묘하게 자극하기 시작했다.

"하아, 아앗, 안 돼!"

절정이 다가오는 느낌에 나는 흐느꼈다. 이렇게 속수무책으로 혼자서 절정에 다다르고 싶지 않았으나 그의 손길은 집요했다.

"루시아, 루시아."

그가 주문처럼 계속 내 이름을 불렀다. 모든 것을 잊으라는 듯이, 그저 자신의 손길에만 집중하라는 듯이, 항상 그는 사랑을 나눌 때마다 주문처럼 그 이름을 불렀다. 오직 그 이름만 기억하라는 것처럼, 그저 루시아이기만 하면 되는 것처럼.

"아앗, 하아!"

결국 거대한 감각에 나는 삼켜졌다. 그것은 악마처럼 내 정신과 몸을 철저하게 통제했다. 삼켜진다! 나는 지금 내 존재를 망각하고 어둠에 삼켜지고 있었다. 그저 하얗고 반짝이는 빛 속으로, 그렇게 내 기억은 그를 처음 보던 날로 되돌아갔다.

3. 루시아

"아……아직……. 살아…… 있……니다."

남자의 목소리가 끊기듯이 희미하게 들렸다. 그것은 주변에서 들리는 물소리에 섞여서 더욱 그 의미를 알아차리기 힘들었다. 아직 제 정신을 차리지 못한 여자는 그저 남의 일처럼 주변에서 남자들이 나누는 대화를 들었다.

분주하게 움직이는 코더너스(군인들이 착용하던 종아리 길이의 부츠)의 발자국 소리가 들렸고, 이내 포근한 것이 그녀의 몸을 감쌌다. 아마 누군가 담요로 그녀를 덮어 준 모양이었다. 그제야 여자는 무척이나 추워서 숨조차 제대로 쉬지 못하고 있었던 자신의 상태를 깨달았다.

"그런데……."

남자가 빠르게 뭐라고 이야기하는 소리가 들렸다. 정확한 내용은 알 수 없었지만 아무래도 그녀에게는 별로 좋지 않은 이야기인 것 같았다. 머릿속이 멍하고 한쪽 다리가 무척이나 시큰한 것을 보니 부상을 입은 것이 분명했다. 곧 죽을 수도 있으니 신경 쓰지 말라는 뜻이었을까? 공포로 그녀는 어찌할 바를 몰랐다.

"아직 죽을 운은 아닌 것 같으니……."

이상하게 또렷하고 듣기 좋은 남자의 저음이었다. 본능적으로 여자는 그 목소리가 들리는 쪽으로 몸을 움직였다. 아니 본인은 움직인다고 생각했지만 그저 아주 미약한 뒤척임이었다. 그리고 무엇인가를 웅얼거렸다. 살려 달라는 것인지 대체 무슨 말을 하고 싶었는지 본인조차 알 수 없었다.

"장군님!"

누군가가 큰 소리로 외쳤고, 곧 여자는 훌쩍 바닥에서 들어 올려졌다. 단단한 팔이 그녀의 가녀린 몸을 안전하게 지탱하고 있었다. 그리고 무엇보다 따듯한 체온에 그녀는 무척 안심이 되었다. 뭐라 말을 하기도 전에 무엇인가 시원하고 쓴 액체가 입안으로 들어왔다. 그리고 그녀는 다시 자신을 감싸는 달콤한 무의식 속으로 빠져들었다.

106년 초가을, 로마, 9개월 전, 과거.

"으흠!"

처음 시야에 들어온 것은 아주 화려한 벽화였다. 검은 바탕에 그려진 초록의 귀여운 잎사귀들, 보랏빛의 포도가 나무에 주렁주

렁 매달려 있었다. 날개가 달린 어린아이가 열심히 포도를 따고 있었다. 아주 세밀한 그림이라 원근감이 제대로 느껴졌다. 그래서 아직 희미한 그녀의 시야에는 날개 달린 아이가 정말로 날아다니는 것만 같았다.

"어머나! 정신이 들어요?"

갑작스레 들려온 새된 소녀의 목소리에 고개를 돌렸다. 동그란 눈의 귀여운 소녀가 자신이 깨어난 것을 보고 기뻐하고 있었다. 뭐라 말을 하려고 입을 벌리려던 여자는 순간 멍해졌다. 지금 왜 자신이 이곳에 있는지, 여기가 어디인지 아무것도 알 수가 없었기 때문이었다.

소녀의 말을 이해할 수는 있었지만 어딘가 이색했다. 그저 입술을 달싹거리는 여자를 바라보던 소녀가 급히 그녀에게 물잔을 건네었다. 입안을 채우는 상쾌한 액체 때문에 점점 정신이 또렷해지기 시작했다.

"여, 여긴…… 어디죠?"

여자는 목이 잠겨서 매우 작고 거친 목소리로 물었다. 겨우 그녀가 질문을 하자 소녀의 얼굴이 살짝 흐려졌으나 이내 다시 밝은 얼굴로 대답을 했다.

"여긴 로마에 있는 율리우스 장군님의 도무스예요."

'로마라고?'

여자는 깜짝 놀라 몸을 움츠렸다. 설명할 수 없는 강렬한 공포가 온몸을 감쌌기 때문이었다. 그리고 무엇보다도 자신이 이곳에 있는 것이 적절하지 않다는 강한 확신이 들었다. 그것은 이성적인 사고라기보다는 본능적인 감각이었다. 공포로 창백해지는 여자의 얼굴을 보며 소녀가 다정하게 속삭였다.

"아직 무리하지는 마세요. 거의 열흘 가까이 고열에 시달렸으니까요."

소녀가 부러 여자를 배려하려고 경쾌하고 가볍게 말을 이었다. 그리고 충격에 빠져 있던 그녀가 억지로 몸을 일으키려 하자, 바지런히 여자의 등 뒤쪽에 베개를 받쳐 주기도 하고, 이불 밖으로 드러난 어깨에 옷을 걸쳐 주기도 했다. 부지런하고 효율적인 그 모습이 사랑스러웠다. 여자는 인사를 하고 싶지만 뭐라 불러야 하는지 알 수가 없어서 잠시 망설였다. 그런 여자의 기색을 확인하고는 소녀는 밝게 웃었다.

"그냥 라빌라라고 부르시면 돼요."

눈치가 빠르고 무척 영리한 아이였다.

"고마워요, 라빌라."

단 두 마디였지만 목이 잠겨서 그런지 껄끄럽고 쇠를 갈은 것 같은 느낌이었다. 라빌라가 그런 여자를 꼼꼼하게 이불과 옷으로 감싸 주고는 말을 이었다.

"잠시만 계셔요, 도미누스(주인)님을 불러 오겠습니다."

그리고는 뭐라 말릴 사이도 없이 바깥으로 사라져 버렸다. 여자가 덮고 있는 이불은 아주 좋은 질감의 울이었다. 그리고 어깨에 걸치고 있는 숄도 무척이나 색감이 고왔다. 사방의 벽은 아주 아름다운 장식띠와 벽화로 화려하게 장식되어 있었다. 조용하고 쾌적한 공간으로 상당히 고급스러웠다. 분명 이 도무스의 주인은 상당한 권력과 재력을 소유한 사람일 것이다. 그리고 지금 그녀가 머물고 있는 이 장소로 보아 자신을 함부로 대하는 것 같지도 않았다.

덜커덩!

문소리가 들리고 누군가 안으로 들어오는 기척에 여자는 깜짝 놀라 자세를 바로 했다. 무척 큰 체구의 눈빛이 날카로운 남자가 성큼성큼 그녀 쪽으로 다가오고 있었다.

외로운 늑대!

그것이 여자가 그에 대하여 느낀 첫 인상이었다. 매우 세련된 차림이었으나 그에게서는 숨길 수 없는 야생의 기운이 흘러넘치고 있었다. 아무래도 게르만족이거나 켈트인인 듯싶었다. 황금처럼 반짝거리는 금발과, 무엇보다도 은회색의 강렬한 눈동자가 인상적이었다. 그가 침대에 가까이 다가올수록 그녀는 점점 그의 강한 눈빛에 압도당하는 기분이었다. 그는 아무런 말도 없었으나 그에게서 뿜어져 나오는 기운이 결코 호의적으로 느껴지지는 않았다.

"무언가 기억나는 것은 없나?"

인사도 없이 즉각 본론으로 들어가는 그가 약간 무례하게 느껴져 살짝 이마를 찌푸렸으나 그녀는 얌전하게 고개를 저었다.

"이름은?"

그제야 여지는 지금 자신이 적절치 않은 곳에 있는 공포보다 너욱 큰 문제가 있다는 것을 깨달았다. 아무리 생각해 봐도 자신의 이름이 떠오르지 않았다. 이름뿐만 아니라 나이도, 심지어는 자신이 어떻게 생겼는지도 떠올릴 수가 없었다.

불안함과 초조함에 그녀가 이불자락을 생명줄처럼 그러잡았다. 그녀의 하얀 손등 위로 도드라지는 실핏줄이 새파랗게 보였다. 그것을 냉정한 표정으로 바라보던 그가 한 걸음 더 그녀에게 다가섰다. 샌들 밑창에 박혀 있는 징이 바닥에 부딪혀 나는 날카로운 소리에 그녀는 몸을 움츠렸다. 남자는 아랑곳하지 않고 더욱 성큼성큼 그녀에게 다가왔다.

"헉!"

그녀 위로 그의 거대한 그림자가 덮쳐졌다. 순간, 그녀는 마치 목이라도 졸린 것처럼 호흡을 멈추고 경악했다. 물에 빠진 것처럼 숨을 쉴 수가 없었다. 무엇인가 자신을 쫓던 존재들의 기억이 희미하게 머리를 스쳤다. 특히 저 징이 박힌 샌들의 발소리! 다시 물에 빠진 것처럼 숨을 쉴 수가 없었다. 일종의 패닉상태에 빠진 그녀는 그가 자신에게 손을 뻗치는 기억을 마지막으로, 깜깜한 어둠 속으로 빠져들었다.

다시 여자가 정신을 차렸을 때는 이미 한밤중이었다. 올리브오일 램프의 희미한 빛이 방 안을 채우고 있었다. 그녀는 여전히 아침에 눈을 뜬 그 공간에 있었다. 설명할 수 없는 불안에 그녀는 제 어깨를 감싸 안았다. 질식할 것 같은 무거운 침묵 사이로 규칙적인 낙숫물 소리가 들렸다. 바깥에서 비가 내려 공기 중에는 희미한 물내음이 섞여 있었다.

쏴아악!

조금 이른 가을비였다. 그녀는 조심스럽게 침대에서 내려와 바깥으로 나갔다.

"아!"

집 안에 아주 작고 예쁜 정원이 있었다. 여자는 그것이 페리스틸리움이라 불리는 내부 정원이라는 것을 깨달았다. 이상하게도 자신이 어디에 살았는지조차 기억에 없지만 그녀는 이런 것들을 알고 있었다. 그렇다! 머리로만 알고 있을 뿐 실제로는 모든 것이 낯설다는 느낌이었다.

정원은 도무스 내에 있지만 하늘을 향해 열린 구조였다. 그래서 빗물을 받아 화분을 키울 수도 있었고, 지붕이 없기에 자연스럽게 도무스 내의 채광과 환기를 해결해 주었다. 여자가 머물던 곳은 내부 정원과 아주 가까운 침실이었던 모양이었다. 여자는 그렇게 멍하니 내리는 비를 하염없이 바라보고 있었다.

"왜 나와 있지?"

갑작스레 들려온 남자의 목소리에 여자가 깜짝 놀라 뒤를 돌아보았다. 도미누스인 율리우스, 그였다. 하지만 어떻게 저 커다란 체구로 아무런 소리도 내지 않고 다가올 수 있었는지 여자는 고개를 살짝 갸웃했다. 혹시 먼저 나와 있던 것을 자신이 미처 발견하지 못한 것일까?

"그냥……."

여자는 뭐라 대답을 할 수 없었다. 지금 자신이 누구인지도 모르는 이 불안한 상태와 그에게서 느껴지는 이상할 정도로 강렬한 감정 때문에 무척이나 혼란스러웠다. 별말이 없고 조용하게 움직이는 그였지만 그녀는 그것을 미묘하게 느끼고 있었다.

'나는 그를 믿어도 되는 걸까?'

여자는 순간적으로 떠오른 자신의 의문에 흠칫 몸을 떨고 말았다. 어쩐지 그녀는 그가 두려웠다. 그의 존재를 인지하자마자 심장이 미친 듯이 뛰기 시작했고, 설명할 수 없는 한기가 그녀를 감싸는 느낌이었다. 그리고 항상 그의 시선은 밧줄처럼 그녀를 꽁꽁 묶고 있었다.

대체 자신과 그는 무슨 관계인 걸까?

지금 그녀가 알고 있는 사실은 '그는 자신을 구해 준 생명의 은인'이라는 것이었다. 그런데 왜 감사하는 마음보다 불안함이 더욱 크게 느껴지는 것인지 그녀는 혼란스럽기만 했다. 그의 보호하에 있는 지금의 상황이, 어쩐지 우리에 잡혀 버린 사슴이 된 기분이었다. 호화롭고 넓은 도무스였지만 여자는 마치 감옥에라도 갇힌 것처럼 숨이 막혔다.

모든 것이, 지금 자신이 느끼는 감정마저 제대로 된 것인지 알 수가 없었다. 그저 안개 같은 모호함만이 전부였다. 하지만 한 가지, 그녀는 이상할 정도로 자신이 그의 시야를 벗어날 수 없을 것이라는 강한 확신이 들었다.

"어서 안으로 들어가."

딱딱한 그의 말투에 다소 반발심이 들었지만 여자는 조용히 고개를 끄덕였다. 무뚝뚝하고 명령조의 말과는 달리, 그는 그저 튜니카 차림으로 나온 그녀에게 자신의 토가를 벗어서 둘러 주었기 때문이었다. 그제야 자신의 체온이 무척이나 떨어져 덜덜 떨고 있었다는 것을 깨달았다. 토가에서 느껴지는 그의 온기가 퍽이나 반가웠다.

조용히 침실로 향하는 그녀의 뒷모습을 율리우스가 강렬하게 응시하고 있었다. 계속 그 자리에 서 있던 그가 안으로 들어간 것은, 내리던 비도 그치고 동쪽 하늘이 희뿌옇게 밝아 오던 새벽 무렵이었다. 그는 무척이나 무거운 한숨을 내쉬고 있었다. 그런 범상치 않은 율리우스의 뒷모습을 보며 도무스를 관리하는 세야누스는 고개를 갸웃거렸다.

이튿날 아침, 어쩐지 초조하고 불안한 마음으로 침실 안을 서성거리던 여자는 문소리에 고개를 돌렸다. 라빌라였다. 밝은 미소를 짓는 그녀를 보자 다소 안심이 되었다. 그러나 곧 그녀 뒤로 나타난 거대한 사내의 그림자에 다시 움찔하고 말았다.

여자는 알 수가 없었다. 그의 말투는 무뚝뚝했지만 행동은 그렇지 않았다. 그녀에게 다정하지는 않았지만 그렇다고 함부로 대하는 것도 아니다. 아니 사실은 그렇게 생각할 만큼 얼굴을 마주한 시간도 적었다. 하지만 이상할 정도로 그가 옆에 있으면 온몸이 떨려왔다. 그런 그녀의 기색을 알아차리고도 율리우스는 별다른 말이 없었다.

"좋은 아침이에요. 오늘은 날이 좋으니까 아가씨도 이따 오후에 정원 정도는 나가 봐도 괜찮을 것 같아요."

라빌라의 밝은 목소리가 구원처럼 들려오자 여자는 애써 고개를 끄덕였다. 여전히 율리우스는 아무런 말도 하지 않고 그저 서 있을 뿐이었다.

'대체 왜 저기에 서 있는 거지?'

여자는 초조해졌다. 그런 그녀를 그의 은회색 눈이 날카롭게 관찰하고 있었다. 라빌라가 불편해하는 여자의 기분을 알아채고는 제 주인에게 핀잔을 주었다.

"아이고 정말, 아침부터 이렇게 조그만 방에 사람이 세 명이나 북적거리니 참 답답할 지경이네요."

라빌라가 자연스럽게 침대를 정리하며 그렇게 중얼거리자 율리우스는 약간 뒤로 물러났다. 그렇지만 여전히 방을 떠나지는 않고 있었다. 여자가 그를 조심스레 훔쳐보니 그는 뭔가 깊은 생각에 빠진 표정으로 그녀를 관찰하고 있었다. 그 모습을 보던 라빌라가 마치 지나가는 말투로, 이제 막 생각이 났다는 듯이 한마디를 했다.

"주인님, 그렇게 할 일이 없으시면 아가씨의 이름이라도 생각해 보세요."

아무렇게나 불러도 상관없다고 말하려던 그녀는 예상치 못한 그의 반응에 약간 놀라고 말았다.

"이름이라고?"

뭔가 말도 안 되는 엄청난 제안을 받은 사람처럼 그가 움찔하자 덩달아 여자도 당황하고 말았다. 그래서 약간 원망하는 눈빛으로 라빌라를 바라보았다. 하지만 라빌라는 그런 두 사람은 아랑곳하지 않고 콧노래를 부르며 참새처럼 가볍게 움직이며 침실 안을 정리하고 있었다.

"새, 생각해 보지."

그가 그렇게 더듬거리는 말을 남기고는 휙 하고 바깥으로 사라져 버렸다. 그런 제 주인의 뒷모습을 바라보던 라빌라는 짓궂은 미소를 지었다.

"호호, 부끄러워하시기는……."

예상치 못한 라빌라의 말이었다. 묻는 표정으로 그녀를 바라보자 라빌라가 장난꾸러기 같은 표정을 지었다. 그리고는 큰 비밀 이야기라도 하는 것처럼 천연덕스러운 얼굴로 입을 열었다.

"그게 아가씨가 누워 있는 열흘 동안 주인님께서 하루도 빠짐없이 찾아와서 상태를 살펴보셨다니까요. 계속 안 깨어나시니까 세야누스 님, 그러니까 이 도무스를 관리하시는 분이거든요. 여튼 그분을 닦달하시면서 빨리 의사를 불러와라, 불러온 의사가 능력이 없는 것은 아니냐, 다른 의사를 찾는 것이 어떻겠느냐 등등, 한마디로 엄청 성화셨어요. 아가씨 걱정에 어찌나 노심초사하시던지……."

라빌라의 말에 여자는 뭐라 반응해야 하는지 알 수 없어 그저 애매한 답변을 하고 말았다.

"그, 그래요?"

아무래도 라빌라는 무언인가 오해를 하고 있었다. 그가 자신에게 관심을 보인 것은 맞지만 분명 그런 귀엽고 사랑스런 사유는 아닌 것 같았던 것이다. 여자는 저도 모르게 아니라는 의미로 고개를 흔들었다.

"호호, 맞다니까요. 지금까지 주인님은 매일 전쟁만 하시느라고 여자의 복잡하고 섬세한 마음을 대하시는 일에는 영 서툴러서 말이죠. 벌써 애가 둘은 있어도 될 만한 나이신데 말이죠."

너무나 스스럼없이 제 주인을 평하는 라빌라가 신기했다. 하지만 여자는 라빌라가 율리우스를 상당히 좋아하고 존경한다는 것을 알 수 있었다. 사실 그녀뿐만 아니라 집 안에서 일하는 모든 이들이 그를 존경하고 있다고 했다. 그렇다면 그녀도 그를 믿어도 되는 걸까?

"기억은 곧 돌아오실 거예요. 그러니 너무 초조해하지 말아요."

혼란스러워하는 여자의 표정을 알아챈 라빌라가 그녀를 위로했다. 따듯한 라빌라의 말에 여자는 그저 고개를 끄덕였다. 아침 햇살이 찬란하게 침실을 채우고 있었고 여자는 벽화 속의 포도를 따는 작은 남자아이가 실제로 공중을 날고 있는 기분이었다. 그렇게 저 아이처럼 날아서 자신이 있던 곳으로 돌아갈 수 있을까? 여자는 여전히 불안한 마음을 어찌할 수가 없었다.

그 이후 여자는 며칠 동안이나 율리우스를 볼 수 없었다. 라빌라가 은근슬쩍 전해 준 말에 따르면 그는 재무관 업무 시작 전에 준비할 일도 많은 데다, 최근 원정의 마무리도 동시에 해야 해서 말 그대로 눈코 뜰 새가 없다고 했다. 여자는 그가 곁에 있으면 설명할 수 없는 공포감을 느끼면서도 왜 자꾸만 그에게 신경이 쓰이는지 알 수가 없었다.

'어쩌면 일종의 각인 같은 것이 아닐까?' 하고 생각했을 따름이다. 아무도 의지할 곳 없는 그녀에게 그는 자신의 생명의 은인이자 유일한 접점이었으니 말이다. 그렇게 며칠이 흘러 한밤중, 정원에서 그녀는 마침내 그를 다시 만날 수 있었다. 상당히 늦은 시간이었기에 그는 그녀를 발견하자 다소 의외인 듯한 표정을 지었다.

"저, 자……잠이 잘 오지 않아서요."

여자가 변명투로 중얼거리자 율리우스는 더 이상 묻지 않고 조용히 고개를 끄덕였다. 그리고 그 역시 묵묵히 정원을 바라보며 그녀 옆을 지켰다. 정원에는 각종 조각상들과 허브들이 있었다. 특히 정원 중앙에 자리한 조그마한 목신(파우누스. 숲, 사냥, 목축을 관장하는 신)의 조각상은 투박한 모양새였지만 율리우스가 무척 아끼는 것이라 했다. 가끔 혼자서 그것을 하염없이 바라보곤 한다는데 오늘도 역시 그러했다. 그렇게 한동안 조용한 침묵을 나누던 두 사람이었다.

"가끔 이곳에 서 있으면 세상에 혼자 남은 것 같은 느낌이 들지."

낮은 그의 목소리에 그녀는 살짝 고개를 돌려 그를 바라보았다. 그녀 역시 같은 생각을 했었기 때문이었다. 신기하게도 그는 별말이 없었지만 그녀가 느끼는 감정을 제대로 이해하고 있는 것 같았다.

달빛이 내린 정원에 그의 금발이 눈부시게 반짝거리고 있었다. 로마 여자들은 저런 황금색 금발을 동경해서 애써 염색을 한다고도 했다. 곱슬머리가 유행인 로마에서도 그는 여전히 직모였고 잘 다듬지 않아서 끝이 살짝 삐죽삐죽한 느낌도 있었다. 로마에서는 남자들까지도 애써 기구를 활용하여 곱슬머리를 만든다고 했다. 하지만 여자는 그렇게 자신을 꾸미는 율리우스를 상상하기가 어려웠다. 마치 그냥 되는 대로 내버려 둔 것 같은 머리였지만 어쩐지 그것이 무척 그답다는 생각이 들었다.

"루시아."

그가 짧게 중얼거렸다. 여자가 고개를 번쩍 들고 그를 바라보았다. 그의 표정은 변화가 없었으나 그의 귓불은 약간 붉게 달아올라 있었다. 그녀가 묻는 표정으로 율리우스를 바라보자 그는 고개를 돌리며 낮게 중얼거렸다.

"계속 이름도 없이 그냥 여자라 부를 수도 없으니……."

거의 뒷부분은 들리지 않을 정도로 소리가 작았고, 그녀가 뭐라 대꾸를 하기도 전에 그는 벌써 정원을 나서서 모습을 감추고 말았다.

'루시아.'

그녀가 입속으로 조용히 그 이름을 되뇌어 보았다.

'빛' 이라는 의미였다.

그 울림이 좋아서 여자는 저도 모르게 빙그레 미소를 지었다. 그가 자신의 이름을 불러 주었기에 그녀는 루시아가 되었다. 그 누구도 아닌 오직 율리우스가 이름을 불러 준 단 한 명의 루시아였다.

4. 팍스 로마나*에서

루시아가 자유롭게 움직이게 된 것은 정신이 들고 나서도 거의 삼 주가 지난 무렵이었다. 어느새 날은 10월이 되어 로마도 붉은 가을빛으로 물들어 가고 있었다. 루시아가 허벅지에 입은 상처는 생각보다 깊었다. 아주 가까운 곳은 천천히 움직일 수 있었으나 장시간 걷는 것은 어려웠던 것이다.

그동안 라빌라는 거의 친동생처럼 루시아의 곁에서 그녀를 돌보아 주었다. 그녀 덕분에 루시아는 율리우스와 제국의 수도인 로마에 대하여 여러 가지 사실을 알게 되었다.

"주인님은 말이죠……."

재잘거리며 율리우스에 대한 이야기를 하는 라빌라 덕분에 루

* 5현제 시기로 알려진 고대 로마의 태평성대로 기원전 28년부터 180년까지.

시아는 율리우스에 대하여 생각보다 많은 것을 알게 되었다. 그녀 안에서 그는 자신에게 이름을 준 사람에서 조금씩 그 색깔과 느낌이 바뀌고 있었다. 하지만 그렇다고 해서 그녀가 그를 친근하게 느끼는 것은 결코 아니었다. 가끔 집 안에서 마주치는 그는 항상 매우 날카로운 눈빛으로 그녀를 주시하곤 했기 때문이었다.

며칠 전에도 루시아는 정원에서 허브를 돌보다가 어느 순간 찌르는 느낌에 고개를 들었다. 역시나 그가 자신을 바라보고 있었다. 그녀의 행동 하나하나에서 어떤 의미를 찾아내려는 날카로운 눈빛이었다. 루시아에게 그런 그의 은회색 눈빛이 매우 시리게 느껴졌다.

"아, 안녕하세요?"

다소 늦은 시간이었고 그는 막 도무스로 복귀한 느낌이었다. 루시아가 어색하게 인사를 하자 그는 살짝 고개만 끄덕이더니 사라져 버렸다. 대체 왜 그는 자신을 저렇게 뚫어지게 관찰하는 것인지, 그 사유를 알 수 없어 초조했다. 그래서 이제 그녀는 그가 주변에 있으면 매우 민감하게 그의 기척을 느낄 수 있었다. 그리고 그때마다 느껴지는 알 수 없는 몸의 떨림. 그것이 두려움 때문인지 아니면 다른 감정 때문인지 그녀는 무척이나 혼란스럽기만 했다.

"제가 도와드릴까요?"

맑은 10월 초순의 이른 오후였다. 정원으로 향하던 그녀는 어딘지 당황스러워 보이는 세야누스를 보았다. 집 안을 관리하는 세야누스가 한 다발의 꽃을 들고 씨름하고 있었다. 그녀가 말을 걸자 세야누스는 고개를 번쩍 들었다. 아트리움*에서 그녀가 그에게 말을 건 것이 무척이나 뜻밖이었던 모양이었다.

"아하, 루시아 님."

대략 40대 초반 정도로 보이는 세야누스는 이내 친절한 미소를 지으며 그녀에게 인사를 했다. 그리고는 그녀의 질문이 퍽이나 반가웠는지 길게 한숨을 토해 내었다.

"정말로 이 엄청난 꽃을 어떻게 해야 하는지, 참으로 난감하군요."

도무스 내에서 일어나는 모든 일을 관리하는 업무에 무척이나 유능한 세야누스였다. 그런 그가 꽃들을 어찌하지 못해서 쩔쩔매고 있는 것이 상당히 신기하면서도 한편으로는 재미있었다.

"그런데 갑자기 이 많은 꽃들은 어디서 난 건가요?"

그녀의 질문에 세야누스가 미소를 지으며 대답했다.

"이맘때쯤이면 유노 축제(매월 13~15일)가 열리는데 축제가 끝나고 난 후 이렇게 남은 꽃들을 유력 인사들의 집으로 보내 준답니다."

하얀색의 꽃은 무척이나 탐스러웠다. 가정을 수호하는 여신을 위한 꽃답게 정결한 느낌이었다.

"대개는 도무스의 안주인들께서 아름답게 장식을 해서 여기 아

* 중정. 도무스의 전면부를 차지하는 공간으로 이곳을 중심으로 침실인 쿠비쿨룸, 응접실인 타불리눔, 식당인 트리클리니움이 있다. 귀족들의 도무스 내에 존재하는 공적인 공간이라 할 수 있다.

트리움이나 응접실에 두곤 하는데, 저희는 보시다시피 아무도 없다 보니……."

그가 어깨를 으쓱했다.

"이렇게 제가 하고 있는 거지요."

세야누스의 설명에 루시아는 고개를 끄덕였다. 그리고 보니 라빌라도 아침에 축제에 참석한다며 나갔다. 아마 그래서 도무스에서 일하는 이가 없는 모양이었다. 누군가 돌아올 때까지 기다리기엔 꽃이 곧 시들어 버릴 테니 그의 고민이 이해가 되었다.

"그럼, 그냥 여기 이 암포라에 꽂으면 되는 건가요?"

루시아가 옆에 있는 그리스풍 화병을 살피며 물었다. 입구에 손잡이가 달려 있고, 넓은 입구가 살짝 좁아졌다가 아래로 넓어지면서 유연한 곡선을 그리는 검은 도자기였다. 붉은색으로 장식된 문양은 날개가 달린 여신이 죽어가는 나체의 남성을 끌어안고 있는 모습이었다. 암포라의 크기는 상당해서 거의 루시아의 가슴 부근까지 올라왔다.

"아, 암포라를 알고 계십니까?"

세야누스가 다소 놀란 표정으로 묻자 루시아는 순간 긴장하고 말았다. 매우 자연스럽게 흘러나온 명칭이었다. 그리고 보니 그리스식 도자기는 매우 비싸서 어디에서나 쉽게 볼 수 있는 물건은 아니었다. 로마에서도 일부 귀족들만이 이 값비싼 도자기로 아트리움을 장식할 수 있었다.

"그, 그게. 네……."

루시아가 어물거리며 수긍을 했다. 희한하게도 이런 것들은 기억하면서 자신에 대해서는 하나도 기억할 수 없어 민망했던 것이다. 세야누스는 이후 별말이 없었고 루시아도 조용히 꽃꽂이에 집중했다. 그러나 결과는 빈말로도 예쁘다고는 할 수 없었다. 그래도 세야누스는 고맙다며 무척이나 반색을 했다. 민망해하면서도 루시아는 속으로 자신이 이런 여성적인 일을 하지는 않았던 것 같다고 다시 한 번 생각했다.

"이제 이것을 이쪽에 둘까요?"

세야누스가 암포라를 번쩍 들어 아트리움 한쪽 구석으로 옮겼다. 그리고는 임풀루비움에서 물을 떠서 암포라를 채우기 시작했다. 임풀루비움은 아트리움 중앙에 있는 작은 연못이다. 천장에 뚫린 공간으로 비가 내리면 그 빗물을 저장하기도 하고 그 아래쪽 지하에는 넘치는 빗물을 저장해 두는 큰 수조가 있다고 했다. 루시아도 세야누스를 따라 물을 받아서 암포라를 채웠다.

"아무래도 방향을 조금 돌리는 것이 좋겠습니다."

암포라의 문양이 잘 보이지 않자 세야누스가 암포라를 살짝 돌리려 했다. 이제 물이 채워져 암포라가 무거웠기에 루시아도 함께 주둥이를 잡고 돌리려던 순간이었다. 바닥에 떨어진 물에 발이 미끄러진 세야누스가 균형을 잃었다.

"앗!"

갑자기 균형을 잃은 세야누스 때문에 암포라도 역시 기우뚱했다. 그리고 암포라는 루시아 쪽으로 쓰러지고 있었다. 빨리 움직이고 싶어도 다친 다리 때문에 동작이 둔했다. 루시아가 놀라서 비명을 지르기도 전에 그녀는 자신이 누군가의 품 안에 안겨 있다는 것을 깨달았다. 그리고 곧 대리석 바닥에 쓰러진 암포라가 깨지는 날카로운 소리가 들렸다. 고막을 자극하는 소음에 루시아는 저도 모르게 몸을 움찔하고 말았다.

"주인님!"

세야누스가 무척이나 놀라서 소리쳤다. 그제야 루시아는 자신을 끌어안고 있는 사람이 율리우스라는 것을 깨달았다. 어디서 나타난 것인지 그가 그녀를 제 품으로 끌어당겨 안았기에 다치지 않을 수 있었다. 루시아의 귓가에 힘차게 뛰고 있는 그의 심장소리가 들렸다.

"소란 떨지 마라."

율리우스의 목소리는 고저가 없이 담담했다. 하지만 그의 심장 박동은 조금 전보다 약간 빨라진 것 같았다. 그리고 그녀를 끌어안은 두 팔에 약간 힘이 들어갔다.

"루시아 아가씨도 괜찮으신지요?"

세야누스의 질문에 루시아는 아직도 자신이 그의 품에 안겨 있다는 것을 알고는 얼굴을 붉히며 얼른 그의 품에서 벗어났다.

"저, 저는 괜찮아요."

루시아의 목소리가 살짝 떨리고 있었다. 단지 놀라서 그런 것이라고 그녀는 애써 생각했지만 어쩐지 그녀 스스로도 그 사유가 미덥지 못한 기분이었다.

"다행입니다."

루시아를 보고 다행이라는 미소를 짓던 세야누스의 얼굴이 깨진 암포라를 보고는 일그러졌다. 그리고 율리우스를 보며 빠르게 말을 이었다.

"그런데 죄송합니다, 주인님! 이렇게 비싼 도자기를……."

세야누스의 얼굴이 창백하게 질려 있었다. 루시아 역시 암포라의 가격이 엄청나게 고가라는 것을 알았기에 함께 얼굴이 질리고 말았다. 아트리움은 처절하게 깨져서 바닥에 흩어진 암포라와 꽃들, 그리고 쏟아져 나온 물로 난장판이 되어 있었다. 그것을 무심하게 바라보던 율리우스는 짧게 명을 내렸다.

"어서 정리를 해야겠군."

세야누스가 재차 잘못을 빌었다.

"주인님, 정말로 죄송합니다."

율리우스가 계속 안절부절못하는 세야누스를 보며 오른손을 살짝 들어 올렸다. 그 동작에 세야누스는 입을 다물었다.

"사람이 상하지 않았으니 그걸로 되었다."

그리고는 응접실을 빠르게 지나서 자신의 침실 안으로 사라졌다. 창백하던 세야누스의 표정이 그제야 다시 색을 찾았다.

"휴우, 정말로 십년감수했습니다."

정말로 안심한 그의 목소리에 루시아는 사과를 했다.

"저 때문에……. 죄송해요."

"아니에요. 제가 미끄러지면서 균형을 잃어서 그런 것을요. 루시아 님은 저를 도와주신 거니 괘념치 마세요. 휴, 하지만 정말로 율리우스 님이 주인님이라서 천만다행입니다. 주인님께서 저를 다시 노예로 팔아 버린다 해도 이 암포라 값의 절반도 되지 않을 겁니다."

세야누스가 그렇게 말을 하며 이마에 난 땀을 훔쳐 내었다. 그는 해방 노예로 자유가 있었다. 하지만 해방 노예라 해도 그들은 대개 주인의 씨족 일원이 되었다. 게다가 로마에서는 매우 엄격한 가부장권에 따라 가부장은 씨족 구성원들을, 심지어 친자식까지도 같은 사람을 세 번까지는 노예로 팔 권리가 있었다. 따라서 주인인 율리우스가 세야누스에게 암포라 값을 물어 다시 노예로 삼겠다고 해도 거부할 방법이 없었던 것이다. 그러니 그가 저렇게 안심하는 것이 결코 과장은 아니었다.

"그나저나 황제 폐하께서 만약 알게 되시면 또 주인님께 쓸데없는 선물을 했다고 마티디아 님을 야단치시겠군요."

루시아의 묻는 표정에 세야누스가 설명을 했다.

"아, 그분은 트라야누스 폐하의 조카 따님이십니다. 요즘 저희 주인님께 아주 열을 올리고 계시죠."

세야누스의 입에서 트라야누스라는 이름이 나오자 루시아의 뒷덜미로 알 수 없는 한기가 흘렀다. 동시에 율리우스가 얼마나 가까운 황제의 최측근인지 알 수 있었다. 왠지 모르게 마티디아라는 이름이 신경 쓰였지만 루시아는 애써 그 감정을 털어 내며 고개를 끄덕였다.

"네, 그런데 선물이 이렇게 돼서 어떡하죠?"

난감해하는 루시아의 질문에 세야누스가 경쾌하게 웃으면 대답했다.

"걱정하지 마세요. 예전에는 매번 이렇게 보내오는 선물을 주인님께서 항상 바로 돌려보내라 하셨거든요. 그래도 마티디아 님이 포기하지 않아서 선물이 계속 당도하니까 이젠 아예 창고에 처박아 버리고 보지도 않으십니다. 그래서 제가 재량에 따라서 이렇게 필요한 것을 찾아서 쓰곤 하지요."

익살스런 그의 대답에 루시아는 율리우스가 참으로 대단한 사람이라고 생각했다. 그리고 동시에 로마가 지닌 엄청난 부에 놀라고 말았다. 이탈리아 반도에서 시작된 로마가 이제는 지중해를 내해로 거느린 제국이 된 지도 벌써 1세기가 지나고 있었다.

이탈리아 주변을 차지하고 있던 이민족들을 차례차례 자신들의 클리엔테*로 삼으며 그 영향력을 넓혀 온 것이었다. 그러다 보니 수많은 지역들이 이제는 속주라고 칭해지며 로마의 클리엔테가 되었다. 많은 부와 인재들이 로마로 몰려들었다. 그래서 로마는 명실공히 제국의 수도로서 세계의 중심이 되었던 것이다.

"루시아 님은 다치실 수 있으니 저리 비키십시오. 여기는 제가 알아서 정리를 하겠습니다."

세야누스가 급하게 그녀를 아트리움 바깥으로 몰아내어 어쩔 수 없이 그녀는 정원으로 향했다. 뜻밖에도 율리우스는 거기에 있

* 피후견인. 로마는 주변 국가들을 정복하여 후견인과 피후견인의 관계를 맺는 방식을 선호하였다. 클리엔테가 된 국가들은 전쟁 시 로마의 요구에 따라 병사를 보내 주면 로마 시민과 거의 동일한 권리를 누릴 수 있었다.

었다.

"앗!"

루시아가 깜짝 놀라 작게 소리를 내자 율리우스의 시선이 곧바로 그녀에게 꽂혔다. 무엇인가 깊은 생각에 빠져 목신상을 바라보던 율리우스였다. 그런 그를 방해하고 싶지 않아 살짝 목례를 하고 물러나려던 순간이었다.

"루시아?"

그가 자신의 이름을 부른 경우가 거의 처음이라 루시아는 깜짝 놀랐다. 이름을 지어 준 이후에 그는 그 사실을 잊어버린 사람처럼 한 번도 제대로 그녀의 이름을 부르지 않았기 때문이었다. 물론 항상 바쁘게 일하는 그가 한가하게 루시아와 대화를 나눌 기회가 없기도 했다.

"네."

그녀는 조용히 그의 다음 말을 기다렸다. 그가 갑자기 왜 자신에게 말을 걸었는지 그 내용을 상상할 수가 없었던 것이다.

"이제 걷는 것은 무리가 없나?"

루시아는 조용히 고개를 끄덕였다. 아주 크게 무리하지만 않으면 이제 상처는 그리 아프지는 않았다.

"그럼……."

그가 잠시 뜸을 들이자 루시아는 묻는 표정으로 그를 바라보았다. 그녀의 루비 같은 눈동자와 시선이 마주치자 그는 눈이 부신 것처럼 슬쩍 눈빛을 피했다. 그가 자신의 시선을 피해서 약간 당황스러웠던 루시아는 이내 그의 귓불이 약간 붉게 달아올라 있는 것을 알아챘다.

'혹시 수줍어하는 걸까?'

라빌라가 해 주었던 이야기를 떠올리니 정말로 그는 수줍어하는 것 같았다. 그래서 그런지 자신과 시선을 똑바로 맞추지 못하고 부러 목신상만 쳐다보는 퉁명스러운 표정의 그가 조금 귀여워 보였다.

"괜찮다면 잠깐 바깥에 나가 보지 않겠어?"

예상치 못한 그의 제안에 루시아의 두 눈이 엄청나게 커졌다. 사실은 그동안 계속 도무스 안에만 있어서 답답하기도 했고, 오늘은 축제라고 모두가 나가 버려서 다소 무료했던 참이었다. 하지만 객식구인 처지에 누군가를 귀찮게 할 수도 없어서 아직까지 도무스 안에만 머물렀던 것이다.

"정말, 저 그래도 되나요?"

그녀의 목소리가 다소 높아졌다. 그녀가 무의식적으로 그의 곁으로 다가서자 그는 무척 당황하며 한 걸음 뒤로 물러났다. 루시아는 그것이 어쩐지 재미있어 더욱 가까이 다가섰다. 가까이에서 보니 그는 정말로 예쁘고 짙은 속눈썹을 가지고 있었다. 그리고 그의 금발 역시 끝 부분이 다듬어지지 않아 다소 거친 느낌이라 그렇지, 만지면 매우 부드러울 것 같았다.

"으음, 괜찮으면 지금 바로 함께 나가도록 하지. 마침 나도 바깥에 나갈 예정이라서……"

루시아의 무표정하던 얼굴에 아주 작은 미소가 피어올랐다. 루시아는 나가는 것이 기쁘기도 했지만 사실은 율리우스의 서툰 모습을 보는 것이 더욱 즐거웠다. 루시아의 작은 미소를 목격한 율리우스가 흠칫했으나 바깥에 나갈 생각에 들뜬 루시아는 미처 그것을 보지 못했다.

"감사합니다. 그럼 잠시만, 숄을 가지고 나오겠습니다."

그녀가 기쁜 목소리로 대답하고 자신이 머무는 침실로 향했다. 그런 그녀의 뒷모습을 율리우스의 시선이 집요하게 따르고 있었다. 그리고 복잡한 표정으로 머리를 저었다. 그러나 곧 그의 얼굴에는 매우 결연한 표정이 떠올랐다.

잠시 후, 숄을 챙겨 입은 루시아는 율리우스를 따라나섰다. 이른 초가을 로마의 날씨는 상당히 상쾌해서 루시아는 걷는 것이 즐겁기만 했다. 하지만 걷는 속도는 마음만큼 빠르지 않았기에 율리우스가 그녀를 배려해서 천천히 걷고 있었다.

"이 지역은 무척 화려하네요."

율리우스의 도무스는 언덕 위에 자리 잡고 있었다. 그래서 루시아가 조심스럽게 언덕길을 내려가며 말을 꺼냈다. 그저 아무런 말없이 걷는 것도 나쁘진 않았지만 대화를 하고 싶었던 것이다.

"여긴 팔라티노 언덕이라고 하지. 예전 고대 로마를 건국할 때 일곱 개의 언덕이 있었다고 하는데 그중 하나가 여기야."

그가 무뚝뚝한 말투로, 하지만 꽤나 자세하게 설명을 해 주었다. 팔라티노 언덕은 초대 아우구스트 황제의 도무스와 화려한 귀족들의 저택들이 즐비한 곳으로, 로마에서 가장 부유한 곳이라 했다.

"그냥 조용히 이 주변을 걷기만 해도 좋을 거 같아요."

루시아의 말에 율리우스는 별말 없이 고개를 끄덕였다.

"지금은 축제라 조금 번잡스러울 것 같기는 하지만……."

그가 잠시 말을 멈추자 루시아는 기대하는 눈빛으로 그를 바라보았다. 그는 다시 약간 시선을 피하며 중얼거렸다.

"포룸 로마눔이 여기에서 매우 가까운 곳에 있어."

다시 그의 귓불이 약간 달아올라 있었다. 루시아는 확실히 그가 여자를 대하는 것에 익숙하지가 않다는 것을 깨달았다. 게다가 약간 무뚝뚝한데다가 군단장이라는 높은 직급과 함께 워낙 용맹함으로 이름이 높다 보니, 거친 사람으로 오해를 받는 경우가 많다고 했다.

"그리스의 아고라 같은 넓은 광장이라지요?"

루시아의 질문에 율리우스는 가만히 고개를 끄덕였다. 이 포룸을 중심으로 로마 시내의 주요 시설들이 빼곡하게 들어차 제국의 심장인 로마를 구성하고 있었다.

"이전 황제들은 열심히 이런 포룸을 만들었다고 하더군. 전쟁에서 나라를 보호하는 외정만큼 내치도 무척 중요한 일이기 때문이지."

루시아는 그런 황제와 자유 시민들의 책임감이 로마를 강한 제국으로 만들지 않았을까 하고 생각했다. 개개인의 역량이 뛰어나더라도 그것을 잘 활용하려면 유기적인 조직이 필요하기 때문이다. 군대 역시 개개인의 전사보다는 전략에 따라 움직일 수 있는 군단의 힘이 절대적이었다. 그래서 로마 군단의 명성이 높았던 것이다. 보병과 후방의 보조병, 그리고 기동력을 갖춘 기병들의 유기적인 전략이 로마 군단을 최강의 군대로 만들었던 것이다.

"아마도 이것이 로마가 지닌 힘인가 봐요."

루시아가 지나치듯 한 말에 율리우스는 유심히 그녀를 바라보았다. 그러나 탐색하던 표정은 이내 사라지고 그는 가볍게 고개를 끄덕였다. 그렇게 한동안 두 사람은 침묵 속에서 걸었다.

"여기가 트라야누스 포룸이야."

트라야누스의 시장과 트라야누스 포룸은 대제국 로마의 심장을 구성하는 각종 공공건물이 채워진 중심지였다. 시장은 포룸에서 벌어지는 여러 가지 도시 생활 중에서 경제적인 것들만을 분리하여 모아 놓은 곳이었다.

지름 60미터 정도의 반원형 안마당을 6층 높이의 사각형 방들이 둘러싸고 있었다. 타베르나라고 하는 작은 가게들이 150여 개나 입주되어 있었다. 실로 대제국 로마의 경제 활동이 꽃피고 있는 곳이라 할 만했다. 황제의 집무실도, 그리고 율리우스의 집무실도 이곳에 있었다.

"와아, 정말로 사람들이……."

미처 루시아가 말을 끝맺기도 전에 한 무리의 사람들 때문에 두 사람 사이가 멀어지고 말았다. 루시아가 당황스러워 율리우스의 이름을 부르려 했지만 그녀는 어느새 그의 품 안에 있었다. 그의 넓은 가슴에 폭 안겨 루시아의 얼굴이 반대편 사람들에게는 잘 보이지 않았다.

"아, 가, 감사합니다."

루시아는 약간 얼굴을 붉히며 인사를 전했다. 율리우스는 별말이 없었으나 이후 계속 그녀의 손을 잡고 있었다. 이미 사람들의 무리는 지나갔기에 루시아는 무척이나 어색해하면서 자신의 손을 슬쩍 빼내었다. 그의 손끝은 약간 망설이듯이 그녀의 손에서 떨어져 나갔다.

"그런데 어디서 이렇게 수많은 사람들이 몰려나오는거죠?"

루시아는 이렇게 많은 사람들이 한꺼번에 움직이는 것을 처음 본 기분이었다. 모두가 자유롭게 그저 축제를 즐기고 있었다. 로마만큼 매달 다양한 축제가 있는 도시도 드물었다.

"오늘은 축제기도 하고, 사실 평민들은 집에 있기보다는 이렇게 바깥에서 많은 시간을 보내곤 하지."

수많은 사람들이 즐거운 표정으로 그들을 스쳐 지나갔다.

"어머나, 정말요? 저는 도무스 안에 있으면 무척이나 평온할 것 같은데요."

루시아의 반응에 율리우스의 눈매가 약간 느슨해졌다.

"그건 도무스에 사는 사람들에게만 해당하는 경우고. 많은 사람들이 인슐라라고 하는 공동주택에 사는데, 거긴 매우 좁아서 겨우 방 한 칸에 모든 가족이 머물거든. 부엌도 없고 화장실도 없어."

율리우스의 설명에 루시아가 눈을 크게 떴다. 그래서 화장실도 주변에 있는 공중화장실을 쓰고 음식도 주로 인술라의 1층에 있는 식당에서 사 먹는다고 했다.

"그럼 율리우스 님의 도무스는 매우 훌륭한 거주지인 거네요?"

율리우스는 별말 없이 고개를 끄덕였다. 하지만 말하지 않아도 로마인이 아닌 속주 출신의 그가 그런 도무스를 소유하기까지 무척이나 많은 노력을 했을 것이 분명했다. 로마는 매우 유연하게 속주 출신들을 받아들이고 있었다. 그러나 기회가 곧 성공을 보장하는 것이 아닌 만큼, 모두가 율리우스처럼 성공하는 것은 아니었다.

"하지만 난 그리 편하지는 않아."

그가 작게 중얼거린 말을 루시아는 용케 알아들었다. 그가 도무스에 있을 때면 자주 정원에서 목신상을 바라보던 이유를 알 것 같았다.

"우리 부족은 본래 자유롭거든. 폐쇄적인 도무스에 살기보다는 나는 그냥 자연과 더불어 살고 싶어."

그가 예전을 그리워하는지 아련한 표정을 지었다. 이상하게도 루시아는 그 마음을 단번에 이해할 수 있었다. 그래서 아무런 말 없이 조용히 그의 이야기를 경청했다. 말로 전할 수 없는 공감을 그렇게 전하고 싶었던 것이다. 그리고 부러 명랑하게 주제를 바꾸었다.

"와와, 이건 정말 큰 분수네요. 그리고 이 물은?"

루시아가 시내에 있는 아름다운 분수를 보고 감탄하다가 곧 거리 곳곳에 여러 사람들이 함께 쓰는 수도가 있는 것을 발견했던 것이다.

"공용수도야."

율리우스의 말에 따르면 수도관을 건설해서 시내 바깥에 있는 계곡에서 물을 도시로 끌어온다고 했다.

"세상에나, 그럼 로마 시내 사람들은 강이나 냇가로 물을 애써 길으러 가지 않아도 시내에서 이렇게 물을 쓸 수 있다는 건가요?"

루시아의 두 눈이 동그래졌다. 정말로 획기적인 일이었다. 물을 이렇게 시내에서 자유롭게 쓸 수 있다는 것은 단순해 보이지만 사실은 대단한 문명이었던 것이다.

"테르마에에 데려가기라도 하면 거의 기절할 것 같은 얼굴인데?"

그가 루시아의 놀란 표정을 보며 가볍게 놀리기 시작했다.

"테르마에, 그게 뭐예요?"

루시아의 질문에 율리우스는 성실하게 답변을 해 주었다.

"공중목욕탕이야. 하루 일과가 끝나면 신분에 관계없이 로마 시민들은 공중목욕탕에 갈 수 있지. 거기서 목욕도 하고 오락도 즐기고, 로마인들의 삶에 있어서 아주 중요한 곳이지."

루시아는 제 눈으로 직접 편리하면서도 효율적인 로마를 보자

부러우면서도 어쩐지 두려워졌다. 이렇게 로마는 쾌적한 도시를 건설할 수 있는 역량이 있었던 것이다. 하긴 로마 군단은 전쟁에 앞서서 다리나 요새를 먼저 만들었고 그들이 머물던 요새가 나중에 도시로 발전하곤 했다. 그리고 그 수많은 도시를 가도로 연결하는 것이었다. 본래 가도는 군대의 효율적인 이동을 위해서 만들어진 것이다.

"무척이나 효율적이고 능력 있는 사람들이란 생각이 드는걸요."

루시아가 순수하게 감탄하자 율리우스는 약간 재밌다는 표정을 지었다. 그리고 그 이후에도 율리우스는 시내를 이곳저곳 안내해 주었다. 저녁 무렵, 루시아는 아픈 다리를 두드리며 무척이나 부러운 표정으로 말을 했다.

"어쩐지 로마가 부러워지기 시작했어요. 우리도 이런 수준의 도시를 만들 수 있다면 좋을 텐데……."

율리우스가 그런 그녀를 다소 오묘한 표정으로 바라보았다.

"그건 여왕이나 할 법한 소린데?"

루시아는 순간 흠칫했다. 무의식중에 흘러나온 말이었다. 하지만 율리우스가 그렇게 지적하자 루시아는 자신이 예전부터 이런 것을 부러워하고 따로 열심히 연구를 했던 것만 같았다. 하지만 그것은 그저 느낌일 뿐, 아무것도 기억나지 않았다. 자신의 과거에 대하여 아무것도 기억나지 않는다는 것은 자아를 잃어버린 것과 같았다. 지금까지 자신을 구성하던 모든 것들이 사라져 물 위에서 부유하고 있는 기분이었다.

'나는 대체 누구지?'

마치 길을 잃은 아이처럼 루시아가 그 자리에 우뚝 서고 말았다. 갑자기 주변의 모든 것들이 낯설어지면서 그녀는 자신이 정말로 홀로 어딘가에 뚝 떨어져 있다는 것을 실감하고 말았다. 모든 사람들은 열심히 자기가 나아갈 곳을 향해 움직이고 있는데 자신만 멈추어 있었다.

그랬다. 이곳에 루시아는 혼자였다. 제 자신의 이름도, 나이도, 가족이 있는지조차 알 수 없었다. 지금 의지할 사람이라고는 율리우스밖에 없었다. 자신이 너무 무력하게 느껴져 루시아는 어찌할 바를 몰랐다.

"오히려 사람들 속에 섞여 있을 때가 더 외로운 법이지."

그의 무뚝뚝한 말에 루시아는 고개를 들었다. 그의 눈빛이 지금은 차갑게 느껴지지 않았다. 시리게 빛나던 그의 은회색 눈동자가 부드럽게 풀어져 짙은 검푸른 회색으로 반짝거리고 있었다. 물기를 머금어 색이 짙어진 느낌이었다. 그의 눈빛 역시 홀로 남겨진 사람처럼 외롭고 스산해 보였다. 축제로 북적거리는 이곳에서 오직 두 사람만이 버려진 아이들처럼 남겨져 있었다.

"루시아."

그가 나직하게 그녀의 이름을 부르며 그녀에게 손을 내밀었다. 그가 이름을 불러 주지 않으면 그녀는 아무것도 아닌 존재였다. 그가 준 이름, 그로 인해 가능한 로마에서의 삶, 그리고…….

그녀에게 내밀어진 단 하나의 손.

'지금 나에겐 이 손뿐이야!'

루시아는 그 손을 잡았다. 그가 힘을 주어 루시아의 손을 더욱 강하게 쥐었다. 루시아가 율리우스의 내밀어진 손을 제 스스로 잡은 순간, 운명은 그렇게 한 걸음 더 예상치 못한 방향으로 움직이고 있었다. 어디에선가 날아온 낙엽이 바닥에 무심히 뒹굴었다. 로마의 가을이 깊어 가고 있었고 겨울은 그렇게 조용히 다가오고 있었다.

5. 출몰하는 기억들

함께 유노 정화제를 구경한 후 두 사람의 관계는 부쩍 가까워졌다. 율리우스는 이전보다 자주 루시아와 이야기를 나누었고 또 가끔 함께 식사를 하기도 했다. 그 모습을 라빌라나 세야누스를 비롯해 집 안의 모든 사람들이 무척이나 반기고 있었다. 라빌라는 아주 대놓고 '어서 주인님을 유혹하라.' 고 까지 했다.

"그, 그게 무, 무슨 말이야?"

11월의 첫날이었다. 매달 1일은 유노 여신을 위해서 휴일로 지정되어 있는 칼렌드스였다. 그래서 라빌라 역시 느긋하게 하루를 보내고 있었다. 휴일에는 노예도 노동을 멈추는 것이 로마의 관습이었기 때문이었다.

그러다 보니 오늘 라빌라는 친구처럼 루시아 옆에서 이런저런 이야기를 나누고 있었던 것이다. 바깥은 추웠기에 두 사람은 루시아의 침실에 있었다. 여전히 루시아가 응접실이나 식당 같은 공적인 장소는 불편해했기 때문이었다.

"어머나, 뭘 그리 새삼스럽게 놀라고 그러세요?"

라빌라가 당황스러워하는 루시아를 보며 천연덕스럽게 웃었다. 라빌라의 눈동자가 반달 모양으로 휘어지며 따뜻한 빛으로 반짝거렸다.

"두 분이 요즘 부쩍 친해지셨잖아요? 주인님께서 이렇게 여자분에게 관심을 보인 건 처음이거든요."

라빌라의 지적에 루시아는 더듬거리며 열심히 변명을 했다.

"아니, 그, 그건 내가 아무것도 기억도 못하고, 그리고 음……. 이곳의 생활은 잘 모르니까 신경을 써 주시는 거야."

루시아는 애써 그렇게 제 자신을 설득하고 있었다. 그의 관심을 자신이 다르게 받아들일까 봐, 그래서 엉뚱한 생각을 할까 두렵기도 했던 것이다. 그에게 의지하고 싶으면서도 또 한편으로는 전적으로 의지하는 것이 망설여졌다.

"아이고, 우리 루시아 아가씨께서 미묘한 연애의 밀고 당김을 잘 모르시네."

라빌라가 어깨를 으쓱하며 루시아를 바라보았다. 로마인들은 꽤나 개방적인 사고를 지녀서 유부녀가 아닌 경우에는 상당히 자유롭게 이성을 만나고 있었다. 그리고 남녀 관계에 대해서도 상당히 자유로웠고 그것을 굳이 감추려 하지도 않았다.

얼마 전에도 라빌라를 따라서 공중목욕탕에 다녀오다가 루시아는 무척 놀라운 것을 보았다. 목욕탕 근처 거리 곳곳에 남근을 본 딴 조각과 부조들이 많이 있었던 것이다. 라빌라가 그것은 공창의 위치를 알려주는 일종의 표지판이라고 했다. 주로 공중목욕탕 근처에 많은 공창들이 있었는데 남자들은 아주 적은 금액만으로도 쉽게 들를 수 있다고 했다. 그리고 남근은 풍요를 상징하는 기호라고도 했다. 공창이 있는 거리에선 상당히 야한 프레스코화들도 쉽게 볼 수 있었다.

"남자들은 절대로 관심 없는 여자들을 위해서 시간을 쓰지 않아요."

라빌라가 유독 '절대로' 라는 말을 강조했다. 쾌활하고 명랑한 라빌라는 남자들에게 인기가 많았다. 그래서 그런지 남자들의 심리를 무척 잘 알고 있었다.

"그렇지만,"

여전히 루시아는 알 수 없었다. 그가 자신을 어떤 마음으로 대하고 있는 것인지, 친절하기도 하지만 종종 그는 그녀를 아주 주의 깊게 관찰하고 있는 것 같았던 것이다.

"제발 우리 주인님을 유혹해 주세요. 주인님 부족에는 전사가 동정을 오래 지킬수록 키와 힘이 커진다고 믿는 풍습이 있대요. 게르만 전사들 사이에서야 가장 오래 동정을 지킨 자가 큰 칭찬을 받았겠지만 지금 주인님은 로마 시민이잖아요. 로마에선 로마의 법을 따라야죠."

라빌라의 거침없는 말에 루시아는 뭐라 답변도 못하고 쩔쩔매었다.

"물론 그게 주인님에게도 적용되는지는 잘 모르겠어요. 하지만 여튼 제발 이제는 주인님께서 좀 결혼을 하셨으면 하는 것이 저희 모두의 바람이에요."

라빌라의 말에는 율리우스에 대한 도무스 식구들의 애정이 숨겨져 있었다. 하지만 루시아는 대체 자신이 어떻게 반응을 해야 하는지 당황스럽기만 했다. 루시아는 그저 자신의 튜니카 끝자락을 초조하게 만지작거리고 있었다.

"루시아?"

갑자기 들려온 율리우스의 목소리에 루시아가 기절할 듯이 놀라서 의자에서 벌떡 일어났다. 그리고 예상치 못한 율리우스의 등장에 그녀의 얼굴이 붉게 달아올랐다. 라빌라는 그런 루시아를 보고 한쪽 눈을 찡긋거리고 아주 작은 목소리로 '잘 부탁해요.' 라고 속삭이고는 빠르게 사라져 버렸다. 작은 방 안에 두 사람만 남겨지자 루시아는 더욱 긴장하고 말았다.

"잘 부탁한다니 무슨 뜻이지?"

율리우스가 어깨를 으쓱하며 물었다. 루시아의 얼굴이 더욱 붉어졌다. 그래서 시선을 피하며 변명을 했다.

"벼, 별일 아니에요."

루시아는 애써 침착하게 대답을 했다. 하지만 율리우스는 뭔가 이상하다는 표정으로 한 걸음 더 가까이 루시아에게 다가왔다. 곧 그의 커다란 손이 그녀의 이마에 닿았다.

"열이 있는 건가? 얼굴이 무척 붉군."

그의 은회색 눈동자가 근심으로 짙어졌다. 그는 과민할 정도로 루시아의 건강을 살피곤 했다. 하지만 갑자기 닿은 그의 손길에 루시아는 약간 움찔했다. 그리고 그의 근심스러운 눈빛이 제 얼굴에 쏟아지자 점점 더 얼굴이 붉어지고 있었다. 민망함에 그녀는 몸을 빼내려 몸을 살짝 뒤틀었다.

"아무래도……."

그의 말은 곧 안으로 삼켜졌다. 루시아가 그의 손길을 피해 뒤로 물러나려다 자신의 긴 옷자락 끝을 밟고 비틀거렸다. 무의식중에 균형을 잡으려고 그녀는 그를 붙잡았고 곧 두 사람은 침대 위에 있었다. 천장을 보고 누운 그녀의 위에 율리우스가 있었다. 동시에 두 사람의 눈이 크게 떠졌다. 루시아는 당황해서 더욱 얼굴이 붉어졌고 그 역시 무표정했으나 귓불이 붉게 달아올라 있었다.

"저, 저기……."

그녀의 눈동자가 더 이상 커질 수 없을 만큼 커졌다가 곧 감겼다. 그의 입술이 아주 부드럽게 그녀의 입술에 닿았던 것이다. 그것은 사고가 아니었다. 분명 그는 의도적으로 입맞춤을 한 것이었다. 봄바람이 살랑거리는 것 같은 아주 섬세한 입맞춤이었다. 그러나 곧 그것은 사라졌다. 어쩐지 약간 아쉬운 생각이 들어 그녀는 조심스럽게 눈을 떴다.

"혹시, 싫어?"

깜짝 놀라 숨을 멈추고 있는 루시아의 얼굴을 바라보며 율리우스가 조심스럽게 물었다. 방금 닿았던 그의 입술이 촉촉하게 젖어 있었다. 그의 진중한 눈동자가 그녀를 강렬하게 응시하자 그녀는 더욱 부끄러워졌다. 차갑게만 느껴지던 그의 눈동자에서 미묘한 일렁거림이 느껴졌던 것이다.

"루시아?"

약간 초조한 그의 음성에 루시아가 정신을 차렸다. 그리고 잠시 후에야 그녀는 그가 입맞춤에 대해 묻고 있다는 것을 깨달았다. 놀랍게도 그녀는 그것이 싫지 않았다. 그녀가 아주 작게 고개를 흔들었다.

"흐읍!"

곧 다시 그가 그녀의 입술을 삼켰다. 부드럽게 입술을 맞대던 것과 달리 이번에는 그의 혀가 탐욕스럽게 그녀의 예쁜 입술을 핥고 있었다. 그녀가 알고 있는 입맞춤과는 다른 것이었다. 그녀의 두 눈이 더욱 커졌고 루비같이 붉은 눈동자가 율리우스를 바라보고 있었다.

"하하, 입맞춤할 때에는 눈을 감는 거야."

율리우스가 입술을 떼고 그렇게 속삭이자 루시아가 바로 두 눈을 질끈 감았다. 그런 그녀가 귀여웠는지 율리우스가 살짝 웃은 것도 같았지만 곧 자신의 입술에 닿은 그의 입술에 루시아는 아무런 생각도 할 수 없었다. 다시 그의 혀가 그녀의 입술 윤곽을 덧그렸다. 긴장으로 숨도 제대로 못 쉬고 있던 그녀는 결국 숨을 쉬기 위해서 살짝 입술을 벌렸다.

"하압!"

그러자 그 벌어진 틈으로 율리우스의 혀가 들어왔다. 루시아는 저도 모르게 그의 튜니카 자락을 꽉 움켜쥐었다. 그는 자연스럽게 그녀의 머리카락을 손가락으로 빗어 주며 그녀의 입안을 탐하기 시작했다. 저릿한 감각이 루시아를 감쌌다. 그의 혀가 조심스럽게 매끈한 그녀의 윗니 표면을 쓰다듬었다. 그리고 볼 안쪽의 부드러운 점막을 자극하자 그녀는 움찔했다. 그런 그녀를 더욱 제 품으로 당겨 안으며 그의 혀는 그녀의 작고 말캉한 부드러운 혀를 찾아 강하게 얽었다.

"하아……. 하……."

거친 숨소리만이 방 안을 채웠다. 루시아는 그저 그의 튜니카 자락을 움켜쥐고 가만히 그의 입맞춤을 받아들였다. 그가 자신의 혀를 살짝 깨물기도 하고, 비비기도 하고, 강하게 빨아들이기도 했다. 그럴수록 더욱 새콤하고 달콤한 저릿함이 그녀를 채웠다. 그의 타액이 마치 꿀처럼 달콤했고 그녀는 와인에 취한 것처럼 몽롱해졌다.

"루시아!"

그가 호흡을 제대로 못해 헐떡이는 그녀를 위해서 살짝 입술을 떼었다. 그리고는 아주 부드럽게 그녀의 이름을 불러 주었다. 설명할 수 없는 애절함에 그녀는 몸을 떨었다. 그의 입맞춤도 좋았지만 그가 이렇게 자신의 이름을 사랑스럽게 불러 주는 것이 좋았던 것이다.

"하아, 하아……. 하!"

그저 거친 숨을 내쉬면서도 생명줄처럼 그의 튜니카 자락을 잡고 있는 그녀를 보고 율리우스가 작은 미소를 보여 주었다. 날카롭던 눈매가 느슨해지면서 기다란 속눈썹이 그의 눈동자를 가렸다. 그리고 잠시 후 그녀의 이마에 그의 입술이 닿았다. 마치 어린아이에게 잘 자라고 해 주는 인사 같았다.

"루시아, 네가 싫지 않다면 나는 너와 좀 더 친해지고 싶어."

그의 음성이 달콤하게 루시아의 고막을 간질였다. 그녀 역시 그렇다고 대답을 하려던 순간 설명할 수 없는 냉기가 그녀를 서늘하게 만들었다.

또 그 감각이었다.

그의 옆에 있으면 느껴지는 설명할 수 없는 공포, 그리고 그것이 이상하게도 루시아의 대답을 막고 있었다. 루시아는 대답 대신 더욱 강하게 그의 튜니카 자락을 움켜쥐었다. 그의 커다란 손이 그녀의 작은 손을 덮었다.

"괜찮아."

그가 그렇게 속삭였다. 약간 서운한 듯한 음성이었지만 루시아가 그를 밀어내지 않는 것만으로 그는 안심하는 것 같았다. 그렇게 그는 한동안 그녀를 조심스럽게 안고만 있었다.

"조금씩만 내게 다가와 줘. 아니 내가 조금씩 다가갈 수 있게만 해 줘."

그의 부탁에 루시아는 작게 고개를 끄덕였다. 그렇게 서로의 온기를 느끼며 수줍게 얼굴만 붉히고 있던 그들이었다. 점점 날씨가 차가워지는 로마였지만 율리우스의 도무스에는 따듯하고 사랑스러운 기운이 감돌고 있었다.

❖

"세상에나, 유혹을 하시라고는 했지만 진도가 엄청 빠르시네요."

라빌라의 말에 루시아는 화들짝 놀라 마시던 물컵을 바닥에 떨어뜨리고 말았다. 아침에 도무스를 나서는 율리우스를 배웅하고 막 자신의 침실로 돌아와 물을 마시던 루시아였다. 활기차게 안으로 들어오던 라빌라가 도톰하게 부풀어 오른 루시아의 입술을 보면서 건넨 말이었다.

"정말로 우리 주인님, 한 번 시작하시면 모든지 끝장을 보시는 성격이라는 것은 익히 알았지만……."

라빌라가 계속 놀리자 루시아의 얼굴은 점점 더 붉어졌고 뭐라 대답도 못하고 있었다. 아닌 게 아니라 며칠 전 그와 입맞춤을 나누고 난 후, 그는 틈만 나면 루시아의 입술을 훔쳤다. 오늘도 배웅하는 루시아의 가느다란 허리를 끌어안고 정신이 혼미해질 정도로 길게 입맞춤을 하는 통에 아침부터 입술이 부풀어 올랐던 것이다.

“괜찮아요, 괜찮아. 겨우 입맞춤 정도에 이렇게 부끄러워하시면 안 되죠.”

역시 라빌라는 거침이 없었다. 그 와중에도 매우 능숙하게 깨진 유리조각들을 갈무리하고 있었다. 반면 루시아는 이렇게 쉽게 사람들이 그들의 애정행각을 알아차린다는 사실에 경악하여 그 자리에 얼음처럼 굳어 버렸다.

“저기, 그게 아니야.”

루시아의 얼굴이 바로 앞에 난로를 둔 것처럼 활활 달아올랐다. 그리고 부끄러워서 쩔쩔매기 시작했다.

“아니긴 뭐가 아니에요? 매번 두 분이 함께 있다가 나중에 보면 루시아 님 얼굴이 열에 오른 것처럼 붉어지고 입술이 아주 요염하게 부풀어 있던걸요.”

그래서 두 사람이 함께 있을 때에는 주변에 아무도 얼씬거리지 않는다는 라빌라의 말에 루시아의 얼굴은 정말 터질 것처럼 붉어지고 말았다. 라빌라가 큰언니처럼 그녀의 어깨를 툭툭 두드렸다.

“계속 정진해 주세요. 혹시 그다음 단계가 궁금하시면 바로 제게 물어 보시구요.”

루시아는 뭐라 대답도 못하고 얼굴만 붉혔다. 그러면서도 라빌라가 이야기한 그다음 단계가 궁금해지기 시작했다. 그에게 키스를 받을 때마다 점점 더 심장이 간질거렸다. 그리고 처음보다 두 번째가 더욱 좋았고, 반복될수록 점점 더 황홀하게 느껴졌다. 그가 부드럽게 그녀의 이름을 부르며 자신의 머리카락을 손가락으로 벗어 주거나, 그의 넓은 가슴에 꼭 안아 주는 것이 좋았다. 그녀의 마음이 조금씩 그에게 흐르고 있었다.

여전히 무엇인가 개운치 않은 망설임이 있었지만 루시아는 점점 그에게 의지하고 있었다. 그리고 그와 입맞춤하는 것이 무척이나 좋았다.

"저기, 라빌라도 음, 그 남자랑 입맞춤하면 심장이 엄청나게 떨리고 정신이 몽롱해져?"

루시아의 질문에 라빌라는 활짝 미소를 지었다. 루시아는 자신이 느끼는 그 감정을 모두가 느끼는 것인지 아니면 자신만 그런 것인지 알 수가 없었다.

"막 피부에 추운 것처럼 소름이 돋고 다리가 공중에 붕 뜬 거 같죠, 와인을 마신 것처럼 정신이 몽롱하기도 하고?"

루시아는 두 눈을 동그랗게 떴다. 라빌라가 어떻게 자신이 느꼈던 것을 저렇게 정확하게 묘사할 수가 있는지 신기하기만 했다.

"호호호, 그게 바로 사랑이라는 거죠. 좋아하는 남자에게만 느끼는 아주 섬세하고 소중한 감정이요."

그날 내내 라빌라의 그 말이 루시아의 머릿속을 맴돌았다. 루시아는 하루 종일, 어쩐지 너무 초조해서 어떤 일에도 집중을 할 수 없었다. 계속 저 혼자 그를 생각하며 얼굴을 붉히기도 하고, 뜨거운 열을 식히기 위해서 손부채를 부치기도 했다. 계속 그를 생각하면 할수록 루시아의 심장이 빠르게 뛰고 있었다.

그날 저녁, 집으로 돌아오는 율리우스를 맞이하는 루시아는 민망함에 어찌할 바를 몰랐다. 그동안 집 안의 모든 이들이 루시아가 그를 맞이하는 것을 흥미진진하게 보고 있었다는 것을 막 깨달았던 것이다. 그제야 루시아는 이렇게 일을 마치고 돌아오는 율리우스를 맞이한다는 일 자체가 무척이나 친밀하게 보일 수 있다는 것을 알았다.

하여 오늘 루시아는 그를 정원에서 기다리고 있었다. 그리고 그녀가 애타게 바라보고 있는 곳은 도무스의 대문이 아니라 후문인 포스티쿰이었다. 이 문은 사실 하인들이 드나드는 입구였다. 본래 자신의 출입을 숨기고 싶어 하는 주인들이 이 문을 사용하고는 했는데 율리우스는 전혀 다른 이유로 후문을 사용했다. 율리우스는 대문으로 드나들면 집 안 사람들이 자신에게 신경을 쓰는 것이 번거롭다고 했다. 그래서 자주 이 문을 이용하다 보니 도무스 사람들도 의례 그러려니 하게 되었다. 루시아도 사람들의 시선을 덜 받을 수 있고, 또 정원과도 가까워서 이 문에서 그를 맞이하는 것이 편했다.

초조하게 정원을 서성이는 그녀에게 아주 익숙한 발자국 소리가 들렸다.

저벅, 저벅, 저벅.

보폭이 크고 활기찬 그의 걸음걸이였다. 유심히 귀를 기울이며 그가 몇 걸음을 더 걸어야 이곳에 도착할지 마음을 졸이며 기다렸다. 그가 가까이 다가올수록 루시아의 심장소리가 마치 북소리처럼 울리고 있었다.

쿵, 쿵, 쿠쿵, 쿵, 쿵, 쿠쿵!

끊임없이 이어지는 심장소리만큼 그녀는 무척 초조해졌다.

"루시아."

그가 익숙하게 그녀의 이름을 불렀다. 다정한 목소리였다. 루시아는 저도 모르게 울컥해서 그의 품 안으로 뛰어들고 말았다.

"헉!"

율리우스는 예기치 못한 그녀의 행동에 다소 당황하면서도 제 품에 뛰어든 그녀를 소중하게 안아 주었다. 루시아는 그의 가슴에 얼굴을 묻고 그의 힘차게 뛰는 심장소리를 듣는 것이 좋았다.

"추운데 이렇게 나와 있지 않아도 돼."

그가 그녀의 정수리에 가볍게 입맞춤하며 부드럽게 속삭였다. 그는 다정했다. 그래서 자꾸만 그에게 기대고 싶게 만들고 있었다.

"율리우스 님."

그녀가 한숨처럼 그의 이름을 부르자 그는 그녀를 더욱 강하게 안아 주었다. 그에게선 바깥에서 묻어 온 여러 가지 향기가 섞여 있었다. 하지만 그녀는 그 속에서도 율리우스만의 향기를 구분해 낼 수 있었다. 그녀는 점점 더 그의 향기에 중독되는 기분이었다. 그녀가 계속 그의 품 안으로 파고들자 춥다고 생각했는지 율리우스가 얼른 침실로 향했다.

"무슨 일이 있었나?"

잠시 후 그가 그녀를 의자에 앉히고 자신도 반대편 의자에 앉아 질문을 했다. 방 안은 기분 좋을 정도의 온기로 가득했다. 그의 얼굴이 은은하게 빛나는 올리브오일 램프 빛 아래에 희미하게 드러났다. 루시아는 아무런 말도 할 수 없었다.

그에게 무척 많은 이야기를 하고 싶었던 것 같은데 막상 그를 마주하고 나니 어떤 말도 떠오르지 않았다. 그저 그와 함께 있는 이 시간이 좋으면서도 어쩐지 평소보다 훨씬 수줍어졌다. 루시아는 자신의 이런 감정을 어떻게 설명해야 할지 혼란스러웠다. 그래서 그냥 침묵을 지켰다.

"그럼, 그냥 내가…… 보고 싶었던 건가?"

그가 가볍게 지나치듯, 하지만 진지하게 질문을 했다. 루시아는 그런 그의 얼굴을 바라보며 조용히 고개를 끄덕였다. 그러자 율리우스의 얼굴이 예상 못한 충격을 받은 사람처럼 멍해졌다. 그녀도 뭐라 말하지 못하고 계속 애꿎은 스톨라 자락만 만지작거렸다.

"하읍!"

그러나 곧 그녀의 입술은 그에게 삼켜지고 말았다. 고개를 숙인 그가 허겁지겁 그녀의 입술을 탐했다. 자연스럽게 그의 목에 팔을 두르며 매달리던 루시아는 그의 귓불이 발갛게 달아올라 있는 것을 알았다. 그녀가 수줍은 것처럼 그 역시 수줍어하고 있었다.

"루시아!"

한참을 그렇게 그녀의 입술을 탐하던 그가 입술을 떼고 그녀의 이름을 불렀다. 뜨거운 그의 눈빛이 그녀를 더욱 수줍게 만들었다. 하지만 그녀는 고개를 돌리지 않았다.

"나도…… 네가 보고 싶었다."

그가 약간 망설이며 중얼거린 말은 끝 부분이 거의 들리지 않을 정도로 작았다. 어색해하며 그렇게 속삭인 그의 모습이 귀여워 루시아는 '풋' 하고 웃고 말았다. 그 역시 민망해하면서도 어색한 미소를 지었다. 어쩐지 서툴게 시작하는 연인들 같았다.

율리우스는 아주 조심스럽게 그녀의 입술에 다시 키스했다. 그리고는 이마에도 감은 눈꺼풀 위에도, 뺨에도 그는 다정한 입맞춤을 계속 했다. 마치 루시아의 얼굴을 입술로 기억하려는 것처럼…….

"하하하, 저기……. 가, 간지러워요."

루시아가 그렇게 속삭이자 율리우스는 얼굴을 떼고 무섭도록 진지한 눈빛으로 그녀를 응시했다. 시리게 보이던 은회색 눈동자가 진한색으로 변했고, 그 안에서 불꽃같은 아지랑이가 일렁거리고 있었다. 루시아는 그의 강렬한 눈빛에 다시 수줍어졌다. 그녀의 영혼을 꿰뚫어 보려는 것 같은 뜨거운 눈빛이었다.

"나는 입맞춤만으로는 부족해. 너를 더욱더 만지고 싶어."

그의 뜨거우면서도 솔직한 고백에 루시아는 얼굴을 붉혔다. 그리고 라빌라가 이야기해 준 그다음이 계속 생각났다. 지금 그의 뜨거운 눈빛을 보니 루시아는 그가 그다음을 원하고 있는 것을 깨달았다. 그녀도 원했지만 뭐라 대답을 해야 할지 알 수 없었다.

"네가 싫지 않다면……."

그는 그렇게 속삭이며 루시아의 손을 들어 올렸다. 손등에 부드럽게 입맞춤하고는, 그녀의 손바닥에 무척이나 뜨거운 키스를 퍼부었다. 자신을 갈구하는, 동시에 허락을 구하는 듯한 키스! 순간 그녀의 온몸에 소름이 돋는 것처럼 짜릿한 감각이 흘렀고 그의 검푸른 빛의 은회색 눈동자가 그런 그녀의 모습을 응시하고 있었다.

"이렇게 너의 온몸을 만지고 싶어."

뜨거운 그의 고백이었다. 그녀가 거부하지 않는 것을 알자 그는 조금 더 그녀에게 가까이 다가왔다. 곧 그의 품에 안긴 그녀는 그의 손이 아주 조심스럽게 그녀의 가녀린 어깨를 쓰다듬고 매끈한 등을 이리저리 배회하는 것을 알았다.

"아아…… 하아……."

이상한 신음이 터져 나와서 루시아는 부끄러웠다. 곧 그녀는 그의 무릎 위에 아이처럼 답싹 안겨 있었고, 그의 입술이 주는 감각에 빠져 정신을 차릴 수가 없었다. 달콤한 와인을 잔뜩 삼킨 것처럼 짜릿하면서도 정신이 멍해졌다.

"아앗!"

그러나 곧 자신의 가슴에 닿은 그의 손길에 그녀가 깜짝 놀라 비명을 질렀다. 그가 매우 조심스럽게 그녀의 부풀어 오른 가슴을 살며시 만졌던 것이다.

"저, 저기?"

그녀가 깜짝 놀라 그의 튜니카를 잡았다. 그러자 그가 매우 아름답게 웃으며 속삭였다. 루시아는 마음속으로 '위험한 야수에게 잡혀 버렸다.' 고 외치고 말았다. 하지만 그 야수는 매우 아름다우면서도 지나치게 매력적이었다.

"조금만 더 허락해 줘."

그가 자신의 귓가에 나직하게 속삭이자 그녀는 다시 몽롱해졌다. 심장이 미칠 듯이 뛰고 있었고 그의 목소리가 미약처럼 그녀를 몽롱하게 만들고 있었다. 곧 루시아는 자신의 젖꼭지가 발칙하게 솟아올라 얇은 튜니카 자락을 밀어올리고 있는 것을 알았다.

"무척 예뻐."

그가 그렇게 속삭이며 다시 조심스런 손길로 그녀의 가슴을 애무하자 엄청나게 뜨거운 감각이 솟구쳤다. 얼굴이 타는 것처럼 부끄러우면서도 그의 손길이 좋았다. 수줍게 서로를 원하는 연인들처럼 그는 상냥하게 그녀의 가슴을 애무했다.

"정말, 부드러워!"

그의 목소리가 욕망으로 갈라졌다. 그리고 이렇게 감질나게 만지는 것은 성에 차지 않았는지 그가 조금 강하게 그녀의 가슴을 움켜쥐었다.

"아앗!"

살짝 그녀가 비명을 지르자 율리우스는 다시 손의 힘을 풀며 그녀에게 물었다.

"아파?"

그가 무척이나 조심스럽게 묻자 루시아는 미안해졌다. 살짝 아프기는 했지만 동시에 또 저릿하고 미묘한 쾌감이 느껴졌던 것이다. 그리고 어쩐지 젖꼭지가 뾰족하게 부풀어 올라 간질거리는 기분이었다. 그의 손이 살짝 스칠 때마다 발가락을 확 움츠리게 만들 정도로 이상한 저릿함이 그녀를 채우고 있었다.

“솔직하게 말해 줘. 너를 아프게 하고 싶지는 않아.”

그의 진지한 부탁에 루시아는 그의 넓은 어깨에 얼굴을 묻으며 속삭였다. 이런 순간에도 지나치게 성실하고 진지한 그였다.

“괘, 괜찮아요. 하지만 좀 부드럽게…….”

만져 달라고 말을 하려던 루시아는 자신이 하려던 말의 의미를 깨닫고는 급히 입을 다물었다. 그런 그녀의 민망함을 알아챘는지 율리우스가 나직하게 웃었다. 그가 웃자 그의 품에 안겨 있는 그녀 역시 기분 좋게 그 울림을 받아들였다.

“알아, 루시아는 아주 섬세하고 부드럽지.”

그가 그렇게 속삭이며 그녀의 가녀린 목덜미에 입술을 찍었다. 뜨거운 그의 입술이 목덜미에 닿자 화인이 찍힌 느낌이었다. 동시에 정말로 야수에게 잡아먹히는 초식동물이 된 기분이었다. 그럼에도 짜릿한 감각에 루시아는 눈에 띄게 움찔했다. 그런 그녀를 더욱 강하게 안아 주며 그는 루시아가 원하는 대로 아주 부드럽게 그녀의 가슴을 만지기 시작했다.

“하응……!”

요염한 콧소리가 섞인 신음이 터져 나와 루시아는 더욱 수줍어졌다. 깃털처럼 세심하게 그는 그녀의 봉긋하게 솟아오른 가슴을 희롱했다. 그의 커다란 손에 감싸인 젖꼭지가 얇은 옷감에 마찰하면서 저릿하고 달콤한 쾌감이 피어나고 있었다.

"앗……아……!"

생경한 쾌감을 어찌할 수가 없어 그녀는 그저 신음했다. 동시에 그가 자신을 소중하게 만지는 것이 좋았다. 아마도 연인들은 이렇게 조금씩 서로에게 친밀해지는 것 같았다. 입맞춤할 때의 저릿함, 피부가 맞닿을 때의 뜨거움, 쿵쿵거리며 거칠게 뛰는 심장박동, 모든 오감이 그를 향하고 있었다.

"루시아!"

그는 다시 그녀의 이름을 불렀다. 그가 제 이름을 불러줄 때마다 루시아는 황홀해졌다. 그녀의 장미 같은 입술이, 낭창낭창하고 가녀린 몸이 그에게 스르르 열렸다. 그녀는 오직 그에게만 아름다운 모습을 보여 주는 한 송이 꽃이었다.

"하아, 루시아, 루시아!"

그가 애타게 그녀의 이름을 부르며 그의 손이 어느새 그녀의 튜니카 자락을 걷어 올리고 있었다. 그의 품에 안겨 그가 주는 감각에 정신을 거의 놓고 있던 그녀였지만, 그의 손이 다리 안쪽 허벅지까지 침입하자 깜짝 놀라 엉겁결에 그의 손을 잡았다. 그녀의 루비 같은 눈동자에 어린 두려움을 알아챈 그가 아주 낮게 한숨을 쉬며 손을 떼어 냈다.

"후우, 알았어. 조금 천천히 하자."

그가 성급해서 미안하다는 듯이 그녀의 이마에 짧은 키스를 해주었다. 루시아의 긴장했던 몸이 그제야 다시 풀렸다. 그는 별말

없이 그녀를 꼭 안아 주었다. 하지만 그의 온몸은 타는 듯이 뜨거웠다. 루시아는 그를 거부한 것 같아 미안하면서도, 동시에 그가 그대로 멈추어 버리자 아쉽기도 한 느낌에 어찌할 바를 몰랐다. 그래서 율리우스가 아무 말도 못하고 있는 그녀의 옷을 정리해 주는 것을 그대로 받아들였다.

그리고 잠시 후 제 방으로 돌아온 루시아는 그날 밤, 아주 늦게까지 잠들 수 없었다. 그의 뜨거운 체온과 그의 손길이 계속 생각났지만, 무엇보다 자신의 마음을 배려하는 그의 상냥함에 심장이 저릿했다. 그 밤을 기점으로 루시아는 오롯이 그를 제 마음에 담고 말았다.

❖

12월이 되어 로마에도 드물게 눈이 내렸다. 하얀 눈들은 땅에 내리자마자 덧없이 녹아 사라졌다. 이제 곧 재무관 취임이 예정되어 있는 율리우스는 12월이 되자 조금 바빠졌다. 기존 군단장 업무를 문제없이 인수인계하기 위해서인지 요즘 부쩍 도무스에 외부인들의 출입이 잦아졌다.

그날은 리비우스라고 하는 율리우스의 부관이 도무스를 찾았다. 그들은 응접실에서 여러 가지 이야기를 나누고 있었다. 루시아는 율리우스를 방해하지 않기 위해서 자신의 침실에 있었다. 하지만 예상치 못하게 세야누스의 부탁으로 그녀는 응접실로 음료

수를 전달하게 되었다. 오늘도 휴일이라 집에는 아무도 없었기 때문이었다.

두 사람의 목소리가 멀리서 나직하게 들려왔다. 루시아가 양해를 구하고 응접실 안으로 멀찜을 들여왔다. 두 사람은 마침 로마 군단의 전술에 대하여 이야기를 나누고 있었다. 로마 군단은 회전 시 주로 중앙에 중장보병을, 양 날개에 기병부대를 배치하였다. 훈련과 규율이 잘 서 있는 로마 군단은 평원에서 회전을 할 경우 그 어떤 군대보다 막강했다. 하지만 좁은 곳이나 비탈진 곳, 즉 군단을 제대로 펼칠 수 없는 경우에는 문제가 되곤 했다. 그래서 그들은 먼 거리에서도 적을 공격할 수 있는 무기에 대하여 논의하고 있었다.

“창이 있긴 합니다만, 워낙 가격이 비싸서 병사들은 별로 달가워하지 않습니다.”

리비우스의 말에 율리우스는 고개를 끄덕였다. 무기는 병사들이 직접 본인의 급여로 구매해야 했는데 창은 일단 한 번 사용하면 재사용이 불가능했기 때문이었다.

“게다가 지난번 원정에서처럼 팔크스(다이카 전사들이 사용한 낫 모양의 언월도)같은 무기에 대응하려면 로리카 세그멘타타(갑옷)를 입어야 하는데, 여기에 별도 무기까지 더하면 병사들의 움직임이 너무 둔해지겠지.”

율리우스가 턱을 쓰다듬으며 생각에 잠겼다. 그의 긴 손가락이 앞에 있는 테이블을 톡톡 두드리고 있었다.

"왼손으로는 방패를 들어야 하니까, 오른쪽에 찰 수 있는 조금 길이가 긴 무기를 생각해 보면 어떻겠습니까?"

리비우스의 질문에 율리우스가 막 입을 연 순간이었다.

"하지만 오른쪽은……."

"글라디오스를 오른쪽 허리에 차야하니까, 오른쪽은 공간이 없어요. 당신이 왼손잡이가 아니라면……."

루시아가 당연한 듯이 그렇게 말을 하자마자, 리비우스의 얼굴이 굳어졌다. 로마 군단병은 한 손에 커다란 방패를 들고 전투를 하였기에 다른 한 손으로 사용이 가능한 무기를 선호했다. 그런 의미에서 글라디오스는 짧으면서도 상대방을 찌르기에 적절하였기에 로마 군단의 주력무기가 되었다. 그래서 바로 뽑을 수 있도록 오른쪽 허리에 찼던 것이다. 로마 군단의 전술에 대한 웬만한 이해가 있지 않고서는 도저히 할 수 없는 말이었다.

"앗, 죄송합니다. 제가 방해를 했나요?"

루시아가 순간 얼어붙은 분위기에 사과를 했다. 율리우스는 날카로운 눈빛으로 리비우스에게 주의를 주었다. 그 경고의 의미를 알아차린 리비우스는 애써 평범한 표정을 지었다. 그리고는 내키지 않는 표정으로 자리에서 일어났다. 하지만 여전히 리비우스는 그녀를 주시하며 탐탁지 않은 표정으로 방을 나섰다.

"아니야, 마침 휴식이 필요했던 순간이었어."

율리우스의 말에 루시아는 아주 작게 미소를 지었다. 루시아는 확실히 예전보다 자주 웃게 되었다. 자연스런 웃음 덕분에 그녀의 눈빛은 반짝거리고 있었다. 그래서 훨씬 사랑스러워 보였다. 율리우스는 그녀를 제 무릎 위에 앉히고 그녀가 가지고 온 와인잔을 들어 올렸다. 그리고 그녀의 귓불을 살짝 깨물며 속삭였다.

"그런데 그건 어떻게 안 거야?"

율리우스가 와인을 마시며 아무렇지도 않은 표정으로 물었다. 하지만 아주 찰나 그의 은색 눈동자에 날카로운 빛이 스쳐 지나갔다.

"밀집대형에선 공간을 많이 차지하는 무기는 적절하지 않아요. 그러니 당연히 길이가 짧은 무기가 좋지요. 게다가 칼집이 오른쪽에 있어야 왼쪽으로 대형 방패로 밀어붙이기를 할 때에도 방해가 되지……."

순간 루시아는 멈칫했다. 무엇인가가 떠오를 것만 같았다. 분명 루시아는 어딘가에서 이 이야기를 나누었다. 급박한 표정으로 모여 있는 일군의 사람들의 모습이 휙 하고 머릿속을 스쳐 지나갔다.

'어디에서지? 나는 왜……?'

그녀가 잡힐 듯 잡히지 않는 기억을 억지로 떠올리려 하자 또 역시 엄청난 두통이 그녀를 휘감았다.

"루시아?"

율리우스의 부름에 루시아는 창백해진 얼굴로 고개를 돌렸다. 순간 그의 얼굴 위로 로마식 투구를 쓴 누군가의 얼굴이 겹쳐졌다. 설명할 수 없는 공포에 그녀가 저도 모르게 그에게서 거리를 벌렸다.

'위험해!'

누군가 그렇게 속삭이고 있었다. 루시아는 그 목소리가 대체 누구의 것인지 아니면 자신이 아직도 환청을 듣는 것인지 알 수가 없었다.

그러나 곧 루시아는 자신을 걱정스런 눈빛으로 바라보고 있는 그에게 안심하라고 애써 미소를 지었다. 아직 자신도 제대로 알 수 없는 일로 그를 걱정시키고 싶지 않았다. 하지만 그녀의 미소는 무척이나 어색했다.

"잠깐 머리가 아파서요."

그녀가 솔직하게 고하자 율리우스는 그녀의 머리카락을 부드럽게 쓰다듬으며 속삭였다.

"아무런 생각하지 말고 그냥 몸을 추스르도록 해."

그의 다정함이 좋았으나 어쩐지 루시아는 약간 뾰족해졌다. 왜 항상 그는 그녀에게 아무런 생각도 말라는 것일까? 마치 생각 따위는 필요 없다는 듯이 그녀를 아이처럼 보호하려고만 했다. 그런데 오늘은 그것이 마음이 들지 않았다. 루시아에게는 상당히 중요한 문제였던 것이다. 이렇게 언제까지 자신이 누구인지도 모르고 그의 곁에 머물 수는 없었기 때문이었다.

"율리우스 님?"

그녀가 그를 부르자 그는 뜨거운 눈빛으로 그녀를 응시했다. 그의 눈빛에 마음이 흔들렸지만 그녀는 마음을 굳게 먹고 그에게 하고 싶었던 부탁을 털어놓았다.

"저기, 저를 발견했던 상황을 말씀해 주셨으면 해요."

그의 몸이 아주 약하게 긴장하는 것을 느꼈으나 그녀는 짐짓 모른 체했다. 그는 별다른 대꾸도 없이 평소처럼 그녀의 길고 윤나는 머리카락을 쓰다듬고 있었다. 그녀는 그의 튜니카 자락을 살짝 움켜쥐며 말을 이었다.

"어쩌면 그때 상황을 듣다 보면 조금은 기억이 떠오를지도 몰라요."

그녀의 부탁에 그가 한숨처럼 속삭였다.

"과거는 중요하지 않아. 그냥 네가 루시아로 내 옆에 있었으면 해."

그가 그녀의 이마에 입을 맞추며 대답했다. 결국은 완곡한 거절이었다. 그가 이토록 이 주제를 피하는 것은 어쩌면 그녀가 알면 안 되는 사실을 감추고 싶어서가 아닐까?

"혹시?"

그녀는 약간 몸을 떨었다. 그리고는 무서운 상상을 애써 떨쳐내며 속삭였다.

"왜?"

그가 그런 그녀를 제 품에 꼭 보듬어 안으며 물었다.

"저는 누군가로부터 도망치고 있었나요?"

그녀는 두려웠다. 과거에 대해 그 어떤 기억도 없었지만 강에 빠지기 직전 누군가에 쫓겼던 것만은 또렷했기 때문이었다. 아직도 종종 악몽을 꾸고 깨어나고는 했다.

"그랬을지도 몰라."

그의 대답에 그녀가 고개를 번쩍 들어 그의 얼굴을 바라보았다. 그의 눈빛이 깊은 생각에 빠져 짙어져 있었다. 복잡한 표정을 짓고 있던 그가 애처로운 루시아의 얼굴을 보고 미소를 지어 주었다.

"루시아, 걱정하지 마. 너는 좋은 사람이야. 네 과거를 몰라도 그건 알 수 있어."

그의 위로에 그녀가 어깨를 살짝 아래로 떨어뜨렸다. 그가 그렇게 말을 해 주니 그런 것만 같았다. 하지만 알 수 없는 과거는 계속 그녀를 괴롭혔다. 이렇게 죄책감 같은 불편함을 계속 느끼는 것은 자신이 나쁜 과거에서 도망치고 싶은 것 때문일 수도 있었다.

"하지만……!"

그녀는 그의 가슴에 다시 얼굴을 묻었다. 그저 지금은 그의 온기에 기대고 싶었다.

"괜찮아. 과거가 기억나지 않으면 그냥 지금부터 좋은 기억을 만들어 가면 돼."

그의 단호한 목소리에 루시아는 더욱 그의 품속으로 파고들었다. 어느 순간 이 따듯한 품이 더 이상 자신의 것이 아니게 된다면, 그 상상만으로도 온몸에 소름이 돋았다. 만약 이 다정함이 눈처럼 녹아 사라져 버리고 그녀 혼자 남겨지는 것은 아닌지, 미처 입 밖으로 꺼내 놓지 못한 공포를 꾹꾹 삼키는 그녀였다. 그는 아무 말 없이 그런 그녀를 안아 주었다. 그렇게 두 사람은 조용히 함께 침묵을 나누었다.

6. 축제의 거리

종종 알 수 없는 기억과 꿈 때문에 괴로워하면서도, 루시아는 율리우스와 도무스 식구들의 도움으로 차근차근 로마에서의 삶에 익숙해졌다. 율리우스를 마음에 담고 나자 그와의 시간이 너무나 귀하게 느껴졌다. 달콤한 첫 입맞춤과 그에게서 처음으로 조금 진한 애무를 받고 난 후, 그들은 조금씩 서로에 대하여 알아 가고 있었다. 물론 서로를 알아 가는 것과 더불어 라빌라의 말대로 약간씩 진도(?)가 나가고 있었다.

"하아……."

루시아는 얼굴을 붉히며 생각에 잠겼다.

어젯밤, 항상 입맞춤과 더불어 튜니카 자락 위로 아쉽게 그녀의 가슴을 만지거나 허리나 등을 쓰다듬던 그의 손길이 처음으로 맨

가슴에 닿았던 것이다. 달콤한 입맞춤에 빠져 그녀는 그의 손이 튜니카 자락을 헤치고 안으로 들어오는 것을 제대로 인지하지 못했다.

"하앗!"

그녀가 깜짝 놀라 작은 비명을 질렀지만 동시에 자신의 맨살에 닿은 그의 뜨거운 손길에 전율했다. 항상 옷자락 위에서 아쉽게만 느껴지던 그의 손길이 직접 피부에 닿자 온몸에 오소소 소름이 돋았다. 더불어 그가 손가락을 활용해서 바짝 머리를 세운 돌기를 살살 돌리자 그녀는 달콤한 쾌감에 무아지경이 되었다.

"루시아!"

그가 부드럽지만 욕망이 가득한 음성으로 그녀의 이름을 불렀다. 그리고 곧 그의 뜨거운 입술에 그녀의 장미같이 예쁜 돌기가 삼켜지고 말았다.

"아앗, 유, 율리우스 님!"

충격으로 그녀는 그의 이름을 불렀다. 하지만 그는 아무것도 듣지 못한 사람처럼 그녀의 가슴에 집중하고 있었다. 그의 부드러운 금발이 가슴에 살랑거리는 감촉조차 믿기 힘들 정도로 짜릿했다. 그리고 그가 자신의 젖꼭지를 입술과 혀로 희롱하기 시작하자 그녀는 생전 처음으로 느끼는 육체적 쾌감에 그대로 삼켜졌다.

"하아……아……."

무아지경으로 신음을 내뱉으며 그녀는 저도 모르게 그의 머리를 끌어안았다. 그가 마치 젖을 탐하는 어린아이처럼 그녀의 가슴을 격렬하게 탐하고 있었다. 그래서 그의 손가락이 튜니카 자락 안으로 침입하여 자신의 비부를 마음껏 만질 때에도 제대로 저항조차 하지 못했던 것이다.

"으응……."

그녀는 어찌할 바를 몰라 하며 몸을 뒤틀었다. 그것이 얼마나 남자의 정욕을 자극하는지 미처 알지 못했다. 다만 계속 아래로 모이던 열기 때문에 초조하면서도 애타는 느낌이었던 꽃잎에 그의 손이 닿자 짜릿한 감각이 순식간에 그녀를 관통하고 말았다.

"그, 그만……."

그것이 두려워서 그녀가 애원했지만 그의 손끝은 집요하게 그녀의 꽃잎을 희롱하기 시작했다. 가슴과 비부에 동시에 주어지는 감각에 그녀는 심하게 헐떡거리고 말았다. 간지러우면서도 한껏 뜨거워진 꽃잎은 그의 손길에 민감하게 반응하고 있었다. 그의 손끝이 더욱 농밀하게 움직일수록 루시아는 거대한 감각에 삼켜졌다. 그때에는 젖은 비부를 그에게 들킨 사실에도 신경을 쓸 수 없었다.

"루시아, 하아……."

그 역시 관능적으로 신음하며 그녀의 이름을 불렀다. 곧 그의 손끝이 뾰족하게 부풀어 올라 발갛게 익은 꽃망울을 스치자 그녀는 충격으로 자지러졌다. 날카로운 쾌감이 긴 창처럼 그녀의 온몸을 한 번에 관통하였다.

"하아!"

엄청난 충격에 그저 그녀는 신음했다. 곧 그의 손끝이 동글동글 그녀의 꽃망울을 자극하자 그녀는 그만 하얀빛 속에 삼켜져 방만하게 다리를 벌리고 그에게 안겨 버렸다. 얼마나 그러고 있었는지 제대로 기억할 수조차 없었다. 다만 다시 제정신이 들자 그녀는 온몸이 타는 것처럼 부끄러워졌다. 그의 손에 무방비하게 흐트러진 자신의 모습에 충격을 받아 그의 가슴을 밀치고 자신의 방으로 도망치고 말았던 것이다. 부끄러워서 죽을 수 있다면 그때 죽을 수도 있을 것 같았다.

"루시아 아가씨, 오늘은 축제에 나가실 거죠?"

라빌라의 경쾌한 목소리에 어젯밤을 떠올리며 생각에 잠겨 있던 루시아가 화들짝 고개를 들었다.

"아……. 오늘이 루페르칼리아 축제(목신 축제)라고 했었지?"

루시아의 약간 둔한 반응에 라빌라는 미소를 지었다. 2월 15일인 오늘은 풍요를 상징하는 늑대신 루페르쿠스를 기리며 양과 목동을 보호하는 축제라고 했다.

"저기요, 사랑도 좋은데요. 아직 결혼하신 것은 아니니까 절대로, 절대로 아기가 생기지 않게 조심하셔야 해요."

라빌라의 진지한 충고에 루시아는 얼굴을 붉혔다. 그리고 루시아는 라빌라 덕분에 야한 프레스코화를 보게 된 날의 충격을 떠올리고 말았다. 그림 속의 남녀는 나체 상태로 서로의 하반신을 밀착하고 있었다. 하지만 율리우스는 한 번도 옷을 벗은 적이 없었고 그녀 역시 어제 처음으로 가슴만을 노출했다. 그래서 루시아는 제 나름대로 라빌라의 충고가 '그림 속의 남녀처럼은 하지 말라.'는 것으로 이해를 했다. 하지만 점점 이렇게 그에게 조금씩 허락하다 보면……. 루시아가 더 이상 생각을 발전시키지 못하고 고개를 흔들었다.

"봄을 기다리며 만물이 소생하는 시기니까 연인들이 서로의 사랑을 확인하기 딱 좋은 계절이죠. 그러니 오늘은 꼭 주인님께 고백을 받아 내야 해요. 너무 단계를 건너뛰어도 좋지는 않아요."

가끔 이럴 때 보면 라빌라는 무척 어른스러워 보였다. 그러나 그렇게 충고를 하던 라빌라의 얼굴은 축제 이야기에 곧 바뀌었다.

"자, 이제 잠깐만 기다리세요, 제가 솜씨를 발휘해 볼 테니까."

라빌라는 순식간에 발랄한 아가씨로 변모하여 통통거리며 루시아를 꾸며 주기 시작했다. 특히 오늘은 라빌라가 매우 꼼꼼하게 루시아의 머리 모양을 만져 주었다. 로마 여인들은 머리를 곱슬거리게 만들어 하나로 묶는 형태가 많았는데 루시아의 머리는 직모였던 것이다. 율리우스는 그것을 좋아했지만 오늘처럼 바깥에 나가게 되면 사람들 눈에 띌 수밖에 없었다. 라빌라가 뜨겁게 만든 기구에 루시아의 머리를 재주껏 말자 우아한 컬이 생겼다.

"와아, 라빌라는 정말 재주가 좋구나."

루시아가 순수하게 감탄하자 라빌라는 어깨를 으쓱하며 아주 빠르게 루시아의 머리를 땋아 주었다. 머리 중앙에 둥근 고리를 얹고는 그것을 머리카락을 이리저리 꼬아 가며 고정시켰다. 그리고 아래도 쫑쫑 땋아 내리자 무척 근사한 머리 모양이 완성되었다.

"자, 마무리는 이거예요."

라빌라가 루시아의 머리에 노란 사프란 꽃 한 송이를 꽂아 주었다. 고대 그리스 시대부터 노란색은 처녀들이 젊은 청년들에게 마음을 드러낼 때 쓰는 색이었다.

"자, 이제 발렌티누스(연인)가 되어 주실 주인님만 찾으면 되겠네요."

라빌라는 경쾌하게 말을 마치고 쏜살같이 사라졌다. 혼자 남은 루시아는 율리우스의 얼굴을 마주할 것을 생각하니 초조해졌다. 어제 너무 부끄러운 나머지 그의 방에서 거의 도망치다시피 나왔던 것이다. 그래서 그를 보고 싶기도 하고, 부끄러워 숨고 싶기도 하고……. 루시아가 초조하게 방 안을 서성거렸다.

"아니, 그게……."

바깥에서 들려온 율리우스의 목소리에 루시아는 펄쩍 뛰었다. '어서 안으로 들어가라.' 채근하는 세야누스와 라빌라의 음성과 망설이는 율리우스의 음성이 함께 들렸다.

"아, 루시아."

결국 두 사람에 의해 거의 떠밀리다시피 안으로 들어온 율리우스는 그녀를 보고는 자리에 우뚝 멈추어 섰다. 한동안 두 사람은 아무런 말도 없이 그대로 서로의 얼굴만을 응시했다. 율리우스의 얼굴은 별 변화가 없어 보였다. 다만 무척 강렬한 눈빛으로 그녀의 얼굴을 샅샅이 살피고 있었다. 루시아는 그의 시선을 견디지 못하고 시선을 바닥으로 내리고 말았다. 그에게 무슨 말을 해야 할지 몰라 루시아의 손끝이 초조하게 스톨라 자락만 만지작거리고 있었다.

"아, 안녕……."

그가 먼저 어색하게 인사를 했다. 루시아는 그의 목소리에 눈에 띄게 움찔하며 얼굴을 붉혔다. 그리고는 살짝 고개를 끄덕였다. 곧 그녀는 자신의 눈앞에 있는 율리우스의 캄파쿠스(귀족들이 신었던 부츠형의 신발)를 발견했다. 깜짝 놀라 고개를 드니 순간 이동이라도 한 것처럼 율리우스가 루시아의 앞에 있었다.

"허억!"

루시아는 저도 모르게 크게 숨을 들이켜며 한 발짝 뒤로 물러났다. 그의 온몸에서 뿜어져 나오는 열기가 뜨거울 정도로 강하게 느껴졌던 것이다. 그가 아주 비장한 표정을 지으며 입을 열었다.

"저, 저기, 어, 어제는 미안했어. 그게 너무 흥분하다 보니……."

율리우스는 무척 서투르게 사과를 했다. 어색한 그의 목소리에 그녀가 조심스레 얼굴을 들어 그를 바라보았다. 그제야 루시아는 그의 귓불이 발갛게 달아올라 있다는 것을 깨달았다. 어제는 마치 야수처럼 자신을 몰아붙이던 그였지만, 사실 그도 자신처럼 부끄러웠던 것이다. '율리우스 님도 나처럼 민망하고 수줍었구나!' 라고 루시아가 멍하니 생각했다.

"맞아, 나도 민망해서 오늘 네 얼굴을 어떻게 볼지 망설였어."

율리우스의 약간 떨리는 목소리에 루시아는 자신이 그 말을 입 밖으로 내뱉었다는 것을 알고 두 손으로 제 입을 막았다. 그는 어깨를 축 늘어뜨리고 발끝으로 바닥을 톡톡 치고 있었다. 그 모습이 덩치는 큰데도 주인에게 야단을 맞아 풀이 죽은 강아지 같아서 루시아가 저도 모르게 '풋' 하고 웃고 말았다. 그녀의 웃음소리에 율리우스는 고개를 번쩍 들었다. 강렬하면서도 어딘가 매달리는 눈빛에 루시아도 솔직하게 제 마음을 알려 주었다.

"시, 싫어서 도망친 게 아니에요."

그녀가 꿀꺽하고 침을 삼켜 마른 목을 축였다. 그는 이글거리는 눈빛으로 다음 말을 기다리고 있었다.

"저기 너무 부끄러워서, 그리고 좀 당황스럽기도 하고……."

그녀가 수줍어 말끝을 흐리자 그가 그녀의 손을 덥석 잡았다. 뜨거웠다.

"그럼, 내가 무서워지거나 싫어진 것은 아니지?"

루시아는 항상 직설적인 그의 질문에 얼굴이 붉어졌다. 하지만 그녀는 이렇게 서투르고 솔직한 그가 좋았다. 그는 루시아의 대답을 기다리며 초조해하고 있었다. 그녀는 아주 작게 고개를 흔들었다.

"사실은 오히려 율리우스 님이…… 저를 싫어하실까 봐 걱정했어요."

루시아의 아주 작은 속삭임에 율리우스가 여전히 긴장한 얼굴로 고개를 저었다.

"그럴 리가? 왜 그런 생각을?"

루시아가 자신을 싫어하지 않는다는 것을 알자 조금 여유가 생긴 것인지 그가 질문을 했다. 루시아는 수줍어하며 고개를 살짝 모로 돌리고 빠르게 속삭였다.

"그, 그게 제가 이상한 신음소리를 내니까요."

그녀의 말이 떨어지자마자 곧 그녀는 그의 넓은 가슴에 얼굴을 묻고 있었다. 그가 그녀를 확 끌어당겨 한 품에 안았던 것이다.

"하아, 다행이다."

그가 정말 안심했다는 듯이 속삭였다. 무척이나 빠르게 뛰는 그의 심장소리가 루시아의 고막을 간질였다. 그도 루시아만큼 긴장하고 있었던 것이다.

"사실은……."

그가 잠시 말을 멈추자 루시아는 너무 긴장한 나머지 그의 토가 자락을 움켜쥐고 말았다.

"네가 너무나 사랑스러워서 나는 멈추는 것이 정말로 힘들었어. 나는 너의 알몸을 내 두 눈으로 똑똑히 보고 싶었어. 네가 허락한다면…… 네 피부의 구석구석을 내 입술과 혀로 마음껏 맛보고, 물고, 빨고, 핥고 싶어."

솔직하면서도 열정적인 그의 고백에 그녀는 어찌할 바를 몰랐다. 야한 프레스코화의 장면이 떠오르고 그림 속의 두 남녀의 얼굴이 자신과 그의 얼굴로 바뀌었다. 순식간에 열이 오르며 만지지도 않은 가슴 끝이 뾰족하게 부풀어 오르고 아래쪽 배로 모여든 뜨거운 열기가 촉촉하게 다리 사이에 맺히는 기분이었다.

최근에 그와 입맞춤을 하거나, 그가 자신의 가슴을 만지면 어느새인가 다리 사이가 촉촉해지곤 했다. 어젯밤에 그에게 그것을 들켜 버려서 밤새 홀로 몸부림치며 부끄러워한 루시아였다. 지금 야성적인 그의 체취가 콧속으로 확 밀려들자 루시아는 와인에 취하는 것만 같았다.

"루시아!"

그가 달콤하게 그녀의 이름을 부르며 그녀의 입술에 키스했다. 뜨거운 그의 입술이 닿자 그녀의 꽃잎 같은 입술이 사르르 벌어졌다. 타는 듯이 뜨거우면서도 달콤새콤한 저릿함이 루시아를 채우고 있었다. 그의 커다란 오른손이 그녀의 뒤통수를 고정하고 다른 손은 그녀의 가느다란 허리를 강하게 끌어안고 있었다. 맹수에게 잡힌 절명 직전의 작은 사슴처럼 그녀는 심하게 헐떡였다.

"하아……. 아……앗……."

그저 루시아는 야한 신음소리를 내뱉었다. 자신의 비음 섞인 소리가 무척이나 부끄러우면서도 멈출 수가 없었다. 어느새 그의 손이 그녀의 가슴에 닿았다. 한껏 발기하여 단단해진 젖꼭지는 옷자락 위로 그의 손길에 스쳤음에도 짜릿한 쾌감을 전해 주었다.

"저기요, 두 분! 아침부터 너무 달리지는 마세요. 그 머리 만드느라 저 엄청 고생했거든요."

바깥에서 들려온 라빌라의 목소리에 깜짝 놀란 두 사람이 확 떨어졌다. 라빌라를 말리는 세야누스의 낮은 목소리도 희미하게 섞여 있었다. 그러나 온몸에 힘이 빠진 루시아는 그의 토가 자락을 붙들고 그에게 매달려 있었다. 그제야 두 사람 모두 지금이 아직 아침이라는 것과 곧 나가기로 했던 것을 떠올렸다.

"하아……."

율리우스가 무척이나 불만족스러운 한숨을 내쉬었다. 그녀 역시 못내 아쉬웠다.

"일단, 나가지."

그가 긁힌 듯한 거친 목소리로 속삭였다. 루시아가 가만히 고개를 끄덕이자 율리우스는 이마로 흘러내린 그녀의 머리 한 가닥을 다정하게 정리해 주었다. 그리고 진중한 눈빛으로 그녀의 눈을 바라보며 속삭였다.

"예쁘군."

그가 머리 모양을 이야기하는 것인지 아니면 자신에 대하여 이야기하는 것인지 루시아는 알 수가 없었다. 다만 자신의 손을 부드럽게 잡아 주는 그의 따듯한 손길에 항상 추운 겨울같이 느껴지던 루시아의 심장에 따듯한 봄이 찾아왔다.

거리는 축제로 인산인해였다. 염소 한 쌍을 신전에 제물로 바치고 난 후, 젊은 남자들은 얼굴과 몸에 동물의 피를 바르고는 온 도시를 누볐다. 그리고 지나가는 젊은 여인들을, 들고 있던 고깃덩어리로 치기도 했다.

"왜 여자들을 치는 거죠?"

루시아는 어리둥절해하며 물었다. 루시아에게도 한 남자가 다가왔으나 그 옆에 서 있는 율리우스의 기백에 질렸는지 얌전히 뒤로 물러났다.

"여인들의 순산을 기원하는 의식의 일종이야."

그의 설명에 루시아는 '아' 하고 작은 소리를 질렀다. 그리고 라빌라가 했던 말과 율리우스를 닮은 작은 아이의 얼굴을 떠올리고 말았다. 축제를 보며 굉장히 즐거워하다가 갑자기 말이 없어진 루시아를 율리우스가 조용히 바라보았다.

"그런데 풍요를 기원하는 것 말고 다른 의미도 있나요?"

어색해진 루시아가 부러 다른 주제로 말머리를 돌렸다. 유독 흥분해서 눈이 반짝거리는 젊은 처녀들과 청년들의 모습이 거리에 많이 보인 탓이었다.

"오늘은 여자와 결혼을 관장하는 유노 여신을 위한 축제이기도 하거든. 그래서 젊은 처녀들이 점찍어 두었던 청년들에게 자신만의 발렌티누스가 되어 달라고 용기 내어 고백을 하는 날이기도 해."

그들은 마침 카이사르의 포룸에 있었다. 뛰어난 무장이며 정치가이자 또한 바람둥이로 유명했던 카이사르가 만든 포룸이었다. 그런데 얄궂게도 이 포룸은 연인들의 밀회 장소로도 무척이나 유명한 곳이라 했다.

"네 머리에 꽂힌 이 노란 꽃도 바로 그런 의미지."

율리우스가 사랑스럽다는 표정으로 루시아의 이마에 흘러내린 머리카락을 넘겨 주었다.

찌르르!

루시아는 자신의 온몸을 내달리는 벼락같은 감각에 흠칫했다. 샤프란 꽃에서는 진한 향기가 배어 나왔고 자신을 바라보는 그의 은회색 눈빛이 부드럽게 일렁거리고 있었다. 그의 금발이 햇살을 받아 눈부시게 빛났다. 그는 태양처럼 밝게 빛나며 루시아를 비추고 있었다.

마치 이 세상에 오롯이 그와 저만 남은 느낌이었다. 지난번 유노 정화제를 구경할 때 그가 내민 손을 잡았던 때처럼. 달라진 것은 루시아의 감정이 그때와는 비교할 수 없을 정도로 깊어졌다는 점이다.

'율리우스 님에게 나만의 발렌티누스가 되어 달라고 고백해도 될까?'

그녀도 용기를 내어 고백해 보고 싶었다. 라빌라처럼 해맑게 아무런 거리낌 없이 누군가를 좋아한다고 고백할 수 없는 자신의 상황이 안타까웠다. 정말 그의 곁에 있어도 되는 것인지, 만약 제 과거가 그의 앞날에 방해가 되는 것은 아닌지, 그녀는 겁쟁이가 되어 버렸다. 의지할 이가 그뿐이면서도 두려웠다. 그가 내밀었던 손을 다시 거두어들이면 그때 자신은 어떻게 되는 것인지, 갑자기 루시아의 등골에 오싹한 소름이 돋았다.

"저쪽에 유노 신전이 있다는데 거기로 가 봐요."

루시아는 애써 웃으며 그를 다른 곳으로 이끌었다. 뭔가 아쉬운 표정의 율리우스였지만 별말 없이 그녀에게 맞춰 주었다. 그렇게 거리를 걷고 있던 루시아가 어느 순간 율리우스의 토가 자락을 잡아당겼다. 그가 '무슨 일' 이냐는 표정으로 그녀를 바라보았다.

"아무래도 저 사람, 자꾸만 우리 주변을 맴도는 것 같아요."

속삭이는 루시아의 목소리에 율리우스는 아무렇지도 않은 목소리로 물었다.

"하하, 모두가 얼굴에 피범벅이 되서 구분하기가 쉽지 않은데 무슨 소리야?"

하지만 그의 시선은 무척 날카롭게 루시아가 가리킨 남자를 훑어보고 있었다. 그의 말대로 거리에는 반나체의 상태로 동물의 피로 얼굴을 분장한 수많은 남자들이 있었다. 하지만 루시아는 분명 아까부터 그들의 뒤를 따르는 한 남자의 기척을 눈치챘다. 처음에는 우연이라고 생각했지만 그는 분명 다른 남자들과는 달리 고깃덩어리로 여자들을 치지도 않았다. 얼굴에 피를 범벅해서 정확한 이목구비를 구분할 수는 없었지만 조용하면서도 신속하게 움직이는 모양이 무척이나 인상적이었다. 마치 적을 노려 기습하는 전사처럼…….

"신경 쓰지 마."

율리우스가 가벼운 말투로 대꾸했다. 하지만 루시아는 어쩐지 율리우스도 그 사람의 움직임을 알아차리고 있다고 느꼈다. 그가 자신들을 놓칠 뻔한 순간 율리우스가 자연스럽게 방향을 바꾸어 그 남자는 자신들을 쉽게 따라올 수 있었던 것이다.

"하지만……."

그녀가 입을 벌리려던 순간 그의 손가락이 그녀의 입술을 막았다. 그리고 그가 그녀에게 키스라도 할 것처럼 다가왔다. 이내 그의 나직한 목소리가 루시아의 귀를 간질였다.

"나에겐 친구도 많지만 적도 많아."

새삼 율리우스가 하나의 군단을 이끌고 원정에 나서는 대장군의 위치에 있다는 사실을 떠올린 루시아가 두 눈을 깜빡거렸다. 순간 그의 얼굴 위로 군복을 입은 누군가의 얼굴이 겹쳐졌고 루시아는 갑작스런 기억에 또다시 휘청거렸다. 휘청이며 그의 가슴팍에 얼굴을 묻는 그녀의 모습이 남들이 보기에는 무척이나 친밀한 연인들의 자세로 보일 법했다.

"루시아?"

율리우스가 균형을 잃고 휘청거리는 그녀를 안아 주며 걱정스럽게 이름을 불렀다. 뭐라고 대답을 하고 싶었지만 루시아는 할 수 없었다. 무엇인가가 그녀의 목구멍을 틀어막은 것처럼 대답을 막고 있었다. 게다가 거리를 가득 메운 소음들과 동물의 피에서 풍기는 역한 냄새, 달그닥거리는 마차 소리, 그리고 징을 박은 샌들이 바닥에 부딪히며 나는 소리들이 그녀를 환각상태로 몰아갔다.

"아, 안 돼!"

그녀가 비명을 질렀다. 그녀는 지금 어딘가의 전쟁터에 있었다. 번화한 로마시가 아닌 산림이 우거지고 어두운 공간, 필사적으로 도망치라는 누군가의 목소리, 그리고 죽어가는 사람들의 처절한 비명들! 그녀는 무의식적으로 그의 품에서 벗어나 뒤로 물러나려 했다. 공포에 질려 그녀의 얼굴이 창백해졌고 루비 같은 두 눈은 전혀 다른 것을 보고 있었다.

'달아나야 해.'

누군가가 그녀를 쫓고 있었다. 주문처럼 그 말을 중얼거리며 그녀는 자신을 안고 있는 율리우스의 팔을 억지로 떼어 내려 했다.

"루시아, 진정해!"

율리우스가 그녀를 진정시키려 했지만 그녀는 지금 거의 무의식 상태에 있었다. 율리우스의 팔을 떼어 내기 위해서 안간힘을 쓰고 있었다. 그래도 율리우스가 팔을 풀어 주지 않자 루시아가 손톱으로 그의 팔뚝을 긁었다. 날카롭게 긁힌 팔뚝에서 붉는 핏방울이 번졌으나 율리우스는 조금도 개의치 않았다. 그저 마치 어딘가로 사라져 버릴 것 같은 루시아를 제 품에 안고 그녀가 진정되기를 기다렸다.

"율리우스 님!"

그의 주변에서 조용하게 그들의 뒤를 따르던 리비우스가 그를 불렀으나 율리우스는 그저 고개를 저었다. 다가오지 말라는 의미였다. 뒤로 물러나던 리비우스는 곧 율리우스가 정신을 잃고 쓰러진 루시아를 번쩍 안아 올리는 것을 보았고, 동시에 그들을 조용히 따르던 사내 역시 순식간에 사라진 것을 알았다.

리비우스는 생전 처음, 율리우스의 얼굴이 창백해지는 놀라운 광경을 목격했다. 눈앞에 수많은 적군을 보면서도 눈 하나 깜짝하지 않던 율리우스가 자신이 안고 있는 여자가 혼절하자 초조해 안절부절못하는 것이었다. 축제로 어수선한 거리를 뚫고 율리우스가 곧장 앞으로 걸어갔다. 그런 그들의 움직임을 어딘가에서 한 쌍의 검은 눈동자가 집요하게 따르고 있었다.

"이제 곧 괜찮아지겠지?"

루시아가 멍한 눈을 막 떴을 때, 바깥에서 율리우스의 목소리가 들렸다. 방 안은 어두웠고 아마도 그는 바깥에서 누군가에게 루시아의 상태를 묻고 있는 것 같았다. 매우 낮은 목소리로 속삭이는 것이 루시아를 방해할까 싶어 조심하고 있는 것이 분명했다.

"네."

누군가의 대답소리가 들리고 곧 방문이 열렸다. 커다란 그림자가 길게 늘어져, 침대 위에 있는 루시아의 시야를 가렸다.

"율리우스 님?"

루시아의 목소리에 율리우스가 급하게 그녀에게 다가왔다.

"이제 좀 정신이 들어?"

그의 회색빛 눈동자가 짙은 색을 띠고 있었다.

'걱정하고 있구나.'

루시아는 멍하게 그리 생각했다. 자신의 뺨에 닿는 그의 손길이 차가운 밤공기를 머금어 시원했다. 그녀는 저도 모르게 고양이처럼 그의 손에 제 뺨을 기대었다.

"율리우스 님!"

그녀가 자신을 거부하지 않자 율리우스는 무척 다행이라는 표정을 지었다. 그러나 미처 그것을 보지 못한 루시아였다. 땀으로 루시아의 젖은 머리카락을 부드럽게 정리해 주며 율리우스는 다정하게 물었다.

"뭐 기억나는 것은 없어?"

그의 질문에 루시아는 잠시 침묵을 지켰다. 왜 그가 지금 이 질문을 하는 것인지 알 수가 없었던 것이다. 그녀가 살짝 고개를 내젓자 율리우스가 아주 약하게 한숨을 내쉬었다.

"아무 걱정하지 말고 쉬어."

이불을 목까지 꼼꼼하게 덮어 주고는 그의 손끝이 아쉬운 듯이 이불에서 막 떨어진 찰나였다.

"가, 가지 마세요."

루시아는 갑자기 터져 나온 제 목소리에 놀라고 말았다. 그러나 율리우스 역시 매우 놀랐는지 일어서려다가 다시 의자에 풀썩 주저앉았다.

"혼자…… 있기 싫어요."

그녀가 그의 튜니카 자락을 움켜쥐었다. 무서웠다. 이렇게 혼자

이 어둠 속에 남겨지는 것이, 아무런 기억도 없이 어딘가로 던져진 것 같아 두려웠다. 이렇게 영영 어떤 기억도 없이 자신은 그 누구도 아닌 채로 살아야 하는 것인지, 그 알 수 없는 모호함이 루시아를 질식하게 만들고 있었다. 최소한 그가 옆에 있다면, 그의 온기를 느낀다면, 그녀는 혼자 버려진 것 같은 공포에서 벗어날 수 있을 것만 같았다.

"지, 진심인가?"

그가 다소 머뭇거리며 물었다. 루시아는 살며시 고개를 끄덕였다. 지금 그녀의 이름을 불러 준 그만이 자신의 존재를 증명하고 있었다.

"하아……."

그가 길게 한숨을 쉬었다.

"알았어. 잠들 때까지 곁에 있을 테니 안심해."

여전히 무뚝뚝한 그의 목소리였다. 루시아는 몸을 웅크리며 그에게 다시 부탁을 했다. 얼굴이 달아올랐지만 루시아는 자신의 감정에 솔직해지고 싶었다.

"안아 주시면 안 되나요?"

율리우스가 '헉' 하고 숨을 들이켰다.

"지금 그게…… 얼마나 위험한 말인지 알고 있어?"

율리우스의 목소리가 무척이나 낮았다. 루시아는 순진한 표정으로 그를 바라보며 부탁했다.

"온기가 필요해요. 예전에 추울 땐 가족끼리 모두 함께 붙어 앉아서 긴긴밤을 보냈어요."

그녀의 말에 율리우스는 약간 놀란 표정으로 그녀를 바라보았다. 아주 자연스럽게 예전 이야기를 꺼낸 루시아였다.

"혹시?"

순간 루시아도 움찔했지만 결국에는 혼란한 표정으로 고개를 저었다.

"모르겠어요. 그냥 무의식적으로 나온 말이라……."

그녀의 울 것 같은 표정에 율리우스가 곧장 이불 안으로 파고들었다. 그리고 그녀의 머리를 당겨 제 넓은 가슴에 묻게 했다. 알싸한 그의 향기가 루시아의 코끝을 간질였다.

"울고 싶으면 울어도 돼."

그의 다정한 목소리에 루시아는 흐느끼기 시작했다. 무엇이 그렇게 슬픈 것인지 알 수가 없었지만 그녀에게는 그런 시간이 필요했던 것 같았다.

"어렸을 때였지. 아마 일곱이나 여덟쯤 되었던 거 같아. 가족을 모두 잃고 혼자서 숲속을 헤매던 때가 있었어. 그때 주변의 모든 것들이 전부 나를 잡으러 오는 적들로 보여서 너무나 무서웠어. 잠을 잘 생각도 못하고 그저 무작정 도망만 쳤지, 어디로 향하는지 방향도 모르고……."

그는 나직하게 속삭였다. 그녀를 위로하려고 하는 것인지 아니면 그저 이야기가 하고 싶은 것인지, 그는 그렇게 자신의 이야기를 계속했다.

"그런데 그렇게 애써서 살아남느라 한참 세월을 보내고 나니까, 어느 순간 갑자기 울고 싶어지더군. 그제야 내가 가족들을 위해서 한 번도 제대로 울지 못했다는 것을 깨달았어. 그저 그들의 죽음을 잊지 않고 복수하는 일만 생각했었거든."

가족을 잃고 홀로 남은 작은 아이를 떠올리며 루시아는 울었다. 그리고 그 모습이 자신의 모습과 겹쳐졌다. 그녀 역시 그처럼 가족을 잃고 어딘가로 도망치고 있었던 것은 아닐까? 그들은 아직 살아 있을까? 살아서 잃어버린 자신을 찾고 있을까?

하지만 우연히 길에서 마주친다 해도 그녀는 그들을 기억할 수가 없었다. 자신의 가족조차 기억하지 못하는 자신은 누구란 말인가? 루시아는 하염없이 흘러내리는 눈물로 그의 가슴을 적시며 울었다.

율리우스는 아무런 말도 없이 그녀의 등을 부드럽게 쓰다듬어 주며 그녀를 안아 주었다. 그렇게 또 두 사람은 서로의 내밀한 아픔을 공유하였다.

"루시아, 제발 울지 마."

계속 울음을 그치지 않는 루시아의 눈물을 부드러운 혀로 훔치며 그가 애틋하게 속삭였다.

"너무 무서워요, 이 세상에 저 혼자만 남겨진 것 같아서!"

그녀는 매달리는 아이처럼 그의 튜니카 자락을 꼬옥 움켜쥐었다. 그가 그녀의 손을 커다란 손으로 포근하게 덮어 주었다. 그리고 다른 손으로 그녀의 턱을 가볍게 들어 올렸다. 그녀를 응시하는 그의 눈빛이 무섭도록 진지했다. 그리고 그는 마침내 결심한 듯 속삭였다.

"루시아, 사랑해!"

그의 고백에 루시아가 숨을 헉 하고 삼켰다.

그가, 자신을, 사랑한다……!

충격과 환희로 루시아는 어지러웠다. 그래서 그저 루비 같은 큰 눈에 눈물을 그렁그렁 달고 그의 손을 생명줄처럼 움켜쥐었다.

"너의 모든 것을 사랑해. 네 과거가 무엇이든, 네가 어떤 사람이든, 내가 이름을 지어 준 단 한 사람의 루시아, 지금 이대로의 너를 사랑해."

그의 달콤한 고백에 그녀는 더욱 흐느꼈다. 그녀도 그에게 대답을 하고 싶었지만 할 수 없었다. 알 수 없는 과거가 그녀의 발목을 잡고 있었다. 만약 자신이 그의 사랑을 받아들일 수 없는 처지라면, 그래서 그에게 부담이 된다면, 그 모든 것이 루시아의 입을 봉하게 만들었다.

'저도 당신을 사랑해도 되나요?'

그녀가 마음속으로만 애타게 물었다.

"내가 항상 곁에 있을게, 어떤 상황이 와도 이 말만은 잊지 말아 줘."

그가 안타까운 표정으로 그렇게 속삭였다. 그리고는 그녀의 이마에 경건하게 키스를 해 주었다. 그녀는 아무 말도 못하고 훌쩍

이며 그의 손을 강하게 부여잡았다. 그는 힘차게 그 손을 맞잡아 주었다. 루시아가 울다 지쳐 잠이 들어도 율리우스는 밤새 그녀의 손을 놓지 않았다. 그렇게 축제의 밤이 지나가고 있었다.

7. 너를 미치도록 원한다.

율리우스는 연회를 무척이나 싫어했다. 거의 눕는 듯한 자세로 침대에 누워 토할 때까지 먹는 낭비도 싫었고, 사람들이 서로의 속마음을 숨기고 이리저리 다른 사람의 속내를 떠보는 것도 아주 질색이었다. 그래서 매일 연회에 참석하며 저녁 시간을 보내야 한다면 차라리 전장을 선택하고 싶은 그였다.

다행히 트라야누스 황제는 '실질, 강건' 이라는 로마의 가치에 충실하여 화려한 연회를 열지 않았다. 무인 출신이기도 했고 그가 자란 곳이 히스패니아 속주다 보니 매사에 로마 출신 황제들 보다 자신의 행동에 조심했기 때문이었다.

하지만 황제가 연회를 주최하지 않아도 로마에는 수많은 귀족들이 있었고 그들은 자신들의 이해에 따라 연회를 열었다. 연회는 그 주최자가 누구냐에 따라 정치적인 목적을 가지기도 했고 때로는 주요한 정치적 대세를 만드는 곳이 되기도 했다.

그래서 오늘 그는 어쩔 수 없이 원로원 의원인 루키우스 안토니우스의 연회에 참석하고 있었다. 저녁 늦게 시작된 연회는 3월의 짧은 봄밤이 무색하게 늦은 시간까지 화려하게 벌어지고 있었다.

"오, 율리우스 장군, 어서 오시게나!"

루키우스가 연회장에 도착한 율리우스를 반겼다. 안토니우스 가문은 역사가 매우 오래된 가문이었다. 집정관을 배출하여 신규로 귀족이 된 가문과는 달리, 안토니우스 가문은 건국 초기부터 명망 있는 귀족으로 원로원 의석을 차지하고 있었다. 그래서 그는 로마 출신의 부유한 엘리트의 이미지에 딱 걸맞은 사람이라 할 수 있었다. 율리우스 역시 명예로운 경력을 잘 이어나가서 원로원 의원이 되는 것이 목표이기도 했다.

"초대해 주셔서 영광입니다."

율리우스가 깍듯하게 인사를 하자 루키우스는 무척 친근한 태도로 그의 어깨를 툭툭 쳤다.

"뭘 이렇게 깍듯하게 굴고 그러나? 재무관 업무는 잘 수행하고 있겠지? 자자, 그러지 말고 이쪽으로 와서 함께 와인을 들지."

그가 율리우스를 안쪽으로 데리고 갔다. 거기에는 몇몇 유력 원로원 의원들과 군을 지휘하는 대대장들이 있었다. 그중에서 날카로운 눈매의 하드리아누스도 있었다. 올해로 서른하나가 된 하드

* 로마 시대 이름은 개인명 + 씨족명 + 가문명을 사용하며, 세대가 바뀌면 개인 이름만 바뀌고 뒤에 씨족과 가문명은 고정된다.

리아누스는 현직 집정관(콘술, 로마가 공화정이었을 때에는 군을 지휘할 수 있는 최고의 관직)이었다. 작년에 하(상 판노니아와 구분하기 위해서 필요) 판노니아의 총독 임무를 마치고 원로원 의원이 도달할 수 있는 최고의 지위에 올랐던 것이다. 그는 트라야누스 황제와 동향 출신으로 혈연적으로도 황제의 5촌 조카였다. 또한 본인의 능력도 출중하여 상당히 주목을 받고 있었다.

"율리우스 장군."

하드리아누스가 그를 보며 인사를 했다. 그것이 만나서 반갑다는 뜻인 것인지 어떤 것인지 율리우스는 가늠할 수가 없었다.

"안녕하십니까?"

율리우스의 인사에 하드리아누스는 속을 알 수 없는 미소를 지었다. 사실 율리우스는 속주 출신으로 황제가 거두어 주지 않았다면 이런 자리에는 참석할 수조차 없는 신분이었다. 거의 죽을 고비에 있던 그의 목숨을 구해 준 트라야누스 황제는 그의 실력을 높이 평가하여 자신의 가문명과 씨족명을 함께 쓸 수 있게 해 주었다. 그래서 율리우스의 풀네임은 율리우스 울피우스 트라야누스가 되었던 것이다*. 황제에게는 무척 아끼는 조카딸 마티디아를 제외하고는 친혈육이 없었기에 모두가 율리우스를 황제의 양자로 여기고 있었다.

"자자, 이제 귀한 사람들도 모두 모였으니 건배를 함세."

루키우스의 제안에 율리우스도 와인잔을 들었다. 그러나 그는 자신을 아주 냉정하게 바라보고 있는 하드리아누스의 눈빛을 감지했다. 그가 만약 남자를 좋아하지 않았다면 황제는 그를 가장 아끼는 조카딸인 마티디아의 남편으로 삼았을 거라는 소문도 있었다. 하지만 공식적으로 하드리아누스는 이미 트라야누스의 종손녀와 결혼을 하였다.

"참, 율리우스, 개선식 준비는 잘 되어가나?"

루키우스의 질문에 모두의 시선이 그에게 쏟아졌다. 지난해 있었던 2차 다키아 원정으로 다키아는 역사에서 사라졌고 원로원과 시민들은 트라야누스 황제에게 다키쿠스라는 존호를 선사하였다. 물론 대군을 지휘하여 그 어느 때보다 광대한 영토를 넓힌 황제에게 찬사가 쏟아졌으나 율리우스 역시 그 영광의 한축을 담당하고 있었다.

신생국으로서 근 5년이나 로마의 총공격을 견뎌낸 다키아는 결코 만만한 상대가 아니었던 것이다. 실로 그 무자비한 땅에서 켈트족, 게르만족 등과 싸워가며 왕국을 건설해 낸 강한 전사들이라 할 만했다. 그리고 다른 이민족들처럼 전사들이 홀로 싸우는 것이 아니라 로마의 군대처럼 조직을 갖춘 상대였기에 더욱 쉽지 않은 적이었다. 무시무시한 팔크스를 휘두르며 게릴라전으로 로마를 괴롭히던 다키아 전사들을 물리치는데 율리우스는 그 누구보다 앞장섰던 것이다.

"저야 개선식에 참석할 수 있는 것만으로도 영광입니다."

율리우스의 대답에 하드리아누스의 부관인 클라디우스가 한마디를 거들었다.

"하하 겸손하시기는, 그나저나 그 유명한 다키아 공주를 이번 개선식에서는 볼 수 있는 건가요?"

클라디우스의 질문에 모두가 흥미진진한 표정으로 율리우스를 응시했다. 율리우스는 느른한 표정을 짓고 있던 하드리아누스의 눈이 무척 날카로운 빛으로 반짝거린 것을 알아챘다. 하드리아누스 역시 다키아 원정에 큰 공을 세운 인물 중 하나였다. 다만 그는 황제의 확장 정책에 찬성하지 않는지라 여러 장군들과 갈등이 다소 많았던 차였다. 그래서 그런지 그는 개선식에도 시큰둥한 자세를 유지하고 있었다.

"네."

로마는 개선식을 할 때 적국의 포로를 대동하곤 했다. 높은 계급의 포로들은 개선식을 빛나게 해 주는 일종의 정치적 프로패건다였다. 예전 토이토부르크 전투에서 몰살한 3개 로마 군단의 깃발을 되찾은 게르마니쿠스의 개선식에 적의 수장이었던 아르미니우스의 아내, 투스넬다가 나온 것과 비슷했다. 그 후 포로들은 로마의 원조하에 다른 도시에서 여생을 마쳤다.

"하하하, 다키아 공주의 미모가 무척이나 뛰어나다고 하더군요."

모두가 한마디씩 이국의 공주에 대하여 관심을 표명하였으나 율리우스는 침묵을 지켰다. 그리고 하드리아누스 역시 아무런 말도 없이 주변 사람들의 말을 조용히 듣고 있었다.

"그 겉모습에 속으면 안 되지. 다키아가 5년이나 저항할 수 있었던 것은 왕인 데게발루스의 능력이 출중하긴 했지만, 사실은 그 공주의 머리에서 나온 전략 덕이 크다고 하더군."

루키우스의 말에 사람들이 감탄하며 더욱 이야기꽃을 피웠다. 어리고 아름다운 적국의 공주, 거기에 최강의 로마 군단을 신출귀몰하며 괴롭히는 다키아 군의 브레인, 모두에게 상당히 흥미진진한 주제였다. 그녀는 제국의 공용어인 라틴어와 또 지중해에서 광범위하게 사용되는 그리스어에도 능통했다. 연약한 모습과는 달리 무기와 전술에 대해 엄청난 이론가라 했다. 데게발루스가 상당히 애지중지한 동생으로 그 누구도 그녀의 얼굴을 제대로 알지 못했다.

"일리아 공주는 여전히 입을 다물고 있습니까?"

클라디우스의 질문에 율리우스는 고개를 끄덕였다. 포로로서 현재는 로마에 구금되어 있는 일리아 공주는 계속 침묵을 고수하고 있었다.

"그녀의 약혼자라고 하는 자가 남은 다키아인들을 이끌고 이곳저곳을 들쑤시고 다닌다는 소문이 파다하던데?"

날카로운 하드리아누스의 질문이었다.

"네, 그들이 파르티아 쪽에도 접촉을 하고 있다는 첩보가 있습니다."

율리우스도 그 이야기를 알고 있었기에 간단히 대답을 했다. 파르티아는 현재 제국의 동방 국경선을 위협하고 있는 가장 큰 적국이었다. 그리고 이번 다키아 원정의 결과를 무척이나 예의주시하고 있기도 했다. 왜냐하면 트라야누스 황제가 다시 원정을 한다면 그다음은 파르티아일 것이라는 소문이 파다했던 것이다.

로마는 주로 압도적인 군사력을 활용하여 해당 지역을 신속하게 점령한다. 정복기간이 길어지면 양측이 서로에게 원한만 쌓게 되기 때문이었다. 하지만 빠른 정복은 피정복민들이 가족들을 전쟁에서 잃더라도 그것을 일종의 사고처럼 간주하게 된다. 이후 토착민들의 지배층을 로마 시민으로 인정하고 파트로누스와 클리엔테스 관계를 맺으면 의외로 저항은 크지 않게 되는 것이다.

사실 율리우스의 부족도 이렇게 로마의 동맹이 되었고, 갈리아나 게르마니아 그리고 히스패니아 속주들은 충실한 로마의 동맹으로 넓은 제국의 변경에서 야만족의 침략을 저지하고 있었다. 로마는 동맹관계를 유지한다면 대부분의 지역 지배층들의 기득권을 인정하고 속주세를 걷는 것 이외에는 크게 내정에 관여하지 않았다.

하지만 트라야누스 황제는 이전의 점령과는 달리 다키아를 철저히 토벌하고 그곳에 로마인들을 이주시킬 계획을 세웠다. 그런 자비 없는 처사에 파르티아는 본인들도 유사한 상황이 될까 봐 우려를 했다. 그 틈을 노려 다키아 유민들 일부가 파르티아와 접촉하고 있었던 것이다. 즉, 반로마 연합을 획책하고 있는 것이었다.

"시리아 총독인 코르불로 장군이 있으니 너무 걱정하지 않아도 되지 않겠소?"

루키우스의 말에 모두가 고개를 끄덕였다. 파르티아와 대치하는 시리아 속주 총독은 제국 동부 전선의 사령관이나 다름없어 항시 3개 군단(총 12,600명, 당시 로마의 상시 유지 병력은 15만 명 내외)을 지휘할 수 있었다. 그리고 코르불로 장군은 누구보다 군에서 신망이 높으며 능력이 있는 군인이기도 했다.

"하지만 건물을 지을 때 보면, 항상 작은 균열이 나중에 큰 문제를 일으킵니다. 비록 아주 미약한 가능성이라도 사전에 철저히 차단해야 후환이 없습니다."

하드리아누스가 와인을 들이켜며 말을 이었다. 트라야누스 황제의 명을 받아 각종 공공건물을 짓는 일에 매진하는 그다운 말이라 할 만했다. 하지만 율리우스는 그의 말속에 숨어 있는 의미를 바로 알아들었다. 즉, 빨리 일리아 공주의 입을 열어 그 잔당을 처리하라는 뜻이었다.

"게다가 얼마 전 루페르칼리아 축제 때, 일부 불손한 무리들이 로마에 잠입했었다고도 하던데?"

하드리아누스의 날카로운 질문에 율리우스는 조용히 고개를 끄덕였다.

"모두가 예의주시하고 있지요."

하드리아누스는 그렇게 아리송한 말을 하고는 와인을 들었다. 그게 자신을 주시하고 있다는 뜻인지 아니면 다른 누군가를 의미하는지 확실치가 않아 율리우스는 긴장했다. 절대 마음을 놓을 수 없는 사내였다. 게다가 그는 누구보다 예민한 감각으로 다른 사람들의 속내를 파악하는 능력이 무척이나 뛰어났다.

"자자, 이제 머리 아픈 이야기는 그만하시죠."

클라디우스의 넉살에 다소 얼어붙었던 분위기가 다시 왁자지껄해졌다. 역시 술이 얼큰히 들어가면 나오기 마련인 여자이야기로 모두가 즐겁게 웃었다. 특히나 클라디우스의 요절복통할 불륜 이야기에 사람들은 시간 가는 줄 몰랐다. 율리우스가 막 일어나려는 순간 예기치 않은 클라디우스의 악의 없는 질문이 이어졌다.

"참, 율리우스 장군님, 요즘 도무스에 꽃처럼 아름다운 아가씨를 숨겨 두었다는 소문이 파다하던데요?"

율리우스는 속으로 움찔했으나 그저 가볍게 웃어넘겼다.

"이런, 소문이 벌써 그렇게 퍼진 줄은 몰랐습니다."

율리우스의 답변은 이렇게도 저렇게도 해석될 여지가 많았다. 율리우스가 본래 이런 장소에서 여자 이야기를 길게 하는 법이 없는지라 이 주제는 별로 사람들의 흥미를 오래 끌지는 못했다. 하지만 율리우스는 하드리아누스가 다시 날카로운 눈빛으로 자신을 주시하는 것을 깨달았다.

"율리우스 님!"

무거운 마음으로 도무스로 돌아온 율리우스를 맞이한 것은 루시아였다. 율리우스를 보자마자 루시아의 루비 같은 눈빛이 반짝거렸다. 표정이 풍부하지 않은 루시아였지만 그를 바라보는 그녀의 눈빛이 많은 감정을 보여 주고 있었다. 루시아는 여전히 불안해했지만 그의 고백을 받은 이후 무척 아름답게 피어나고 있었다.

"늦었는데 아직까지 기다렸어?"

율리우스가 초봄의 날씨에 입술이 파랗게 질린 채 정원에 있던 루시아를 살며시 끌어안으며 속삭였다.

"잠이 잘 안 와서요."

애타게 자신을 기다린 것이 뻔한데도 귀여운 핑계를 대는 그녀가 사랑스러웠는지 율리우스는 살짝 미소를 지었다. 루시아는 그의 품에 안겨 조용히 침묵을 지켰다. 어쩐지 그의 표정이 너무나 복잡해 보였던 것이다. 사실 아까 저녁 무렵, 집을 나설 때에도 상당히 불편해하는 기색이 보였기에 일부러 잠들지 않고 기다렸던 루시아다.

"우리……."

율리우스가 말을 꺼내려다 멈추었다. 그리고는 그의 품 안에서 루시아를 부드럽게 떼어 내 두 눈을 응시했다.

"그냥…… 이대로, 우리를 아무도 모르는 곳으로 도망가서 둘이서만 살까?"

갑작스런 그의 말에 루시아의 눈이 커졌다. 그의 말투가 장난을 하는 것 같지는 않았다. 최근 부쩍 그는 루시아를 그저 끌어안고만 있었다. 그의 눈빛에 떠오른 어떤 공허한 감정을 루시아는 예민하게 감지하곤 했다.

"무슨 일이 있었나요?"

율리우스는 아무런 대답이 없었다. 다만 그녀의 머리카락을 쓰다듬는 그의 손길이 애틋했다.

“돌아가신 부모님을 나중에 뵈면 최선을 다했노라고 말씀드려도 될 만큼 누구보다 열심히 노력을 하셨잖아요?”

루시아의 위로에도 율리우스는 고개를 저었다. 그는 정원 중앙에 있는 목신상을 아련하게 바라보며 마치 독백처럼 읊조렸다.

“그 생각만으로 버텼어. 속주 출신이라고 무시당하면서도, 처절한 외로움에 시달리면서도, 그저 가족의 원수를 갚는 것이 내가 혼자 살아남은 이유라고 생각하고 버티고 또 버텼어.”

그의 목소리는 아련했다. 홀로 살아남아 복수를 다짐하는 어린 아이의 모습이, 공포에 시달리며 무작정 도망치는 소년의 모습이, 그리고 누구보다 애써 군대에서 차근차근 실력을 밟아 나가는 청년의 모습이 루시아는 손에 잡힐 듯이 그려졌다. 그는 타고난 성실함으로 그렇게 열심히 살아왔을 것이다.

“나라도 기억해야 한다고 생각했어. 나마저 기억하지 않으면 아무도 그들을 기억하지 않을 테니까…….”

그의 목소리가 점점 잦아들었다. 무거운 마음의 짐을 지고 홀로 견뎌 내는 사내의 모습이 겹쳐졌다.

“그리고 그들의 복수를 마칠 때까지 절대 나만 혼자서 행복해져선 안 된다고도 다짐했었어.”

루시아는 그의 손을 살며시 잡아 주었다. 그녀의 온기에 그가 움찔하며 그녀를 바라보았다.

“그런데 난 행복해지면 안 되는 걸까? 복수는 이미 했으니까, 이제는 조금 행복해져도 부모님은 용서해 주지 않으실까?”

그의 대답을 구하지 않는 질문을 루시아는 조용히 들어 주었다. 그에게 필요했던 것은 삶의 무게를 내려 두고 잠시 쉴 수 있는 공간이 아니었을까? 가족을 잃은 슬픔, 혼자 남은 외로움, 살아남아 견뎌야 했던 치욕과 두 어깨를 무겁게 짓누르는 책임감. 오롯이 자신만이 그 모든 아픈 기억을 간직하며 살아서 추억해야 한다는 것이, 그 비극을 잊지 않은 것만이 유일하게 그가 할 수 있었던 조상이었다면?

"잠깐 내려놓아도 돼요. 여기선 그 누구도 당신을 비난하지 않아요."

루시아의 작은 목소리에 율리우스의 몸이 눈에 띌 정도로 크게 움찔했다. 한 번도 그 생각은 해 보지 못했던 사람처럼, 그의 은회색 눈빛이 짙은 색으로 가라앉았다. 물에 젖어 색이 짙어지는 옷감처럼 그의 눈빛이 짙은 검푸른 빛으로 변했다.

"율리우스 님!"

루시아가 먼저 손을 내밀었다. 어색하게 어찌할 바를 모르는 눈빛으로 서 있는 그의 뺨을 감쌌다. 그리고 한껏 발돋움하여 그의 아름다운 입술에 제 입술을 대었다. 그저 순진하게 입술만을 대고 아무것도 하지 못하는 루시아였다. 두근거리는 제 심장소리가 북소리 같았다. 하지만 지금 그녀는 버려진 어린아이 같은 그를 외면할 수가 없었다. 제 온기가 그에게 필요하다면 나누어 주고 싶었다.

"루시아!"

그는 한숨처럼 그녀의 이름을 불렀다. 이후 그녀의 가느다란 허리를 확 낚아채며 그는 그녀의 도톰한 붉은 입술을 허겁지겁 삼켜 버렸다. 그의 넓은 가슴에 쏙 안기자 루시아는 아찔했다. 그의 심장 역시 자신 못지않게 뛰고 있었던 것이다. 제 등을 쓰다듬는 그의 손끝이 미세하게 떨리면서도 상당히 욕망에 가득 차 있었다. 그리고 제 입술에 닿은 그의 입술은 뜨거웠고 또 달콤했다.

"율리……우스 님."

나비의 날갯짓처럼 무척이나 연약하고 작은 목소리, 하지만 섣부른 위로보다 더 큰 위안을 주고 있었다. 그가 묻듯이 그녀의 입술을 탐색하며 부드럽게 혀로 핥았다. 그녀가 숨이 막혀 살짝 입술을 벌린 순간 뜨거운 혀가 그녀의 입안으로 밀려 들어왔다.

"하앗!"

그녀의 루비 같은 눈동자가 확 커졌다. 곧 자신의 눈앞에 있는 그의 뜨거운 눈빛에 루시아는 깜짝 놀라 다시 눈을 감았다. 입술이 달콤하게 저릿했다. 그의 혀가 자신의 입안 구석구석을 탐색할 때마다 아릿한 감각이 온몸을 휘감았다. 몽롱하면서도 하늘에 붕 뜬 듯한 느낌. 제 허리를 포박한 그의 뜨거운 손길 때문에 루시아는 간신히 서 있을 수 있었다.

"하읍!"

그가 잠시 입술을 떼자 그녀는 급하게 숨을 들이켰다. 쓰러지지 않으려 루시아는 그의 튜니카 자락을 생명줄처럼 움켜쥐었다. 곧 다시 그의 입술이 그녀의 저릿한 입술을 차지했다. 질척거리며 들리는 물소리에 여전히 루시아의 얼굴이 붉어졌다. 그리고 그의 뜨거운 키스에 숨이 막혔지만 루시아는 그만두고 싶지 않았다.

"루, 시아!"

그가 커다란 손으로 그녀의 등을 좀 더 그쪽으로 잡아당겼다. 두 사람은 한 치의 틈도 없이 딱 붙어 있었다. 빠르게 뛰는 심장소리가 하나로 합쳐졌다. 그렇게 무아지경으로 두 사람은 뜨거운 감각에 녹아들었다.

"하아……하!"

거친 숨소리를 내뱉으며 그의 혀가 더욱 오만하게 그녀의 입안을 탐하며 작고 귀여운 혀를 낚아챘다. 그가 제 혀를 비비고 살짝 깨물기도 하고 강하게 빨아들이기도 하자 루시아는 무척이나 기분이 좋아졌다. 루시아는 그에게 좀 더 다가가고 싶었다. 그의 영혼의 빈 곳을 아주 잠시나마 채워 주고 싶었다. 홀로 남겨져 아직도 슬퍼하는 그 안에 남겨진 작은 아이의 영혼을 위로하고 싶었다.

"너는…… 대체 누구인 걸까?"

한숨처럼 그가 속삭였다. 루시아는 대답할 수 없었다. 그녀 자신도 자신이 어떤 사람인지 알 수 없었다. 다만 한 가지, 그를 향하는 지금 이 마음엔 한 치의 거짓도 없었다. 오롯이 그의 아픈 마음을 위로하고픈 루시아가 있을 뿐이었다. 그녀가 그런 마음을 전하듯이 애타게 그의 입술을 받아들였다.

"하아……. 아아……. 하아……하!"

달콤한 신음을 내뱉으며 그녀는 그의 가슴에 매달려 있었다. 그런 그녀는 곧 자신의 가슴을 희롱하는 그의 손길에 몸을 떨기 시작했다. 아주 자연스럽게 그가 그녀의 부풀어 오른 가슴을 탐하고 있었다. 그녀는 그것을 거부하지 않았다. 평소보다 그의 손길은 다소 성급했다. 루시아는 그 손길에 깃든 그의 마음을 알아챘다. 이다음을, 더욱 친밀함을 바라는 그의 욕망을……!

"무척 부드럽군."

그가 한숨처럼 속삭이며 그녀의 귓가를 핥았다. 그녀는 야릇한 감각에 몸을 떨면서도 그에게 더욱 밀착했다. 키스할 때부터 시작된 열기가 점점 더 수위를 높여 가며 그녀를 채우고 있었다. 온몸이 뜨거웠고 특히 하반신으로 뜨거운 열이 뭉치는 기분이었다. 몸은 안타까울 정도로 달아올라 그의 손길을 고대하고 있었다.

"하앗!"

날카로운 쾌감이 그녀를 강타하자 그녀가 비명을 질렀다. 가슴에서 시작한 열기는 짜릿할 정도로 그녀를 휘감았다. 그가 고개를 내려 그녀의 가슴 끝 부분을 살짝 깨물었던 것이다. 그의 손길에 그녀의 몸은 격렬하게 반응하고 있었다.

"너는 달콤한 꽃잎 같아. 항상 달콤한 향으로 나를 유혹하지."

그가 그렇게 중얼거렸다. 마치 유혹을 이길 수 없다는 듯이 그는 자신에게 안겨 온 그녀를 원하고 있었다. 시작이 어떠했는지 하나도 기억이 나지 않았다. 다만 그의 뜨거운 체온이 그의 거친 호흡이 좋았다.

"오늘은 너를…… 끝까지 안고 싶어!"

그의 꾸밈없는 욕망에 루시아는 아찔해졌다. 그가 원하는 것이 무엇인지 잘 알 수 없었지만 그녀는 거부할 수 없었다. 아니 거부하고 싶지 않았다. 어느새 그녀의 마음도 그를 향해 흐르고 있었다. 그가 원하는 것이 그녀도 원하는 것이었다. 그녀는 살며시 고개를 끄덕였다. 그러자 그의 눈이 환희에 가득 차 크게 벌어졌다. 그리고 다시 그녀의 입술을 거칠게 탐하며 그는 손쉽게 그녀를 번쩍 안아 올렸다.

"루시아!"

그는 부드럽게 그녀의 이름을 불렀다. 그녀의 어지러운 시야 사이로 포도나무 사이를 날아다니는 큐피드가 보였다. 그는 그녀를 아주 조심스럽게 침대에 내려놓았다. 그리고는 무척 뜨거운 시선으로 응시하자 그녀는 매우 수줍어졌다. 입술은 키스 때문에 한껏 부풀어 올랐고 튜니카도 스톨라도 그의 손길에 흐트러져 있었다. 상기된 자신의 뺨에 그의 시선이 닿자 얼굴이 타는 것만 같았다. 수줍게 얼굴을 붉히는 그녀를 뜨거운 눈빛으로 바라보던 그가 속삭였다.

"아름다워."

그가 감탄하며 그녀의 머리카락을 쓸어내렸다. 그리고는 한 줌을 잡아서 그의 입술을 대었다. 사랑스런 존재를 대하는 존중의 키스.

찌르르!

머리카락에도 감각이 있는지 그녀의 온몸에 전율이 흘렀다. 곧 그의 입술이 그녀의 가느다란 목덜미에 닿았다. 그녀는 그에게 삼켜지고 있었다.

"달콤한 향기야……."

그가 다시 그리 속삭였다. 루시아는 달콤한 것은 그의 목소리라고 생각했다. 이내 가슴에 느껴진 한기에 그녀는 살짝 몸을 떨었다. 그의 손길에 가슴팍이 헤쳐져 아름다운 가슴이 노출되었던 것이다. 이미 그에게 허락했던 가슴이었지만 오늘은 평소보다 더욱 수줍어졌다.

"아앗!"

그녀가 반사적으로 몸을 움츠리려던 순간 그의 행동이 더욱 빨랐다. 곧 뜨거운 입술이 그녀의 젖꼭지를 삼키고 말았던 것이다. 사냥감을 잡는 야수처럼 신속하고 군더더기 없는 동작이었다. 그는 야릇하게 혀를 굴려 그녀를 미묘하게 자극했다.

"하읏!"

루시아는 비명을 질렀다. 뜨거운 혀는 젖꼭지를 농밀하게 희롱했고 그러자 그것이 딱딱하게 굳어 더욱 제 존재를 드러내고 있었다. 그가 유륜 부분까지 넓게 핥다가 제 가슴 끄트머리를 살짝 깨물자 온몸에 전율이 흘렀다.

"하아……아……아아!"

루시아가 어지러운 감각에 정신을 못 차리고 있는 사이에도 율리우스는 매우 집요하게 그녀를 탐하고 있었다. 그의 손길이 그녀의 옆구리를 훑고 그녀 몸의 모든 곡선을 샅샅이 쓸어내렸다. 그녀의 옷자락은 점점 더 벌어지며 섬세한 그녀의 피부를 점점 드러내고 있었다. 그의 손길은 부드럽고 말랑말랑한 루시아의 피부를 세심하게 탐하고 있었다.

"하아……. 율……리우스 님."

루시아는 그의 손끝이 닿을 때마다 몸을 떨었다. 피부 아래에서 소용돌이치는 감각에 정신이 멍해졌다. 그는 마법처럼 그녀의 온몸을 뜨겁게 달구고 있었다. 그래서 어찌할 바를 모르고 그녀는 그저 달뜬 신음을 뱉어 내며 그의 이름을 부를 뿐이었다.

"아름다워!"

그가 속삭인 말에 루시아의 온몸이 붉어졌다. 하얀 피부에 홍조가 피어나 루시아의 피부는 갓 피어난 장미 꽃잎처럼 촉촉하고 부드러워 보였다. 그것을 핥듯이 바라보던 율리우스는 마치 그녀의 온몸에 제 입술을 찍을 작정으로 보였다. 그의 손끝이 지나갔던 모든 곳에 그의 뜨거운 입술이 다시 닿고 있었다.

"하아, 아……하……. 유……울……리……."

그의 입술이 화인처럼 제 피부에 닿을 때마다 루시아는 헐떡이며 떨었다. 짜릿한 감각이 점점 더 퍼져 나갔고 그의 입술이 새로운 곳에 닿을 때마다 그녀는 경련했다. 저릿하면서도 달콤한 쾌감, 좋아하는 사람과 함께하면 이런 황홀한 기분이 되는 것일까? 분명 이렇게 달콤하고 농밀한 쾌감은 그이기 때문에 느낄 수 있는 것이 분명했다.

"루시아……!"

그가 낮은 목소리로 부드럽게 그녀의 이름을 부를 때마다 루시아는 점점 그에게 빠져들었다. 그가 지어 준 이름, 그로 인해서 다시 태어난 자신이었다. 그리고 그의 부름에는 진득한 소유욕이 배어 있었고 그것 때문에 더욱더 흥분하고 말았다. 그는 자신을 지독하게 원하고 있었다.

"율리우스 님!"

그녀가 대답하듯이 그의 이름을 부르자 그의 무뚝뚝하던 얼굴에 화사한 미소가 피어올랐다. 은회색 눈동자가 욕망 때문에 색이 짙어져 있었다. 그의 미소는 따사로워서 태양의 신인 아폴로보다 더욱 아름다웠다.

"헉!"

그때 그녀가 자신의 몸에 닿은 그의 뜨거운 분신을 느끼자 가느다란 비명을 질렀다. 그런 그녀의 반응에 율리우스는 섹시한 미소를 지었다. 약간 음흉하면서도 마치 제 앞에 놓인 사냥감을 탐하듯이 그가 자연스럽게 그의 하반신을 그녀에게 꾹 밀착했다.

"느껴져?"

그녀의 얼굴이 붉게 달아올랐다. 뭐라 대답을 해야 하는지 몰라 그저 입만 벙긋거렸다. 그저 가슴을 핥고 자신을 여기저기 쓰다듬던 때완 전혀 달랐다. 부끄럽지만 그가 자신을 간절히 원하는 것이 느껴지자 짜릿해졌다.

"너를 미치도록 원해."

그의 뜨거운 목소리가 그녀의 고막을 자극했다. 젖은 입김이 그녀의 귓불을 자극하자 루시아는 저도 모르게 몸을 살짝 떨고 말았다. 곧 그의 뜨거운 입술이 다시 그녀의 피부를 탐하기 시작했다. 가녀린 목덜미를 지나, 봉긋하고 아름답게 솟아오른 가슴을 희롱하고는 납작하고 예쁜 그녀의 배를 쓸었다. 그럴 때마다 그녀는 작살에 꿰인 생선처럼 바들바들 떨며 그의 뜨거운 입술을 받아들이고 있었다.

"하아……."

동시에 그의 손은 그녀의 온몸을 미친 듯이 쓰다듬고 있었다. 온몸에 주어지는 감각, 마치 깃털로 간지럽혀지는 것 같은 황홀한 감각이었다. 그리고 그녀는 두둥실 가벼운 공기 중으로 부유하고 있었다.

"아앗……."

그의 뜨거운 숨결이 그녀의 비부 사이에 닿았을 때 그녀가 펄쩍 뛰었다. 그가 주는 감각에 속절없이 빠져들던 그녀였지만 수줍음이 너무 컸던 것이다.

'서, 설마……?'

그런 곳까지 그가 볼 줄 몰랐던 그녀는 놀라서 몸을 움찔했다. 이게 맞는 행동인 것인지, 이렇게 부끄러운 곳을 그에게 드러내도 되는 것인지 루시아는 제정신이 아니었다. 그저 하반신을 잇기만 하는 것이 아니었나?

"쉬이, 괜찮아."

놀란 그녀를 진정시키며 그가 속삭였다. 그러자 모든 것이 괜찮을 것 같았다. 그러나 그녀가 안심한 것도 잠깐, 그녀는 더욱 큰 충격에 빠져들었다. 곧 그의 혀가 그녀의 갈라진 꽃잎을 부드럽게 핥았던 것이다.

"하아!"

엄청난 감각에 그녀는 목구멍이 콱 하고 막히는 기분이었다. 미치도록 부끄러우면서도 그에게만은 허락할 수 있었다. 그의 혀가 조심스럽게 아직 조신하게 닫혀 있는 꽃잎을 자극했다. 부드러운 꿀을 토해 내면서도 아직까지 그녀의 꽃잎은 누구의 침입도 허락하지 않고 굳게 입을 닫고 있었다.

"귀여워."

그가 속삭이자 뜨거운 입김이 그녀의 하초를 자극했다. 저도 모르게 그녀는 몸을 부르르 떨었다. 그의 커다란 손이 그녀의 허벅지를 단단하게 붙잡았다. 그리고 그는 본격적으로 그녀를 탐하기 시작했다.

질척, 질척, 질척, 츄릅, 츄릅, 츄릅!

아래에서 들리는 야한 물소리, 그의 혀가 주는 감각에 루시아의 의식은 점점 몽롱해졌다. 지금 여기가 어디인지 자신이 누구인지 모든 것들이 희미해지고 오직 그녀의 오감은 그를 향해 열려 있었다.

"하아…… 아아……. 그……마안……!"

과도한 쾌감에 그녀는 참지 못하고 애원했다. 그러나 그의 뜨거운 입술과 혀는 더욱 집요하게 그녀를 적시고 있었다. 마침내 그가 수줍게 모습을 드러낸 꽃망울을 부드럽게 핥자 루시아의 가느다란 몸이 눈에 띄게 움찔했다. 그가 손가락을 만졌을 때와는 또 다른 농밀한 감각이었다.

"학, 뭐……뭐예요?"

그녀는 깜짝 놀라 비명을 지르며 몸을 빼려 했다. 하지만 그의 손길은 단호하게 그녀를 포박하고 있었다. 그리고 그의 혀는 통통하게 부풀어 오른 작은 꽃망울을 무척이나 소중하게 핥고 자극하기 시작했다. 간지러운 듯 애타는 달콤한 저릿저릿함이 루시아를 몰아붙이고 있었다.

"하지…… 말, 아요……. 하아……."

그녀는 애원했다. 아래쪽에서 피어난 감각에 모든 이성이 날아가고 말았다. 아픈 것인지 좋은 것인지 엄청난 감각에 그녀는 무서워서 도망치고 싶었다. 자꾸만 그녀 안에서 차근차근 쌓인 무엇이 곧 폭발해 버릴 것만 같아서 두려웠던 것이다.

"그냥…… 느끼면 돼."

그가 부드럽게 속삭이며 살짝 입술로 꽃망울을 물었다.

파바박!

엄청난 감각에 루시아는 경련했다. 정수리 끝에서 발끝까지 몸을 태워 버릴 것 같은 감각이 그녀의 몸을 관통했던 것이다. 그녀는 고스란히 그 감각에 삼켜졌다.

"헉!"

그녀는 너무나 커다란 쾌감에 숨이 막혀 제대로 신음조차 내지 못했다. 그의 입술이 더욱 집요하게 그녀의 꽃망울을 자극했다. 뿌리 뒤쪽을 자극하자 그녀 안에 고인 모든 감각이 마치 그녀의 온몸을 떠트려 버릴 것처럼 부풀어 올랐다.

"시, 싫어. 하……지……!"

두려워서, 온몸을 저릿하게 만드는 이 애타는 감각이 너무 격렬하여 그녀는 애원했다. 이제는 자신이 자신이 아닌 것만 같은 느낌에 그녀는 미친 듯이 그의 머리를 잡고 몸부림쳤다. 그가 힘껏 입술로 그녀의 꽃잎 전체를 츄릅 하고 빨아들였다.

"하악……. 안 돼……!"

그녀는 그저 하얀 파도에 삼켜졌다. 마치 긴 창이 그녀의 온몸을 관통한 것처럼, 날카로운 쾌감에 그녀의 등이 뒤로 젖혀지며 확 하고 펴졌다. 날개를 단 큐피드처럼 그녀는 어딘지 알 수 없는 영원의 세계를 부유하고 있었다. 그것은 몇 초였는지 몇 분이었는지 혹은 영원이었는지 그녀는 알 수 없었다. 다만 아주 천천히 아래로 하강하였을 때 그녀는 다시 따듯한 그의 품속에 있었다.

"루시아?"

그의 부름에 그녀가 멍한 눈으로 간신히 그를 바라보았다. 그는 그런 그녀의 뺨을 부드럽게 쓰다듬어 주었다. 처음 느낀 감각에 어찌할 바를 모르는 그녀가 기특하다는 듯이, 그리고 수고했다는 듯이 그렇게 쓸어 주었다.

"유, 율리우스…… 님. 하아……. 아……."

그녀는 간신히 그의 이름을 불렀다. 이 느낌을 어떻게 표현해야 하는지 몰랐다. 그래서 그저 그의 넓은 어깨를 끌어안고 거친 숨을 내뱉었다. 무척 격렬한 운동을 하고 난 후처럼 심장이 터질 것만 같았다. 더불어 그녀의 맨가슴에 느껴지는 탄탄한 그의 가슴도 격렬하게 뛰고 있었다.

"루시아!"

그의 억제된 음성에 그녀는 곧 이변을 눈치챘었다. 그의 뜨거운 분신이 그녀의 배를 사정없이 찌르고 있었고, 그의 온몸이 타는 듯이 뜨거웠던 것이다. 그의 분신은 속옷을 뚫고 나올 것처럼 부풀어 있었다. 다시 루시아의 얼굴에 열이 확 올랐다.

"이제…… 너를 안게 해 줘."

그의 애원에 루시아는 수줍게 고개를 끄덕였다. 그가 조심스럽게 그녀를 다시 침대에 눕히고 그녀의 입술에 키스했다. 그녀가 그의 입맞춤에 몽롱하게 빠져들고 있는 사이에 어느새 알몸이 된 그는 그녀의 다리를 조심스레 벌리고 그 사이로 자리를 잡았다.

"하아……!"

거친 숨을 몰아쉬는 그녀의 얼굴에 키스의 비를 뿌리며 그의 손이 다시 그녀의 가슴과 꽃잎을 자극하기 시작했다. 다시 울컥하고 애액이 솟아오르는 것을 깨달은 루시아의 온몸이 꽃처럼 붉어졌다. 그의 손가락은 매우 리드미컬하게 움직이며 그의 혀에 촉촉하게 젖어서 풀어진 그녀의 동굴을 자극했다.

"헉!"

그가 손가락을 안으로 밀어 넣자 그녀는 입술을 떼고 신음했다. 애액으로 충분히 젖은 상태였고 손가락 하나라 통증은 없었지만 낯선 이물감 때문이었다. 놀란 그녀를 안심시키듯이 다시 그의 부드러운 입술이 그녀의 부드러운 이마를 쓸었다.

"쉬이 괜찮아, 긴장하지 마."

그가 그녀의 귓불을 살짝 깨물며 그렇게 속삭이자 루시아는 몽롱해졌다. 그가 살살 그녀의 동굴 안쪽을 자극하자 생경한 감각에 그녀는 허리를 들썩였다. 그가 다시 손가락 하나를 더하자 그녀는 저도 모르게 그의 목을 강하게 끌어안았다. 온몸이 저릿해졌다. 지금 이 순간 그녀가 의지할 사람은 그뿐이었기 때문이었다.

"하아, 자꾸 자극하지…… 마……!"

그녀가 자신의 뜨겁고 촉촉한 입술을 그의 목덜미에 비비자 그는 억눌린 음성으로 속삭였다. 그녀가 어찌할 바를 몰라 어린아이처럼 고개를 붕붕 내젓자 그가 낮게 웃었다.

"아아, 정말……."

그는 그렇게 한숨처럼 속삭이고는 다시 그녀의 동굴 안쪽을 이리저리 찌르기 시작했다. 그리고 좁은 문을 벌리듯이 낮은 입구에서 그녀를 자극하자 루시아는 다시 부들부들 떨기 시작했다. 두려우면서도 그가 주는 감각이 황홀했다. 그녀는 알려 주지 않아도 그가 곧 자신의 이 안쪽으로 들어올 것임을 깨달았다. 충격적이었던 프레스코화 속의 남녀의 행동을 이제야 제대로 이해할 수 있었다. 아직 서툴고 낯선 그녀의 긴장을 풀어 주기 위해서 그는 무척이나 노력하고 있었다.

"하아, 아……아……!"

그가 이제 손가락을 세 개까지 넣자 그녀는 신음했다. 입구가 꽉 하고 당겨지자 약간 아프기도 했고 동시에 안쪽에서 그의 손가락이 마찰할 때마다 기분이 좋기도 했다. 그리고 울컥울컥 계속 그녀는 달콤한 꿀을 토해 냈고 그의 손가락은 더욱 부드럽게 움직였다.

"헉……!"

그가 어느 지점을 자극하자 그녀는 크게 숨을 들이켜며 경련했다. 곧 그녀의 동굴이 요동치며 그의 손가락을 미친 듯이 조였다. 다시 절정이었다. 거대하면서도 압도적인 물결이 그녀의 몸을 휘감았다.

"유, 율리우스…… 님!"

그녀는 그의 이름을 부르며 그에게 의지했다. 두 번째 느낌은 아까보다 더욱 집요하고 달콤했던 것이다. 그런 그녀가 안정될 때까지 잠시 기다리던 그는 그녀의 입술에 애타게 키스하며 속삭였다.

"하아……. 루시아! 이제…… 참을 수가 없어."

그의 낮고 욕망에 가득 찬 음성에 그녀는 전율했다. 그가 자신을 미치도록 원하고 있었다. 아직도 무엇인가가 아쉬운 것처럼 움찔거리는 그녀의 꽃잎에 아주 뜨거운 그의 분신이 닿았다.

"이제 너를…… 허락해 줘."

그의 부탁에 그녀는 아무 말 없이 그의 강인한 등을 끌어안았다. 남녀가 하나가 되는 이 경이로운 순간, 그 상대방이 율리우스라는 것이 무척 감동스러웠다. 그녀의 행동을 허락으로 받아들인 그가 조심스럽게 그녀의 꽃잎을 그의 분신 끄트머리로 자극하기 시작했다.

"뜨, 하아……. 뜨거워요."

그녀의 한숨 같은 교성에 그는 그녀를 응시했다. 그의 표정은 어떤 감정인지 루시아가 이해할 수 없는 복잡한 것이었다. 하지만 맑고 올곧은 눈빛으로 자신을 똑바로 응시하는 그의 눈빛에 루시아는 짜릿해졌다. 그의 성실함과 그의 진심이 오롯이 느껴졌기 때문이었다.

"미안해, 이젠 네가 하는 어떤 말도 듣지 못할지도 몰라."

그리고 곧 그가 결심한 듯이 그녀의 허리를 양손으로 붙잡았다. 뜨거운 손길! 그의 인장이 제 피부에 찍힌 기분이었다.

"하지만 너를 사랑하고 원하는 내 마음을 의심하지는 말아 줘."

그의 목소리는 욕망에 젖어 무척이나 낮았다. 그 나직하고 달콤한 목소리에 루시아는 빠져들었다. 살짝 엉덩이가 침대 바닥에서 뜬다고 생각한 순간, 뜨겁고 엄청난 질량의 그가 그녀 안으로 진입했다.

"헉!"

마치 창에 꿰인 것 같아 그녀는 숨을 삼켰다. 압도적인 감각에 그녀는 비명조차 지르지 못했다. 용맹하게 자신의 안으로 직진하는 그를 받아들일 뿐이었다.

"루시아, 제발, 긴장을…… 풀어 줘."

그가 고통으로 굳어 버린 그녀에게 부탁을 했으나 지금 충격에 빠진 그녀는 그 말을 듣지 못했다. 그저 그를 받아들이기 위해서 안간힘을 쓰고 있었다.

"하아, 루시아, 너는…… 어쩌면 이리 가련하고 사랑스러운 것일까?"

그가 그녀의 머리카락을 부드럽게 넘겨 주며 속삭였다. 그녀는 대답도 하지 못하고 그저 그의 어깨에 매달렸다. 작은 아이처럼 제게 기대 오는 그녀가 사랑스러워 율리우스는 그녀의 이름을 불렀다.

"루시아, 루시아!"

그가 그녀의 눈물을 뜨거운 혀로 부드럽게 닦아 주며 한숨처럼 그녀의 이름을 불렀다. 그리고 곧 그녀는 자신 안에 가득 찬 그를 느낄 수 있었다. 통증으로 숨조차 제대로 쉬지 못하고, 그녀의 온몸이 뻣뻣하게 굳어 버렸다. 아까 느꼈던 그 황홀함은 다 무엇이었는지 그녀는 알 수가 없었다. 오직 그가 제 안에 있다는 그 사실만이 또렷했다. 아프고 힘들지만 그래도 그것이 매우 감동적이었다. 두 사람이 하나가 된 것이었다.

"미안해."

그가 한숨처럼 속삭이자 그제야 루시아는 소리를 내며 신음했다. 루비 같은 그녀의 눈에서는 계속 아름다운 눈물이 흘러나왔다. 아팠지만 마음은 충만했다. 그런 자신의 느낌을 그에게 전하고 싶었지만 그녀는 그저 그의 이름만을 불렀다.

"율리……우스 님!"

그의 이름을 한숨처럼 부르자 그의 몸이 움찔했다. 그의 얼굴에서 떨어진 뜨거운 땀방울이 그녀의 가슴에 떨어졌다. 그는 무엇인가를 엄청나게 참고 있는 것처럼 입을 꽉 물고 있었다.

"하아……!"

그러나 곧 시작된 그의 움직임에 그녀는 감각의 폭풍 속으로 던져졌다. 그가 슬쩍슬쩍 허리를 움직이기 시작했던 것이다. 그때마다 그의 분신이 그녀 안에서 요동치고 있었다. 용맹하고 강인하며 그러면서도 무척이나 다정한 그가 그녀를 철저하게 탐하고 있었다.

"아, 아파……요."

동굴 벽에 그의 뜨거운 분신이 마찰할 때마다 아릿했다. 아주 조심스런 움직이었으나 그녀에게는 아직 쾌감보다는 고통이 더욱 컸던 것이다. 그래서 어쩔 수 없이 그에게 칭얼거리고 말았다.

"사랑스러운…… 나의 루시아."

그가 계속 그녀의 이름을 부르며 그녀의 온몸을 사랑스럽게 쓰다듬자 차츰차츰 긴장이 풀리고 있었다. 하지만 고통으로 굳어 버린 그녀의 안쪽은 아직 빽빽했다. 그는 아파하는 그녀를 안타까워하며 계속 그녀의 온몸을 사랑스럽게 쓰다듬었다. 그리고 그녀의 귀에 꿀같이 달콤한 밀어를 속삭여 주었다.

"루시아, 루시아, 사랑해!"

그가 주문처럼 계속 그녀의 이름을 부르며 달콤하게 속삭였다. 그가 사랑한다고 속삭일 때마다 그녀는 반응했다. 그가 잠시 뒤로 물러났다 안으로 진입할 때마다 가녀린 그녀의 몸이 사정없이 흔들렸다. 하지만 조금씩 조금씩 그녀의 몸은 달아오르기 시작했고 그의 부드러운 키스에 녹아갔다.

"아앗……!"

그의 분신 끄트머리가 깊은 안쪽을 찌르자 그녀는 경련했다. 그가 집중적으로 그 부분을 자극하기 시작하자 그녀는 애원했다. 애가 타는 미묘한 감각, 아프면서도 더 해 주기를 바라는 이 오묘한 느낌, 그녀는 두려워 애원하기 시작했다. 자신의 몸이 통제가 되지 않는 순간, 그의 움직임에 철저하게 의지할 수밖에 없었다.

"하지…… 마, 안 돼……!"

아픈 감각 사이로 설명할 수 없는 묘한 감각이 겹쳐졌다. 그리고 고통 때문에 말랐던 그녀의 동굴 안쪽이 다시 촉촉하게 젖어들었다. 그러자 그의 움직임이 더욱 매끄러워졌고 동시에 그의 허리 짓도 다소 거세어졌다.

"하아……. 아……앗. 아……아!"

그저 달콤한 신음을 흘리며 그녀는 그의 움직임을 받아들였다. 그의 뜨거운 분신이 자신의 안을 비빌 때마다 벼락에라도 맞은 것처럼 온몸으로 뜨거운 열기가 흘렀다. 아프면서도 뜨거운 느낌, 그가 자신에게 말을 걸고 있는 느낌이었다. 이렇게 두 남녀는 서로에게 가까워지는 것이었다. 사랑한다는 고백만큼 뜨거운 그의 열기를 정말로 온몸으로 느낄 수 있었다.

퍽, 퍽, 퍽!

그가 움직일 때마다 온몸이 떨렸고 하초에서는 야릇하고 질척한 물소리가 흘러나왔다. 하지만 그의 애타는 움직임이 사랑스러웠기에 그녀 역시 어설프게나마 허리를 움직이고 있었다. 그저 그가 자신에게 더욱 가까이 다가오기를 바라는 소망이었다. 그리고 그녀 역시 애타게 자신의 안을 탐하는 그에게 다가가고 싶었다.

"아앗……!"

다시 그녀는 엄청난 감각에 그대로 삼켜졌다. 마치 어디론가 떠내려갈 것 같은 두려움에 생명줄처럼 그를 끌어안았다. 그녀의 동굴이 미친 듯이 요동치자 그 역시 숨을 헉 하고 들이켰다. 이내 그녀는 온몸을 굳히며 바들바들 떨었다.

"윽……!"

그의 분신이 마치 자신의 동굴을 찢어 버릴 것처럼 커진다고 느낀 무렵, 뜨거운 물보라가 그녀의 안쪽에 뿌려졌다. 그리고 그 역시 온몸을 부들부들 떨었다. 그녀는 그 역시 마지막에 도달한 것을 알았다. 잠시 후 그의 몸이 루시아를 포근한 이불처럼 감쌌다. 두 사람의 피부가 타는 듯이 뜨거웠고 땀과 체액으로 끈적끈적했지만 그것조차도 행복했다.

"루시아, 사랑해."

그가 그녀의 입술에 사랑스럽게 입맞춤하며 그녀의 손을 꼬옥 잡아 주자 그녀는 무척이나 포근하고 행복했다. 드디어 루시아는 한 남자의 여인이 되었다. 서로를 원하는 두 남녀의 농밀하고 뜨거운 하룻밤은 그렇게 지나가고 있었다. 하지만 그 행복에는 어딘지 모를 불안한 그림자가 섞여 있었다.

8. 개선식

시간은 소리 없이 흘러, 어느새 봄이 성큼 다가와 있었다. 차가웠던 로마의 공기가 봄의 따사로운 햇빛을 받아 포근해지는 것처럼 루시아와 율리우스의 관계도 점점 농밀해지고 있었다. 태양을 향하여 한껏 피어난 해바라기처럼 루시아의 얼굴은 빛이 났다. 더불어 다소 날카로운 인상이었던 율리우스의 눈매도 퍽 누그러진 기분이었다. 그런 기분 좋은 변화를 도무스의 식구들은 무척이나 기쁘게 받아들이고 있었다.

오늘도 아침 일찍 율리우스의 방으로 향하는 루시아의 발걸음은 무척이나 경쾌했다. 두 사람의 농밀한 밤은 언제나 애달프게 끝났다. 루시아가 항상 제 방으로 사라지는 것을 율리우스는 매번 무척 아쉬운 표정으로 바라보고 있었다. 지난밤에는 율리우스가 왜 함께 아침을 맞이하면 안 되는지 루시아에게 살짝 불평을 하기도 했다.

'하지만, 그래도 그건…… 조금 부끄러워!'

루시아가 간밤의 기억을 떠올리고는 얼굴을 붉혔다. 그들의 사이가 변한 것을 모두가 알고 있더라도 뻔뻔하게 아침까지 그의 방에 머무는 것은 어쩐지 망설여졌던 것이다. 그리고 그 잠시의 헤어짐 때문에 이튿날 신선한 아침의 만남이 무척이나 설레었다. 그렇게 두근거리는 마음으로 루시아가 율리우스의 침실 문을 막 연 순간이었다.

"쨍그랑!"

루시아가 들고 있던 잔이 율리우스의 침실 바닥에 떨어져 산산이 부서졌다. 삼월의 봄 햇살을 받으며 부서지는 잔의 파편들은 분수처럼 사방으로 퍼져 나갔다. 그 소리에 세야누스의 도움을 받아 선명한 붉은색 망토를 입고 있던 율리우스가 고개를 돌렸다.

"루시아?"

그는 하얗게 질린 얼굴로 바들바들 떨고 있는 루시아를 불렀다. 곧 그의 얼굴에 뭐라 설명할 수 없는 복잡한 표정이 살짝 스쳐 지나갔다. 그러나 그 표정은 찰나에 사라지고 말았다. 그가 한 걸음 그녀 쪽으로 다가서려 하자 그녀는 뒤로 슬금슬금 물러났다. 거의 무의식적인 행동이었다. 그녀에게 다가서는 율리우스의 샌들 바닥에 박힌 징이 대리석 바닥에 부딪혀 소리를 내고 있었다.

"오, 오지 마!"

그녀가 비명처럼 소리를 지르자 율리우스는 우뚝 멈추어 섰다. 그리고 낭패스런 표정으로 입술을 꾹 다물었다. 그녀에게 다가서고 싶지만 자신의 모습을 보고 공포에 질린 루시아에게 섣불리 다가설 수 없어 곤혹스런 표정이었다.

"루시아 님."

옆에 있던 세야누스가 장승처럼 굳어 버린 율리우스 대신 루시아를 불렀다. 그리고 동시에 율리우스에게 밖으로 나가는 것이 좋겠다는 눈짓을 했다. 율리우스는 무척 걱정스런 표정으로 루시아를 돌아보며 바깥으로 사라졌다. 그제야 혼란한 상태였던 루시아가 정신을 차렸다.

"하아…… 하아……."

여전히 거친 호흡을 하며 그녀는 떨리는 제 손을 감추었다. 루시아는 아무런 말도 없이 사라진 율리우스의 행동이 서운하면서도 로마 군복 차림의 그가 보이지 않자 그제야 안심이 되었다.

"괜찮으십니까?"

근심스런 표정으로 바라보는 세야누스의 목소리에 루시아는 간신히 대답을 했다.

"네. 이제 괜찮아요. 저기 손이 미끄러워서요."

누가 보아도 그녀가 지금 군복 차림의 율리우스 때문에 공포에 질린 것을 알았지만 세야누스는 별다른 말 없이 물러났다. 그리고 곧 라빌라의 목소리가 들려왔다. 아무래도 율리우스가 루시아를 살피게 라빌라를 들여보낸 것 같았다.

"세상에나, 아주 완전히 박살이 났네요."

역시 경쾌한 목소리였다. 라빌라는 씩씩한 걸음으로 다가와 바닥에 주저앉아 있던 그녀를 조심스럽게 일으켰다.

"고마……워."

루시아가 잠긴 목소리로 감사 인사를 하자 라빌라는 씩씩하게 웃었다.

"아무리 주인님의 모습이 멋있어도 그렇지 이렇게 놀라시면 어떡해요?"

라빌라는 일부러 가벼운 농담으로 그녀의 긴장을 풀어 주려고 했다. 그녀의 농담에 루시아는 어찌할 바를 몰랐다. 자신이 대체 왜 그리 놀랐던 것인지 제대로 이유를 설명할 수 없어서 루시아는 그저 침묵했다. 하지만 붉은빛의 망토와 군복을 보는 순간 온몸의 피가 얼어붙는 것처럼 두려웠다.

"오늘은 개선식이 있는 날이어서 저렇게 군복이랑 붉은 망토를 챙겨 입으신 거예요."

조용한 루시아를 보며 라빌라는 센스 있게 상황을 설명해 주었다.

"개선식?"

그녀가 멍한 목소리로 반문했다.

"네, 작년에 다녀온 원정을 마무리하는 개선식이죠. 주인님은 황제 폐하와 더불어 가장 용맹한 군단을 이끌었던 대대장이어서 함께 개선식에 참석하는 거예요."

개선식은 군인들에게는 가장 명예로운 일이었다. 로마에서는 향후 지배계층으로서 명예로운 경력을 쌓기 위해서는 군경력이 매우 중요했다. 남자들은 성인이 되는 열일곱 무렵부터 군단에 들어갔다. 대개 십 년 정도의 군생활 이후 명예로운 경력을 시작하는 것이 로마 엘리트들의 코스였다. 그렇게 경력을 쌓아서 제국을 위해서 봉사하는 것은 로마 시민들이 가장 명예롭게 여기는 일이었다. 하지만 군경력이 있더라도 이민족을 정벌하여 소기의 군사적 성과를 올린 경우에만 개선식이 허락되었다. 하여 대대장으로서 개선식을 한다는 것은 매우 자랑스러운 일이라 할 수 있었다.

"그래? 무슨 원정?"

루시아의 질문에 라빌라는 가볍게 말을 이었다.

"다키아죠."

차가운 얼음 조각이 루시아의 심장을 찌른 것만 같았다. 그리고 그녀의 머릿속으로 여러 가지 장면이 순식간에 스쳐 지나갔다. 하지만 그것은 형체를 제대로 갖추지 못하고 모든 것이 하나로 이미지로 섞여서 어지럽기만 했다.

"다, 다키아라고?"

그녀가 제 스톨라 자락을 쥐고 벌벌 떠는 것을 본 라빌라는 화들짝 놀라 루시아를 부축했다.

"왜 그러세요?"

천진한 라빌라의 갈색 눈동자에 근심이 가득했다. 하지만 루시아는 극도의 두통 때문에 어지러워 뭐라 대답을 할 수 없었다.

"루……시아…… 님!"

라빌라의 새된 목소리를 들으며 루시아는 천천히 격한 강물에 휩쓸리고 있었다. 얼음처럼 검푸른 강에 빠져서 한 여자가 허우적거리고 있었다. 희미하던 여자의 얼굴이 점점 선명해졌다. 그것은 루시아 자신의 얼굴이었다. 그리고 그녀는 곧 끝을 알 수 없는 암흑 속으로 빠져들었다.

[이 작전이 실패한다면…….]

비장하면서도 묵직한 남자의 목소리였다. 루시아처럼 검은 머리와 붉은 눈동자가 인상적인 사내였다. 더불어 그의 주변을 둘러싼 남자들의 표정 역시 매우 심각했다. 결전을 앞두고 잔뜩 긴장한 표정이었다.

[……너는 도망쳐라.]

남자는 그렇게 말을 했다.

[싫어요.]

동시에 격렬하게 거부하는 여자의 목소리가 들렸다.

[어떻게든 살아남아야 해. 부탁한다.]

너만은 살아남아 우리를 기억해 줘.

"세상에, 이 식은땀 좀 봐요!"

루시아가 눈을 뜨자 라빌라의 걱정스런 눈동자가 보였다. 잠깐 실신했었는지 그녀는 자신의 침실에 있었다. 그러나 생각보다 그

시간은 그리 길지 않았던 듯 방 안으로 들어오는 햇살의 각도가 조금 전과 크게 다르지 않았다.

"저기, 율리우스 님은?"

루시아의 목소리가 끼익거렸다.

"조금 전까지도 계속 루시아 님 옆에 계시다가, 결국 폐하의 독촉에 어쩔 수 없이 개선식에 나가셨어요. 저보고 아가씨를 잘 돌봐 달라고 신신당부를 하셨는걸요."

개선식이라는 말에 루시아가 바로 몸을 일으켰다.

"앗, 왜 이렇게 갑자기?"

라빌라의 비명에도 루시아는 단호하게 움직였다. 루시아가 바로 나갈 것처럼 숄을 챙기자 라빌라가 그녀를 말렸다.

"어딜 가시려구요? 아직도 식은땀을 이렇게 흘리시면서?"

라빌라의 두 손을 잡고 루시아가 진지하게 부탁했다.

"라빌라, 지금 개선식 장소로 나 좀 데려가 줘."

루시아는 가야만 했다. 무엇인가 자신의 과거에 대하여 실마리가 될 만한 것을 분명 찾을 수 있다는 확신이 들었다. 하지만 동시에 두렵기도 했다. 기억나지 않는 과거 따위 그냥 무시하고 율리우스의 곁에 있고도 싶었다. 그의 애정을 받으며 루시아는 행복했다. 그는 루시아를 무척 애지중지했다.

"저기 그게……. 거기는 너무 혼잡해서 힘드실 거예요."

라빌라의 만류에도 루시아는 고개를 흔들었다. 가야만 했다. 과거를 묻어두고 이렇게 계속 살아갈 수는 없었다.

"제발 부탁이야, 라빌라!"

루시아의 절박함을 알았는지 라빌라는 겨우 고개를 끄덕였다. 일단 마음을 정하자 라빌라는 무척 신속하게 움직였다. 절대 혼자 두지 말라는 율리우스의 명을 받았다면서 라빌라는 재빠르게 자신들과 동행할 남자 해방 노예를 데려왔다. 그리고 꼼꼼하게 루시아의 복장을 살펴, 눈에 띄는 루시아의 검은 머리가 드러나지 않게 했다.

"자, 가요! 절대 제 손을 놓으시면 안 돼요."

라빌라는 마치 어린 동생을 단속하듯이 루시아의 손을 잡았다. 대체 어떤 것을 발견하게 될는지 예상할 수 없었지만 루시아는 터질 것처럼 두근거리는 심장을 부여잡고 개선식이 열리는 곳으로 나아갔다.

❖

"와와, 만세, 트라야누스 황제 폐하 만세!"

"존엄한 다키쿠스!"

거리는 다키아 원정의 성과를 치하하는 사람들로 인산인해를 이루고 있었다. 사람들의 환호성과 만세소리, 그 사이로 늠름하게 마차를 타고 전진하는 황제의 모습이 보였다. 이제 50대가 된 황제는 임페라토르(본래 황제를 의미하는 말로 굳어지기 전에는 군통수권자를 의미)를 상징하는 붉은 망토를 착용하고 있었다. 그의 머리에 씌어진 황금으로 만들어진 월계관이 찬란하게 반짝거리고 있었다.

"트라야누스 황제 폐하 만세!"

지고의 황제로 칭송받고 있는 트라야누스는 근엄한 표정을 지으며 사람들의 환호에 응대하고 있었다. 그리고 그의 주변에는 멋진 말을 타고 늠름하게 행군하고 있는 기병대의 모습이 보였다. 기병대는 말과 무기까지 직접 준비해야 하였기에 그들 대부분이 귀족이었다. 그들 역시 사람들의 환호를 받고 있었다. 그런 어수선한 틈에서도 루시아는 무엇인가 자신이 원하는 것을 찾기 위해서 집중했다.

"저, 저 사람은?"

곧 루시아의 눈에 황제의 뒤를 따르는 마차에 탄 한 여자가 보였다. 튜니카와 스톨라, 숄 차림이었으나 그녀의 이국적인 생김새가 로마인이 아님을 나타내고 있었다. 검은 머리와 하얀 피부가 눈에 띄었다. 그리고 그녀는 아름다웠지만 얼음처럼 차가운 표정으로 눈을 감고 있었다. 그녀는 루시아와 매우 닮아 있었다.

"이번에 포로로 잡혀 온 일리아 공주래요."

라빌라의 설명에 루시아는 마치 벼락에라도 맞은 기분이었다.

'일리아?'

다시 끔찍한 두통이 그녀를 엄습했다.

"와와, 다키아 공주다!"

사람들이 공주를 바라보며 소리를 질렀다. 루시아는 다시 일리아 공주를 바라보았다. 다키아 원정을 축하하는 개선식에 다키아 공주는 포로로서 나온 것이었다. 그들에게 포로로 잡혀 온 적국의 고위층 여자는 그저 눈요기일 뿐이었다. 로마의 승리를 축하하기 위한 완벽한 들러리였다.

로마는 적국의 포로라도 가혹하게 대하지는 않았다. 특히 공주와 같은 지위라면 아마 이 개선식이 끝나고 나면 어딘가의 작은 도시에서 여생을 마치게 될 것이었다. 다만 그들은 평생 살아 있는 전쟁의 전리품이 되는 것이었다.

"공주의 오빠인 데게발루스 왕은 수도가 함락되자 스스로 목숨을 끊었대요."

라빌라의 설명에 루시아는 저도 모르게 제 심장 부근의 옷자락을 움켜쥐었다.

데게발루스, 다키아의 용맹했던 젊은 왕!

"디우르파네우스!"

루시아의 단호한 목소리에 라빌라가 두 눈을 동그랗게 루시아를 쳐다보았다.

"네?"

루시아의 눈빛이 차갑게 변해 있었다. 지금 루시아는 어딘가 다른 사람으로 보였다. 그제야 라빌라는 루시아가 말한 디우르파네우스가 다키아식으로 부르는 데게발루스의 이름이라는 것을 알았다. 하지만 라빌라는 제가 들은 것이 맞는지 확신할 수 없어 고개를 갸웃했다.

"루시아 님?"

라빌라가 루시아를 불렀으나 그녀의 시선은 일리아 공주에게 고정되어 떨어질 줄 몰랐다. 그리고 루시아는 주먹을 꽉 쥐고 부들부들 떨고 있었다.

"와아, 율리우스 장군이다."

사람들의 목소리에 루시아의 시선이 율리우스에게 고정되었다. 군복 차림의 그는 상당히 근사한 흑마를 타고 있었다. 당당한 체구와 자신감 있는 태도에 여자들의 시선이 쏟아졌다. 그에게 붉은 망토가 상당히 잘 어울렸다. 율리우스는 타고난 장수처럼 군복을 제 옷처럼 소화하고 있었다.

"어머, 저 반짝이는 금발 좀 봐."

"세상에나, 엄청 미남이네."

"아직 미혼이시래."

그에 대한 이야기들이 웅성거리는 사람들 틈에서 들려왔다. 라빌라는 그런 주인이 자랑스러워 어깨를 으쓱했다. 하지만 동시에 라빌라는 루시아의 무엇인가 이상한 상태에 계속 마음이 쓰였다.

"율리우스 울피우스 트라야누스!!"

루시아가 율리우스의 이름을 내뱉었다. 하지만 그것은 결코 달콤한 속삭임이 아니었다. 심장에서 끓어오르는 분노를 꾹꾹 눌러 삼키는 목소리였다. 그리고 그녀의 눈빛 역시 무척이나 날카롭게 빛나고 있었다. 루시아의 눈 속에서 빛나는 저 이글거리는 불은 결코 애정은 아닌 것 같았다.

"루시아 님?"

라빌라는 평소답지 않은 루시아가 이상해서 재차 그녀의 이름을 불렀다. 마치 얼음조각처럼 계속 같은 자세와 표정으로 율리우스를 응시하는 루시아는 지금 라빌라가 자신을 부른다는 사실도 인지하지 못하고 있었다.

"루시아 님!"

라빌라가 큰 소리로 이름을 부르며 그녀의 팔뚝을 다소 강하게 잡았다. 그제야 루시아는 마치 꿈에서 깨어난 사람처럼 라빌라를 멍한 표정으로 바라보았다.

"저기 괜찮으세요?"

라빌라의 걱정스런 음성에 루시아는 천천히 고개를 끄덕였다. 하지만 라빌라는 무엇인가 변 해 버린 것 같은 루시아의 모습이 무척이나 걱정되었다. 그리고 루시아는 완전히 기력을 상실한 사람처럼 곧 쓰러질 것 같았다.

"아무래도 빨리 도무스로 돌아가야겠어요."

라빌라가 루시아의 튜니카 소맷자락을 잡아당겼다. 그리고 뒤쪽에 서서 두 사람을 보호하고 있던 남자에게 어서 돌아가자고 눈짓을 주었다. 다행히 루시아는 별말 없이 돌아가자는 두 사람을 따랐다. 하지만 도무스로 향하던 라빌라는 갑작스레 느껴진 찌르는 듯한 시선에 움찔하며 주변을 둘러보았다. 하지만 수많은 사람들이 인산인해를 이루고 있을 뿐이었다.

"어서 돌아가요."

어쩐지 으스스한 기분에 라빌라는 발걸음을 재촉했다. 이상하게 봄인데도 무척이나 스산한 느낌이었다. 급하게 걸음을 옮기던 루시아와 라빌라가 사람들로 혼잡한 공간을 막 벗어난 시점이었다. 그들의 시야에 무척 색이 선명한 붉은빛의 꽃을 들고 있는 작은 아이의 모습이 잡혔다. 그 아이를 지나쳐 도무스로 향하는 루시아 일행에게 아이는 밝게 웃으며 꽃을 내밀었다. 라빌라는 '꽃을 파는 아이인가 보다.' 하고 가볍게 스쳐 지나갔다.

루시아의 손이 아주 찰나, 잠시 멈칫하며 꽃을 잡을 듯이 살짝 흔들렸지만 루시아는 다만 아이의 머리를 부드럽게 쓰다듬어 주었다. 홀로 남은 아이의 작은 어깨를 곧 누군가 끌어안았고 이내 그들은 어두운 골목 안으로 흔적도 없이 사라졌다. 나중에야 라빌라는 아이의 머리색과 눈빛이 루시아처럼 무척 검고 붉은빛이었다는 것을 떠올렸다.

"루시아?"

저녁이 되어 도무스로 돌아온 율리우스는 제일 먼저 루시아를 찾았다. 아침에 쓰러진 일도 그렇고 개선식을 일부러 보러 온 것도 신경이 쓰였던 것이다. 먼발치에서도 그는, 일리아 공주를 보고 경악하던 루시아를 알아볼 수 있었다. 얼어붙은 것처럼 그 자리에 못 박힌 듯 서 있던 그녀였다.

"루시아?"

그는 거듭 그녀의 이름을 불렀다. 그러자 넋이 나간 듯 침대에 앉아 있던 그녀가 천천히 고개를 돌려 그를 바라보았다. 그를 바라보면 따뜻한 빛으로 반짝거리던 눈동자에 지금은 아무런 빛이 없었다. 마치 차가운 루비조각처럼 그녀의 눈은 아무것도 담고 있지 않았다.

"저는…… 다키아 사람인가요?"

그녀의 질문에 율리우스는 '헉' 하고 숨을 삼켰다. 그녀는 율리우스에게 대답을 구하는 것이 아니었다. 율리우스는 아무런 말도 없이 그저 고개를 끄덕였다. 감추어서 될 일이 아니라는 것을 깨달았던 것이다.

"그럼, 왜 저를 구해 주신 건가요?"

율리우스는 유심히 그녀의 표정을 살피며 조심스럽게 침대로 다가왔다. 그리고 아주 주의 깊게 말을 이었다.

"누구라도, 전투가 아닌 다음에는 구해야지."

전투가 아닌 다음에는 로마군은 적이라 할지라도 일반인들에 대한 폭력이나 상해를 허락하지 않았던 것이다. 그의 정석 같은 대답에 그녀가 고개를 저었다.

"그런데 왜 말씀해 주지 않으셨어요? 제가 다키아 사람이라는 걸?"

루시아가 애타는 눈빛으로 그를 바라보며 물었다. 그녀는 지금까지 율리우스가 자신에 대한 정보를 감추었다는 사실을 묻고 있었다. 그것은 분노보다 조금 더 복잡한 감정이었다.

"그건……."

그는 약간 망설였다. 그러나 이내 결심한 듯 나직하게 말을 이었다.

“아는 것이라고는 그것밖에 없었어. 하지만 네가 그 사실을 알면 이곳에 머무는 것을 불편해할까 봐 그랬던 거야.”

그는 안타깝게 속삭이며 그녀의 손을 잡았다. 그녀의 손끝이 싸늘했다. 그리고 그의 손을 마주 잡아 주지도 않았다.

“네가 다키아인이든 아니든, 나에게 너는 내가 사랑하는 루시아일 뿐이야.”

그가 애틋하게 속삭이며 그녀의 손가락에 입맞춤을 했다. 얼어붙은 그녀의 마음을 녹이듯 입술에 자신의 진심을 담았다.

“하지만, 다키아인은 당신의 가족과 부족의 원수라면서요?”

그녀의 음성이 심하게 떨리고 있었다. 그제야 율리우스는 그녀가 자신이 다키아인이라는 사실 이외에는 아무것도 기억하지 못한다는 것을 알았다.

“그래, 맞아.”

그의 긍정에 루시아는 심하게 몸을 떨었다. 그녀는 지금 두려웠다. 그가 그녀에게 떠나라고 할까 봐, 자신의 손을 놓아 버릴까 봐 두려웠던 것이다. 자신이 다키아인이라는 것을 떠올렸을 때 가장 먼저 든 생각이 그것이었다.

“하지만 앞서 말했 듯이 그건 이제 중요하지 않아. 너는 그냥 내가 사랑하는 루시아야.”

루시아의 두 눈을 바라보며 율리우스가 말 한 마디, 한 마디에 진심을 다해 전했다.

"너를 사랑하게 되고 말았어, 마치 검에 심장을 베인 것처럼! 그래서 네가 누구이든, 어떤 사람이든 곁에 두고 싶었어."

율리우스가 열정적으로 속삭였다. 그리고 다시 그의 뜨거운 입술이 그녀의 손가락에 닿았다.

"이 손을 놓지 않을 수만 있다면 난 모든 것을 버려도 좋다고 생각했어."

그의 뜨거운 입술이 떨고 있는 그녀의 손가락에 애틋하게 입맞춤했다. 애원하듯이 자신의 마음을 전하는 그의 행동이었다. 그가 자신에게 고개를 숙이고 그렇게 마음을 전하고 있었다.

"하지만……."

루시아의 말은 곧 뜨거운 그의 입술에 막혔다.

"그냥 이대로 내 곁에 있어 줘."

율리우스는 그렇게 그녀의 귀에 속삭였다.

"아무것도 원하지 않아, 루시아! 너만이 나를 행복하게 할 수 있어."

그의 뜨거운 고백에 루시아는 그저 그에게 기대고 싶어졌다. 그녀도 그의 곁에 있고 싶었다.

"율리우스 님!"

그녀가 그의 토가 자락을 애절하게 움켜쥐었다. 율리우스는 그런 그녀에게 다시 깊게 입맞춤했다. 너무나 격렬하고 농밀한 키스에 루시아는 몽롱해졌다. 자신을 원하는 그의 뜨거운 입술, 어디로도 가지 말라는 것처럼 그녀를 부둥켜안은 팔이 율리우스의 마음을 그대로 전하고 있었다.

"루시아, 나는 네가 필요해."

그가 뜨거운 고백을 하며 그녀를 애틋하게 끌어안았다. 루시아 역시 그가 필요했다. 지금은 모든 것을 잊고 그의 곁에 루시아로만 남아 있고 싶었다. 곧 그의 뜨거운 손이 조심스럽게 그녀의 옷자락을 벗겨 내었다. 한 꺼풀, 한 꺼풀 옷이 떨어져 나갈 때마다 루시아는 가늘게 몸을 떨었다. 그런 그녀의 입술에, 이마에 계속 키스를 퍼부으며 그는 그녀를 실오라기 하나 없는 나신으로 만들었다.

"너를 원해."

그가 한숨처럼 속삭였다. 그녀를 똑바로 침대에 눕힌 그도 곧 완벽하게 나신이 되어 그녀의 옆에 자리를 잡았다. 그의 강인한 오른쪽 팔뚝이 그녀의 가는 허리를 감아 자신 쪽으로 잡아당겼다. 그의 왼손은 아름다운 그녀의 왼쪽 가슴을 움켜쥐었고 곧 그의 뜨거운 입술이 그녀의 오른쪽 젖꼭지를 삼켰다.

"하악!"

그녀는 이불자락을 움켜쥐며 신음했다. 그의 황금빛 머리카락이 살랑거리며 부드러운 가슴에 닿아 그녀를 자극하고 있었다. 그의 뜨거운 혀가 그녀의 예쁜 젖꼭지를 상냥하게 희롱했다. 혀로 돌돌 굴리기도 하고 콕콕 찌르기도 했다. 그때마다 온몸을 태워 버릴 것 같은 열기가 루시아의 가느다란 몸을 들썩이게 만들고 있었다.

"루시아!"

그가 자신의 이름을 부를 때마다 그녀의 비부는 호응하듯이 저릿해졌다. 그는 마치 숭배하듯이 그녀의 몸을 구석구석 사랑해 주었다. 그것이 눈물이 날 것처럼 애틋했다.

"앗!"

그가 그녀의 젖꼭지를 강하게 빨아들이자 그녀는 몸부림쳤다. 마치 어미의 젖을 탐하는 아이처럼 그렇게 그는 그녀를 갈구하고 있었다.

"아읏!"

그가 그녀의 젖꼭지를 살짝 깨물자 그녀는 충격으로 몸을 뒤틀며 그의 머리카락을 움켜쥐었다. 핥거나 빠는 것과는 또 다른 감각이었던 것이다. 그의 타액이 흥건하게 그녀의 가슴을 적시고 있었고, 그녀의 왼쪽 젖꼭지는 그가 손가락으로 쥐고 빠르게 비비자 아주 붉게 솟아올랐다. 그녀의 하얀 피부는 복숭앗빛으로 물들어 갔고 그녀가 신음을 흘릴 때마다 그는 더욱 집요하게 그녀를 자극했다.

"하아……. 하……앗!"

그녀는 계속 달콤한 신음을 뱉으며 자신의 몸 중심에 쌓인 열기를 어찌하지 못해 다리를 이리저리 꼬아 대었다. 곧 그의 손이 달콤한 꿀에 젖어 그의 손길을 애타게 기다리고 있던 그녀의 화원으로 향했다.

"아아……. 하……!"

그의 손가락이 그녀의 젖은 틈을 부드럽게 쓸어 올리자 그녀는 달콤하게 몸부림쳤다. 이미 부풀어 올라 단단하게 발기한 그녀의 꽃망울이 그의 손가락에 짓눌려졌다. 저릿하고 폭발할 것만 같은 쾌감이 루시아를 단번에 관통했다.

"흐아……."

그가 재빠르게 몸을 일으켜 그녀를 등 뒤에서 끌어안았다. 그의 커다란 손이 부풀어 오를 데로 부풀어 오른 그녀의 가슴을 아래쪽에서 약간 강하게 움켜쥐었다. 그리고 그의 다른 손은 그녀의 갈라진 틈으로 파고들어 그녀의 꽃망울과 꽃잎을 한꺼번에 희롱하기 시작했다. 그녀의 귓불과 목덜미를 빨아올려 그녀의 새하얀 피부에 그의 입술자국이 고스란히 찍혔다. 그는 그녀를 제 안에 가두기라도 할 것처럼 완벽하게 그녀를 포박하고 있었다.

"미치도록 너를 원해! 이렇게 너를 안고 있어도 나는 네가 아쉽기만 해."

관능적인 그의 속삭임에 그녀는 혼미해졌다. 그가 그녀를 너무나 가지고 싶어 어쩌지 못하는 사람처럼 그녀의 온몸을 애틋하게 쓰다듬고 만지고 핥고 키스했다. 루시아는 그의 커다란 품에 쏙 안겨 그의 강인한 가슴에 뒷머리를 대고 흔들며 무아지경으로 신음했다.

"하아, 율리우스 님!"

쾌감으로 벌어진 그녀의 입술 사이로 침이 흘러내렸고 그녀는 열락의 눈물을 흘렸다. 그녀 역시 그가 좀 더 자신을 원해 주길 바랐다. 아무런 생각도 할 수 없게 그저 그에게 빠지고 싶었다.

"하아, 이……제……."

그녀는 흐느꼈다. 그녀의 꽃잎과 꽃망울에서 엄청난 쾌감이 피어나 그녀를 화마처럼 삼키고 있었다. 이대로 정신을 잃을 것만 같아 그녀는 그의 굵은 팔뚝을 부여잡고 흐느꼈다. 그러나 그는 그녀의 가슴을 애무하고 그녀의 비부를 희롱하는 손을 멈추지 않았다.

"아무 생각도 하지 마."

그가 그렇게 주문처럼 그녀에게 명령했다. 하지만 그것은 어딘가 애원처럼 매달리는 말투였다. 쾌감으로 모든 것을 잊으라는 듯 그의 손길은 무척 집요하게 그녀를 열락의 세계로 몰아갔다. 그의 손가락이 그녀의 꽃망울 뿌리 부분을 뒤쪽에 쓸어 올리고 살짝 꼬집자 그녀는 자지러졌다.

"하아, 그……만. 이제…… 더 이상……은……."

육체적인 쾌감에 서툰 그녀는 궁지에 몰릴 것 같은 이 엄청난 감각이 아직 두려웠다. 하지만 그는 더욱 가차없이 그녀를 쾌락으로 이끌고 있었다. 마치 그것만 기억하라는 듯이 그의 손길이 집요했다.

"하…… 안 돼……!"

격렬한 쾌감에 삼켜지며 그녀는 비명을 질렀다.

하아!

마치 창에 온몸이 관통당한 것처럼 날카로운 절정이 그녀를 덮쳤다.

"하아……. 으……아!"

그녀는 애절하게 신음하며, 등을 뒤로 확 젖히며 하얀빛 속으로 빨려 들어갔다. 그리고 그의 가슴에 제 뒤통수를 비비며 그에게 가녀린 온몸을 무방비하게 기대었다.

"루시아!"

그가 그녀의 이름을 부르자 희미했던 이성이 돌아왔다. 그는 다시 격렬하게 그녀의 가슴을 움켜쥐었고 곧 그의 뜨거운 기둥이 그녀의 비부를 자극하기 시작했다.

"헉!"

그의 뜨거운 불기둥이 그녀의 꽃잎에 비벼지자 손가락과는 또 다른 쾌감이 그녀를 덮쳤다. 뒤쪽에서 그를 느끼자 그의 불기둥이 훨씬 크고 단단하게 느껴졌다. 그의 것이 점점 더 몸짓을 키우고 있었다. 그녀가 아직 정신을 못 차리고 신음을 흘리는 사이, 그의 뜨거운 손이 그녀의 가는 허리를 지탱했다.

"아앗……. 율리……우스……."

그녀는 갑작스런 충격으로 목구멍이 콱 막혀 제대로 그의 이름을 부를 수도 없었다. 그의 뜨거운 불기둥이 그녀의 동굴 안쪽으로 한 번에 들어왔던 것이다. 뒤쪽에서 들어온 그를 아직 길들여지지 않은 그녀의 좁은 동굴이 강하게 수축하며 감싸 안았다. 아직도 초반의 삽입은 약간 아팠지만 그녀는 그가 자신 안에서 오롯이 느껴지자 황홀해졌다.

퍽, 퍽, 퍽!

그가 강하게 아래에서 그녀를 쳐올리자 야릇한 소성이 방 안을 채웠다. 그녀의 가는 허리를 꼭 붙잡고 그가 허리를 강하게 추어올리며 그녀의 작은 몸을 자신 쪽으로 잡아당겼다. 등 뒤에 닿은 그의 가슴이 뜨거웠다.

그의 커다란 품속에 폭 갇혀 그녀의 가녀린 몸은 사정없이 흐트러졌다. 그가 자신을 포박하고 있는 기분이었다. 루시아는 그가 그렇게 계속 자신을 잡아 주기를 바랐다. 이 뜨거운 열정 속에서 더 이상 아무것도 생각하고 싶지 않았다.

"하악……. 하……. 아……앙!"

엄청난 쾌감에 그녀는 바들바들 떨며 신음했다. 그의 움직임을 따라가는 것조차 버거워 그녀는 그저 헐떡였다. 그가 자신 안에서 일으키는 감각은 강렬하면서도 농후했다. 그의 뜨거운 기둥이 요동칠 때마다 루시아는 자신의 가느다란 허리를 함께 움직였다. 그가 자신에게 말을 걸고 있는 기분이었다. 그가 자신을 격렬하게 찌를수록 그녀는 몸부림쳤다. 젖은 안쪽 주름이 그의 불기둥에 비벼지며 그녀의 애액이 사방으로 튀었다.

퍽, 퍽, 퍽!

격렬한 움직임, 그가 그녀의 가장 내밀하면서도 예민한 곳을 자극하자 그녀는 눈에 띄게 움찔하며 몸을 바들바들 떨었다.

"읏!"

그 역시 그런 그녀의 움직임에 낮게 신음했다. 지금 두 사람은 무아지경으로 서로를 탐욕스럽게 원하고 있었다. 그가 더욱 격렬하게 움직이자 그녀는 그의 움직임에 맞추어 사정없이 흔들렸다. 그는 철저하게 그녀를 소유하고 있었다.

"하아……아……."

그녀는 그저 흐느꼈다. 이 압도적인 쾌감 앞에서 그녀는 너무나 무력했다. 그리고 잊고 싶었다. 모든 것을!

"사랑해!"

그가 다시 그렇게 속삭이자 그녀의 동굴이 미친 듯이 그를 조이기 시작했다. 그녀가 잔뜩 몸을 긴장하며 절정에 도달했다. 다시 하얀 어둠 속으로 그녀는 빨려 들어갔다.

"읏!"

그가 그녀의 목덜미에 입술을 박으며 그녀 안에 자신을 풀어놓았다. 율리우스는 거의 기절할 듯이 그의 가슴에 기댄 루시아를 강하게 끌어안았다. 그녀를 결코 놓을 수 없는 율리우스는 제 것이라는 인장을 찍듯이 그녀의 목덜미에 뜨거운 입술로 키스했다. 그렇게 짧은 봄이 애틋하게 지나가고 있었다. 그러나 두 사람에게는 태풍을 몰고 올 어두운 먹구름이 조금씩 다가오고 있었다.

9. 율리우스

율리우스가 기억하는 가장 오래된 추억은 딱 하나였다.

울창하고 푸른 숲속, 아주 작은 사내아이가 햇살처럼 밝게 웃고 있었다. 이제 막 걸음마를 배워 아장아장 걷고 있었다. 그런 작은 아이를 한 팔로 손쉽게 안아 올리는 건장하고 쾌활한 남자, 율리우스처럼 밝은 금발, 키가 크고 뚜렷한 이목구비를 지닌 미남이었다.

그리고 그런 그들을 사랑스런 눈으로 바라보는 갈색 머리를 지닌 따듯한 눈빛의 아름다운 여성. 소박하고 따듯한 정경이었다. 그것은 분명 율리우스의 가족이 틀림없었다. 꿈속에서 이 정경을 볼 때마다 율리우스는 행복해졌다. 하지만 이 따뜻하고 아름다운 기억은 항상 끔찍한 장면을 끝으로 갑자기 끝이 나곤 했다.

[아버지, 어머니!]

애타는 아이의 목소리를 뒤로하고 자신들의 부족을 지키기 위해서 결연하게 나아가던 부모님의 뒷모습과 날카로운 팔크스에 사정없이 절단되어 날아가는 사람들의 팔뚝! 핏빛으로 물든 잔인한 기억이었다.

그 무자비한 팔크스를 앞세운 다키아인들에게 율리우스의 부족은 한순간에 전멸하고 말았다. 날 끝을 굽힌 낫 형태의 거대한 곡도인 팔크스는 찍기, 베기 그리고 찌르는 것에 특화된 언월도였다. 용맹한 다키아 전사들은 무시무시한 위력으로 그 팔크스를 사정없이 휘둘렀고 그 앞에서는 방패조차 무용지물이었던 것이다.

감은 눈에 피를 흘리며 죽어 가던 부모와 그들에게 다가가 울부짖는 그의 동생을 순식간에 베어 버린 날카로운 팔크스! 아직도 그때의 기억은 종종 율리우스를 악몽에 시달리게 했다.

[안 돼, 플라부스!]

"하악!"

그가 악몽에서 동생의 이름을 부르다 깨어났다. '무척 예쁜 금발' 이라는 의미의 플라부스는 겨우 두 살이었다. 그 아이의 반짝거리던 금발이 붉은 피로 처절하게 물들고 있었다. 율리우스의 손이 아직도 덜덜 떨리고 있었다.

"율리우스 님?"

자신을 부르는 루시아의 목소리에 율리우스는 퍼뜩 정신을 차렸다. 루시아의 루비 같은 눈동자에 걱정이 가득했다. 개선식에서 돌아온 어젯밤 두 사람은 처음으로 같은 방에서 잠이 들었던 것이다. 제 방으로 도망칠 생각조차 하지 못하게 율리우스가 그녀를 극단으로 몰아붙인 탓이다.

향긋한 그녀의 체향을 한껏 들이켜자 기분 나쁜 감정이 사라졌다. 그리고 자신을 걱정하는 그녀의 눈빛에 심장 한구석이 따뜻해졌다.

"별일 아니야."

율리우스는 애써 담담하게 대답했다. 그리고 근심으로 찡그려진 루시아의 이마를 손가락으로 부드럽게 펴 주었다. 깜짝 놀란 루시아의 눈동자가 커졌다. 여전히 그가 만질 때면 긴장하는 루시아다. 그것이 서운하면서도 한편으론 가슴이 저릿했다.

"조금 더 자자."

그가 다시 누우며 그녀를 제 품으로 확 끌어당겼다. 가녀린 그녀의 몸은 아주 손쉽게 제 쪽으로 딸려왔다. 그제야 알몸으로 자고 있던 것이 생각났는지 율리우스의 어깨에 닿은 그녀의 뺨이 뜨거웠다. 여전히 소녀처럼 수줍어하는 그녀가 귀여워 율리우스의 얼굴에 작은 미소가 피어났다.

루시아는 아무런 질문 없이 그저 그의 품에 가만히 안겨 있었다. 율리우스는 현명하게 침묵할 줄 아는 루시아가 사랑스러웠다. 이렇게 오늘 밤 그녀를 안고 있으니 외롭고 춥기만 하던 밤이 처음으로 따뜻하고 평화롭게 느껴졌다. '포근하다.' 고 중얼거리며 율리우스 역시 다시 잠에 빠져들었다.

"루시아?"

아침에 눈을 뜬 율리우스는 또 텅 빈 옆자리를 보자 서운했다. 눈을 뜨자마자 그녀의 얼굴을 보고 싶었는데 그녀는 또 꽁무니를 빼고 도망쳐 버린 것 같았다. 약간 아쉬워하며 자리에서 일어난 그가 막 침대에서 내려오려던 찰나, 침실 문이 열렸다.

"율리우스 님, 일어나셨군요."

항상 그랬듯이 루시아가 자연스럽게 인사를 하며 안으로 들어왔다. 그녀는 이미 튜니카와 스톨라를 차려입고 있었다. 함께 처음 밤을 보낸 직후부터 루시아가 이렇게 아침 인사를 해 주는 것이 하나의 관례처럼 되어 있었다. 그것은 매번 자신의 침실로 부리나케 도망치는 루시아에게 서운해서 율리우스가 부탁한 일이었다. 최근 율리우스는 그녀의 아침 인사를 받으며 하루를 시작하는 것이 무척 좋았다. 가끔은 그녀의 인사를 받지 않고 시작했던 예전이 어떠했는지 기억조차 나지 않을 지경이었다.

"아, 일찍 일어났네."

율리우스가 지금 이 상황이 약간 어색하면서도 당황스러워 바보같이 중얼거렸다. 평소에는 그가 항상 일찍 일어나 옷을 다 입은 상태로 루시아를 맞이했었기 때문이었다.

"제가 일찍 일어난 게 아니라 율리우스 님이 늦잠을 주무신 거예요."

루시아의 말에 율리우스는 움찔했다. 늦잠을 자 본 것은 평생 거의 처음인 것 같았다. 항상 누군가에게 쫓기는 사람처럼 얕은 잠에 빠졌다가 새벽같이 일어나곤 했다. 그런데 어제는 루시아를 안고 그녀의 체온을 느끼며, 새근새근 아이같이 귀여운 숨소리를 듣다 보니 생각보다 꽤 깊은 잠에 들었나 보았다.

"어서 일어나서 씻으셔야죠."

율리우스는 그녀의 채근에 얼른 침대에서 일어났다. 그리고 바닥에 막 한 발을 내딛는 순간,

"저기, 율리우스 님!"

루시아가 얼굴을 붉히며 얼른 뒤로 돌았다. 그제야 율리우스는 자신이 아무것도 걸치지 않은 알몸이라는 것을 깨달았다. 아침부터 이렇게 옆에 누군가 있는 것이 영 낯선 율리우스였다. 그의 귓불도 아주 살짝 붉어졌다. 이미 수차례 함께 밤을 보내긴 했지만 이렇게 햇빛 아래에서 자신의 분신을 의도치 않게 그녀에게 똑똑히 보여 준 것은 그도 처음이었던 탓이다. 그 역시 약간 부끄러웠지만 자신보다 더욱 수줍어하며 얼굴을 붉히는 루시아를 보니 한편으론 지금 상황이 재미있기도 했다.

"헉!"

그가 야수처럼 재빠르게 움직여 그녀를 확 끌어안고 그녀의 목덜미에 뜨거운 입술을 찍었다. 루시아는 얕은 신음을 내뱉으며 움찔했으나 얌전히 그의 품에 안겨 있었다. 아침의 신선함을 가득 담은 장미처럼 상큼한 그녀였다.

"루시아."

그가 부드럽게 이름을 부르며 조개처럼 귀여운 그녀의 귓불을 살짝 핥자 그녀의 귓불이 타는 듯이 뜨거워졌다. 약간 불안한 사람처럼 이리저리 소심하게 몸을 꼼지락거리는 그녀가 너무 사랑스러웠다.

"하아……."

아까부터 기립하고 있던 그의 분신이 그녀의 허리를 찌르자 그녀는 눈에 띄게 움찔했다. 그리고는 얼어붙은 사람처럼 꼼짝하지 못하고 있었다. 그가 음흉하게 웃으며 그녀에게 부러 더욱 몸을 밀착시켰다. 뜨거운 불기둥이 점점 더 몸집을 키우며 그녀를 자극하고 있었다.

"하아, 루시아!"

그의 손이 자연스럽게 그녀의 가슴으로 향했다. 입술로 그녀의 튜니카와 스톨라 자락을 젖히고 부러 쇄골과 가까운 목 부분에 입맞춤했다. 향기로운 꽃잎처럼 그녀의 피부는 촉촉하고 부드러우면서도 달콤했다.

"하항……."

그가 그녀의 가슴을 약간 짓궂게 희롱하자 그녀는 얕은 신음을 내뱉었다. 나긋나긋한 그녀의 몸이 그의 손길에 예민하게 반응하고 있었다. 옷자락을 헤집는 그의 손길이 분주해졌다. 옷 위에서 그녀를 만지는 것은 언제나 너무 감질이 났다. 그녀의 피부를 직접 만지고 싶었고 그녀의 안으로 돌진하고 싶었다. 율리우스는 자신의 이런 성급한 욕망에 스스로 놀라고 있었다.

"유……율리우스 님! 지, 지금은 아침인데……."

루시아가 살짝 반항하자 율리우스는 더욱 집요하게 그녀의 가슴을 희롱했다. 자신은 이렇게 그녀 때문에 몸이 달았는데 아직 다른 생각을 할 여유가 있는 루시아가 얄미웠던 것이다.

찌이익!

옷감이 찢어지는 날카로운 소리가 방 안을 채웠고 곧 대경실색한 루시아는 작은 비명을 질렀다.

"앗!"

율리우스가 다급한 마음에 튜니카 자락을 아래로 끌어내린다는 것이 그만 힘 조절이 안되어 옷감을 찢어 버린 것이다. 그녀는 찢어진 앞섶을 급히 움켜쥐고 무척 놀란 얼굴로 그를 돌아보았다.

"루시아!"

흐트러진 그녀의 모습이 상당히 자극적이었다. 찢어진 옷자락 사이로 풍만하고 아름다운 가슴이 보일 듯 말 듯 감질나게 흔들리고 있었다. 그리고 깜짝 놀라 크게 뜬 눈과 살짝 벌어진 촉촉한 입술. 청초하고 아름다운 루시아의 옷을 마구 벗겨 버리고 그녀를 마음껏 탐하고 싶은 남자의 음란한 욕구가 솟구쳤다. 그리고 지금 이 어여쁜 존재를 탐할 수 있는 것은 자신뿐이었다.

"하아!"

그가 참지 못하고 그녀의 가슴을 다시 움켜쥐고 살살 그녀의 젖꼭지를 희롱하였다. 그리고 다른 손으로 튜니카 자락을 걷어 올리자 그녀는 눈에 띄게 움찔했다. 하지만 그녀는 그의 품에 얌전히 안겨 도망칠 생각은 못하고 있었다.

“하아, 루시아, 너는 대체 누구인 걸까?”

그가 한숨처럼 속삭이며 그녀를 더욱 제 쪽으로 끌어당겼다. 그녀의 다리 사이로 손을 넣자 촉촉하고 뜨거운 기운이 느껴졌다. 그는 그녀의 귓불을 핥으며 가슴을 부드럽게 이리저리 치대었다. 동시에 그녀의 비부를 부드럽게 쓸어 주자 그녀는 귀여운 고양이처럼 가르랑거렸다.

“하아, 율리우스 님!”

그녀가 요염한 목소리로 그의 이름을 부르자 이 상태로 그녀 안으로 돌진하고 싶었다. 하지만 제대로 풀어지지 않은 상태에서 어젯밤처럼 뒤쪽에서 들어가면 아직 익숙하지 않은 그녀가 힘들어할 것이 분명했다. 생각은 그랬으나 그의 이성과는 달리 욕망덩어리인 그의 분신은 좁고 뜨거운 그녀 안으로 들어가고 싶어 심하게 껄떡이고 있었다.

“뒤, 뒤……에서는 싫어요.”

루시아가 그의 팔뚝을 잡으며 애절하게 부탁했다. 어젯밤에도 자신이 뒤쪽에서 그녀를 안을 때 루시아가 무척 두려워했던 것이 떠올랐다. 율리우스는 사랑하는 그녀의 부탁을 거부할 수 없었다. 번쩍 그녀를 안아 올려 침대로 걸음을 옮겼다. 그는 그녀의 몸을 돌려 얼굴을 마주 보게 안고 침대에 앉았다. 아침 햇살에 한껏 무르익은 능금 같은 루시아는 분홍빛으로 반짝거리고 있었다.

"이제 괜찮지?"

그의 단도직입적인 질문에 루시아의 얼굴이 더욱 붉어졌다. 그가 침대에 앉고 자신이 그의 허벅지 위에 앉아 있는 자세가 어색하고 부끄러워 어찌할 바를 몰라 했다. 찢어진 옷자락 덕분에 그녀의 아름다운 상반신이 드러나 있었고 그의 손길에 한껏 올라간 치맛자락은 그녀의 탐스런 엉덩이 부근에 뭉쳐 있었다. 오히려 나신인 상태보다 더욱 관능적이었다. 거부하는 여인을 멋대로 탐하는 듯한 배덕적인 생각에 그는 더욱 흥분하고 있었다.

"하아……!"

그는 망설이지 않고 그녀의 입술을 단번에 삼켰다. 곧 그의 손가락이 그녀의 벌어진 꽃잎을 희롱하기 시작했다. 갈라진 틈을 쓸어 올리며 살짝 고개를 내민 꽃망울을 희롱했다. 그녀의 애액을 발라 손끝으로 둥글둥글 부드럽게 굴리고 살짝 비벼주자 그녀는 아름답게 반응했다.

"하아, 아…… 아……. 하읏…… 아!"

그의 눈앞에서 아름다운 루시아가 관능에 빠져 신음하고 있었다. 이 모습은 오직 그만이 볼 수 있게 허락된 아름다운 풍경이었다. 자신을 유혹하듯 흔들리는 그녀의 예쁜 젖가슴을 율리우스는 망설이지 않고 입안에 머금고 혀로 빨고 희롱했다. 새하얀 가슴에 울긋불긋하게 남아 있는 붉은 자국이 제 소유라는 것 같아서 더욱 마음에 들었다.

"하아, 예뻐!"

그가 깨진 구름모양 같은 자신의 잇자국을 핥으며 속삭였다. 동시에 분주히 그는 그녀의 꽃망울을 자극하며 슬쩍 동굴 안쪽으로 손가락 하나를 찔러 넣었다. 뜨거운 그녀의 안쪽은 마치 빨아들이듯이 그의 손가락을 삼켰다.

"하아……앙. 아, 흐……. 아……앗!"

그가 빠르게 손가락을 움직이며 얕은 곳을 자극하자 그녀의 신음이 깊어졌다. 그녀의 젖꼭지를 조금 강하게 빨아들이며 손가락으로 안쪽을 찌르고 엄지로 꽃망울을 비벼 주자 그녀의 동굴이 움찔거리기 시작했다.

"율……리, 우스 님……."

그녀는 신음처럼 그의 이름을 부르며 그에게 애절하게 매달렸다. 동시에 그녀가 흘린 애액이 그의 허벅지 위로 흘러내렸고 그 역시 더욱 흥분하고 말았다.

"아……앗!"

그가 꽃망울을 살짝 꼬집듯이 자극하고 손가락으로 동굴 안쪽을 찌르자 그녀는 두 눈을 확 떴다가 다시 감으며 경련하기 시작했다. 얕은 절정에 삼켜진 것이다. 뜨거운 그녀의 안을 느끼자 율리우스는 이제 더 이상 참을 수가 없었다.

푸욱!

그녀의 가는 허리를 한 손으로 지탱하며 그녀의 동굴 안으로 진입했다. 그녀의 두 눈이 엄청나게 커졌고, 그가 삽입하는 강한 충격에 고개가 뒤로 살짝 꺾였다. 그런 그녀의 등을 안전하게 받쳐 주며 율리우스는 허리를 추어올리기 시작했다.

"앙……. 하아……. 아앗, 학……."

그가 격렬하게 허리를 추어올릴 때마다 그녀는 신음했다. 제 가슴근육에 맞닿은 그녀의 젖꼭지가 사정없이 비벼졌다. 그것이 더욱 그를 몰아붙였다. 나긋나긋하면서도 관능적인 루시아가 제 손 안에 있었다.

"율리……우스 님!"

그녀는 그의 강인한 어깨를 부여잡고 그에게 매달렸다. 이렇게 자신에게 전적으로 의지하는 그녀가 좋았다. 루시아는, 그녀는 자신이 발견한 율리우스만의 여자였다.

"루시아, 하아…… 사랑해!"

그가 사랑의 밀어를 속삭이며 그녀의 안을 더욱 집요하게 자극했다. 그녀를 미치도록 원했다. 그녀에게 사로잡혀 버린 율리우스였다.

퍽, 퍽, 퍽!

푹, 찌꺽, 푹, 찌꺽, 찌걱, 찌걱!

두 사람의 성기는 마치 검과 검집처럼 완벽하게 맞았다. 그리고 그것이 서로 반응하며 나는 음란하면서도 야릇한 물소리, 피부와 피부가 부딪히는 소성, 그 모든 것들이 그들을 더욱 자극하고 있었다.

"하아, 율리…… 흐음…… 아아……."

그녀는 계속 신음했다. 율리우스는 그런 그녀를 마치 꿰뚫어 버릴 것처럼 자신의 분신을 그녀 안에 박아 대고 있었다.

"흐억!

결국 그녀가 먼저 절정에 올라 파들파들 몸을 떨었다. 율리우스 역시 자신을 쥐어짜듯이 조이며 파정을 자극하는 그녀의 안에서 최대치까지 몸을 키웠다.

"읏!"

낮은 신음과 더불어 그도 살짝 몸을 부들부들 떨었다. 그는 루시아를 제 품에 끌어안고 아직 절정으로 흠칫거리는 그녀의 안을 살짝 몇 번 더 자극하였다. 곧 그녀가 힘이 빠져 그의 가슴에 쓰러지듯이 안겨 왔다. 달콤한 땀방울에 젖어 피부가 분홍빛으로 상기된 그녀는 무척 아름다웠다. 그리고 이렇게 자신에게 온몸을 기대어 오는 그녀는 너무도 사랑스러웠다. 그는 그녀의 정수리에 부드럽게 입술을 찍고 그녀가 진정할 때까지 사랑스럽게 보듬어 안아 주었다.

그날 율리우스는 평소처럼 바깥으로 나가지 않고 하루 종일 도무스를 지켰다. 그에게도 휴식이 필요했고 또한 루시아가 갑자기 또 어떤 기억을 떠올릴지 몰라 그녀를 혼자 두는 것이 불안하기도 했다. 그녀는 곁에 있었지만, 항상 어디론가 날아가 버릴 작은 새 같았던 것이다.

"그럼, 부탁해."

루시아의 목소리에 응접실에 있던 율리우스는 귀를 쫑긋거렸다. 그녀의 부탁에 세야누스의 열 살이 된 막내아들 네로가 아주 즐거운 표정으로 움직였다. 아무래도 루시아가 무엇인가를 가져다 달라고 부탁을 한 모양이었다.

다행히 그녀는 어제와 다름없이 평범해 보였다. 점심을 먹고 나서 봄빛이 좋다면서 정원에서 라빌라와 함께 화분을 정리하고 있었다. 율리우스는 응접실에서 일을 하는 척하면서 계속 그녀를 훔쳐보고 있었다.

"장미가 잘 자랄까?"

루시아의 질문에 라빌라가 이런저런 설명을 했다. 아마도 정원에 장미를 심을 요량인 듯싶었다. 장미를 심고 부지런히 가꾸는 그녀의 모습을 상상하자 율리우스는 행복해졌다. 루시아가 꽃을 가꾸듯이 이곳에도 자신에게도 애정을 가졌으면 했다.

'하지만…… 그녀는…….'

율리우스의 얼굴이 다소 어두워졌다. 루시아는 그의 고백에도 여전히 불안해하고 있었다. 자신에게 몸을 맡기면서도 그의 고백에 얼른 대답하지 못하는 그녀를 볼 때마다 심장 한쪽이 저릿했다. 그녀는 그에게 의지하면서도 또 여전히 완벽하게 곁을 내주지는 않았다. 아직 다키아인이라는 것밖에는 기억해 내지 못했지만, 무의식적으로 그녀는 그를 두려워하고 있었다.

"하아……."

그는 무겁게 한숨을 쉬었다.

"한숨이 너무 깊은 게 아닙니까?"

냉정한 리비우스의 목소리에 율리우스는 번쩍 고개를 들었다. 리비우스는 고뇌하는 모습의 율리우스와 그의 시야에 잡힌 루시아를 보고 더 이상 아무런 말도 하지 않았다. 하지만 율리우스는 오히려 침묵을 지키는 리비우스가 더욱 불편했다.

"아무것도 아니야. 그 지시했던 일은?"

곧 율리우스는 사랑에 빠져 허우적거리던 사내에서 바로 로마제국의 시민이자 재무관인 율리우스로 돌아왔다. 곧 두 사람은 평소처럼 업무에 돌입했다.

"수고했어."

잠시 후 업무를 마무리한 율리우스는 리비우스를 치하했다. 서류를 정리하고 일어서던 리비우스는 갑자기 생각난 것처럼 지나가는 말투로 율리우스에게 한마디를 했다.

"참, 찾았습니다."

순간 율리우스의 얼굴이 굳었다. 잠시 정원에 있는 루시아에게 율리우스의 시선이 짧게 닿았다.

"그럼, 저는 이만 물러가 보겠습니다."

리비우스의 인사에도 율리우스는 아무런 대답이 없었다. 그 이후로도 한참을 율리우스는 그 자리에서 침묵을 지키고 있었다. 정원에 어둠이 내리고 아트리움에 오일 램프가 켜질 때까지 그의 자세는 바뀌지 않았다. 짧아서 덧없이 아름다운 봄은 그렇게 소리없이 빠르게 지나가고 있었다.

❖

"어머나, 세상에 또 건물을 짓나 봐요?"

5월이 되자 율리우스의 정원뿐만 아니라 로마 시내 곳곳에도 아름다운 장미가 활짝 피어났다. 늦은 오후, 루시아와 라빌라는 공중목욕탕에 들렀다가 도무스로 돌아가던 길이었다. 인술라에 사는 사람들은 공중목욕탕과 공중화장실을 사용할 수밖에 없지만, 율리우스의 도무스처럼 규모가 큰 저택인 경우에는 개인 화장실도 있었고 물을 저장해 두었다가 목욕을 할 수도 있었다. 하지만 루시아는 바람도 쐴 겸해서 라빌라와 더불어 공중목욕탕을 종종 이용하곤 했던 것이다.

"다키아에 있는 금광에서 엄청나게 많은 금을 들여왔다고 하더니, 그걸 다 공공건물 짓는 일에 투자하시는가 봐요."

두 사람은 트라야누스 포룸 한쪽에 새로 시작된 건설 현장을 보고 있었다. 아직 초기 단계였음에도 넓게 다져진 공간을 보아하니 그 규모가 상당해 보였다. 라빌라의 감탄에 옆에 있던 루시아의 어깨가 살짝 떨렸다.

"흠……."

혼자 감탄하며 이리저리 구경하던 라빌라는 루시아가 조용하다는 것을 알아채고는 바로 입을 다물었다. 루시아가 개선식에 다녀온 이후, 다키아라는 말은 율리우스의 도무스 내에선 거의 금지어가 되었던 것이다.

"어머, 오늘 참 세야누스 님께서 얼른 돌아오라고 하셨는데, 빨리 가요."

라빌라는 능청스럽게 화제를 바꾸고는 얼른 루시아를 이끌었다. 루시아의 표정은 여전히 밝지 않았다.

"라빌라?"

갑작스런 루시아의 부름에 생각에 빠져 있던 라빌라가 그녀를 바라보았다.

"다키아에 금광이 많아?"

루시아의 질문에 라빌라는 약간 놀랐다. 그녀가 이렇게 직접적으로 다키아에 관하여 질문을 한 것은 처음이었다. 다키아와 연관된 것에 루시아가 보이는 반응은 다소 미묘했다. 항상 초반에는 무척이나 궁금해하며 더 많은 사실을 알고 싶어 하는 표정을 지었다. 하지만 곧 애써 관심을 가지지 않으려는 사람처럼 굴었던 것이다.

"네, 그렇다고 들었어요."

율리우스는 루시아가 질문을 하면 아는 범위 내에서는 굳이 감추지 말고 대답을 해 주라고 했다. 그래서 관련 이야기를 굳이 꺼내지는 않았지만 또 애써 감추려고도 하지 않았다.

'오히려 숨기려고 하면 더욱 관심이 가는 법이니까!'

라빌라는 그렇게 속으로 중얼거리며 루시아를 바라보았다. 무엇인가 다른 질문을 할 것처럼 입술을 달싹거리던 루시아가 결국에는 아무런 말도 하지 않고 조용하게 걸음을 옮겼다. 라빌라는 서둘러 그녀를 쫓아갔고 몇 걸음 뒤쪽에서 그들을 보호하는 남자가 조용하게 뒤따르고 있었다.

"아무래도 사람들을 조금 더 빨리 이주시켜야 하지 않을까 합니다."

리비우스의 낮은 목소리가 응접실에서 들려왔다.

"하지만 바로 대규모로 사람들을 보내면 반발이 심하지 않을까?"

율리우스가 걱정스런 음성으로 답변을 했다.

"그 우려가 없지는 않지만 워낙에 지금 짓고 있는 도서관의 규모가 커서, 빨리 자금을 확보하지 않으면 장부에 적자가 생길 지경입니다."

리비우스의 냉정한 사실 지적에 율리우스도 알고 있던 내용이라 고개를 끄덕일 수밖에 없었다. 트라야누스 포룸에 로마와 그리스를 위한 두 개의 도서관을 짓는다는 계획에 따라 이미 기초 공사가 시작된 참이다.

제위 초기부터 황제는 아주 정력적으로 로마 시내에 도로, 교량, 수로 등의 대규모 토목 공사를 진행하고 있었다. 또한 황제 즉위 시 속주에서 거둬들이는 황금 공물도 면제해 주었기 때문에 신속하게 재정을 메울 필요가 있었다.

"금광과 소금광이 워낙 풍부하니, 조금만 채굴을 해도 크게 도움이 되겠지. 하긴 최근 수부라(로마 시내 빈민가)에 워낙 많은 빈민들이 모여들어서 문제가 많다고 하니 겸사겸사 그쪽으로 이주할 지원자를 모으면 두 가지 문제를 해결할 수도 있겠군."

율리우스의 낮은 목소리에 리비우스의 냉정한 표정이 살짝 풀어졌다. 이러니저러니 해도 율리우스는 능력 있는 상관이었고, 그를 고민에 빠뜨린 것에는 자신도 일조한 부분이 있는지라 리비우스는 당분간 그저 지켜보기로 했다.

"그리고, 곧 콜로세움에서 검투사들의 경기가 벌어질 것 같습니다."

"그렇겠지."

마르스 축제가 다가오고 있었고, 황제는 대규모 원정 결과를 시민들과 함께 나눈다는 의미로 콜로세움에서 대규모 행사를 진행하고 싶어 했다. 축제를 통해서 시민들과 함께 모든 군사적 업적을 나눈다는 정치적인 의미가 강한 행사였다.

"아무래도 이번에는 다키아 전사들이 등장할 것 같습니다."

율리우스는 뭐라 대답을 하지 않고 침묵을 지켰다. 다키아 원정에 누구보다 앞장을 섰던 그였기에 아마도 다소 복잡한 심경일 것이라 리비우스는 생각했다.

"몇 명이나?"

"대략 절반 정도라고 합니다. 아무래도 로마 군단 대 다키아 전사로 나누어 모형 전투 형식으로 진행하지 않을까 합니다."

리비우스의 설명에 율리우스의 표정이 상당히 어두워졌다. 일반적인 경우에 한 번의 경기에 투입되는 검투사는 대략 백여 명이었다. 각지에 있는 검투사 양성소에서 기술을 익힌 검투사들은 자신의 실력에 맞는 상대와 대결을 한다. 로마 시민들은 실력이 우수한 검투사가 신참내기를 상대로 일방적인 승리를 거두는 것을 좋아하지 않았기 때문이었다. 그러다 보니 베테랑들은 베테랑들끼리 신참내기는 신참내기끼리 경기를 하였다. 이 중에서 거의 스무 명은 그날 사망한다고 봐도 무방했다.

"베테랑들이야 요령껏 상대방을 죽이지 않고서도 경기를 마무리하겠지만 이번에 투입되는 다키아 전사들은, 글쎄요. 워낙 호전적이라 어떨지 모르겠습니다."

신참 검투사의 대부분이 거의 일 년 이내에 사망했다. 하지만 운이 좋아 일 년을 넘긴다 해도 대게는 삼 년 이내에 사망하는 경우가 많은 가혹한 일이었다.

"이것만은 도저히 좋아할 수가 없어."

율리우스는 낮게 중얼거리며 고개를 흔들었다. 리비우스가 막 자리에서 일어난 순간이었다. 그는 하얗게 질린 얼굴로 응접실 입구에 서 있는 루시아를 발견했다. 그녀는 음료를 대접하려고 했었는지 손에 쟁반을 들고 있었다.

"아, 안녕하십니까?"

리비우스의 다소 어색한 인사에 생각에 빠져 있던 율리우스가 번쩍 고개를 들었다. 루시아를 발견한 율리우스는 다소 곤혹스러운 표정을 지었다. 그러나 놀랍게도 리비우스가 율리우스의 시선을 따라 다시 고개를 돌렸을 때 루시아는 거의 무표정한 얼굴이 되어 있었다. 마치 밀랍 인형처럼 생명이 없는 존재처럼 보였다.

"그럼 저는 이만……."

리비우스는 신속하게 물러났다. 루시아가 간단하게 고개를 끄덕이고는 율리우스 쪽으로 다가왔다. 율리우스는 그 속내를 짐작할 수 없는 루시아의 표정이 무척이나 신경이 쓰였다.

"목욕탕은 어땠어?"

루시아가 아무런 말도 하지 않자 초조해진 율리우스가 먼저 질문을 했다. 그러자 루시아는 다소 밝은 표정으로 대답을 했다.

"항상 생각하지만 이렇게 물을 마음껏 시내에서 쓸 수 있다니 신기해요."

일부러 밝은 목소리를 한껏 꾸며낸 것을 보니 율리우스의 심장이 다소 아릿했다. 찰랑거리는 그녀의 검은 머리카락이 율리우스의 눈에 어렸다. 그는 그녀의 윤이 나는 머리카락을 손가락으로 쓰다듬는 것이 좋았다. 그러면 그녀는 새침한 고양이처럼 그에게 몸을 기대오곤 했다. 자연스럽게 그가 루시아를 제 쪽으로 끌어당겼다.

"앗!"

그녀는 깜짝 놀라 몸을 움찔했으나 곧 그의 품 안에 얌전히 안겼다. 그녀가 옆에 있어도 율리우스는 항상 불안했다. 홀로 누군가를 사랑한다는 것이 이렇게 마음을 저당 잡힌 것처럼 불안한 일이라는 것을 그는 미처 알지 못했었다. 그래서 그는 더욱 집요하게 그녀를 제 품에 두고 싶어 했다.

"하읍!"

곧 그의 뜨거운 입술이 촉촉한 루시아의 입술을 삼켰다. 그녀의 향기가, 그녀의 체온이, 그 모든 것이 애틋하고 항상 목이 말랐다. 마셔도 마셔도 갈증이 풀리지 않는 소금물처럼 율리우스는 제 마음을 온통 가져가 버린 루시아에게 목이 말랐다.

"하아……. 아……."

두 사람의 타액이 섞이며 질척거리는 소리와 루시아의 달콤한 신음이 고막을 자극했다. 무슨 생각을 하는지 묻는 대신 율리우스는 그녀에게 그렇게 제 마음을 전하고 있었다. 그녀를 원하는 자신의 마음을, 제발 그녀가 제 마음을 받아 주기를 바라는 소망을 그렇게 전하고 있었다.

"루시아!"

그가 그녀의 이마에 제 이마를 대고 속삭였다. 격렬한 키스로 숨을 헐떡거리며 얼굴이 붉어진 루시아는 작은 새처럼 그의 품 안에서 떨고 있었다. 그렇게 한동안 율리우스는 아무런 말 없이 그녀를 안고 있었다. 루시아 역시 얌전히 그의 가슴에 기대어 그의 심장 고동소리를 듣고만 있었다. 정원에서 한껏 만발한 장미의 진한 향기가 밤바람에 실려 왔다. 설명할 수 없는 애틋함이 응접실 안을 채우고 있었다.

10. 복수처럼 허무한 것

로마에서는 매년 5월 14일, 전쟁의 신인 마르스를 기리는 축제가 열렸다. 귀족 및 시내 유력자들은 이러한 축제 기간 중에 사비로 시내 곳곳에서 열리는 각종 게임을 지원하곤 했다. 트라야누스 황제가 지원한 검투 대회가 열리게 된 것도 바로 이날이었다. 실로 다키아 원정의 성공을 축하하며, 로마 시민들에게 여흥을 베푸는 날로 이날만큼 적절한 날을 찾기 어려울 것이었다.

"정말 루시아 님을 모시고 가실 겁니까?"

율리우스의 토가 착장을 도와주던 세야누스가 걱정스런 표정으로 그에게 물었다. 율리우스는 아무런 말도 없이 고개를 끄덕였다. 마티디아가 숙모이자 황후인 플로티나에게 부탁하여 율리우스 집에 머물고 있는 루시아를 보고 싶다고 청을 한 것이다. 세야누스 역시 율리우스가 루시아를 데리고 가고 싶어 하지 않는 것을 알았다. 동시에 황후의 명을 거역할 수도 없다는 것도 잘 알고 있었다. 하지만 걱정스러운 마음에 질문을 하고 만 것이다.

"루시아는?"

율리우스의 질문에 세야누스는 고개를 끄덕였다. 아트리움에 나서니 이미 준비를 마친 루시아가 있었다. 전형적인 튜니카와 스톨라, 그리고 계절에 맞게 얇은 옷감으로 만든 팔라를 두르고 있었다. 그녀는 여전히 아름다웠지만 창백한 안색에 무척 신경이 쓰였다. 율리우스는 어쩐지 토가가 무척이나 답답한 기분이었다. 매우 긴 천을 온몸에 두르는 토가는 지금처럼 날이 더워지는 시기에는 상당히 불편하고 더웠다. 하지만 분명 그것만이 전부는 아니었다.

"이제 갈까?"

율리우스의 말에 루시아는 움찔했다. 그녀의 얼굴이 상당히 초조해 보였다. 어젯밤 콜로세움에 가야 한다는 말을 전한 이후부터 그녀는 무척이나 불안해했다. 그래서 율리우스가 가고 싶지 않으면 적당한 핑계를 만들 테니 꼭 가지 않아도 된다고 했다.

"괘, 괜찮아요."

그녀는 무엇인가를 결심한 사람처럼 그렇게 대답을 하고는 가늘게 몸을 떨며 그의 품으로 파고들었다. 밤새 불안에 떠는 그녀를 끌어안고 율리우스 역시 불편한 마음에 제대로 잠을 이루지 못했다. 콜로세움으로 향하는 두 사람의 발걸음이 매우 무거웠다.

"율리우스 장군."

하드리아누스가 먼저 그를 알아보고 인사를 했다. 율리우스가 인사를 하자 미리 자리에 있던 그의 부인인 비비아 사비나와 또 그 옆에 자리 잡고 있던 마티디아도 인사를 했다. 마티디아의 무척 날카로운 눈빛이 율리우스 뒤에 있는 루시아에게 닿고 있었다.

"이분이 요즘 로마를 떠들썩하게 만들고 있는 율리우스 장군의 아름다운 손님이신가요?"

마티디아의 약간 날카로운 말에 루시아는 얌전하게 인사를 했다.

"안녕하세요, 루시아라고 합니다."

우아하게 인사하는 그녀의 모습에 하드리아누스는 눈을 가늘게 떴다. 얼굴이 다소 창백하고 긴장한 것이 역력했지만 그녀의 행동은 상당히 기품이 있었다. 로마 제국의 여러 전장을 누빈 하드리아누스는 그녀의 고향이 어디인지 대충 짐작이 갔다. 그래서 묻는 표정으로 율리우스를 바라보자 율리우스는 고개를 살짝 끄덕였다.

"자, 어서 자리에 앉으십시다."

하드리아누스의 말에 율리우스와 루시아는 자리를 잡았다. 루시아는 콜로세움을 가득 메운 사람들의 웅성거림에 귀가 멍멍할 지경이었다. 거의 5만여 명을 한꺼번에 수용할 수 있다는 원형경기장은 포도주를 팔거나 도시락을 파는 상인들의 목소리까지 섞여서 그야말로 북새통이었다. 입장료가 무료였기 때문에 경기가 있을 때면 많은 사람들이 몰려들었지만 각 층, 구역별로 문이 따로 있어서 매우 효율적으로 입 퇴장이 가능했다.

"아우구스트(황제), 아우구스타(황후)가 오십니다."

황제 부부의 입장을 알리는 소리에 주위가 순식간에 조용해졌다. 모두가 숨을 죽이고 황제 부부의 입장을 기다렸다.

"와와, 트라야누스 황제 폐하!"

시민들의 환호를 받으며 황제 부부가 경기장 안으로 들어왔다. 군인 출신의 황제는 매우 크고 당당한 체격을 지니고 있었다. 그리고 다소 엄격한 표정이었기에 무척 근엄하게 보였다. 그 옆에 갈리아 출신이라고 하는 플로티나 황후는 검소하면서 우아한 느낌을 주는 귀부인이었다. 율리우스 일행이 있는 자리보다 약간 높게 마련된 장소에 두 사람이 자리를 잡았다.

"오늘 검투사들의 경기에는 다키아 전사들이 나온대요."

비비나 사비나의 말에 마티디아는 고개를 끄덕였다. 그리고 그녀의 날카로운 시선은 루시아가 숄의 끝자락을 꼭 움켜쥐는 것을 잡아챘다.

"어머나, 다키아 전사들이네요."

마티디아의 목소리에 율리우스는 고개를 돌렸다. 여전히 창백한 루시아 때문에 율리우스는 무척 걱정이 되었다. 하필 오늘 이런 곳에 그녀를 데려오고 싶지는 않았다. 잔인한 전쟁에 익숙한 그였지만 이 검투만큼은 혐오했던 탓이다.

본래 이러한 경기는 철저하게 사전에 계획된 절차를 따른다. 실력 있는 검투사들을 키우는 것은 상당히 비용이 드는 일인지라, 검투사 양성소들은 나름 소속 검투사들이 다치지 않도록 관리를 했다. 즉, 행사의 중요성과 기타 제반 사항을 고려하여 어느 정도의 격렬함으로, 어느 정도의 피를 볼 것인지까지 철저하게 미리 계산하는 것이다.

"와아…… 와와!"

주변을 가득 채운 사람들의 함성을 들으며 율리우스는 오늘 불길한 예감에 휩싸였다. 넓은 경기장에는 리비우스의 말대로 로마 군단의 군복을 착용한 한 편과 다키아 전사들의 두 무리로 나뉘어 있었던 것이다. 황제가 이번 검투 대회에 동원한 검투사는 총 1만여 명이었다. 많은 인원이 동원된 만큼 사상자도 어머어마할 것이 자명했다. 물론 한 번에 1만 명이 모두 투입되는 것은 아니었지만 오늘은 평소보다 많은 인원이 경기장에 나와 있었다.

"아무래도 오늘은 피를 많이 보겠군."

하드리아누스의 고저 없는 담담한 말에 루시아는 눈에 띄게 움찔했다. 경기를 알리는 신호를 시작으로 경기장에서 검투사들이 움직이기 시작했다. 율리우스는 오늘은 비등한 실력을 지닌 검투사들 간의 게임이 아닌 일방적인 경기라는 것을 바로 알아챘다. 한눈에 봐도 다키아 전사들은 아직 젊고 전투 경험이 적은 신참내기 포로들로 보였고 로마 군단을 연기하는 쪽은 베테랑들이었다. 즉, 오늘은 완벽하게 로마 시민들의 흥분을 돋우기 위해 철저한

살육이 이루어질 것이 분명했다.

"와와, 하하하!!"

사람들의 함성이 커질수록 경기장 안은 선혈이 낭자해졌다. 피가 튈수록 관람객들은 흥분했고 더불어 검투는 더욱 잔인해졌다. 하지만 경험이 부족하다 해도 역시 다키아 전사는 우수했다. 팔크스를 휘두를 때마다 로마 군단의 잘려진 손목이 날아다녔고, 초반에는 익숙하지 않은 주변 상황 때문에 다소 밀렸지만 점점 그 무시무시한 위력을 보여 주고 있었다.

"헉."

로마 병사의 칼에 다키아 전사가 쓰러질 때마다 루시아는 제 손으로 입을 막았다. 율리우스는 그녀의 어깨를 감싸 안으며 나직하게 속삭였다.

"굳이 보지 않아도 돼."

그녀의 손끝이 싸늘하게 식어 있었다. 그리고 사시나무 떨듯이 온몸을 떨고 있었다. 율리우스는 애처로운 그녀를 바로 데리고 나가고 싶었지만 황제가 자리를 먼저 뜨기 전에는 그럴 수가 없었다.

"아니에요."

하지만 의외로 그녀는 고개를 저었다. 결연한 표정으로, 두려움에 떨면서도 경기장에서 절대 시선을 돌리지 않았다. 마치 제 눈으로 이 잔인함을 똑똑히 기억하려는 것처럼, 그녀의 루비 같은 눈동자는 핏빛으로 물들어 있었다. 그런 두 사람을 마티디아가 죽일 듯이 노려보고 있었다.

"와와, 죽여라, 죽여!"

경기장에서 한 사람, 한 사람 쓰러질 때마다 관객들의 소리는 더욱 커졌다. 상대방이 쓰러질 때마다 관객들은 패배자들의 목숨을 요구했다. 검투사들은 그 명령을 따를 수밖에 없었다. 검투에서 패배자들의 목숨을 결정하는 것은 관객이었기 때문이었다. 결국 모두가 죽고 경기장에는 오직 두 사람만이 남았다. 로마 군복 차림의 한 사람과 팔크스를 지닌 다키아 전사! 두 사람 모두 엄청난 실력이었다.

"이겨라, 이겨라!"

"다키아 전사 힘내!"

경기장은 양쪽을 응원하는 사람들로 갈라져 있었다. 로마 시민의 일부는 적이지만 뛰어난 기량을 보여 준 다키아 전사를 응원하고 있었다.

"앗!"

루시아가 짧게 비명을 내질렀다. 결국 날카로운 공격에 팔크스를 놓친 다키아 전사를 로마 군단병 차림의 검투사가 마주하고 있었다. 이제 다키아 전사에게 주어진 것은 오직 죽음뿐이었다. 천천히 로마군 복장의 검투사가 그에게 다가갔다. 마지막까지 혼신을 다해 싸운 전사는 상처투성이였다. 로마군 역할을 한 남자가 투구를 벗었다. 그는 베테랑 검투사로 유명한 프락시모였다. 그에게도 상당히 힘든 경기였는지 얼굴이 온통 땀 범벅이었다.

"음, 아깝군."

하드리아누스가 마지막까지 잘 싸운 다키아 전사의 죽음을 예감한 듯 짧게 중얼거렸다. 관객들 역시 그의 마지막을 보기 위해 숨을 죽였다. 드디어, 비틀거리는 다키아 전사의 복부에 프락시모의 글라디오스(로마군이 사용하는 짧은 검)가 박혔다. 프락시모가 상대방의 복부에서 글라디오스를 뽑아내자 붉은 피가 솟구쳤고 다키아 전사는 천천히 바닥으로 쓰러졌다.

"와와, 만세! 로마 만세! 프락시모 만세!"

다키아 전사가 쓰러지자 노도 같은 함성이 콜로세움을 채웠다. 바닥에 쓰러진 전사는 아직 완전히 숨이 끊어지지 않은 상태였다. 평소라면 승자가 마지막 일격을 통하여 끝장을 내야 했다. 하지만 프락시모는 그러지 않았다. 그의 아까운 죽음을 조상하듯 짧게 고개를 숙인 프락시모는 엄청난 함성을 뚫고 출구로 나아갔다.

"수고했다."

이어 황제가 그리 검투사들을 칭찬한 후 콜로세움을 떠났다. 경기장에서의 그 잔인함은 마치 꿈이었던 것처럼 모두가 즐겁게 웃으며 콜로세움을 빠져나가고 있었다. 하드리아누스와 그의 아내 그리고 마티디아도 자리를 떴다.

하지만 여전히 율리우스와 루시아는 움직이지 않고 있었다. 얼음처럼 굳어 있는 루시아의 어깨를 율리우스가 살며시 끌어안았다. 그녀의 시선은 계속 경기장에 쓰러져 있는 전사에게 고정되어 움직이지 않고 있었다.

"돌아가자."

그의 속삭임에 루시아가 고개를 돌렸다.

"저…… 사람은 어떻게 되는 거죠?"

그녀의 눈빛이 간절했다. 아직 분명 살아 있는데 모두가 아무렇지도 않은 듯이 그 사실을 무시하는 게 이상했던 모양이었다. 율리우스는 뭐라 답변을 하지 못하고 입을 다물었다. 이미 충분히 잔인한 것을 겪은 그녀에게 진실을 말하는 것이 두려웠던 것이다.

"제발!"

그녀가 율리우스의 토가 자락을 움켜쥐며 애원했다. 그녀는 말하지 않았지만 율리우스는 똑똑히 들을 수 있었다. '제발 그를 살려달라.' 고 그녀의 눈빛이 간청하고 있었다. '당신이라면 할 수 있지 않느냐.' 고 그녀의 소리 없는 외침을 율리우스는 아프게 듣고 있었다.

곧 일군의 사람들이 나타나 시체들을 옮기기 시작했다. 그리고 마지막으로 남은 그 전사도 곧 들것에 실려 시체실로 옮겨질 것이었다. 그리고 그에게 남은 운명은, 죽음뿐이었다. 이미 회복이 불가능한 지경으로 다친 패배자가 아직 살아 있는 경우, 시체실의 관리자가 마지막으로 그의 숨통을 끊었다. 그 잔인한 진실을 차마 이야기할 수 없어 율리우스는 그저 그녀를 제 품에 끌어안았다.

"제발, 돌아가자. 루시아."

그의 간청에 정신이 나간 것처럼 그를 붙잡고 있던 루시아가 고개를 들었다. 빛을 잃어버린 그녀의 붉은 눈이 그를 멍하니 바라보고 있었다. 이후 그를 따라 도무스로 돌아올 때까지 그녀는 아무런 말이 없었다. 멍한 인형처럼 그녀는 율리우스가 하자는 대로 기계적으로 움직이고 있었다.

"루시아, 괜찮아?"

혼이 나간 것처럼 멍한 그녀 때문에 율리우스는 어찌할 바를 몰랐다. 그녀를 제 품에 안고 아무리 달콤한 위로의 말을 속삭여도 그의 말은 그녀에게 닿지 않고 있었다. 그리고 마침내 도무스 안으로 들어선 그녀는 갑자기 구토를 하기 시작했다.

"읍……."

종일 아무것도 먹은 것이 없는 그녀가 토해 낼 것은 없었다. 하지만 그녀는 격렬하게 마치 이 모든 잔인함을 토해 내듯이 그렇게 구토를 했다.

"루시아!"

결국 진이 빠져 휘청이는 그녀를 율리우스가 침실에 눕힐 때까지도, 그리고 밤새 열에 시달리는 그녀를 계속 옆에서 간호할 때에도 그녀의 마음은 그의 곁에 있지 않았다. 율리우스는 제 손에서 스르르 빠져나가는 모래를 붙잡는 아이처럼 그녀를 안고만 있었다. 하지만 그녀는 조금씩 조금씩 그의 품에서 멀어지고 있는 것 같았다.

다키아 정벌에 누구보다 앞장을 선 것은 율리우스였다. 전임 황제인 도미티아누스가 85년 시행하였던 다키아 정벌은 불명예스러운 강화로 마무리가 되고 말았다. 로마 시민들은 이민족과 맺은 강화를 수치스러워했고 그 때문에 도미티아누스 황제는 암살을 당했다.

101년, 트라야누스 황제는 다키아 멸망을 목표로 전무후무한 대규모 원정을 실시하였다. 당시 22세였던 율리우스는 군에서 주홍색을 두른 대대장직(열명의 대대장 중 수석 대대장)을 담당하고 있었다. 그리고 그의 조언에 따라 로마 군단은 갑옷을 입었고 더불어 찰갑까지 팔에 덧대어 다키아인의 팔크스에 대항하였다. 로마 군단이 공격성보다 수비에 집중하는 갑옷을 챙겨 입은 최초의 원정이었다.

1차 원정에서 로마군은 다키아의 수도를 점령하였지만 왕을 위시한 일부 세력은 산악 지역으로 도피하여 계속해서 게릴라전을 감행하였다. 지형과 신체적 우위를 활용한 게릴라전은 회전(평원에서 진을 짜서 중무장 보병 및 기병이 맞서는 전투)에 강한 로마 군단을 상당히 괴롭혔다. 그런 치밀하고 과감한 게릴라 전략을 기획한 사람이 왕의 여동생이라는 소문이 파다했었다.

하지만 세계 최강의 대제국에 5년 가까이 버티는 기적을 보여주었던 다키아도 대규모 물량을 쏟아부은 2차 원정에는 당해 내지 못했다. 그리고 집요했던 저항만큼, 트라야누스 황제는 아예 그들의 재기가 불가능할 정도로 철저하고 처참하게 다키아를 지도에서 지워 버리고 말았다.

'과연 복수가 의미가 있었던 것일까?'

율리우스는 알 수 없었다. 그저 율리우스는 공허했다. 그동안 제 모든 것을 걸고 노력해 왔던 것이 마무리되자 기쁨보다는 허무한 감정이 그를 감쌌던 것이다.

전 도미티아누스 황제 당시 있었던 다키아 원정 시, 일곱 살이었던 그는 다키아 전사들의 손에 가족을 잃었다. 그리고 간신히 도망치던 그는 거의 죽을 위기에 처해 있었다. 그런 그를 구해 준 이가 바로 현 황제인 트라야누스였다.

'이 아이는 아직 죽을 운명은 아닌 것 같다.' 며 당시 군단장이었던 트라야누스 황제는 그를 구했고 후견인이 되어 주었다. 하여 그는 속주 출신이자 이민족임에도 불구하고 로마 시민권을 가질 수 있었고, 군대에서 승승장구할 수 있었다.

오직 가족들의 최후를 살아서 기억하는 것만이 그가 할 수 있는 전부였다. 그 비극을 잊지 않고 제 부모와 동생의 무덤에 그들을 산 채로 제물로 바치는 것만이 그가 유일하게 꿈꾸던 복수였고 삶의 이유였던 것이다. 그래서 살아남은 자의 고통을 견디며 로마 군단에 들어갔다. 그리고 치열하게 경력을 쌓았고 누구보다 열심히 전투에 임했다.

그리고 동료의 목숨을 구해서 오크나무 시민관을 받기도 했다. 그것은 전장에서 전우의 목숨을 구해줬을 때 도움받은 전우가 직접 만들어 증정하는 관으로 로마 남자라면 평생의 영예로 여기는 일이었다. 그렇게 그는 조금씩 로마인으로 받아들여졌다.

하지만 이제는 부모님의 얼굴도, 사랑스럽던 동생의 얼굴도 차츰 기억에서 희미해졌다. 그들의 얼굴이 희미해져 갈수록 그 역시 점점 본래의 자신이 아닌 로마 제국의 시민인 율리우스가 되어갔다. 그리고 그들을 위해서 다키아인들의 피를 뿌렸지만 그것뿐이었다.

그들은 자신의 곁에 없었고, 그는 여전히 혼자였던 것이다.

"루시아!"

밤새 고열에 시달리는 루시아를 보면서 율리우스는 심장이 아릿했다. 그녀의 아픔이 제 아픔처럼 느껴졌다. 비슷한 고통을 겪어본 그였기에 더욱 루시아의 아픔에 심장이 쓰렸다. 그녀는 자신의 과거 전부를 기억해 내지 못했어도 동족의 고통을 머리가 아닌 심장으로 느끼고 있었다. 자신이 다키아인이라는 것과 그들이 어떤 처지에 있는지, 그 충격이 이렇게 그녀를 몰아붙인 것이 분명했다.

"루시아, 제발 눈을 떠."

율리우스는 그녀의 손을 놓을 수가 없었다. 공허한 그의 마음에 새처럼 날아온 여인, 제 이름조차 기억하지 못하고 그저 자신에게 모든 것을 의지하는 그녀. 이제 그에게는 그녀가 삶의 전부가 되었다. 복수만을 위해서 살아왔던 그에게 사랑은 사치였다. 그리고 그는 제 안에 그런 부드러운 감정이 남아 있다고도 생각지 않았다.

하지만 처음부터 그녀에게는 자꾸만 시선이 갔다. 길을 잃어버린 아이처럼 불안해하던 눈빛. 그 눈빛에 자꾸만 마음이 흔들렸다. 처음으로 그는 누군가를 안아 주고 싶었던 것이다. 생경한 자신의 감정에 율리우스는 당황했다. 그래서 부러 그녀를 피하기도 했다. 하지만 그의 시선은 항상 정원에 외롭게 서 있던 루시아를 향하고 있었다. 그녀의 여린 어깨가, 불안으로 흔들리는 눈빛이, 길을 잃어버린 아이 같은 그 절박함을 율리우스는 외면할 수가 없었다.

자신도 모르게 율리우스는 그녀에게 심장을 저당 잡히고 말았다. 돌아보지 않으려 해도 그의 심장이 머리보다 먼저 그녀에게 반응하고 있었던 것이다. 그녀는 마치 날카로운 검처럼 그의 심장을 단칼에 베어 버렸다.

'누군가를 곁에 두어도 될까? 그녀를…… 믿어도 될까? 애타는 이 마음을 그냥 받아들여도 되는 것일까? 그냥 그녀를 사랑해도 되는 것일까? 그래도 될까?

대답을 알 수 없는 질문이 깊어질수록 그에 비례하여 그녀에 대한 애정이 깊어졌다. 그래서 이제 그는 그녀를 놓을 수가 없었다. 비록 이 모든 애정의 시작이 거짓에 기반한 것일지라도, 율리우스는 이제 그것을 차마 무너뜨릴 자신이 없었던 것이다.

하지만 복수는 또 다른 원한을 만들었고 어쩌면 그것 때문에 그는 가장 사랑하는 여인을 잃게 될지도 몰랐다. 율리우스는 지금 그것이 너무나 두려웠다.

율리우스는 루시아가 기억을 전부 떠올리고 자신을 떠나게 될 것 같아서 전전긍긍했다. 하루하루 그녀를 만지고 쓰다듬으면서도 마음을 주지 않는 그녀 때문에 애태우고 있었다. 그녀가 정원에 심어둔 달콤한 장미향이 그의 코끝을 스쳤다. 그녀의 손가락에 계속 입맞춤하며 그는 그렇게 계속 그녀를 붙들고 있었다.

❖

"시리아 속주에서 올라온 보고입니다. 아무래도 파르티아 쪽의 움직임이 심상치가 않다고 합니다."

집정관인 하드리아누스의 보고에도 트라야누스 황제의 근엄한 표정은 변함이 없었다. 트라야누스 포룸에 있는 황제의 집무실에는 두 사람 이외에도 재무관인 율리우스, 법무관(사법 책임자)인 티베리우스, 감찰관(원로원 임명 및 제명권한, 시민권 박탈권한을 지님)인 가이우스, 안찰관(도로, 공중목욕탕, 식량공급, 축제와 각종 행사운영 및 공급관리)인 드루수스가 모여 있었다. 며칠 전 온 도시를 들썩이게 만들었던 마르스 축제의 기억은 이미 온데간데없었다.

"주변 국가를 계속 자극해서 유다이아(현 이스라엘) 속주, 아라비아 페트라이아(현 요르단 및 시리아) 속주 등에서 올라오고 있는 속주세가 급감하고 있습니다."

율리우스의 보고에 트라야누스는 근엄하게 고개를 끄덕였다.

"음, 한동안 조용하더니……."

황제의 말에 모두가 같은 생각이었는지 고개를 끄덕였다. 다키아 원정이 끝나고 한창 속주 건설이 진행 중이라 파르티아 쪽에 상대적으로 신경을 덜 쓰다 보니 생긴 일이었다. 파르티아는 언제나 후방에서 호시탐탐 로마의 변경을 노리고 있는 로마 제국 최대의 적대국이었다.

"아무래도 누군가 뒤에서 작업을 하고 있는 모양이군."

황제의 확정적인 말에 하드리아누스가 대답을 했다.

"다키아 잔당들의 짓입니다."

"그런데 살아남은 이들이야 있다고 해도 대체 어떻게 그렇게 조직적으로 움직이고 있는 겁니까?"

가이우스의 질문에 모두가 하드리아누스를 주시했다.

"다리우스라고 하는 자가 우두머리라고 합니다. 다키아에 금광과 소금광이 많지 않습니까? 아직 숨겨진 금광이 있어서 그것으로 비용을 충당하고 있는 것 같습니다."

하드리아누스의 설명에 모두가 고개를 끄덕였다. 사실 다키아에 존재하는 광산은 미처 알지 못했던 선물 같은 것으로, 황제 역시 그것을 활용해서 정력적으로 대규모 공공건물을 건설하고 있었다.

"그런데 돈만 있다고 해서 되는 일은 아닐 텐데요?"

누군가 구심점이 되는 인물이 있어야 하지 않느냐는 드루수스의 질문에 하드리아누스의 눈빛이 날카롭게 반짝거렸다.

"네, 그자가 아주 열심히 일리아 공주를 찾고 있다고 하더군요."

그가 던진 말이 폭포처럼 방 안으로 퍼져 나갔다. '그럼 개선식에 등장한 공주는 가짜인 것이냐.', '그렇다면 진짜 공주는 어디에 있는 거냐.', 여러 가지 의견으로 순식간에 방 안이 소란스러워졌다. 오직 황제와 율리우스만이 침묵을 지키고 있었다.

"적은 항상 턱밑에 숨어 있는 경우가 많습니다. 어쩌면 누군가의 아주 세심한 보호를 받고 있을 수도 있습니다."

하드리아누스의 가시가 박힌 날카로운 말이었다.

"섣부른 억측은 말고, 시리아 총독에게 좀 더 세부사항을 확인하여 보고 하도록 하게나."

트라야누스 황제의 정리에 곧 회의는 다른 내용으로 넘어갔다. 하지만 율리우스는 숨이 막히는 것 같은 느낌에 계속 토가 자락을 만지작거렸다. 차라리 군복을 입고 전장에 있는 것이 자신의 체질에 맞았다. 그래서 그는 이미 재무관 임기가 끝나면 바로 전선 배치를 황제에게 신청해 둔 상태였다. 율리우스는 점점 더워지는 로마의 여름을 견뎌 내기가 상당히 힘이 들 것 같았다.

107년 5월 중순, 로마, 다시 현재.

"루시아는?"

회의를 마치고 도무스로 돌아온 율리우스가 가장 먼저 찾은 사람은 루시아였다. 마르스 축제 이후 며칠간 고열에 시달린 루시아였기에, 밖에 나가 일을 보고 있어도 계속 그녀가 걱정되었던 것이다.

"지금 정원에 계십니다."

세야누스의 대답에 율리우스는 토가도 벗지 않고 급히 정원으로 향했다. 붉은 장미를 하염없이 바라보고 있는 그녀의 옆모습이 눈에 들어왔다. 며칠 만에 작은 얼굴이 거의 반쪽이 되어 버린 루시아였다. 그런 그녀가 봄바람에 덧없이 스러지는 시든 꽃 같아 보여서, 곧 날개를 활활 펴고 날아가 버릴 작은 새 같아서 율리우스의 심장이 저릿했다.

"루시아!"

율리우스가 그녀의 존재를 확인하듯이 그녀의 이름을 불렀다. 뒤돌아보는 그녀의 얼굴에는 표정이 없었지만 그녀의 반짝거리는 눈빛만이 율리우스를 안도하게 만들었다. 루시아가 고열에서 깨어나고 율리우스의 도무스에는 살얼음 같은 평온이 지속되고 있었다.

겉보기에 달라진 것은 없었다. 다만 루시아는 표정을 잃었고 전보다 말수가 훨씬 줄어들었다. 율리우스는 그런 그녀를 더욱 애지중지했다. 그리고 루시아 역시 전보다 더욱 집요하게 그에게 매달렸다. 마치 모든 것을 잊고 싶은 것처럼 그와 격렬하게 사랑을 나누었다.

오늘도 그들이 함께 있는 침실은 그들의 열기로 뜨거웠다. 그녀가 유혹적인 고양이처럼 먼저 안아 달라고 원하면 율리우스는 절대 거부할 수가 없었다.

"뜨, 뜨거워."

그녀가 무아지경으로 속삭이자 그는 더욱 강하게 자신을 그녀 안에 꽂아 넣으며 그녀를 자극했다. 그리고 야릇하게 허리를 돌리자 루시아의 안쪽은 불꽃이 피어나는 것처럼 뜨거워졌다.

"그래, 같이 타 버리자……."

그가 뜨겁게 속삭였다. 정말로 타는 것 같았다. 온몸이 지금 저릿저릿하면서 뜨거운 감각으로 타오르고 있었다. 그의 뜨거운 분신이 그녀의 동굴 안쪽을 마찰하며 자극할 때마다 루시아는 계속 절정에 삼켜졌다. 탐욕스럽게 꿈틀거리며 그를 재촉했다. 그의 얼굴에서 떨어진 땀방울이 루시아의 가슴에 떨어졌다. 루시아는 무엇인가를 두려워하는 사람처럼 그를 부둥켜안으며 그에게 매달렸다.

작은 침실 안은 그들의 열기와 땀으로 후끈했다. 그가 미친 듯이 그녀의 가장 안쪽을 공략했다. 그때마다 그녀의 안쪽은 계속 꿈틀거리며 그를 자극했고 루시아는 그저 달뜬 신음을 뱉어냈다.

"율……리…… 하앗!"

그 순간 그의 분신이 그녀가 가장 느끼는 안쪽을 찌르자 루시아는 끝까지 이름을 부르지도 못하고 교성을 질렀다. 뜨거운 그녀의 피부, 사탕처럼 달콤한 그녀의 귀여운 젖꼭지, 그리고 자신의 분신을 마구 조이며 사정을 재촉하는 그녀의 뜨거운 동굴…….

지금 여기엔 오직 서로를 원하는 그녀와 자신뿐이었다. 결국 그녀가 미친 듯이 경련하며 먼저 절정에 삼켜졌다. 그리고 동시에 루시아의 의식은 희미해졌다. 곧 그녀 안에서 그의 분신이 최대치로 커졌다.

"하앗!"

그 역시 짧은 교성을 지르며 루시아의 안에서 길게 파정했다. 과도한 쾌감으로 혼곤해진 루시아는 그에게 매달리듯이 안겨 있었다. 그런 그녀의 가녀린 등을 율리우스가 사랑스럽다는 듯 오래도록 쓰다듬었다. 그녀를 이렇게라도 제 곁에 둘 수 있기를, 제발 그녀가 아무것도 더 이상은 기억해 내지 않기를, 율리우스는 누군가에게 간절히 기원하고 있었다.

11. 단 한 번 보여 준 그대 눈빛은

"오늘도 나갔었나?"

라빌라가 조용히 고개를 끄덕이자 율리우스의 짙은 눈썹이 아래로 축 처지고 말았다. 최근 부쩍 바깥출입이 잦은 루시아였다. 6월 초순의 상쾌한 미풍이 응접실을 채우고 있었지만 그곳의 주인인 율리우스의 얼굴은 전혀 밝지가 않았다.

"별일 없었어요. 그냥 저랑 공중목욕탕에 갔다가 거리 구경 좀 하고 돌아왔어요."

율리우스의 얼굴 표정을 살피며 라빌라가 열심히 설명을 했다.

"음, 고맙다."

율리우스가 기운 없는 목소리로 답을 하자, 세야누스는 얼른 라빌라에게 눈짓을 했다. 라빌라는 뭔가 할 말이 잔뜩 있는 표정이었으나 조용히 물러났다.

"자네도 그만 잠자리에 들도록 해."

율리우스의 다소 가라앉은 목소리에 세야누스는 걱정스런 표정으로 말을 이었다.

"너무 걱정하지 마십시오. 루시아 아가씨는 그저 여기저기 바깥을 둘러보는 게지요. 그분은 노예가 아니니 하고 싶은 데로 할 자유가 있지 않으십니까?"

율리우스는 그저 고개를 끄덕였다. 그의 표정이 최근 영 어둡기에 세야누스가 애써 위로를 했으나 지금은 어떤 말도 그의 귀에는 들리지 않는 것 같았다.

"알겠습니다. 그럼 저는 이만 물러나겠습니다."

세야누스마저 물러나자 사위는 스산할 정도로 조용했다. 구석에서 타고 있는 오일 램프의 희미한 빛만이 응접실을 밝히고 있었다. 도무스에 돌아온 그는 바로 루시아를 찾았고 그녀는 평소처럼 그를 맞이했다. 함께 저녁도 먹었고 조금 전까지 그녀가 지쳐 잠이 들 때까지 안았던 참이었다.

"하아! 대체 이게 뭐 하는 짓인지……."

그가 길게 한숨을 쉬었다. 새근새근 잠이 든 그녀를 끌어안고 율리우스도 잠을 청했으나 어쩐지 잠이 오지 않았다. 그녀의 따듯한 체온이 그에게는 차갑게 느껴진 것이다. 아무리 그녀를 애타게 안아도 항상 율리우스는 혼자 남겨진 기분이었다. 그녀를 절정으로 몰아붙이고 그 역시 절정에 도달해도, 메워지지 않는 허전함이 조금씩 그의 가슴에 쌓여 갔다. 그녀가 곁에 있어도 그는 늘 그녀가 그리웠다.

“하아…….”

그는 다시 길게 한숨을 내쉬었다. 율리우스는 하루하루 심장에 멍이 들고 있었다. 루시아는 그가 원하면 거부하지 않고 몸을 기대왔다. 그리고 그녀 역시 가끔은 미친 듯이 그를 원하기도 했다. 하지만 알 수 없는 거리감이 계속 쌓이고 있었다. 그녀와 처음 밤을 보내던 날, 그녀는 그의 손길에 심하게 몸을 떨었다. 처음에는 서툴고 수줍어서 그런 것이 분명했다. 율리우스는 그런 서툴고 순진하면서도 요염한 그녀가 그저 사랑스러웠다.

하지만 지금 그녀는 무의식적으로 그의 손길을 거부하고 있었다. 그의 손이 닿을 때마다 그녀는 저도 모르게 몸을 움츠리고는 했다. 그럴 때마다 그녀는 무척 미안해하면서, 애써 무엇인가를 잊으려는 사람처럼 그에게 애절하게 매달렸다. 그러면서도 그녀는 점점 그에게 마음을 닫고 있었다. 그는 매번 그녀가 어떤 것을 떠올린 것은 아닌지 초조했고, 그녀가 침묵을 지키면 미칠 것만 같았다.

홀로 누군가를 마음에 담는 일이 이렇게 숨을 쉴 수도 없이 고통스러운 일이라는 것을 율리우스는 알지 못했다. 그럼에도 그녀를 사랑하는 것이 지독하게 아플 것을 알면서도, 그는 그녀를 제 손에서 놓는다는 것은 생각할 수가 없었다. ‘언젠가는’ 이라는 희망으로 자신을 고문하면서 율리우스는 그렇게 계속 아픈 사랑을 하고 있었다.

❖

"아이고, 아가씨?"

갑작스레 들린 낯선 남자의 목소리에 루시아는 움찔했다. 공중목욕탕에서 나와 근처 거리로 시장을 보러 온 루시아와 라빌라였다. 근처 상점에서 여러 가지 장신구를 팔던 상인이 무척 친근하게 루시아를 부른 것이다.

"이렇게 아름다운 아가씨에게 이런 장신구는 어떠실는지요?"

루시아는 가볍게 미소를 지으며 고개를 흔들었다. 그리고 점점 뜨거워지는 초여름의 햇살을 피하며 근처에 있을 라빌라를 찾아 시선을 돌렸을 때,

"이건 다키아의 광산에서 나온 은으로 만든 것이랍니다."

상인의 말에 루시아는 움찔하며 걸음을 멈추었다. 그리고 무엇인가가 그녀를 끌어당기기라도 하는 것처럼 그녀는 그를 마주하고 있었다. 상인은 아무런 말 없이 그녀를 응시하고 있었다. 루시아 안에 있는 진실을 캐내려는 사람 같았다. 그의 강한 눈빛에도 루시아는 눈을 돌리지 않았다. 그러자 상인은 이내 싱긋 웃으며 그녀에게 팔찌를 권했다.

"사지 않으셔도 되니까 그냥 한 번만 착용해 보세요. 아가씨 피부가 워낙 고와서 금보다는 오히려 은팔찌가 더욱 잘 어울리시겠

습니다."

루시아가 저도 모르게 손목을 내밀자, 그는 아주 자연스럽게 팔찌를 채웠다. 독특한 문양이 새겨진 은팔찌가 그녀의 손목에서 찬란하게 반짝거리고 있었다.

"마음에 드시나요?"

상인의 질문에 루시아는 조용히 고개를 끄덕였다.

"그런데 아무래도 조금 헐거워 보이네요. 괜찮으시면 며칠 후에 다시 오십시오. 제가 아가씨의 가느다란 손목에 딱 맞도록 크기를 줄여 두겠습니다."

그녀가 막 고개를 끄덕이는 순간, 한 아름 빵을 든 라빌라가 나타났다.

"어머, 팔찌라도 사시게요?"

라빌라의 농담에 루시아는 가만히 고개를 저었다. 그러자 상인은 아주 자연스럽게 라빌라에게도 말을 걸었다.

"하하, 여기 아가씨께 조금 크기가 커서요. 그래서 제가 다음에 다시 오시라고 말씀드린 참입니다."

상인은 아주 능숙하게 라빌라에게도 간단한 귀걸이 같은 장신구를 권했다. 적당한 칭찬과 라빌라에게 잘 어울리는 것을 계속 권하자 라빌라의 입술 끝이 눈 쪽으로 부드럽게 휘어졌다.

"어머, 이분 진짜로 장사를 잘하시네요."

라빌라의 말에 상인은 넉살을 떨었다.

"저희 부모님이 예전에 그리스 상인을 따라다니면서 장사를 배

웠답니다. 그래서 저도 아주 혹독하게 배웠지요."

"호호호, 그리스 상인이라면 뭐 알 만하죠. 돈 버는 일이라면 뭐든 할 사람들이니."

두 사람은 아주 자연스럽게 말을 주고받았다. 하지만 루시아는 아무런 말 없이 팔찌에 새겨져 있는 그 문양에 계속 시선을 집중하고 있었다.

"루시아 아가씨, 나중에 주인님께 사 달라고 하세요. 아마 아가씨께서 사 달라고 하시면 여기 있는 걸 몽땅 사 주시고도 남을 분이에요."

루시아가 팔찌에서 계속 시선을 못 떼고 있자 라빌라는 가볍게 놀리기 시작했다. 순간 루시아의 얼굴이 확 붉어졌다.

"아니야, 그냥 조금 특이해서……."

라빌라는 여전히 루시아가 수줍어서 그런다고 여겼는지 계속 장난스런 말을 덧붙였다.

"하긴 이런 것보다 더욱 중요한 것은 반지죠. 어서 율리우스 님께 졸라 보세요. 모든 것은 확실히 해 두어야 뒤탈이 없어요!"

로마의 귀족들은 도장으로 사용할 수 있는 인장 반지를 사용했는데 그것은 신분과 집안을 나타내는 역할을 한다고 했다. 라빌라가 '얼른 주인님께 인장 반지를 사 달라고 해서 결혼서약서에 도장을 찍어야 한다.' 고 그녀를 채근하기 시작했다. 루시아는 민망해하며 라빌라의 소매를 잡아끌었다. 상인의 눈동자가 율리우스라는 이름이 나오자 순간 날카롭게 반짝인 것을, 오직 나른하게 떨어지는 6월의 여름 햇살만이 보고 있었다.

루시아와 라빌라가 도무스 방향으로 걸음을 옮기자 곧 상인의 등 뒤로 검은 눈동자의 사내가 모습을 드러냈다. 그리고 그는 루시아의 모습이 더 이상 보이지 않을 때까지 그 자리에서 서서 그녀의 뒷모습을 하염없이 바라보고 있었다. 그 아련하고 안타까운 눈빛이 루페르칼리아 축제에서 두 사람의 뒤를 따르던 남자의 눈빛과 겹쳐 보였다.

❖

"율리우스 님!"

트라야누스 포룸 집무실에 있던 율리우스는 리비우스가 자신을 부르는 소리에 불안한 심정으로 고개를 들었다. 이제 날이 6월의 중순을 향해 가다 보니 집무실 안 공기도 무척 후덥지근했다.

"드디어 접촉했습니다."

율리우스의 심장이 툭 하고 바닥으로 떨어져 내렸다. 두려워서 그의 말을 듣고 싶지 않은 마음과 그래도 알아야 한다는 마음이 치열하게 갈등하고 있었다.

"어디에서?"

하지만 율리우스는 애써 본인의 공적인 임무를 떠올렸다.

"공중목욕탕 근처에 있던 거리입니다."

일리아 공주의 행방을 찾는 다키아 유민의 우두머리, 다리우스.

드디어 그가 모습을 드러낸 것이었다.

"그자가 직접 접촉을 했던가?"

율리우스의 날카로운 질문에 리비우스가 고개를 저었다.

"루벤이라는 그자의 심복이 상인을 가장하여 루시아 님께 접촉했습니다."

율리우스는 리비우스의 설명을 그저 묵묵히 듣고만 있었다.

"아직도 루시아 님은 본인이 누구인지 그것까지지는 완벽하게 떠올리지 못한 것 같습니다. 다리우스라는 자도 그것을 파악하고 일부러 조심스럽게 접근하고 있습니다."

율리우스가 아주 짧게 한숨을 내쉬었다. 드디어, 두려워하던 일이 벌어졌다. 그들이 루시아를 찾지 않기를 기원했지만 그들은 기어코 루시아를 찾아 접촉하고 말았던 것이다. 율리우스는 자신의 심장이 오그라드는 감각을 애써 억누르며 리비우스에게 질문을 했다.

"다른 움직임은 없었나?"

리비우스가 다소 걱정스런 표정으로 최근 로마 시내의 불온한 움직임에 대하여 보고를 했다.

"수부라 지역이 요즘 조금 어수선합니다. 워낙에 제국 각지에서 몰려드는 사람들이 많아서 소란스러운 곳입니다만 최근에는 이상한 유언비어가 계속 돌고 있습니다. 아무래도 누군가 고의적으로 여론을 몰기 위해서 은밀하게 움직이고 있는 것 같습니다."

보고를 하는 리비우스의 눈이 날카롭게 율리우스의 얼굴을 살피고 있었다. 잠시 말없이 율리우스의 안색을 살피던 리비우스가 조심스럽게 입을 열었다.

"혹시…… 정말로 진심이 되어 버리신 겁니까?"

리비우스가 망설이며 한 질문에 율리우스는 아무런 대답도 하지 않았다. 리비우스는 그런 그를 바라보며 그답지 않게 걱정스런 표정이 되었다. 루시아와 사랑에 빠진 것처럼 위장해서 정보를 캐내라고 제안했던 자신을 꾸짖고 싶은 심정이었다. 하지만 차갑기로 소문난 일중독자인 율리우스가 이렇게 그녀에게 푹 빠져 버릴 것이라고는 리비우스조차 예상하지 못한 일이었다.

"잊지 마십시오. 그녀는 다키아의 공주일 개연성이 매우 높습니다."

리비우스의 말에 율리우스가 번쩍 고개를 들고 강하게 대답했다.

"하지만 정말로 그녀가 일리아 공주라는 확실한 증거는…… 아직 없어."

어딘가 고집스럽게 주장하는 율리우스를 보며 리비우스는 가슴이 답답해졌다. 누구보다 정보 수집에 능란한 그가, 작은 몇 가지 단서만으로도 큰 줄기를 파악해 내는 그가 이번에는 드러난 사실조차 애써 외면하고 있었다.

"다리우스라는 자가 접촉한 것만 봐도 확실합니다. 이렇게 로마 심장부까지 위험을 무릅쓰고 들어 온 사유가 달리 뭐가 있겠습니까?"

리비우스의 말에 율리우스의 표정이 굳어졌다.

"다음번에는 내가 직접 미행하도록 하지."

뭐라 더 말을 하려던 리비우스는 율리우스의 결연한 표정을 보고 입을 다물었다. 다만 그가 어서 빨리 평소의 냉철한 율리우스로 돌아와 주기만을 간절히 바라고 있었다. 리비우스는 쨍쨍한 하늘을 바라보며 소나기라도 내려야 이 후덥지근한 더위가 좀 가라앉을 것 같다며 머리를 흔들었다.

며칠 후, 라빌라와 함께 공중목욕탕에 들렀다가 거리로 나온 루시아는 매우 조심스럽게 장신구 가게를 다시 찾았다.

"아, 오셨네요."

상인이 반갑게 루시아를 맞이했다. 그리고 그는 지난번 보여 주었던 은팔찌를 얼른 내밀었다. 여전히 팔찌는 불길할 정도로 화사하게 반짝거리고 있었다.

"오오, 이제 아주 잘 맞는군요."

루시아의 가는 손목에 팔찌를 채워 주던 상인의 말에 옆에 있던 라빌라도 고개를 끄덕였다.

"그러게요, 하얀 피부라 그런지 은이 정말 잘 어울려요."

루시아는 조용히 팔찌를 내려다보고 있었다. 여전히 약간 복잡한 표정의 그녀였다. 물끄러미 팔찌를 바라보는 그녀의 눈빛이 어쩐지 처연하게 보였다.

"가격은요?"

루시아의 질문에 상인은 시원스럽게 대답을 했다.

"아가씨에게는 특별히 제가 하프 데나리우스(1데나리우스는 16개의 빵 가격)에 드리겠습니다."

라빌라가 얼른 돈을 내밀었다. 루시아는 그 은팔찌를 아주 조심스럽게 받아들었다.

"여기 이 부분을 이렇게 하면 아주 쉽게 팔찌를 끼고 뺄 수 있답니다."

상인이 친절하게 루시아에게 고리 부분에 대하여 설명을 해 주었다. 루시아는 아무런 말 없이 듣고만 있었다.

"잘하실 수 있으시죠? 여러 번 연습해 보시면 그리 어렵지 않습니다. 조금 모양이 특이해 보일 뿐이지요."

상인의 재차 확인하는 말에 루시아는 조용히 고개를 끄덕였다. 곧 루시아는 팔찌를 소중하게 갈무리하고는 걸음을 옮겼다.

집에 돌아오자마자 루시아는 곧바로 자신의 침실로 들어갔다. 무척 떨리는 마음으로 고리 부분을 조작하자 속이 텅 빈 팔찌 안에서 작은 금속 조각 하나가 나왔다. 그리스어로 무엇인가가 쓰여져 있었다. 루시아는 가만히 그것을 바라보다가 다시 팔찌 안에 넣었다. 밤새 루시아는 그 팔찌를 그저 바라만 보고 있었다.

그날 밤, 그녀의 꿈속에서는 거대한 검은 그림자가 그녀를 쫓아왔다. 아무리 도망을 쳐도 그것은 결코 떼어 낼 수 없는 그림자였다. 밤새 악몽에서 시달리다 깨어난 그녀의 튜니카가 땀으로 흠뻑 젖어 있었다. 루시아의 시선이 그 팔찌를 향할 때마다 무척 불안하게 흔들렸다.

한동안 계속 고민하던 루시아는 결국 알 수 없는 자신의 과거에 이끌리고 말았다. 팔찌 안에는 그들을 다시 만날 수 있는 방법이 쓰여 있었다. 수수께끼 같은 문장은 다른 사람들에게는 그저 이상한 문장일 뿐이었다. 하지만 팔찌의 겉에 새겨진 문양의 지시에 따라 단어의 배열 순서를 바꾸게 되면 전혀 새로운 의미가 되었다.

루시아는 팔찌를 보자마자 단숨에 그 의미를 알 수 있었다. 희미하지만 분명 이렇게 암호를 사용하여 연락하는 것에 대하여 잘 알고 있는 기분이었다. 며칠을 고민하고 망설이던 루시아는 마침내 자신의 과거와 대면하게 되었다.

약속 장소에는 다리우스라고 자신을 밝힌 남자와 제 실제 이름은 루벤이라고 밝힌 장신구를 판매하던 남자가 함께 있었다. 다리우스의 모습이 어쩐지 낯이 익었고, 곧 그녀는 바로 그가 루페르칼리아 축제 때 자신을 따르던 남자와 동일인이라는 것을 깨달았다. 그렇게 오랫동안 주의 깊게 자신을 살펴본 이들이라면 그녀의 과거에 대하여 어떤 단서를 가지고 있을 것이 분명했다.

"저를 아시나요?"

루시아의 간절한 표정에 다리우스는 고개를 끄덕였다. 길을 잃은 아이 같은 루시아의 표정에 다리우스는 잠시 침묵하고 말았다. 그리고 그녀의 질문을 듣고서야 루벤의 말대로 그녀의 기억이 완전하지 않다는 사실을 확인할 수 있었다.

"혹시 무엇을 기억하고 계신가요?"

다리우스의 조심스러운 질문에 루시아는 초조하게 침을 삼켰다.

"제가 다키아 사람이라는 것, 그리고 도망치다가 다뉴브 강에 빠진 저를 율리우스 님이 구해 주셨다는 것 정도예요."

루시아의 대답에 다리우스는 조용히 고개를 끄덕였다. 그녀가 강에 빠졌다는 것을 알았을 때 느꼈던 충격을 떠올리자, 다시 오싹한 한기가 다리우스를 감싸는 기분이었다.

"맞습니다. 도망치던 와중에 길이 어긋나 버렸습니다. 제가 급하게 뒤를 따라갔을 때에는 이미 어찌할 도리가 없었습니다. 죄송합니다."

다리우스의 설명에 루시아의 표정이 다소 밝아졌다.

"그럼 저를 계속 찾고 계셨군요."

"네, 무척 애타게 행방을 찾고 있었습니다. 당신의 오라버니께서 마지막으로 제게 부탁하신 일이었으니까요."

다리우스의 설명에 루시아의 두 눈에 눈물이 그렁그렁하게 차올랐다. 자신의 가족들은 그녀를 아끼고 있었음이 분명했다. 애틋한 오라비의 마지막 부탁을 전해 듣자 그녀의 심장 한구석이 아픔으로 저릿해졌다.

"하지만, 왜 이렇게까지 위험을 무릅 쓰고 저를 만나자고 하신 건가요? 저는 아무것도, 심지어 제 이름조차도 기억하지 못해요."

루시아의 질문에 다리우스는 잠깐 망설였다. 지금 모든 사실을 밝히기에는 그녀가 받을 충격이 너무 커 보였다. 그녀를 보호하고 있는 자가 바로 다키아를 멸망시킨 장본인이라는 사실은, 일단 로마를 벗어나서 설명을 하는 것이 좋을 듯싶었다.

"당신은 제 약혼자입니다."

다리우스의 나직한 대답에 루시아는 두 눈을 크게 뜨며 제 입을 막았다.

"당신의 이름은 일리아, 나이는 올해 열아홉, 아니 해가 바뀌었으니 스물이 되셨군요. 저와 당신은 아주 어렸을 때 부모님끼리 약속에 따라 정혼자가 되었습니다. 아마 전쟁이 없었다면 저희는 이미 오래전에 부부가 되었을 사이입니다."

그녀의 표정이 무척이나 복잡했다. 정혼자인 그의 이름도, 얼굴도, 아니 아예 존재 자체도 기억해 내지 못해서 미안해하는 듯했다. 그리고 동시에 무척 큰 충격을 받은 것 같았다.

"그러니 저와 함께 가시죠."

다리우스가 그녀의 얼굴을 바라보며 부탁했다. 그녀를 반드시 여기에서 데리고 나갈 것이었다. 그녀는 그들에게 남은 마지막 희망이었고, 그에게도 단 하나뿐인 약혼자이자 그가 사랑하는 여인이었다. 비록 그 정혼이 부왕의 뜻을 받들어 그녀가 원한 것이 아니라 할지라도 그녀는 그가 지키고 끝까지 보호해야 할 사람이었다.

"가, 갈 수 없어요."

루시아가 애써 마른침을 삼키며 조그맣게 속삭였다. 예상치 못한 그녀의 대답에 다리우스는 눈을 크게 떴다. 그녀가 위험을 무릅 쓰고 자신을 만나겠다고 했을 때 다리우스는 어느 정도 그녀가 결심을 했을 거라 기대했다. 다키아 전사들의 잔인한 죽음을 목격하고 며칠간 심하게 앓았다는 것도 들었기 때문이었다.

"그게, 무슨?"

다리우스는 조심스럽게 질문을 했다. 그 와중에도 다리우스는 창백해진 그녀의 얼굴이 상당히 신경이 쓰였다.

"그, 그의…… 여자가 되었어요."

예상은 했었지만 그녀 입으로 직접 그 대답을 듣는 순간, 다리우스는 두 눈을 질끈 감고 말았다. 율리우스와 행복하게 축제를 구경하던 그들을 보았을 때부터 어느 정도 마음의 준비를 했었다. 평소와 달리 매우 가녀리고 여성스러워 보이는 공주였다. 항상 무거운 얼굴로 전략을 고민하던 때와 달리 평범한 젊은 처녀처럼 밝고 행복해 보였던 것이다. 그녀가 사랑하지도 않는 남자에게 자신을 허락했을 리가 없었다. 하지만 이렇게 빨리 그녀가 율리우스를 제 마음에 오롯이 담을 것이라곤 믿고 싶지 않았다.

"괜찮습니다."

다리우스는 확고한 말투로 그렇게 대답을 했다. 그리고는 다정하게 웃어 주었다. 마음 한구석이 무너져 내렸지만 다리우스는 애써 자신의 개인적인 감정을 옆으로 밀쳐 두었다. 그녀는 여전히 다리우스에게는 가장 소중한 정혼자이자 또한 자신의 마지막 희망인 다키아의 공주였다. 모든 것이 괜찮다며 그저 제 곁에 돌아오기만을 바라는 정말로 상냥한 남자의 표정을 애써 유지했다.

"미안해요."

그녀가 아무런 변명 없이 그렇게 말을 하자 그녀의 손을 잡을 듯이 내밀던 다리우스의 손이 힘없이 아래로 떨어졌다.

"이미 결심을 하신 겁니까?"

알면서도 다리우스는 그렇게 질문을 했다. 한번 결정하면 어떤 변명도, 사유도 되지 않고 직진하는 그녀였다.

'그는 공주님의 조국을 멸망시킨 장본인입니다!'

다리우스는 목구멍까지 치솟은 그 말을 간신히 삼켰다. 다시 기억을 찾을 수 없다면, 그래서 그녀가 행복할 수 있다면, 그는 입을 다물어야 하는 것일까? 다리우스는 어떤 결정도 하지 못하고 그저 침묵했다.

"오늘은 일단 가 보겠습니다."

그는 조용히 물러났다. 그런 그의 뒷모습을 루시아가 아련한 눈빛으로 계속 응시하고 있었다. 곧 시들어 떨어지는 꽃잎처럼 그녀는 덧없어 보였다. 아주 작은 바람에도 스러져 버릴 것처럼 그렇게 가련하고 처연하게 보였다.

그 모든 장면을 지켜본 율리우스는 미칠 것만 같았다. 다리우스라는 자는 무척이나 용의주도한 자였다. 루시아가 전체를 기억하지 못한다는 것을 알자 그녀가 큰 충격을 받을 만한 말은 하지 않았다. 다만 그녀가 자신을 따라오기만을 간곡하게 부탁했다. 동시에 그가 보여 주는 상냥한 배려는 매우 인상적이었다.

걱정과 질투로 미칠 것만 같았던 그는, 갈 수 없다는 그녀의 말에 안심하면서도 그것이 단지 자신의 약혼자에게 미안해서 그런 것인지 아니면 다른 이유 때문인지 알 수가 없어 초조했다. 만약 그녀가 머무는 사유가 자신 때문이라면 그는 더 이상 아무것도 바라지 않았다. 그녀가 편안히 있을 수 있도록 주변의 모든 문제는 자신이 해결할 자신이 있었다.

"루시아!"

그가 결국 참지 못하고 모습을 드러냈음에도 루시아는 놀라지 않았다. 그가 자신의 뒤를 밟는다는 것을 미리 알고 있던 사람처럼 침착하게 그를 바라보았다. 율리우스 역시 침묵을 지켰다. 살얼음처럼 깨질 듯한 무거운 침묵을 깨고 먼저 움직인 것은 루시아였다. 그녀는 그저 발길을 돌려 앞으로 나아갔다. 따라올 테면 따라오라는 뜻인지, 율리우스는 도무지 알 수가 없었다.

"그에게 가고 싶은 건가?"

돌아서는 루시아의 팔을 거칠게 낚아채는 율리우스의 목소리가 높아졌다. 자신에게 등을 보이는 그녀를 보고 싶지 않았다. 그녀의 가녀린 등이 마치 거절과 같아서 심장이 쓰렸다. 그녀만은 제게 등을 보이지 않기를 바랐다.

"어떤 대답을 원하나요?"

그녀의 말투는 평이했다. 감정을 잃어버린 듯한 공허한 눈빛으로 그녀는 물끄러미 그를 바라보았다. 오히려 그런 그녀의 투명한 눈빛 앞에서 철저하게 망가지고 무너지는 것은 그였다. 그녀의 냉정한 눈빛이 자신을 밀어내고 있었다. 항상 냉정하고 초연한 저 붉은 눈동자가 오늘은 무척이나 신경에 거슬렸다. 그래서 율리우스는 더욱 거칠게 그녀를 벽으로 밀어붙였다.

"진실을 말해, 네가 원하는 것이 무엇인지!"

루시아가 무엇인가를 말할 것처럼 작은 입술을 달싹거렸다. 그녀의 얼굴에 잠깐 복잡한 표정이 스쳐 지나갔다. 그녀 역시 뭐라 대답을 해야 하는지 혼란스러워하는 것 같았다. 적어도 그녀가 고민을 하고 있다는 것은, 그녀도 율리우스에게 신경을 쓰고 있다는 뜻이리라. 그렇게 애써 제 마음을 다독거리는 율리우스였다. 그리고 질문을 한 것은 본인이면서도 그녀가 정말 어떤 대답을 할까 봐 율리우스는 심장이 오그라들었다.

"놓아 주세요."

그녀의 얼굴이 다시 무표정해졌다. 그리고는 아주 심상한 말투로 그렇게 부탁을 했다. 부상에서 깨어난 그때처럼 그녀의 얼굴이 가면처럼 굳어 있었다. 모든 감정을 애써 눌러 침잠시키는 그 행동이 오늘은 상당히 거슬렸다.

"내가 증오스러운가? 당신의 약혼자에게 가지 못하게 만들어서 내가 미운 건가?"

이 사이로 씹어뱉듯이 그가 중얼거렸다. 율리우스의 심장이 설명할 수 없는 열기와 분노로 들끓었다. 동시에 차마 그녀가 가고 싶다고 하면 대체 어찌해야 하는지 알 수가 없었다. 두려웠다. 자신을 미워하더라도 제발 그녀가 자신의 곁에 머물기를 바라는 제 마음을, 율리우스는 그제야 뚜렷하게 알 수 있었다. 그리고 어쩔 수 없이 자신을 미워할 수밖에 없다면…….

아주 조금만 미워하기를 바랐다.

"이제는 가고 싶어도 갈 수 없어요."

그녀가 아픈 미소를 지으며 그렇게 중얼거렸다. 그리고 자신의 팔뚝을 강하게 움켜쥐고 있는 그의 손을 풀어내었다. 아주 미약한 힘이었지만 율리우스의 손은 그대로 힘없이 아래로 떨어졌다.

"오늘은 혼자 있고 싶어요."

그녀의 부탁에 율리우스는 아무런 대답도 하지 못하고 다만 침묵했다. 아픈 그녀의 음성에 심장 한구석이 아릿하면서도 동시에 갈 수 없다는 그 말에 안심이 되었다.

'가지 않을 것이다. 그녀가 갈 수 없다고 했다. 그녀는 제 곁에 있을 것이다.'

그것만이 오직 스산한 율리우스의 마음을 위로하는 아주 작은 위안이었다. 율리우스는 그녀가 자신에게 보여 주었던 그 다정한 눈빛을 계속 떠올리고 있었다. 고민하는 자신을 위로하며 처음으로 몸을 열었던 그 밤, 그녀의 눈빛은 상냥하고 따뜻한 빛으로 가득 차 있었다. 그 눈빛을 다시 찾고 싶었다. 율리우스가 루시아 때문에 고민하는 와중에도, 뜨거운 로마의 여름은 천천히 다가오고 있었다.

"어머, 이건 좀 특이한 꽃이네요?"

정원에 피어난 붉은 종 모양의 꽃을 보며 라빌라는 감탄을 했다. 7월이 되어 날이 뜨거웠음에도 루시아는 상당히 많은 시간을 정원에서 화초를 돌보며 보내고 있었다. 그녀 옆에서 함께 화초를 돌보던 라빌라가 활짝 피어난 특이한 꽃을 보고 신기한 표정을 지었다.

"그런데 이런 꽃이 여기에 있었던가요?"

라빌라가 고개를 갸웃거렸다.

"여우 장갑이라고 하지."

루시아가 꽃의 이름을 알려 주었다.

"네, 여우 장갑이요? 호호호, 꼭 작은 종 모양같이 생겼는데요?"

"맞아, 죽은 자의 종이라고도 불려."

루시아의 대답에 라빌라는 대번 표정을 바꾸었다.

"세상에 꽃에 누가 그런 엄청난 이름을 붙였데요?"

볼을 잔뜩 부풀리고 약간 뾰족하게 대답하는 라빌라 때문에 루시아는 아주 오래간만에 미소를 보였다.

"그건 별명이고, 실제 이름은 디기탈리스야. 꽃말은…… 열애라고 하던가?"

조롱조롱 한 줄기에 가지런히 꽃들이 매달려 있는 것이 아기자기하면서도 화사했다. 라빌라는 디기탈리스의 화려한 모양새가 뜨거운 사랑을 고백하기에 적절하겠다고 생각했다. 하지만 그 꽃을 바라보는 루시아의 표정은 퍽 복잡해 보였다.

"다키아에 많이 피는 꽃이야."

루시아가 제 입으로 다키아를 먼저 언급한 것이 처음이기에 라빌라가 깜짝 놀라 두 눈을 크게 뜨고 바라보았다.

"땅이 바뀌어도 꽃은 여전히 아름답게 피어나네."

루시아의 목소리는 어쩐지 애잔했다. 그녀가 조용히 고개를 숙이고 하염없이 디기탈리스를 바라보는 모습이 그림처럼 아름다워 라빌라는 숨을 죽였다. 하지만 어쩐지 상당히 슬픈 느낌이 배어 있어서 라빌라가 평소답지 않게 조용히 침묵을 지켰다.

12. 널 사랑하기가 너무 아프다

"다키아 속주 건설은 진척상황이 어떠한가?"

트라야누스 황제의 근엄한 질문이 황제의 집무실을 크게 울렸다. 감찰관인 가이우스가 재빠르게 진행사항을 요약해서 보고하였다. 법무관인 티베리우스와 재무관인 율리우스도 자리를 지키고 있었다. 아직 한참 더운 7월이라 그런지 집무실 안도 무척이나 후덥지근했다.

"네, 다키아 속주의 주도인 울피아 트라야나 사르미제게투사에 기본적인 시설들은 지난 1차 원정 점령 당시 지었던 건물을 보수하여 얼추 마무리가 되었습니다."

이미 101년 1차 원정 시 점령했던 다키아 왕국의 수도, 사르미제게투사에는 이후 로마군이 계속 머물고 있었기에 상대적으로 빠르게 속주 건설이 진행되고 있었다. 로마 군단은 주로 군단 기지 건설에 앞서 각종 도로나 다리 등 기반 시설을 먼저 설치하였기에 많은 군단 기지가 그대로 향후 속주의 주요 도시가 되곤 했다.

"유민들의 반발은 어떤 상태인가?"

황제의 나직한 질문이 이어졌다.

"아직도 산발적으로 저항이 있습니다만, 곧 총독을 파견하고 속주의 행정체계를 정리하면 금방 정리가 될 것으로 사료됩니다."

티베리우스의 대답에 황제는 조용히 고개를 끄덕였다. 황제가 어떤 생각을 하는 것인지 정확히 가늠할 수 없어 모두가 침묵을 지켰다. 트라야누스 황제는 군사적 재능이 무척 출중하였지만 또 동시에 누구보다 열심히 속주 총독들과 서신을 교환하며 속주 행정을 세밀히 살피기로도 유명했다. 아무래도 그는 총독을 누구로 보내야 하는지 생각하고 있는 듯했다.

"총독은?"

가이우스가 바로 대답을 했다.

"루키우스 안토니우스가 곧 파견될 예정입니다."

황제는 여전히 아무런 말이 없었다. 가이우스는 순간 식은땀을 흘리고 말았다.

"나서는 자보다는 내세울 만한 자격이 있는 사람을 보내는 것이 좋을 것 같군."

아주 나직한 음성이었으나, 황제의 말에 담긴 진실감, 강하고 의연한 음성, 위엄에 찬 얼굴 때문에 모두가 그 의미를 무겁게 받아들였다.

"알겠습니다. 다시 숙고해 보겠습니다."

가이우스의 대답에 회의는 끝이 났다. 티베리우스와 가이우스가 집무실을 먼저 나섰고 율리우스 역시 조용히 밖으로 걸음을 옮기려던 참이었다.

"율리우스."

황제의 갑작스런 호출에 율리우스는 걸음을 멈추었다.

"네, 폐하."

왠지 불편한 마음으로 율리우스는 그의 다음 말을 기다리고 있었다.

"나는 먼저 도발을 해서는 안 되지만 적이 도전을 해 올 때에는 두려워하지 않고 전쟁에 임해야 한다고 생각한다."

율리우스는 긴장으로 움찔했다. 평생을 전장에서 지내온 무인다운 말이었다. 그래서 그만큼 가볍지 않은 무게가 있었다.

"요즘 시내에는 무척 재밌는 소문이 도는 것 같더군. 지금 포로로 잡혀 있는 일리아 공주가 사실은 가짜라고 말이지."

느릿하게 마치 지나가는 말처럼 건넨 말이었지만 율리우스는 바로 그 의미를 알아챘다.

"나는 진실은 모른다. 하지만 한 가지는 알고 있다. 쓸데없는 구실을 경쟁자에게 주지 말아야 한다는 것이지."

지금 굳이 이렇게 시간을 내어 자신에게 경고를 하는 것은 트라야누스 황제의 선의였다. 황제는 아무리 개인적으로 아끼는 이라도 제국의 안녕에 해가 된다면 결코 좌시하지 않는 인물이었다.

"감사합니다. 폐하."

율리우스의 대답에 황제는 그저 고개를 끄덕였다. 황제에게 인사를 하고 집무실을 나서는 율리우스는 차가운 손이 자신의 목을 옥죄는 기분이었다.

"이거, 황제께서 설마 총독으로 율리우스를 고려하고 계신 것은 아니시겠지요?"

루키우스의 목소리가 불만으로 다소 높았다. 루키우스의 도무스에는 지금 법무관인 티베리우스와 집정관인 하드리아누스가 함께 모여 있었다. 어제 회의에서 있던 내용을 전해 듣고 루키우스는 상당히 상처를 받은 참이었다.

"속주 총독은 집정관을 경험한 이가 아니면 보내지 않는다는 것을 잘 알고 계시지 않습니까?"

하드리아누스가 그럴 리가 없다며 고개를 저었다. 속주 총독은 프로콘술이라 하여 집정관 및 군단장까지 역임하여 경험이 풍부한 사람을 파견하는 것이 관례였다. 루키우스의 경우 이미 원로원 의원이기도 했고 집정관 경험도 있으나, 다만 군경력이 다소 부족하다는 것이 그의 약점이었다. 명망 있는 귀족 자제인 그는 군대에서 보낸 기간이 채 5년이 되지 않았던 것이다. 물론 4~5년의 군경력이면 명예로운 경력에는 충분하였으나 군사적 재능이 뛰어난 황제의 입장에서는 상당히 부족해 보일 수도 있었다.

"하지만 인선이 거의 마무리가 된 상황에서 이런 경우는 없지 않았습니까? 게다가 율리우스는 다키아 정벌에 누구보다 앞장선 데다가, 게르만족 출신이라 그 지역을 잘 알고 있어서 폐하께서 전혀 예상치 못한 결정을 하실 수도 있습니다."

루키우스의 목소리는 불만으로 가득 차 무척이나 뾰족했다.

"그냥 이대로 두고 보실 참이십니까?"

루키우스가 하드리아누스를 바라보며 물었다. 하드리아누스 역시 최근 율리우스의 부상이 그리 반가운 것은 아니었다. 하드리아누스는 개인 능력이라는 점에서는 자신이 부족하지 않다고 자신하고 있었지만 주변 사람들과 자주 갈등하는 것이 자신의 약점이라는 것도 잘 알고 있었다. 사실 다키아 원정을 계속 반대해 왔던 하드리아누스였기에 원정에서 세운 공이 있음에도 불구하고 그는 다키아와는 다소 거리를 유지하고 있었던 것이다.

"그것은 폐하의 결정이시니 제가 뭐라 할 수 있는 것은 아닙니다."

하드리아누스의 음성은 여전히 매우 낮았다.

"지금 폐하께서 이제 파르티아 쪽 원정을 고려하고 계신 듯합니다."

티베리우스 역시 조용히 목소리를 낮추며 말을 이었다.

"아마 사전 작업이 곧 진행될 것으로 보이는데 이미 율리우스는 재무관 임기가 끝나면 전선에 배치해 달라고 황제께 청원을 드렸답니다."

하드리아누스의 얼굴이 살짝 굳었다. 그는 트라야누스 황제를 존경하고 있지만 그의 확장 정책만은 찬성하지 않았다. 제국의 변경을 더 이상 늘리는 것은 군비부담으로 이어지고 자칫하면 큰 위험으로 이어질 수도 있었다.

지금이야 주변에 큰 적이 없기에 군단을 총동원한 다키아 원정이 가능했지만 사실 로마는 아주 최소한의 병력으로 광범위한 제국을 방어하고 있었던 것이다. 어느 전선에 문제가 생기면 로마는 다른 전선에 있는 군단을 이동시켜 공동으로 대응하곤 했다. 하지만 만약 동시다발적으로 적들이 공격해 온다면 그 방식은 더 이상 유효하지 않았던 것이다.

"여러모로 그는 황제의 정책을 충실히 따르고 있는 것으로 보입니다."

하드리아누스는 깊게 한숨을 쉬었다. 하지만 그는 율리우스가 자신의 명예를 위해서 다키아 원정에 나섰던 것이 아니라는 것을 잘 알고 있었다. 그리고 하드라이누스가 생각하는 속주의 방위 및 행정 체계 정립이 중요하다는 것도 이해하고 있었다. 율리우스는 지금 무엇인가 다른 일에 정신을 쏟고 있는 것이 분명했다.

"그를 그냥 이대로 두는 것은 고려해 보아야겠습니다."

루키우스의 말에 하드리아누스는 그저 침묵을 지켰다. 자신에게 닥칠 위기를 율리우스가 어떻게 극복해 낼지 하드리아누스는 냉정히 지켜보기로 했다. 그가 위기를 극복해 내지 못한다면 그것의 그의 역량의 한계일 것이다. 그리고 이처럼 거대해진 제국에는 더욱 능력 있는 자가 필요하다고 그는 확신하고 있었다.

❖

루키우스의 도무스에서 다시 연회가 열린 것은 7월도 막바지에 이른 시점이었다. 초대 다키아 총독으로는 결국 루키우스가 아닌 카이오스 디오가 임명되었다. 율리우스는 그의 초대가 내키지 않았지만 그가 황후마마의 힘까지 빌어 압박을 하니 어찌할 수가 없었다. '실망한 루키우스를 위로하는 연회이니 율리우스도 참석하는 것이 좋겠다,' 는 황후의 부탁 아닌 부탁이었기 때문이었다.

"오오, 율리우스 장군 어서 오시게나."

율리우스를 맞이하는 그의 과장된 환영 인사에도 그는 정중히 고개만 살짝 끄덕였다. 그러나 불편한 마음을 금할 수가 없었다. 루시아까지 대동하고 싶지는 않았지만 꼭 그녀의 참석을 명시하였기에 거부할 수 없었다. 마티디아가 황후를 부추겨 '율리우스가 다키아 출신이라는 루시아를 그렇게 꼭꼭 감추는 것이 무척이나 수상하다.' 고 소문을 내어 어쩔 수가 없었던 것이다.

"안녕하세요."

루키우스의 시선이 그녀에게 닿자 루시아는 공손하게 인사를 했다. 루키우스의 시선이 그녀의 머리끝에서 발끝까지 샅샅이 훑어보고 있었다. 율리우스는 바로 그녀를 숨기고 싶은 것을 간신히 참고 있었다.

공식적으로 그녀는 다키아 원정에서 율리우스가 데려온 노예로 알려져 있었다. 율리우스는 그편이 그녀에게 쏟아지는 쓸데없는 관심을 피하기에 좋을 것이라 여겼기에 굳이 사실을 정정하지 않고 있었다. 그러나 그것이 오늘 이렇게 그를 곤란하게 만들 줄은 몰랐다. 보호받을 권리가 있는 여인이라면 이러한 초대를 거절할 수도 있었지만, 노예로 알려진 그녀는 거부할 수가 없었던 것이다.

“자자, 모두 즐겁게 연회를 즐깁시다.”

루키우스의 쾌활한 음성에 연회는 다시 흥성거렸다. 율리우스는 최대한 조용히 구석 자리를 지키고 있었고, 한시도 루시아의 곁을 떠나지 않고 있었다. 그렇게 두어 시간이 흐르고 율리우스가 인사를 하고 막 자리에서 일어나려는 순간이었다.

“여러분, 제가 오늘 아주 특별한 여흥을 준비했답니다.”

루키우스의 즐거워하는 말투에 율리우스는 순간 뒷목이 섬뜩해졌다. 노예들이 분주하게 자리를 정리하고 무엇인가를 준비하고 있었다. 율리우스는 차마 자신이 상상한 일은 아니기를 바랐지만, 상황은 그의 불길한 예상대로 흐르고 있었다.

연회는 주로 남자들은 남자들대로 여자들은 여자들끼리 모였다. 하지만 루시아는 노예로 알려져 있었기에 그의 곁에 머물 수 있었던 것이다. 오히려 자신이 곁에서 보호할 수 있어 다행이라 생각했던 율리우스였다. 하지만 이렇게 예상치 못한 상황에서 갑자기 그녀를 다른 곳으로 보낼 수도 없었다.

곧 자그마한 무대가 만들어지고 노예 상인으로 보이는 남자가 아주 아름다운 여자를 데리고 안으로 들어왔다. 아무래도 오늘은 노예 여인을 데려다 사람들 앞에서 음란한 짓을 시킬 모양이었다. 콜로세움에서 열리는 검투 중간 휴식시간에도 예쁜 소녀나 미소년을 데려다 음란한 짓을 하는 것을 사람들에게 여흥으로 보여 주곤 했었기에, 귀족들의 연회에서 이런 일이 그리 드문 것은 아니었다.

"다키아에서 온 아주 아름다운 여인이랍니다."

노예 상인의 말에 사람들이 웅성거리기 시작했다. 옆에 있던 루시아의 온몸이 긴장으로 빳빳하게 굳었다. 이제 고작 열여섯이나 되었을까, 여자는 마치 팔리는 가축처럼 무대에 세워지자 공포로 얼어붙어 있었다. 작은 체구 때문에 아직 여자라기보다는 어린 소녀 같은 느낌이 강했다.

"오, 무척 아름다운 피부야."

"저 호리호리한 몸매도 아주 죽이네."

"다키아 전사들은 아주 호전적이라던데 여인들도 침대에서 적극적일까나?"

남자들이 여자에게 던지는 말들은 무례할 정도로 적나라했다. 그들에게는 저기 서 있는 여자는 사람이 아닌 듯했다. 마치 보석을 구매하거나 가구를 구입하듯이 그들은 그렇게 이야기를 나누

* 한니발에 극도로 시달린 로마는 3차 포에니 전쟁으로 카르타고를 정복한 이후 주민들을 모두 이주시키고 도시 자체를 철저하게 파괴한 후 소금까지 뿌렸다.

고 있었다.

"사, 살려…… 주세요!"

여인이 아주 가느다란 소리로 노예 상인에게 애원을 했다. 겨우 익힌 라틴어인 것 같았다. 처음 익힌 말이 너무나 처절했다. 그저 살기 위해서 그녀는 애원하고 있었다.

"흡!"

루시아가 충격으로 저도 모르게 크게 숨을 들이켰다. 바로 저 자리에 저 여인 대신 루시아 본인이 서 있을 수도 있었다. 다만 자신은 조금 운이 좋았을 뿐이었다. 하지만 저 여인의 모습은 모든 다키아인의 모습이었다. 살던 땅에서 쫓겨나서 유린되고 버려진 동족들의 모습이 저기에 있었던 것이다.

다키아는 철저하게 파괴되었고 지금은 속주 건설이 한창이라고 했다. 다른 속주들과 달리 다키아인들은 제 고향에서 쫓겨나 철저하게 버려진 것이었다. 포에니 전쟁 상대였던 카르타고*에게 행한 철저한 파괴 이후 이렇게 잔인한 일은 처음이었다.

"자, 여러분! 이 여인은 라틴어도 할 수 있습니다. 아무리 아름다워도 말이 통하지 않으면 그게 재미가 없죠?"

그는 아주 저속한 행동으로 노골적으로 정사를 표현하고 있었다. 주변의 남자들이 웃음을 터뜨렸고 여자는 공포와 수치심으로 하염없이 눈물을 흘리고 있었다.

루시아는 주먹을 꼭 쥐고 온몸을 부들부들 떨었다. 그녀가 잊고 있었던 것이 무엇이었는지, 어떤 책임을 방기하고 있었는지를 아프게 깨닫고 말았다. 그냥 모른 척하고 싶었다. 이미 지나간 일은 불행한 과거로 묻어두고 그렇게 살고 싶었다. 자신의 두 어깨로 모든 것을 짊어지는 것에 루시아는 매우 지쳐 있었던 것이다.

그래서 다리우스에게도 아무것도 기억나지 않는다고 했다. 그가 더 이상 자신을 찾지 않기를 바랐다. 기억을 잃어버린 다키아의 여인으로 그냥 그렇게 잊혀지고 싶었다. 그래서 그녀는 어렵사리 율리우스의 여자가 되었다는 사실을 고백했던 것이다. 그들이 자신을, 남자와 사랑에 빠져 조국마저 잃어버린 그런 어리석은 여자로 치부하고 냉정하게 버려 주기를 기대했다.

동시에 그녀는 율리우스의 곁도 떠날 생각이었다. 그는 그녀가 결코 가까이해서는 안 될 사람이었다. 자신의 조국을 유린한 그의 곁에 더 이상 머물 자신이 없었다. 아무리 지우려 해도 아픈 기억은 계속 그녀를 괴롭혔고, 계속 그의 곁에 있으면 그마저 증오하고 미워하게 될 것 같아 두려웠던 것이다. 더구나 동족을 버린 주제에 자신만을 위해 그의 곁에 남을 수는 없었기 때문이었다.

그런데 그 결심을 실행하는 일이 너무 지체되었다. 조금만 더, 하루만 더, 그의 곁에 머물고 싶은 그녀의 욕심이 상황을 이렇게까지 만들어 버렸다.

하지만 잊으려고 아무리 발버둥 쳐도 결국은 제자리였다. 아무리 부정해도 그녀의 과거는 버릴 수도 떼어 낼 수도 없는 것이다. 루시아가 결국 참지 못하고 사람들을 뚫고 앞으로 나아가려던 순간이었다. 그녀의 손목이 강한 손에 의해 꽉 잡혔다.

'안 돼.'

그는 눈빛으로 이야기하고 있었다. 그러나 그녀는 고개를 저었다. 그리고 자신의 손목을 그러쥔 그의 손에서 벗어나기 위해 애를 썼다. 결국 율리우스가 입을 열었다.

"그만둬!"

율리우스의 목소리는 지독하게 냉정했다. 항상 다정한 음성으로 루시아를 대하던 그와는 전혀 다른 모습이었다.

"하지만 저렇게 둘 수 없어요."

루시아 역시 평소와 달리 흥분하고 있었다. 그녀에게는 지금 저 여인의 처지가 다키아의 모든 이들과 겹쳐 보였던 것이다. 단 한 사람의 목숨이라도, 단 한 명의 노예라도 제 손으로 구하고 싶었다. 그동안 아무것도 모르고, 기억을 잃었다는 핑계로 그들의 아픔을 외면했던 어리석은 자신의 속죄를 위해서라도 그녀는 그 손을 잡고 싶었다. 주변의 사람들은 모두 무대에 정신이 팔려 있었고 여러 가지 소음으로 떠들썩했기에 다행히 누구도 그들에게 집중하지 않고 있었다.

"지금 네가 할 수 있는 것은 아무것도 없어."

율리우스의 이성적인 말이 날카로운 채찍처럼 루시아의 심장을 할퀴었다. 알고 있었다. 머리로는 그의 말이 맞다는 것을, 지금 그녀가 할 수 있는 일이 아무것도 없다는 것을……. 그저 이것은 자신의 마음을 위안하려는 위선이라는 것도 알았다.

"제발 율리우스 님, 도와주세요!"

그녀가 처음으로 그에게 부탁을 했다. 아무것도 하지 못하고 죽어 가던 다키아 전사의 얼굴이 떠올랐고 지금 저기 공포에 얼어붙은 그녀의 가엾은 모습에 루시아의 심장이 피를 흘리고 있었다.

"저 한 사람을 구하려고 네 목숨을 버릴 건가? 그것이 정말로 그들이 바라는 것이라고 생각해?"

율리우스는 직접 말하지 않았으나 지금 그녀가 나서면, 루시아 역시 그녀의 정체가 밝혀질 수 있다는 것을 떠올렸다. 그제야 루시아 역시 지금 이 상황이 그것을 위해 세밀하게 고안된 무대라는 것을 깨달았다.

"차라리 힘을 길러! 그래서 더욱 많은 사람을 구해."

그가 루시아의 가녀린 어깨를 굳게 움켜쥐고 그녀의 두 눈을 똑바로 바라보며 말했다. 어깨를 잡은 그의 손이 떨리고 있었다.

그제야 루시아는 그의 말의 의미를 아프게 깨달았다. 그 역시 이랬던 것이다. 모욕을 받으면서 아무것도 할 수 없는 굴욕을 견디며, 스스로 힘을 가질 때까지 그렇게 노력했던 것이다. 그래서 결국 그는 자신의 가족과 부족의 원수를 갚을 수 있었다. 흥분했던 그녀의 감정이 차갑게 가라앉았다.

"놔 주세요."

그녀의 나직한 음성에 율리우스의 손끝이 망설이며 그녀의 어깨에서 떨어져 나갔다. 그리고 침묵 속에서 두 사람은 광기의 향연을 목도할 수밖에 없었다. 루시아는 이전처럼 쓰러지거나 구토하지 않았다. 차갑게 조각처럼 굳어 버린 채 루시아는 그 모든 다키아인의 고통과 분노를 심장으로 제 것처럼 느끼고 있을 뿐이었다.

❖

"일리아 공주님!"

"공주님!"

모두가 지치고 힘들었을 텐데도 그들은 루시아를 보며 밝은 얼굴을 보여 주었다. 지금 그녀는 수부라 지역에 은밀하게 마련된 회합 장소에 있었다. 작은 공간에 층층이 벽돌을 쌓아 올려 지은 인술라는 허술하기 그지없었다. 7월의 더위와 코를 찌르는 악취가 도로에서 올라와 안은 후덥지근하면서도 무척 불쾌했다. 하지만 이곳만큼 자신의 정체를 숨기기 좋은 곳도 없었다.

"미안해요. 그동안 아무것도 기억하지 못해서……."

루시아의 얼굴이 흐려졌다. 루시아는 지금까지 아무것도 해 준 것이 없음에도 이렇게 자신을 반겨 주는 그들이 고맙기만 했다. 루시아는 최대한 평소처럼 생활했다. 루벤 역시 장신구 판매를 하는 상인의 역할을 지속했고 루시아는 공중목욕탕에 오다가다 스치는 것처럼 자연스럽게 서로에게 연락을 취하고 있었다.

루시아가 살아 있다는 사실을 알게 되자 다키아 유민들은 더욱 힘을 내기 시작했다. 그들에게 루시아는 단지 왕가의 혈통을 이은 공주만은 아니었다. 그녀는 로마 제국의 총공격을 견디어 낼 수 있도록 다키아의 군사 전략을 짠 공주였고 더불어 그들의 미래를 상징했던 것이다.

"공주님께서 말씀하신 대로 최대한 이제부터 소재가 밝혀진 사람들은 구하도록 하겠습니다."

다리우스의 말에 루시아는 고개를 끄덕였다. 루시아의 지시로 아주 은밀하게 노예가 된 다키아인들을 구해 내고 있었다. 단 하나 남은 금광이었지만 그들은 절대 돈을 아끼지 않았다. 그리고 배가 준비되면 조용히 로마를 떠날 예정이었다. 로마에는 세계 각지에 있는 속주들에서 사람과 물자를 싣고 수많은 배들이 드나들었기 때문에 정체를 위장할 수 있을 것이었다.

"일단 배가 마련될 때까지 일리아 공주님은 당분간 그자의 도무스에 계시는 것이 더욱 안전할 것 같습니다. 램프 밑이 가장 어두운 법이니까요."

루벤의 말에 루시아는 굳은 얼굴로 고개를 끄덕였다. 다리우스는 다소 복잡한 표정을 지었지만 그것이 최선이라는 것을 알았기에 침묵을 지켰다.

"그런데……."

루시아가 망설이며 어렵게 말을 꺼냈다.

"리디아는요?"

그녀는 루시아를 대신하여 일리아 공주 역할을 자처했던 루벤의 여동생이었다. 지금까지 그녀는 침묵을 지키며 비밀을 유지하기 위해서 고생하고 있었다. 개선식에서 보았던 그녀의 창백하고 지친 얼굴에 계속 마음이 쓰였던 루시아였다.

"당장은 어려울 것 같습니다. 조금 상황이 잠잠해지면 근처 도시로 유배형에 처해질 테니 그때를 기약해야죠."

걱정하지 말라는 루벤의 씩씩한 말투에 루시아는 고개를 끄덕였다. 고마운 마음을 눈빛으로 전할 수밖에 없었다. 루시아는 자신을 믿고 따르는 모두를 바라보며 다시 한 번 다짐했다. 지금은 자신의 행복보다 우선시해야 할 책임이 있었다. 비록 심장이 뜯기는 것처럼 아팠지만 루시아는 애써 미소를 지었다.

잠시 후, 루시아와 다리우스는 별도로 마련된 작은 방에 있었다.

"그자는 어떻게 하고 있습니까?"

다리우스의 질문에 루시아는 살짝 고개를 저었다.

"지난번에는 집요할 정도로 공주님의 뒤를 미행했었는데 이렇게 조용한 것이 너무 수상합니다."

아닌 게 아니라 다리우스의 말대로 루시아도 초조하고 불안한 마음이었다. 하지만 그 끔찍했던 연회 이후 율리우스는 무척 분주해져서 도무스에 돌아오지 못하는 날도 많았던 것이다.

"요즘 무척 바쁜 일이 있는 거 같아요. 저도 얼굴을 제대로 못 본 지가 꽤 여러 날이 되었어요."

루시아의 말투는 담담했다. 하지만 다리우스는 그녀의 담담한 표정이 더욱 안타깝기만 했다. 그녀가 어렵게 마음을 다스리고 있는 것을 알았기에 그는 침묵했다.

"조심히 돌아가십시오. 배는 이제 다음 달 말이면 준비가 될 것입니다."

그녀를 배웅하며 다리우스는 주먹을 꼭 쥐었다. 그는 최근 루키우스 측 인사에게 접촉하여 슬쩍 율리우스에 대한 거짓 정보를 흘렸다. 다키아인 노예들을 사들이는 배후로 율리우스를 지목했던 것이다. 그가 다키아인에게 지녔던 원한이 깊었음을 모두가 알고 있었지만 사람은 변하는 법이었다.

처음엔 누구나 그가 그럴 리가 없다고 고개를 흔들었지만 본래 유언비어나 비방은 그런 것이었다. 사람의 마음에 아주 작은 의혹의 씨앗이 뿌려지기만 하면 되었다. 그러면 그 씨앗은 사람들의 의심이라는 물을 먹고 스스로 쑥쑥 자라난다. 그저 중간중간 그것을 더욱 꽃피울 거름으로 진실과 거짓을 교묘하게 섞은 몇 가지 증거를 던져 주기만 하면 되는 것이었다.

다리우스는 율리우스가 다키아에서 데려온 아름다운 노예에게 푹 빠져 있다는 소문을 최대한 활용했다. 황제가 율리우스에게 의심을 품어 그들 사이를 멀어지게 만드는 것만으로도 충분했다. 그러면 뒷배를 잃은 그를 주변의 하이에나들이 물고 뜯을 것이었다.

'율리우스, 네 놈을 아주 철저하게 망가뜨려 주겠다.'

다리우스는 자신의 행동이 대의를 위한 것인지 아니면 개인적인 복수인지 길게 생각하는 것을 포기했다. 다만 일리아 공주가 끝까지 단호하게 흔들리지 않기만을 기도하며 다리우스는 착착 하나씩 계획을 실현하고 있었다. 율리우스의 가장 큰 경쟁자인 하드리아누스가 지금 암묵적으로 루키우스와 그의 주변인들의 행동을 지켜보고만 있는 것이 다리우스에게는 참으로 행운이었다.

도무스로 돌아온 루시아를 맞이한 것은 뜻밖에도 율리우스였다. 한동안 얼굴을 볼 수 없었던 그를 보자 루시아는 울컥하는 감정에 휩싸였다. 하지만 그를 보고 싶어 했던 여자의 마음을 루시아는 애써 밀어내었다.

"오늘도 나갔었나?"

그의 질문에 루시아는 아무런 대답도 하지 않았다. 이미 알고 있는 사실을 굳이 제 입으로 그에게 설명하고 싶지 않았던 것이다. 분명 도무스에 있는 여러 사람들의 입을 통해서 그녀의 일거수일투족을 알고 있을 그였다.

"위험하다는 것은 알고 있겠지?"

율리우스의 말은 그녀에 대한 걱정으로도, 혹은 쓸데없는 문제를 일으키지 말라는 경고로도 들렸다. 여전히 침묵을 지키는 그녀를 보며 율리우스가 낮은 한숨을 쉬었다.

"당분간 바깥출입은 삼가지."

루시아가 쨍한 눈빛으로 그를 바라보았다. 자신을 통제하려고 하는 그에게 반항하고 싶었다. 남자에게 빠져 쾌락에 허우적거리는 자신이 너무나 부끄러워, 그녀는 그에게 자신의 못난 감정을 표출하고 있었다.

"그건 명령인가요?"

루시아의 도전적인 질문에 율리우스는 고개를 저었다. 낭패라는 듯한 표정이었다. 그의 상처로 일그러진 듯한 눈매가 아프게 루시아의 시야에 잡혔으나 그녀는 애써 그 표정을 무시했다.

"아니, 부탁이다."

루시아의 얼굴은 여전히 무표정해서 냉정하게 보였다.

"하지만 그래도 네가 계속 나가려고 하면……."

그는 잠시 말을 멈추고 그녀를 물끄러미 바라보았다. 하지만 이내 결심한 듯이 그는 어렵사리 말을 이었다.

"네가 그러지 못하게 막을 수밖에 없어."

순간 루시아는 그와 자신의 관계를 떠올리고는 냉소하고 말았다. 로마에서 그의 보호가 없는 루시아는 노예나 다름이 없었다. 시민권도 없고, 누군가의 아내도 아닌 그녀는 전쟁으로 끌려온 노예 신분일 뿐이었다.

아니 노예가 맞았다. 지난번 연회에서 그녀는 모두가 그녀를 노예로 알고 있었다는 사실에 충격을 받았다. 그러나 동시에 대체 무엇을 바랐던 것인지 루시아는 씁쓸하게 웃었다. 그에게 몸을 내어 주고 그의 보호를 받고 있는 자신의 처지가 노예와 다를 바가 없었다.

"저를 노예처럼 대하고 싶으시면 그리하시지요."

그녀의 목소리는 얼음처럼 차가웠다.

"어차피 제 목숨은 주인님이 쥐고 계시니까요."

그녀가 자신을 주인님이라고 부르자 율리우스가 충격으로 눈을 크게 떴다. 그녀는 지금 그를 철저하게 거부하고 있었다. 연회에서 그녀가 큰 충격을 받았다는 것은 알고 있었다. 모든 상황을 제대로 설명했어야만 했는데, 그러지 못해서 그녀는 그를 오해하고 있었다. 그녀를 노예라고 생각하는 사람들의 오해를 풀어 주지 않은 것은 모두 그녀를 보호하기 위해서였는데…….

"루시아, 그게 아니야."

답답한 마음에 율리우스가 그녀의 손목을 움켜쥐었다. 그녀의 눈을 보며 이야기하고 싶었다. 그녀가 어떤 생각을 하는지, 어떻게 느끼고 있는지 알고 싶었다.

"앗!"

그러나 힘이 너무 과하게 들어갔는지 그녀가 살짝 작은 비명을 질렀다. 화들짝 놀란 그는 얼른 손목을 놓았다. 눈처럼 하얀 피부에 시퍼런 손자국이 그대로 남아 있었다. 그것은 고스란히 율리우스의 심장에 아프게 새겨졌다. 차마 미안하다는 말도 하지 못하고 율리우스는 그녀의 냉정한 표정을 바라만 보았다. 그녀의 차가운 말과 표정에 율리우스의 심장은 무척이나 아릿했다.

"나는…… 네가 다치는 것은 원치 않아."

율리우스가 발로 바닥을 초조하게 긁으면서 빠르게 중얼거렸다. 율리우스는 이렇게 어긋나 버린 두 사람의 관계가 안타깝기만 했다.

"네, 주인님."

루시아의 말투는 공손했다. 하지만 율리우스는 그 말에 담긴 그녀의 냉소에 움찔했다. 그녀의 눈빛이 말하고 있었다. 지금 두 사람의 관계는 주인과 노예, 그 이상과 그 이하도 아니라고! 이러려고 했던 것이 아니었다. 그녀를 보호하고 곁에 두고 싶었을 뿐, 그녀를 무력으로 지배하고픈 마음은 없었다.

"제발 그렇게 부르지 마, 루시아."

율리우스의 부탁에도 루시아는 여전히 차가운 눈빛으로 대답했다. 그 냉정한 눈빛은 날카로운 검이 되어 율리우스의 심장을 잔인하게 난도질하였다.

"노예인 제게 부탁을 하시다니요? 그저 명령을 내리시면 됩니다, 주인님."

자신을 밀어내는 그녀의 말에 율리우스의 심장 안에서 얼음알갱이들이 서걱거리고 있었다. 그녀는 그를 바라보려 하지 않았다. 아름답게 피어나 눈을 아리게 하는 시린 얼음꽃 같아서 율리우스는 그녀가 곁에 있어도 외롭고 그녀가 그리웠다.

"루시아."

율리우스의 부름에도 루시아는 공손한 태도로 인사를 하고는 냉정하게 돌아섰다. 점점 멀어지는 그녀의 뒷모습이 아릿했다.

'제발, 루시아!'

차마 그녀를 잡지 못한 율리우스의 내밀어진 손이 힘없이 아래도 떨어져 내렸다. 그녀에게 전하지 못한 진심을 그저 그는 속으로만 삭였다.

너는 모를 것이다.
너를 처음 만나던 그날, 이미 내 가슴은 날카롭게 베였다는 것을!
절대 사랑해선 안 되는 너를,
미워하고 증오해야만 하는 너를,
나는 사랑하는 달콤한 꿈을 꾸었구나.

넌 내 곁에 있지만, 늘 그랬었지만,
그래도 난 항상 혼자인 것 같았다.
혼자만의 사랑으로 나는 항상 마음이 헛헛했다.
그래서 애타게 너를 갈구하며 온기를 찾았다.
그럴 때에만 너는 오롯이 내게 너를 보여 주었으니까…….

안 된다는 것을 알면서도 너를 놓을 수가 없었다.
진실을 알게 되면 네가 나를 미워할 것을 알면서도,
그래서 너를 사랑해선 안 된다는 것을 알면서도…….
네가 나를 미워하더라도 조금만 미워하기를 바라며…….

널 사랑하기가
너무 아프다…….

13. 나는 다키아의 공주, 일리아다

8월의 더위가 한창인 지금, 도무스의 정원에는 디기탈리스가 만발해 있었다. 화려하고 예쁜 꽃 모양이 마음에 들었는지 세야누스의 막둥이 아들 네로가 그 꽃을 따서 놀고 있었다. 여름날 오후, 평화로운 한때였고 정원에서 천진하게 뛰노는 네로의 모습은 매우 사랑스러웠다. 그것을 물끄러미 바라보던 루시아였다.

"네로, 안 돼!"

곧 루시아의 날카로운 목소리가 공기를 갈랐다. 네로가 디기탈리스 꽃잎을 제 입에 넣었던 것이다. 급하게 달려온 루시아는 네로의 입에서 허겁지겁 꽃잎을 끄집어냈다. 평소와 달리 무서운 루시아의 얼굴과, 그녀가 아주 독하게 모든 것을 뱉어 내도록 계속 네로의 등을 두드리자 깜짝 놀란 아이는 결국 울음을 터뜨리고 말았다.

"와앙!"

네로의 울음소리에 세야누스와 라빌라도 급하게 정원으로 달려왔다. 그리고 입 주변이 붉게 변해서 루시아 품에 안겨 울고 있는 네로와, 또 그 아이를 끌어안고 창백해진 루시아를 보았다.

"무슨 일이세요?"

라빌라의 질문에도 루시아는 그저 네로를 제품에 끌어안고 '미안해.' 라고 계속 속삭이고 있었다. 다행히 네로는 조금 놀랐을 뿐 문제는 없어 보였는데 라빌라는 오히려 창백하게 질린 루시아가 더욱 걱정이 되었다.

"루시아 누나, 훌쩍, 나, 괜찮아."

조금 후에 진정된 네로가 루시아의 눈물을 닦아 주며 방긋 웃었다. 천진한 네로의 모습을 바라보던 루시아의 커다란 눈에 맑은 눈물이 그렁그렁하게 차올랐다. 귀여운 네로는 루시아가 우는 것에 마음이 아팠는지 작은 팔로 루시아의 목을 끌어안았다.

"울지 마, 누나. 미안해, 내가 잘못했어."

네로의 사과에도 루시아는 아무런 말 없이 아이를 계속 안고 있었다. 루시아는 이 끔찍한 상황에 아무런 말도 할 수 없었다. 그리고 자신 때문에 어린 네로가 죽을 수도 있었다는 사실에 경악하고 말았다.

전쟁으로 가장 고통받는 것은 항상 힘없는 아이들이었다. 이런 천진한 아이들이 어른들의 잘못된 행동으로 서로를 미워하고 원한을 쌓았다. 그 원한과 미움이 계속 세대를 거쳐 흘러서 씨줄과 날줄로 엮여 아픈 역사가 되는 것이다.

그렇게 그녀와 율리우스도 아프게 엮여 있었다. 루시아는 지금 네로보다 더욱 어리고 약했을 율리우스를 떠올리고 말았다. 그 아이의 마음속에 켜켜이 쌓였을 고통과 원한, 그리고 미움…….

그래서 철저하게 다키아를 무너뜨린 복수를 한 그를 과연 비난할 수 있을까?

고통에 몸부림치며 '이제는 조금 행복해도 되지 않겠느냐' 던 그의 모습을 떠올리며 루시아는 자신의 복수가 어떤 의미가 있을지 알 수 없어져 버렸다. 디기탈리스를 이 정원에 심을 때 그녀는 어떤 생각을 했던가? 불꽃처럼 화려한 그 독초를, 그녀는 대체 어떤 마음으로 심었던 것일까?

'죽은 자의 종' 이라는 이름처럼 디기탈리스는 치명적인 독이었다. 꽃잎을 먹으면 순식간에 기분이 나빠지면서 두통, 구토, 설사, 시야장애, 착란 같은 증상이 나타났다. 급성중독증상으로 사람들은 허무하게 죽어갔다. 루시아에게 디기탈리스는 꼭 간직해야만 하는 기억 혹은 잊지 말아야 할 원한 같은 것이었다. 루시아는 하루하루 자신의 마음에서 자라나는 감정을 그렇게 다스리고 있었다.

그런데 애꿎게도 독초인 디기탈리스는 그 어느 꽃보다도 화려했다. 지독하리만치 강한 미움과 원한만큼 그에 대한 그녀의 감정도 격렬하고 지독했다. 매일 밤 꿈속에서 하루는 자신이 독초를 먹었고, 또 다른 날은 율리우스가 먹었다. 그녀가 죽어도, 그가 죽어도…… 꿈은 항상 괴롭기만 했다. 출구 없는 생각은 그렇게 조금씩 루시아의 심장을 좀먹고 있었다. 그래서 혼란한 생각을 잊으려 그에게 매달렸다. 그에게 꿰뚫리며 쾌감으로 신음하며 그녀는 이런 복잡한 상황을 잊고 싶었던 것이다.

하지만 정말로 디기탈리스 때문에 아무것도 모르는 천진한 네로가 죽을 뻔했다. 결국 어떤 결론도 내리지 못하고 질질 끌고 있던 자신의 행동이 이렇게 누군가의 생명을 위협하고 있었던 것이다. 이런 죄 없는 아이들을 다치게 하면서까지 복수를 해야 하는 것인지, 대체 그게 무슨 소용이 있는지! 그녀는 그저 모두가 가엾고 안쓰럽기만 했다. 아프게 전장에서, 콜로세움에서 죽어간 다키아의 전사들도, 연회장에 모욕을 당하며 울부짖던 작은 소녀도, 상처 입은 율리우스도…….

열애, 그리고 그만큼 지독한 미움과 원한. 야누스 같은 자신의 마음에 루시아는 작은 네로를 끌어안고 하염없이 흐느끼고 말았다.

루시아가 복잡한 마음으로 고민하는 와중에도 로마를 떠날 준비는 착착 진행되고 있었다. 루시아는 다만 도무스에 머물 수밖에 없었다. 다리우스나 루벤 역시 당분간은 연락을 줄이는 것이 좋겠다고 했던 것이다.

'이제 떠날 날이 정말로 얼마 남지 않았구나.'

루시아는 정원에 있는 목신상을 바라보며 멍하니 생각했다. 이미 무더운 8월도 막바지로 치닫고 있었다. 밤이 늦은 시간, 요즘 그녀는 항상 율리우스가 서 있던 자리에서 목신상을 바라보곤 했다. 그의 눈에 비친 광경을 그녀도 그대로 기억하고 싶었던 것이다.

율리우스는 자신의 사랑하는 조국을 유린한 원수였다. 5년간 끈질기게 로마의 공격을 버텨 냈지만 결국 마지막 전투에서 그녀의 오라비인 디우르파네우스는 전투에 패하고 스스로 목숨을 끊었다. 율리우스는 바로 그 전투를 이끌었던 사람이었다.

모두의 기대를 어깨에 짊어지고 도망치며 루시아는 수천 번, 아니 수만 번 속으로 다짐했었다. 반드시 살아남아서 트라야누스 황제와 율리우스에게 복수하겠다고, 그것이 아니었다면 그녀 역시 오라버니와 함께 그곳에서 최후를 맞이했을 것이었다. 로마 군단에 쫓겨 강물에 뛰어들던 순간에도, 그녀는 마음속에 깊은 원망과 분노를 고스란히 품고 있었다.

하지만 이렇게 그와 엮이어 버린 것은 운명일지도 몰랐다. 그녀의 부족의 손에 가족을 잃었던 그가 그녀를 구하고, 그에게 모든 것을 잃은 그녀는 원수인 그의 곁에서 사랑을 받았다. 그 모든 일들을 가만히 떠올려 보니 원한과 복수, 그 모든 것이 부질없는 것이라는 생각이 들었다. 그를 미워하고 싶지만 미워할 수가 없었던 것이다.

켜켜이 분노를 쌓아 원한을 갚기보다는 치유하는 것이 중요하지 않을까? 그렇게 생각하니 그냥 이렇게 헤어지는 것이 두 사람에게는 가장 적절한 결말인 것 같았다. 원한을 기억하며 서로의 곁에서 고통스러워하기보다, 미래를 위해서 각자의 삶을 살아나가는 것이 좋을 것이라고, 루시아는 그렇게 생각하기로 했다.

"루시아."

갑자기 들려온 율리우스의 목소리에 그녀는 고개를 돌렸다. 술에 취해 약간 흐트러진 율리우스가 슬픈 눈으로 그녀를 바라보고 있었다. 그녀 역시 아무런 말 없이 그를 응시하고 있었다. 한참을 두 사람은 말없이 서로를 바라보았다.

"너에게 나는 그냥 증오해야 할 적일 뿐인 건가?"

그의 질문에 루시아는 움찔하고 말았다. 처음으로 그의 입에서 나온 적이라는 말에 루시아는 검에 찔린 것처럼 아팠다.

"갑자기 그게 무슨?"

그가 입 밖으로 내어 말을 하니 이제 두 사람의 관계가 무엇이었는지 아주 명확해졌다. 그랬다. 두 사람은 서로에게 적이었고 미워해야만 하는 원수였다. 하지만 그럼에도 불구하고 루시아는 그의 얼굴에서 상처 입어 고통스러워하는 남자의 마음을 읽고 말았다.

"그렇게도 내가 미웠어, 나를 모함할 만큼?"

그의 목소리가 상처로 아릿했다. 그의 두서없는 질문을 들으며 루시아는 잠시 멍해졌다. 그가 무슨 말을 하고 있는지 충격 때문에 제대로 의미를 이해할 수 없었던 것이다.

"이젠 아예 대답도 해 주지 않을 건가?"

그는 피를 토하듯이 그녀에게 묻고 있었다. 그제야 그녀는 그의 질문을 의미를 깨달았다. 얼마 전 다리우스와 루벤이 속삭이던 말의 의미를 이제야 제대로 알 수 있었다. 결국 자신이 그의 곁에 머물러 그는 이렇게 상처 입은 것이 분명했다.

'보답받지 못하는 사랑에 애달파 하기보다 그냥 저를 나쁜 여자라 생각하고 잊어요.'

루시아의 말은 그저 그녀의 입 안에서만 맴돌고 있었다. 다리우스와 루벤이 그녀가 하지 못한 복수를 하고 있다면, 그래서 누군가 그에게 원망을 들어야 한다면, 그것이 자신이 듣는 것이 적절했다. 그를 가장 아프게 만든 사람은 바로 어리석은 자신이었기에…….

하지만 그녀의 침묵은 율리우스를 고통으로 몰아넣고 있었다. 루키우스는 오늘 율리우스를 법정에 고발했다. 그가 다키아에서 데려온 루시아에게 빠져 그녀를 위해서 국고를 유용하여 노예들을 사들였다는 죄목이었다.

"나를 이렇게 만들고 어찌할 생각인 거지? 나를 떠나서 어디론가 가버릴 건가? 아니 그를 따라갈 작정인가?"

그가 상처 입은 목소리로 거푸 질문을 쏟아 냈다. 그녀는 그저 가만히 고개를 끄덕였다. 그를 떠나는 것도 사실이고, 다리우스와 함께 가는 것도 모두 사실이었기 때문이었다. 그녀가 그를 버리고 떠난다고 그가 오해하도록 루시아는 그저 침묵을 지켰다. 이렇게 차라리 상처 입고 자신을 깔끔하게 잊는 것이 나을 것이었다.

"너는 내 거야. 누구에게도 줄 수 없어!"

율리우스가 질투에 미쳐 소리쳤다. 그가 처음으로 루시아에게 목소리를 높였다. 가질 수 없는 것을 바라며 투정하는 아이처럼 그는 그렇게 격렬한 감정으로 소리를 질렀다.

'그녀는 내 것이다. 죽어가는 그녀를 살려 내 이름을 준 것은 나였어.'

그녀는 자신이 사랑하는 루시아일 뿐, 제 심장을 가져간 그의 사랑이었다.

"미안해요."

담담하게 미안하다고 대답하는 루시아 때문에 율리우스의 심장은 검에 베인 것처럼 피를 흘리고 있었다. 그는 자신을 고발한 루키우스 일파보다, 자신을 사랑하지 않는 루시아 때문에 더욱 상처를 입고 말았다. 그녀에게 미안하다는 말을 듣고 싶었던 것이 아니었다.

그는 그녀가 다만 자신을 사랑해 주기를, 아니 사랑하지는 못하더라도 자신을 믿어 주길 바랐다. 그가 고백한 사랑의 말들이 진심이라는 것을 그녀가 믿어 주기를 간절히 바랐던 것이다.

"너도 나를 원했잖아, 아니야?"

마치 애원 같은 그의 질문이었다. 그것만이 그녀가 자신을 원한다는 유일한 증거였기에 그는 그것에 매달리고 말았다.

"원하지…… 않았어요."

루시아의 음성이 냉정했다. 하지만 그녀의 목소리는 살짝 떨리고 있었다.

"원하지 않았다고?"

율리우스의 목소리는 상처와 원망으로 떨리고 있었다. 루시아는 애써 냉정함을 유지하며 그를 밀어냈다. 더 이상은 그의 온기에, 그의 애정에 휘말려서는 안 되었다.

"당신에게 안겼던 건……."

그녀는 모질게 제 마음을 끊어 냈다. 그동안 잊고 살았던 자신의 책임을 떠올리며, 자꾸만 나약해지는 자신을 다잡기 위해서 결국 비수가 되는 말을 내뱉고야 말았다.

"기억을 잃은 어리석은 여자였기 때문이에요."

그녀의 말이 끝나자마자 곧 그녀는 벽과 그의 사이에 갇히고 말았다. 율리우스가 엄청난 박력으로 그녀를 벽으로 밀어붙이고 그녀의 두 손목을 한 손에 그러잡아 머리 위로 고정했다. 그리고 마치 물어뜯을 것처럼 그녀의 입술을 탐했다. 루시아는 끝까지 입을 다물고 그를 거부했다. 이렇게 다시 그의 손길에 속수무책으로 흐트러질 수는 없었다.

"하아, 하아!"

하지만 결국 그의 혀와 입술에 루시아의 작은 입술이 벌어졌고, 작은 틈을 노려 안으로 침입한 그의 혀는 루시아의 혀를 마음껏 유린했다. 깨물고 살짝 비비고 서로의 혀가 격렬하게 얽혀들 때마다 루시아의 가느다란 몸이 흠칫거렸다. 그럼에도 루시아가 격렬하게 저항하며 몸을 비틀자, 곧 율리우스의 다른 커다란 손이 그녀의 가느다란 목을 포박했다.

"히끅."

너무나 강한 그의 악력에 목이 졸린 듯한 신음이 새어 나왔다. 그럼에도 그는 격렬하게 그녀의 입안을 탐하며 그의 강인한 몸을 그녀에게 밀어붙였다.

"하아, 하읍, 제발…… 그만……."

루시아는 그에 대한 복잡한 감정 때문에 몸부림치며 애원했다. 그를 더 이상 미워하고 싶지 않았다. 그리고 더 이상 그의 손길에 흔들리는 여자로 남을 수는 없었다. 그래서 밀어냈다. 제 심장을 찢으며 그의 가슴에 비수를 꽂는 것을 알면서도 이렇게 밀어낼 수밖에 없었다.

"제발…… 싫어요!"

그녀의 목소리에 율리우스가 고개를 들고 그녀의 두 눈을 응시했다. 사랑을 나눌 때면 따듯하게 젖어 들던 그의 눈빛이 오늘은 시리도록 차가웠다. 곧 율리우스는 갑자기 그녀의 손목을 끌고 침실 한쪽 벽에 있는 거울 앞으로 이끌었다.

"대체, 왜?"

갑작스런 그 행동의 의도를 알 수가 없어 루시아는 질문을 했다. 그녀의 어깨에 닿는 그의 뜨거운 손길을 느낀 순간이었다.

쫘아악!

옷감이 찢기는 날카로운 소리가 방 안을 가득 채웠다. 그의 손에 루시아의 튜니카가 갈가리 찢어졌다.

"원하지 않는다고 했나?"

그가 냉정한 목소리로 중얼거리며 그녀의 드러난 가슴에 손을 뻗었다. 가면을 쓴 것 같은 그의 차가운 표정에 루시아의 마음이 시렸다. 예전 장난처럼 그의 손길에 튜니카가 찢겨졌을 때와는 너무나 달랐다.

"네 눈으로 똑똑히 봐 둬!"

그는 그렇게 내뱉으며 루시아의 젖꼭지를 거머쥐었다. 거울에는 눈처럼 하얀 피부에 닿은 그의 구릿빛 손가락과 그 때문에 한껏 존재를 드러낸 그녀의 젖꼭지가 무척 발칙하게 고스란히 비쳐지고 있었다.

"주인……."

그녀가 움찔하며 그를 부르려 했으나, 그의 손이 그녀의 가슴을 마치 터뜨릴 것처럼 강하게 주무르고 그녀의 목덜미에 입술을 박자 그대로 삼켜지고 말았다. 그의 손가락 사이로 뭉개어지는 그녀의 분홍빛 젖꼭지가 꼿꼿하게 서 있었다. 파렴치할 정도로 음란한 광경이었다.

"하읏!"

아무리 참으려 해도 그의 손에 철저하게 길들여진 그녀의 몸은 그녀를 배신하고 있었다. 이렇게 굴욕적인 상황임에도 불구하고 그의 손가락이 한껏 발기해 버린 그녀의 젖꼭지를 짓이길 때마다 날카로운 쾌감이 그녀를 관통하고 있었다.

"내 손에 네가 어떻게 달아오르는지, 어떤 표정으로 흐트러지는지 똑똑히 알게 해 주겠어!"

그의 목소리가 너무나 차가웠다. 몸은 그의 손길에 달아오르고 있었지만 그녀의 마음은 차가운 그의 목소리에 얼어붙고 있었다. 거울에는 그녀의 적나라한 모습이 고스란히 비치고 있었다. 분홍빛으로 달아오른 얼굴로 루시아는 처절하게 몸부림치고 있었다.

"시, 싫어!"

튜니카는 이제 거의 헝겊 조각이 되어 그녀의 몸에 걸쳐져 있었다. 찢어진 천 사이로 드러난 젊고 풍만한 아름다운 육체, 율리우스의 손은 그녀를 철저하게 관능으로 몰아붙이고 있었다. 그녀의 가슴이 그의 손길에 사정없이 만져지는 사이, 그녀의 다리가 무방비하게 드러나고 있었다. 그의 손이 하얀 허벅지를 가르고 곧장 그녀의 비지로 향했다.

"하지…… 마!"

그녀의 반항은 속절없이 차단되었다. 그는 여유롭게 한 손으로 그녀를 제압하며 다른 손으로 그녀의 몸에서 속옷을 떼어 냈다.

"흐흑!"

그녀는 몸부림을 치며 흐느끼고 말았다. 거울에 그녀의 비부가 적나라하게 드러났던 것이다. 이미 꿀을 흘려 흥건하게 젖어 반짝거리는 것이 루시아의 수치심을 극도로 자극했다.

찌꺽, 찌걱, 찌걱!

어느새 흥건하게 젖어 버린 그녀의 꽃잎은 그의 손가락이 사정없이 문질러질 때마다 음란한 물소리를 내고 있었다. 그가 자신을 어떻게 만지는지 처음으로 그 모습을 똑똑히 보게 되자 루시아의 온몸이 더욱 달아올랐다. 그것은 시각이 주는 자극이었다.

"그, 그만……."

루시아는 부끄러움에 도리질을 치며 거부의 말을 내뱉었다. 하지만 그의 손길에는 조금도 자비가 없었다. 그녀가 가장 잘 느끼는 방식으로 마음껏 그녀의 꽃잎을 희롱하고 있었다. 미묘하게 악기를 만지듯이 아래에서 위로 갈라진 틈을 쓸어올렸다. 그의 손길에 그녀의 꽃잎이 파르르 떠는 것도 거울에 남김없이 비쳐졌다. 곧 발칙하게 부풀어 오른 그녀의 붉은 진주를 그의 손가락이 미묘하게 자극하기 시작했다.

"하아!"

머리부터 발끝까지 내달리는 날카로운 쾌감에 그녀는 한껏 몸을 비틀었다. 그가 그녀의 애액을 떠 올려 그녀의 진주에 골고루 발랐다. 미끌미끌해진 쾌락의 돌기 위로 그의 손이 리드미컬하게 움직였다. 부드럽게 문지르다가 갑자기 꾹 누르기도 하고 살살 돌리다가 다시 강하게 짓이겼다.

"하으……. 제……발……. 싫어."

그녀는 거세게 도리질을 쳤다. 그의 다른 손이 그녀의 하얀 가슴을 계속 자극하며 그의 입술은 그녀의 목덜미와 어깨를 깨물듯이 입맞춤하고 있었다. 그의 넓은 가슴에 등을 대고 그의 무릎 위에 방만하게 다리를 벌리고 앉은 그녀는 속절없이 그가 주는 자극에 반응하고 있었다.

"싫다고? 이 음란한 꽃잎은 이렇게 흥건하게 젖어서 내 손가락에 달라붙는데?"

그의 적나라한 말이 채찍처럼 그녀를 할퀴었다. 그녀의 꽃잎이 탐욕스럽게 뻐끔거리며 그의 손가락을 탐하고 있었다. 차마 거울을 볼 수 없어 고개를 돌리자 그의 강인한 손이 그녀의 턱을 붙잡아 강제로 거울을 보게 했다.

"똑똑히 봐! 네가 말하던 그 어리석은 여자는 이렇게 내 손에 야한 신음을 내뱉고 있지."

잔인했다. 그는 모질게 그녀의 마음을 할퀴고 있었다. 그는 아직도 제대로 옷을 갖추어 입고 있는 것이 더욱 그녀의 수치심을 부추겼다. 그런 그녀의 생각을 알아차린 것인지 곧 율리우스의 거친 손길에 그녀의 몸에 걸쳐져 있던 모든 것들이 사라졌다.

"흐윽……."

완벽한 나신이 되자 그녀는 더욱 흐느꼈다. 거울 속에는 눈물을 흘리며 그의 손길에 달아오른 여자가 있었다. 그녀의 가슴과 비부를 희롱하는 그의 손길에 그녀의 꽃잎은 달콤한 애액을 뿜어내어 그의 튜니카 자락을 적시고 있었다. 루시아의 새하얀 피부와 대조되는 그의 구릿빛 피부색 때문에 그것은 더욱 배덕적으로 보였다.

"너는 내 거야. 내가 이렇게 만들었어!"

그의 찐득한 감정이 아프게 느껴졌다. 그가 그렇게 중얼거리며 그녀의 귓불을 깨물자 그녀는 몸서리쳤다.

"하아, 하아……. 아……핫, 응……."

아무리 참으려 해도 신음이 그녀의 입술 사이로 비어져 나왔다. 루시아는 그것이 너무나 부끄러웠다. 이렇게 마음은 얼어붙고 있는데 그의 손길에 그녀의 몸은 쾌락으로 신음하고 있었던 것이다. 손으로 제 입을 막고 싶었지만 그에게 포박되어 어찌할 수가 없었다. 결국 그녀가 신음소리를 죽이려 제 입술을 깨물었다. 그러자 깜짝 놀란 듯이 율리우스의 손가락이 그녀의 입안으로 들어왔다.

으득!

어찌나 강하게 깨물었는지 손가락뼈에 부딪히는 이빨소리가 날 지경이었다. 무척 아플 것이 분명함에도 그는 손가락을 빼지 않았다. 마치 그녀가 혀라도 깨물까 싶어, 그는 그녀의 혀를 잡고 놓아주지 않았다.

"흐음……제발!"

그녀는 눈물을 흘리며 고개를 저었다. 하지만 그럼에도 율리우스는 그녀를 놓아 주려 하지 않았다. 거부하는 몸짓이 오히려 거울에는 그에게 마치 교태를 부리는 것처럼 음란하게 비쳤다. 알몸으로 옷을 갖추어 입은 사내의 몸 위에서 음란하게 몸부림치는 여인, 철저하게 쾌락에 휘둘리는 여자. 그것이 바로 자신의 모습이었다.

"하아!"

그가 한 손으로 자신의 튜니카를 걷어 올리고 속옷 사이로 한껏 성난 분신을 꺼내자 그녀는 짐승처럼 신음하며 격하게 도리질을

쳤다.

푸욱!

격렬하게 그녀의 안으로 삽입된 그의 불기둥에 그녀는 몸을 부르르 떨었다. 그것만으로 얕은 절정에 달한 것이었다. 그가 아래에서 강하게 허리를 쳐올리며 그녀의 안을 찔러 대자 최근 부쩍 야윈 그녀의 몸이 눈에 띄게 흔들렸다. 동시에 그가 손가락으로 빨갛게 부풀어 오른 그녀의 진주를 동시에 자극하자 루시아의 온몸은 막 잡아 올린 생선처럼 격렬하게 퍼드득거렸다.

"하아……아……!"

거울 속에 자신의 꽃잎 안을 들락거리는 그의 커다란 분신이 고스란히 보였다. 그의 분신을 둘러싼 금발의 음모가 그녀가 흘린 애액으로 흥건하게 젖어 짙은 색으로 변해 있었고, 그의 검붉은 불기둥 역시 질척하게 젖어 반짝거리고 있었다. 색정적인 그 모습에 배덕감이 커졌고 루시아의 몸은 쾌감으로 경련하기 시작했다.

"루……시아……."

그가 그녀의 귓가에 뜨거운 숨을 불어 넣으며 그녀의 이름을 불렀다. 그의 뜨거운 불기둥과 제 진주를 자극하는 그의 손가락! 어느새 루시아의 입안을 채웠던 다른 손은 그녀의 가슴을 마구 희롱하고 있었다.

"하아…… 하……."

그녀의 입술은 쾌감으로 방만하게 벌어져 침이 흘러내리고 있었고 그의 손가락에 나온 붉은 피가 함께 흐르고 있었다.

"루시아, 루시아, 너는 나를…… 떠날 수 없어!"

그가 격렬하게 속삭이며 더욱 거세게 루시아의 안을 자극했다. 너무나 뜨거우면서도 강한 그의 불기둥, 그의 분신을 제 몸 안에 한가득 품고 있으니 마치 마음이 연결된 것처럼 그가 지금 느끼는 분노를 그녀 역시 고스란히 느낄 수 있었다.

퍽, 찌걱, 퍽, 찌걱, 퍽, 찌걱!

그들이 성기가 마찰하고 비벼지며 야한 소성을 자아내고 있었다. 어느 순간부터 루시아는 저항을 멈추었다. 이미 과도한 쾌감은 고통이 되어 그녀를 휘감고 있었다. 더불어 그는 명령처럼 이야기했지만 오히려 애절하게 그녀에게 매달리고 있는 것 같은 느낌에 루시아의 심장 한쪽이 뻐근해졌던 것이다. 그는 오히려 몸으로 애틋하게 말하고 있었다.

'사랑해!'

루시아는 차마 입으로는 말하지 못하고 이렇게 자신에게 애원하는 그의 마음에 눈물을 흘릴 수밖에 없었다.

"아……아……. 하앗!"

그녀가 결국 부들부들 몸을 떨며 제 안에 있는 그를 마구 조이고 있었다. 루시아는 그의 팔뚝을 애절하게 붙잡았다. 그러자 그도 눈에 띄게 움찔하며 허리를 강하고 빠르게 움직이기 시작했다.

"아앗…… 응…… 핫."

결국 그녀는 거부할 수 없는 절정에 그의 넓은 가슴에 머리를 비비며 한껏 몸을 휘었다. 그의 사정을 재촉하는 그녀의 뜨거운 동굴의 움직임에 그의 불기둥 역시 흠칫하고 몸짓을 키우며 격렬하게 그녀의 안을 휘저었다.

"으읏……."

곧 그 역시 신음을 내뱉었고 그녀는 자신의 안을 적시는 뜨거운 물보라를 느끼며 그저 눈을 감았다.

허억, 허억, 허억!

방 안에는 두 사람이 쉬는 거친 숨소리만이 가득했다. 그는 한참을 아무 말 없이 그녀를 안고 있었다. 그녀도 역시 침묵을 지키고 있었다. 자신의 등에 닿아 들썩이는 그의 뜨거운 가슴을 느끼며 루시아는 그가 가슴으로 울고 있는 것을 깨달았다. 그녀에게 상처를 주면서 더욱 상처받은 남자는, 제대로 소리조차 내지 못하고, 눈물도 흘리지 못하면서 그저 가슴으로만 울고 있었던 것이다. 그녀의 가녀린 몸을 부여잡고 그녀의 정수리에 제 입술을 박고는 그는 그렇게 계속 그녀를 안고만 있었다.

저도 모르게 그녀가 자신의 배를 꽉 끌어안고 있는 그의 팔뚝에 가만히 손을 얹었다.

흠칫!

그가 눈에 띄게 몸을 떨었지만 루시아는 부러 모른 척 조용히 눈을 감았다. 서로의 가슴속에서 처절하게 아픈 피가 계속 흐르고 있었다. 하지만 두 사람은 서로의 온기를 밀어내지도 못하고 한동안 조용히 기대어 있었다.

이후 두 사람의 관계는 언제 깨질지 모르는 살얼음판 위를 걷는 느낌이었다. 미워하며, 사랑하며 그들은 하루에도 몇 번씩 널을 뛰는 감정의 격변을 고스란히 겪고 있었다. 벌써 시간은 9월이 되었고, 루시아가 예정한 떠날 날은 점점 다가오고 있었다. 루시아는 하루하루 사형집행을 기다리는 사람처럼 안절부절못했다.

반면 율리우스는 매달리듯이 밤마다 그녀를 원했다. 그녀의 몸에 자신을 새겨 넣으려는 사람처럼 그의 행위는 집요했고 탐욕스러웠다. 그를 애타게 원하면서도 루시아는 그를 거부했다. 강압적으로 그녀를 안을 때마다 그가 더욱 상처받고 고통스러워하는 것을 알았기 때문이었다. 그녀는 그가 더 이상 자신 때문에 아프지 않기를 바랐다. 하지만 아이처럼 자신에게 집요하게 매달리는 그를 아주 매몰차게 떼어 내지도 못하고 있었다.

그리고 오늘은 율리우스가 본인에 대한 고발에 대하여 원로원 회의에서 자신의 입장을 밝히는 날이었다. 루시아는 조금 시간이 지나고 난 후에야 그 사실을 알게 되었다. 다리우스는 루시아의 질문에 긍정도 부정도 하지 않았지만 루시아는 미루어 짐작할 수 있었다. 그가 연회 이후 매우 분주했던 사유도, 그리고 상처받은 마음으로 격렬하게 그녀를 거울 앞에서 가졌던 것도 모두 그 때문이었던 것이다.

"하아!"

루시아는 얽혀버린 자신들의 관계를 떠올리고는 무거운 한숨을 내쉴 수밖에 없었다. 루시아는 다리우스와 유민들에게 더 이상 복수는 하지 말자고 간곡하게 설득했다. 과거보다는 행복한 미래를 위해서 그들만의 장소를 찾자는 계획을 세우기로 했다.

루시아는 율리우스가 이 난관을 잘 이겨 내기를 바라고 있었다. 실질적인 증거는 없었기에 그녀는 그가 위기를 무난히 극복할 것이라 믿었다. 세야누스가 루시아에게, 다키아 총독 파견 건으로 그에게 원한을 품은 루키우스가 무고한 것이라 주장할 것이라고 살짝 귀띔을 해 주었다. 따로 변호사 직업이 없는 로마에서는, 피고소자는 스스로 원로원에서 자신을 방어하고, 고발자는 고발자대로 논거를 대며 논쟁을 했다. 결국 원로원에서의 설득 작업에 따라 결과가 정해질 것이었다.

그가 도무스로 돌아온다는 것은 일이 잘 해결되었다는 뜻이었다. 그를 기다리며 루시아는 초조한 마음에 정리할 것도 없는 침실 안을 이리저리 쓸고 닦고 있었다. 이것마저 하지 않으면 불안해서 미칠 것만 같았던 것이다.

와장창, 쨍그랑, 또르르르!

작은 나무 상자 하나가 바닥으로 떨어지며 부서졌다. 동시에 그 안에서 튀어나온 작은 무엇인가가 또르르 굴러 저만치에 멈추었다. 루시아는 서투른 자신을 탓하며 애써 몸을 구부려 그것을 주웠다. 하지만 그것을 잡는 순간 얼음같이 싸늘한 한기가 그녀를 감쌌다.

반지였다. 그다지 특이할 것 없는 평범한 금반지였다. 하지만 떨리는 마음으로 그 안쪽에 새겨진 문양을 확인한 루시아의 얼굴이 핏기를 잃고 새하얗게 변하고 말았다.

그것은 다키아의 왕실을 상징하는 문양이었다.

'이럴 수가!'

루시아는 충격을 받아 멍한 얼굴로 털썩 침대 위에 주저앉고 말았다. 그녀가 마지막까지 차마 버리지 못했던 반지, 오직 다키아 왕실의 직계 자손에게만 전해지는 것이었다. 유일하게 그녀의 신분을 증명할 수 있는, 그녀가 부적처럼 제 목에 걸고 있었던, 단 하나 남은 다키아 왕실의 문장이었다.

덜커덩!

동시에 문이 열리고 율리우스가 안으로 들어왔다. 루시아가 손에 들고 있는 것을 확인한 율리우스의 얼굴이 창백해졌다. 마치 넋이 나간 사람처럼 루시아는 자신의 손안에 든 그것을 하염없이 바라보고만 있었다.

"루……시아."

그의 목소리가 긴장으로 갈라졌다. 율리우스의 음성에 고개를 돌린 그녀의 얼굴에 충격과 고통이 날 것 그대로 드러나 있었다. 로마군을 이끌었던 그라면 이 반지가 무엇을 의미하는지 알 수 있었을 것이다. 아주 철저하게 정체가 드러나지 않았던 다키아의 공주, 그녀가 가지고 있는 그 오라비와 같은 문양의 반지만이 유일한 근거였던 것이다.

"이미…… 알고 있었어?"

루시아의 얼굴이 상처로 심하게 일그러져 있었다. 다만 운명의 장난이라고 생각했다. 서로를 증오해야만 하는 두 사람이 이런 관계가 되어 버린 것은…… 그 누구의 잘못도 아닌 그저 아주 불행한 우연의 장난이라고 여겼다. 만나지 말아야 할 이들이 잘못 만나게 된 것이라고 그렇게 애써 자신을 위로하고 있었던 것이다. 하지만 그녀의 그런 믿음이 지금 이 순간 철저하게 깨져 버렸다.

"루시아!"

율리우스가 애절한 목소리로 그녀의 이름을 불렀다. 충격으로 휘청거리는 그녀를 부축하려 손을 뻗었지만 그녀는 그 손길을 매몰차게 거절했다. 루시아의 명백히 거부하는 몸짓에 율리우스의 마음은 산산이 부서져 내리고 있었다.

"더 이상 그 이름으로 날 부르지 마!"

그녀의 상처 입은 날카로운 목소리가 공기를 갈랐다. 어쩔 수 없이 그를 미워했지만 한편으로는 굳게 신뢰하고 있었다. 비록 그의 고백에 대답을 하지는 못했어도 자신에 대한 그의 사랑을 한 번도 의심하지는 않았다. 그리고 그를 그토록 믿었었기에 이렇게 슬프고 마음이 아팠다.

상처 입은 제 마음을 숨기려 루시아는 애써 제 안에서 분노를 끌어올렸다. 그의 눈동자를 똑바로 응시하며 그녀는 한 음절, 한 음절을 날카롭게 이 사이로 뱉어 내었다. 어쩌면 그것은 루시아가 자신에게 상기시키는 뼈아픈 진실이기도 했다.

"내 이름은, 나는 다키아의 공주인 일리아다! 다키아 왕국을 지배했던 용감한 드라고미르 왕의 자랑스런 딸이자, 로마에 맞서서 싸우다 장렬하게 전사한 디우르파네우스 왕의 하나뿐인 동생이야. 그리고 철저하게 유린당하며 고향에서 쫓겨난 다키아인들의 최후의 공주란 말이다!"

부서지는 마음을 애써 다잡으며 루시아는 비명처럼 혹은 울음처럼 소리쳤다. 바보같이 사랑해서는 안 될 그를 제 마음에 오롯이 담았던 자신에게 분노하며 루시아는 상처받은 짐승처럼 소리치고 있었다.

"루시아!"

율리우스가 애틋하게 그녀의 이름을 불렀다. 그러나 그녀의 붉은 눈동자는 분노로 활활 타오르고 있었다. 그녀의 루비 같은 눈동자가 핏빛으로 아프게 젖어 있었다.

"그러니 함부로 네 멋대로 나를 부르지 마!"

고귀한 분노로 몸을 떠는 그녀는 무척이나 아름다웠다. 그래서 더욱 가지고 싶었는지도 몰랐다. 하지만 두 사람의 마음에는 지워질 수 없는 고통스럽고 아픈 기억들이 가득했다.

율리우스는 그녀의 정체를 처음부터 알고 있었다. 그래서 처음에는 집요하게 그녀가 기억을 잃은 척하는 것은 아닌지 관찰했었다. 남아 있는 다키아의 잔당들까지 철저히 처리하기 위해서 그는 일부러 아무것도 모르는 것처럼 그녀를 제 곁에 두었던 것이다.

그렇게 거짓으로 시작된 관계였기에 시간이 지날수록 율리우스는 더욱 진실을 밝힐 수가 없었다. 거짓으로 사랑에 빠진 척하는 것이 점점 어려워졌다. 왜냐하면, 율리우스는 진심으로 그녀를 사랑하게 되었던 것이다. 억지로 자신의 마음을 외면하며 가족과 동생을 떠올리며 애써 그녀를 사랑해선 안 되는 이유들을 떠올렸지만, 루시아에게 이미 그는 마음을 빼앗기고 난 후였다.

그래서 아무것도 모르는 척, 진실은 모두 묻어 두고 그냥 그녀를 사랑하고 싶었다. 그녀가 기억을 하지 못하기를, 그래서 자신만의 루시아로 남아 주기를 간절하게 기원했다. 그녀가 루시아로만 그의 곁에 머문다면 나머지 모든 장애를 뛰어넘을 준비가 되어 있었고 자신도 있었다.

'우린 서로를 미워하고 원망할 수밖에 없는 운명인가 보다. 난 너를 외면하려 애써 노력했지만……. 네가 보여 준 단 한 번의 다정한 눈빛을 부여잡고 이렇게 계속 너를 붙들고 있었다. 그러나 너는 나를 미워하면서도 그렇게 애타게 나를 원하면서도…….'

"넌 나를 결코 사랑할 수는 없었구나."

모든 말을 삼키고 그는 탄식처럼 그 말만을 나직하게 중얼거렸다. 그 순간 두 사람은 아프게 깨달았다. 그들에게 다가온 이별은 이제 피할 수 없는 현실이라는 것을……. 정원에 내리는 가을을 재촉하는 빗소리가 무척이나 서글프게 들렸다.

14. 돌아서지 마라, 제발 너만은 내게서 등을 돌리지 마

"주인님!"

며칠 후, 이제 로마에도 시원한 초가을 밤바람이 불어오는 늦은 밤이었다. 정원에서 목신상을 하염없이 바라보고 있는 그를 루시아가 조용히 불렀다. 정말 오랜만에 그를 제 입으로 먼저 부른 것이었다.

그는 아주 천천히 고개를 돌렸다. 밤을 새워 루시아가 애써 준비한 이별의 말을 그는 이미 알고 있는 사람처럼 물끄러미 그녀를 바라만 보았다. 다만 그의 두 눈동자만이 촉촉하게 젖어 시린 은회색으로 빛나고 있었다.

"밤……바람이 이제 차가워요."

루시아는 하고 싶었던 말 대신 그렇게 엉뚱한 말을 하고 말았다. 그의 넓은 어깨가 무척이나 시려 보였던 것이다. 자신이 떠나 버리면 그는 저 자리에 항상 저렇게 시린 어깨로 홀로 서 있을 것만 같았다.

'당신한테는 잘해 준 것보다 상처 준 게 더 많은데…….'

루시아의 코끝이 시큰해졌다. 이제 그녀는 그의 시린 어깨를 더 이상 감싸 줄 수가 없었다. 아니 그러고 싶어도 그럴 자격이 없었다. 그에게 그녀는 자신의 가족과 부족이 몰살당했던 과거의 살아 있는 아픈 증거였기에……. 그리고 그녀에게도 그는 끊임없이 유린당한 동족과 아프게 죽어간 모든 사람들을 떠올리게 했다. 곁에 있으면 계속 두 사람은 끊어낼 수 없는 기억과 상처 때문에 더욱 힘들어질 것이 분명했다.

'하지만 그냥 이렇게 떠나 버려도 되는 걸까?'

그녀는 자신에게 자문했지만 대답은 하나였다. 다만 루시아는 그를 영원히 기억하기로 했다. 제 마음속에 소중히 간직하며 살아가기로 마음을 먹었다.

'언젠가는, 언젠가는, 어쩌면…….'

부질없는 자신의 바람에 루시아는 아프게 웃고 말았다. 그를 만나서 기쁘기도 했고, 슬프기도 했다. 그리워 기다려지기도 했고, 또 무척 행복하기도 했다. 그 모든 감정의 이유는 그였다. 오랜 시간이 흘러도 그 기억들은 결코 사라지지 않고 그녀의 안에 남아 있을 것이었다.

하지만 지금 그의 눈을 바라보며 직접 이별을 고할 자신이 그녀에게는 없었다. 어쩌면 떠날 때 가장 좋은 방법은 그냥 가는 것일지도 몰랐다. 결국 그녀는 더 이상 아무런 말도 하지 못하고 그에게서 돌아서고 말았다.

"돌아서지 마라!"

율리우스의 음성이 약하게 떨리고 있었다. 그러나 루시아는 여전히 굳은 마음을 먹고 한 걸음 앞으로 나아갔다. 그의 음성만큼 그녀의 마음 역시 심하게 흔들리고 있었던 것이다.

"제발, 너만은 내게서 등을 돌리지 마!"

간절한 그 음성에 루시아가 우뚝 걸음을 멈추었다. 그의 목소리에 묻어나는 처절함에 루시아는 제 심장을 누군가 차가운 손으로 꽉 움켜쥔 것처럼 숨을 쉴 수가 없었다. 그의 말이 하나하나 찬 얼음알갱이가 되어 그녀의 마음을 아프게 헤집고 있었다.

가족을 잃고 홀로 남겨진 그, 밤마다 그들을 그리워하며 고통스러워했을 그! 악몽에 시달리며 계속 그들을 기억해야만 했던 그. 그 긴 세월 동안 누구도 그의 아픈 손을 잡아 주지 않았다. 그런데 지금 그녀마저 그에게 외면하는 뒷모습을 보인다면?

결국 루시아는 천천히 몸을 돌렸다. 달빛이 가득 내린 정원은 어쩐지 현실 세계가 아닌 느낌이었다. 그 하얀 달빛 아래 길을 잃은 외로운 늑대같이 그가 서 있었다. 아픈 심장을 부여잡고 그녀를 바라보고 있었다. 지금 그녀마저 이렇게 그를 두고 사라져 버리면 영원히 저 어둠 속에 사로잡혀 계속 울부짖을 것만 같았다.

"율리우스 님!"

루시아가 아주 작은 목소리로 그의 이름을 부르자 그는 허겁지겁 다가와 그녀를 제 품에 확 끌어안았다. 제 앞에 서 있는 그녀가 정말 현실인지 자신의 시야를 믿지 못하는 것처럼 그녀의 온몸을 쓰다듬었다. 그 손길은 관능적이라기보다는 처절했다. 매달리는 아이처럼 그녀의 존재를 끊임없이 촉각으로 확인하고 있었던 것이다.

"내겐 이제…… 아무도 없어."

그의 신음 같은 목소리에 루시아는 울컥하는 울음을 간신히 삼켰다. 그녀에게도 아무도 없었다. 홀로 살아남아 모두의 아픔을 기억해야 하는 운명을 타고난 슬픈 두 사람이었다. 루시아가 조심스럽게 두 손을 들어 그의 두 뺨을 감싸 안았다. 그의 눈빛이 격렬하게 흔들리고 있었다.

"지금은…… 우리 모든 것을 잊어요."

루시아의 말을 그는 단번에 이해했다. 두 사람을 둘러싼 수많은 상황들은 결코 무시할 수 없는 것이었다. 하지만 지금은 그저 서로를 원하는 남자, 여자로만 있고 싶어 하는 그녀의 마음을, 그것은 그 역시 바라는 것이었다. 그녀는 한껏 발돋움하여 그의 입술에 키스를 했다. 그녀의 온 진심을 담아 오직 그에게만 바치는 소중한 입맞춤이었다.

"율리우스 님, 오늘 밤은 우리, 그저 서로 사랑만 해요."

그녀가 정말로 오랜만에 그의 이름을 다정하게 불러 주었다. 다정하면서도 애달픈 그녀의 목소리에 율리우스는 가만히 고개를 끄덕였다. 곧 율리우스는 그녀를 훌쩍 안아 올렸다. 예전 아무것도 기억하지 못하던 때의 루시아로 돌아간 것처럼 그녀는 얌전하게 그에게 안겨 있었다. 그의 굵은 목덜미를 끌어안고 그의 넓은 어깨에 얼굴을 묻었다. 오늘은, 오늘 밤만은 그를 원하는 자신의 마음을 숨기고 싶지 않았다.

항상 급하게 그녀를 안고 침실로 향하던 때와 달리, 오늘 그의 발걸음은 상당히 느릿했다. 지금 이 순간을 조금 더 연장하고 싶은 듯, 기억을 찾은 이후 항상 거부하던 그녀가 이렇게 스스로 제 품 안에 안겨 온 이 시간을 기억하려는 듯이 세심하고 조심스런 발걸음이었다. 행여나 그녀가 다칠세라 걱정하는 것처럼 그는 매우 조심스럽게 그녀를 끌어안고 있었다.

"루시아!"

그녀를 조심스럽게 침대에 내려놓으며 그가 그녀의 이름을 사랑스럽게 불렀다. 루시아는 그의 부름에 한껏 미소를 지어 주었다. 여전히 그녀의 눈은 촉촉하게 젖어 있었지만 그녀는 웃었다. 그동안 그를 거부하며 보여 주지 않았던 미소를 아낌없이 선사하였다. 그가 자신을 슬픈 얼굴로 기억하지 않기를 바랐다. 그의 기억 속에는 영원히 아름다웠던 여자로 남고 싶었다.

"율리우스 님!"

그녀가 먼저 팔을 내밀어 그의 목덜미를 끌어안고 자신 쪽으로 끌어당겼다. 오늘 밤만은 그는 자신의 것이었다. 그래서 그녀는 자신이 하고 싶은 대로 제 마음이 이끄는 대로 하기로 했다. 오늘 밤이 지나면 그의 따듯한 이 온기를 느낄 수 없을 테니, 그래서 오늘만 허락된 그를 마음껏 제 피부에 새기고 싶었다.

"하아……. 하……아, 하앗……."

그가 격렬하게 그녀의 입안을 탐했다. 서로의 혀가 애틋하게 부딪히고 비벼졌다. 그녀도 오늘은 적극적으로 그에게 반응했다. 그동안 그가 안을 때마다 애써 제 마음을 억누르느라 냉정하게 굴었던 것과는 달리 오늘은 그에게 마음껏 제 느낌을 표현했다.

"하아, 조금 더 들려줘."

그는 그녀의 달콤한 신음소리를 더 끌어내려는 듯이 더욱 섬세하게 그녀의 입안을 희롱했다. 그의 혀가 그녀 볼 안쪽의 부드러운 점막을 자극하기도 하고 그녀의 말캉한 혀를 살짝 깨물기도 했다. 달콤하면서도 짜릿한 쾌감이 작은 혀에서 피어나 그녀의 온몸을 휘감고 있었다.

"아아, 하아……!"

루시아는 참지 않았다. 아니 참을 수도 없었다. 자신을 애틋하게 원하는 그에게 마음껏 자신의 마음을 표현했다. 지금 그녀는 그의 손길에 자신이 얼마나 달아오르고 있는지 호흡으로 신음으로 보여 주었다. 달콤하게 루시아는 그에게 녹아들었다.

"당신을 원해요."

그가 자신을 원수로 기억한다 해도 그녀는 그를…….

차마 그 생각을 마무리하지 못하고 그녀는 그에게 애절하게 매달렸다. 제대로 자신의 마음 안을 보아버리면 절대 떠날 수 없을 것이 분명했다. 모든 것을 버리고 그저 그의 곁에 남고 싶은 욕망에 굴복하고 말 것이었다. 그래서 그녀는 애써 모든 생각을 머릿속에서 밀어냈다. 지금은 다만 그의 온기를, 그의 손길을 고스란히 느끼고 싶었다.

"루시아, 루시아."

그가 그런 그녀의 마음을 이해하였는지 더욱 격렬하게 그녀를 탐했다. 그 역시 그녀를 기억하려는 듯이 제 몸 안에 새기려는 듯이 격렬하게 그녀를 원하고 있었다. 와인을 마시고 몽롱한 정신으로 한없이 신비한 의식에 빠져들 듯이 지금 두 사람을 방해하는 것은 아무것도 없었다.

그가 자신들의 사이를 방해하는 옷자락조차 귀찮다는 듯이 그녀의 옷을 벗겨 내기 시작했다. 그 손길은 매우 조심스러우면서도 섬세하였다. 거부하는 그녀를 힘으로 억누르며 거칠게 튜니카를 벗겨 내던 때와는 달랐다. 허락을 구하듯이 경건하게 그녀의 몸에서 옷자락을 하나하나 조심스럽게 떼어 내었다.

"하아, 아름다워!"

나신이 되어 그의 눈앞에 드러난 루시아를 바라보며 그가 속삭였다. 달빛을 받아 그녀의 피부는 하얗게 반짝거렸다. 진주를 곱게 갈아 피부에 뿌려둔 것처럼 촉촉하면서도 은은한 빛을 뿜어내고 있었다. 호리호리하면서도 아름다운 곡선을 그리는 그녀의 허리선, 봉긋하게 솟아올라 율리우스를 유혹하는 그녀의 가슴까지, 그녀는 감추지 않고 그에게 자신을 드러내었다.

"율리우스 님."

그녀의 부름에 그가 화답하듯이 바로 고개를 내려 그녀의 온몸에 키스하기 시작했다. 예전처럼 실오라기 하나 없이 나신이 된 그녀를 침대에 눕히고 그녀가 쾌감으로 숨이 넘어갈 때까지 꼼꼼하게 그녀를 사랑해 주던 율리우스가 있었다. 모든 입맞춤 하나하나에 그의 마음이 오롯이 들어 있었다.

"루시아, 루시아!"

그녀의 이름을 계속 주문처럼 부르며 그는 그녀의 온몸을 철저하게 가졌다. 그녀에게 잊을 수 없는 절정을 선사하기 위해서 그는 최선을 다했다. 그녀의 피부에 닿는 키스 하나, 그녀의 곡선을 애무하는 그의 손길 하나, 그 모두에 애틋한 그의 마음이 가득 담겨 있었다.

"하아, 아……. 율……리……!"

기억을 찾고 그를 거부하던 때와 달리 그녀는 그에게 자연스럽게 반응하고 있었다. 그것이 그를 더욱 흥분하게 만들었다. 이렇게 자신을 원하는 그녀를 조금 더 느끼고 싶었다. 그녀의 젖꼭지, 그녀의 유려한 허리선, 그녀의 사랑스런 복부까지 그의 입술이 샅샅이 그녀의 피부에 제 흔적을 남겼다. 그러나 이 흔적은 곧 사라지고, 그녀 역시 그를 잊을지도 몰랐다.

'루시아!'

하지만 그녀에게 이 열락을 최초로 가르친 것은 자신이었다. 한껏 피어난 그녀를 이렇게 아름다운 여성으로 개화시킨 것은 자신이었고, 그녀가 그것을 기억해 주길 바랐다. 그녀의 몸보다 더욱 소유하고 싶은 것은 그녀의 마음이었다. 하지만 그것을 가질 수 없다면 최소한 그녀가 온몸으로 자신을 기억해 주길 소망했다.

'가지 마, 루시아, 제발 떠나지 마!'

율리우스는 그 말을 차마 입 밖으로 내지 못하고 그녀를 애타게 원했다. 그도 알았다. 그녀가 이미 떠날 결심을 했음을, 지금 이 순간은 그녀가 마지막으로 주는 선물임을 아프게 깨닫고 있었던 것이다. 잡고 싶은 그 마음을 억누르며, 대신 그는 그녀를 탐했다. 오직 이 순간만이 그녀가 제 것인 것 같아서 그래서 말하지 못하는 진심을 그는 그렇게 온몸으로 전했다.

"하아, 제발!"

그녀는 아름답게 몸부림쳤다. 그의 뜨거운 입술이 그녀의 비부에 닿았다. 꽃잎처럼 달콤한 꿀을 흘리며 오직 그에게만 허락된 그녀의 비부를 율리우스는 매우 경건하게 탐했다. 꼼꼼하게 그녀의 꽃잎을 핥았다. 수줍게 얼굴을 내밀고 있는 그녀의 붉은 진주를 정성을 다해서 맛을 보았다.

"율리우……스, 이제 제발……. 하아……."

그녀의 가느다란 몸이 덜덜 떨리고 있었다. 그녀는 아름답게 쾌감으로 몸부림치며 그를 부르고 있었다. 그녀의 눈동자가 함께 절정을 맞이하고 싶다고 저 혼자 휩쓸리고 싶지 않다고 그에게 애원하고 있었다. 율리우스는 그 아름다운 그녀의 애원을 기꺼이 들어주었다.

"허억!"

"핫!"

동시에 두 사람의 입에서 신음이 터져 나왔다. 율리우스가 엄청난 기세로 그녀의 안으로 들어왔던 것이다. 순간 그녀는 얕은 절정에 다다라 그를 조이기 시작했다. 그 역시 따듯한 그녀에게 감싸인 것만으로도 파정할 것 같았지만 어금니를 사리물며 참았다. 이렇게 솔직하게 자신을 원하는 그녀를 쉽게 놓아주고 싶지 않았다.

퍽, 퍽, 퍽!

그의 피스톤 운동이 미친 듯이 거세어졌다. 그녀에게 자신을 새기듯이 그렇게 처절하게 그는 그녀를 원했다.

질척, 질척, 질척, 퍽, 퍽, 퍽!

야릇한 소성이 방 안을 채우고 그렇게 서로를 원하는 두 남녀의 몸짓이 격렬해지고 있었다. 이 모두가 오늘 하룻밤뿐임을 알기에 그렇게 두 사람의 욕망은 끝없이 타올랐던 것이다. 하지만 그것은 동시에 무척이나 슬픈 작별 인사였다. 서로가 말은 못하고 그렇게 그들은 안녕을 고하고 있었다.

"유, 율리우스!"

그녀가 비명처럼 그의 이름을 부르며 먼저 절정에 도달했다. 마치 쥐어짜듯이 자신을 느끼는 그녀 때문에 결국 율리우스도 저항하지 못하고 그녀 안에 자신의 모든 것을 풀어놓았다.

"읏!"

짧은 교성과 더불어 긴장했던 그의 몸이 천천히 이완되었다. 그녀 역시 아름답게 흐트러져 있었다.

"하아, 하아!"

"하아……."

거친 숨소리를 잠시 고르던 두 사람이었다.

"앗, 율리우스!"

곧 루시아가 깜짝 놀라 비명을 질렀다. 그가 그녀의 몸을 휙 돌려서 그녀 안쪽으로 곧장 파고들었던 것이다.

"앗!"

뭐라 말할 새도 없이 루시아는 다시 열락에 빠져들었다. 제 등에 닿은 그의 뜨거운 가슴과 자신의 젖꼭지를 희롱하는 그의 손길이 사랑스러웠다. 제 품 안에 그녀를 가두어 두고 싶은 것처럼, 그의 커다란 몸 아래 루시아는 폭 안기어 있었다. 차가운 이불에 제 볼을 비비며 그녀는 격렬하게 자신을 원하는 그를 받아들였다. 아니 조금 더 그를 느끼고 싶어 어느새 루시아도 허리를, 엉덩이를 관능적으로 움직이고 있었다.

"루시아!"

그가 그녀 목덜미에 입을 맞추며 거세게 움직였다. 그 떨리는 음성에 루시아는 그 역시 자신 때문에 쾌감을 느끼고 있다는 것을 알았다. 뒤쪽에서 받아들인 그는 평소보다 더욱 크고 단단한 것 같아 다소 버거웠다.

팍. 팍, 팍!

자신의 엉덩이에 부딪히는 그를 느끼며 그녀는 다시 경련하기 시작했다. 그가 동시에 그녀의 가슴을 꽉 쥐며 그녀에게 더욱 허리를 밀어 붙였다.

"하아, 하아! 안 돼!"

그녀는 결국 먼저 쾌감에 폭발하며 비명을 질렀다. 이 밤이 끝나지 않았으면 좋겠다고 생각하며 두 사람은 그렇게 농밀하게 서로를 밤새 탐하고 또 탐했다. 루시아는 자신이 보이는 눈물을 그가 과도한 쾌감 때문에 흘리는 것이라 믿기를 바라며 아픈 마음을 눈물로 하염없이 흘려보내고 있었다. 밤새 바깥에서는 가을비가 하염없이 내리고 있었다.

언제나 그렇듯이 아침은 어김없이 찾아왔다. 아무리 서로가 뜨거운 마음으로 그 밤을 부여잡고 싶어도 무정한 새벽빛이 도무스 안 곳곳을 조금씩 채우고 있었다. 희붐한 새벽빛에 루시아는 천천히 눈을 떴다.

처음 이곳에서 눈을 뜨던 날 보았던 벽화가 그녀의 시야에 희미하게 비쳤다. '큐피드'라고 했었다. 사랑의 여신 베누스의 아들로 그의 화살에 맞으면 무조건 사랑에 빠진다는 신화 속의 존재! 루시아는 쓴웃음을 지었다. 정말 화살에 맞은 것인지도 몰랐다. 그것이 제 심장을 태우고 제 목숨을 위협하는 것인지도 모르고 그저 달콤함에 빠져들었던 것이다.

허리가 시큰했고 아직도 그가 자신의 안에 있는 것처럼 뜨거웠다. 계속 따듯한 그의 품속에 머물고 싶은 욕망을 애써 잠재우며 루시아는 천천히 몸을 일으켰다. 이제는 정말 가야만 했다. 차마 뿌리치지 못한 그의 손길은 루시아 안에 남아 있는 마지막 미련이었다.

이제는 잊어야 했다. 그래야만 했다. 마지막으로 느낀 이 온기만을 마음에 담고 그렇게 그를 잊어야만 한다. 애써 다짐하며 그녀가 막 튜니카를 집어 든 순간이었다. 루시아는 답싹 그의 품에 안겨 있었다.

"이제…… 떠나는 건가?"

한숨처럼 그는 그렇게 질문했다. 이미 한참 전부터 깨어 있었던 듯 그의 목소리엔 잠기운이라고는 하나도 묻어있지 않았다. 질문이라기보다는 그저 슬픈 확인이었다. 그의 체념한 음성은 이미 그녀의 대답을 구하지 않고 있었다.

자신을 등 뒤에서 끌어안은 그의 따듯한 체온과 부둥켜안은 그의 애절한 팔뚝에 루시아는 울컥하는 흐느낌을 간신히 참았다. 그리고 가만히 고개를 끄덕였다. 그도 그녀도 알고 있었다. 그럼에도 다시 묻는 것은……. 그녀는 더 이상 생각을 발전시키지 않았다.

"그냥…… 나만의 루시아로 있어 주면 안 되겠어?"

그의 낮고도 간절한 음성에 루시아는 다시 눈을 질끈 감았다. 저도 모르게 '네.' 라고 대답할 뻔했지만 간신히 입술을 깨물었다. 그리고 힘들게 고개를 저었다. 사르락거리는 그녀의 머리카락이 그의 가슴과 팔에 닿았다.

"애원을 해도?"

루시아는 저도 모르게 '쿡' 하고 웃었다. 애원하는 율리우스라니! 하지만 그도 그녀도 안다. 애원해서 될 일이었다면 이렇게 떠나지도 않을 것이란 걸 말이다. 그래서 될 일이었다면 루시아는 얼마든지 애원하고 싶었다.

두 사람 모두 이루어질 수 없는 일에 그저 침묵했다. 다만 그녀를 끌어안은 그의 팔뚝의 힘이 더욱 강해졌다. 마치 놓치지 않겠다는 듯이, 그 팔을 냉정하게 뿌리치지 못한 것은 아직 남은 루시아의 마지막 여자의 감정이었다.

"유, 율리우스 님!"

그녀는 입안에서 요동치는 모든 말들을 억누르며 다만 그의 이름을 불렀다. 목이 메어 침을 꿀꺽 삼키며 겨우 부를 수 있었다. 이제는 정말 가야만 했다. 시간을 끌수록 더욱 힘들어지기만 할 뿐이었다. 그가 그녀의 목덜미에 뜨거운 입술을 찍었다. 가지 말라고 매달리며 애원도 못하는 남자의 안타까운 마음이었다.

'우리가 서로를 미워하지 않아도 되는 그런 세상이 있다면, 그땐…… 나 당신을 사랑해도 될까요?'

결국 그녀가 그의 팔을 풀어내었다. 이번에는 스르르 아무런 힘도 없이 풀려 버렸다. 뒤돌아보면 절대 떠날 수 없다는 것을 알기에 그녀는 모질게 앞으로만 나아갔다. 바닥에 떨어진 것들을 대충 차려입고 꼿꼿하게 문 쪽으로 걸음을 옮겼다. 한 걸음, 한 걸음, 애틋한 감정들이 그녀의 발목을 붙잡고 있었다. 그녀가 막 방문에 손을 대는 순간 그의 음성이 들렸다.

"언젠가 다시 만나게 된다면 그땐 우리……."

언젠가는, 그것을 기대하는 것은 부질없었다. 이루어짐이란…… 어쩌면 그들에게는 절대 허락되지 않는 소망일지도 몰랐다.

"그만! 더 이상 아무런 말도, 약속도 하지 말아요. 아무것도!"

루시아의 격렬한 외침에 그가 입을 다물었다. 그의 말을 듣는다면 절대 떠날 수 없었다. 헛된 기대를 해서도 안 되었다. 한 번 부서져 버린 그들의 관계는 결코 온전한 형태로 되돌릴 수 없었다. 서로가 각자의 길을 가야만 했다. 이렇게 우연으로 다시는 얽히는 일이 없도록 그렇게 서로가 서로에게 등을 돌려야만 했다.

"우린 잠깐 짧은 꿈을 꾼 거예요."

최대한 담담하게 그렇게 루시아가 덧붙였다. '디오니소스의 신비의식에 참여했던 것처럼, 절대 꾸어서는 안 될…….' 속으로 그렇게 중얼거리며 그녀는 단호하게 문을 열었다.

"안녕히……."

그것이 율리우스에게 건넨 루시아의 마지막 인사였다. 동시에 로마에서 달콤한 꿈을 꾸었던 자신에게 고하는 마지막 인사이기도 했다. 오늘 그녀는 모든 것을 여기에 두고 떠날 것이다.

눈물도 두고,

추억도 두고,

누구보다 소중했던 그마저 두고…….

15. 외로운 밤

서기 112년 4월, 시리아 속주. 안티오키아(현 터키 안타키야), 총독 관저.

“파르티아 쪽에서 아르메니아 왕국이 어수선한 틈을 타서 왕위 계승에 개입하려는 계획을 세우고 있는 것으로 보입니다.”

리비우스의 보고에 시리아 총독인 율리우스는 고개를 끄덕였다. 순식간에 총독 관저의 집무실은 긴장된 분위기가 되었다. 4월의 봄바람이 무색하게 집무실 안은 마치 겨울처럼 차갑게 얼어붙고 말았다. 그 말은 아슬아슬하게 유지되었던 로마와 파르티아의 평화가 곧 끝날 수도 있다는 의미였기 때문이었다.

율리우스는 지금 트라야누스 황제의 다음 원정 상대가 될 가능성이 높은 파르티아를 상대하기 위해서 시리아 속주로 파견되어 있었다. 사실은 그가 자처한 일이었다. 조금이라도 그녀와 가까이 있고 싶은 못난 사내의 끊어 내지 못한 연정이었던 것이다.

루시아와 다리우스는 다키아 유민들과 함께 작은 섬에 정착했다. 지중해 한구석에 자리한 조그마한 섬, 데카이노스(가상의 섬)였다. 그녀는 숨겨졌던 다키아의 금광을 활용하여 은밀하게 노예가 된 다키아인들을 꾸준히 구해 내고 있었다. 그리고 또한 로마와, 파르티아 너머 존재한다는 동방의 한나라를 연결하는 무역을 시작하였다.

실크로드라 했던가? 동방에서 넘어온 질 좋은 비단이 아주 비싼 값에 제국 내에서 인기를 얻기 시작했던 것이다. 험난한 내륙과 거친 사막까지 뚫었던 동방의 상인들도 파르티아를 거쳐 지중해까지는 도달하지 못했다. 그 사이를 비집고 들어간 루시아와 다리우스는 예전에 로마를 상대로 벌이던 군사 전략을 짜던 재능을 무역에 쏟아부었다. 그리고 곧 그들은 작지만 강력한 상단으로 지중해를 주름잡고 있었다.

루시아는 데카이노스를 지배하는 아름다운 여왕으로 주변에 명성이 높았다. 하지만 여전히 그녀의 모습을 제대로 본 사람은 드물었는데 예전처럼 앞에 나서지 않고 뒤에서 전략을 짜는데 집중하고 있었기 때문이었다. 그리고 그녀의 옆을 지키는 다리우스 덕분에 그 어떤 누구도 감히 그들의 배를 공격하지 못했다. 조그만 섬이었지만 이제는 동서양을 잇는 지중해의 중요 무역 거점이 되어 사람들이 모여들고 있었다.

"총독님!"

잠깐 루시아를 떠올리던 율리우스는 리비우스의 부름에 다시 정신을 차렸다. 이렇게 가끔씩 출몰하는 루시아에 대한 기억은 율리우스를 무척이나 힘들게 만들곤 했다. 눈앞으로 다가온 가능성이 높은 전쟁을 생각하니 전쟁 때문에 기억을 잃고 고통스러워하던 루시아가 떠올랐던 탓이다. 루시아에 대한 생각을 애써 지우며, 율리우스는 낮은 목소리로 중얼거렸다.

"파르티아가 어떤 빌미를 준다면 황제께서는 바로 원정을 시작하시겠지."

먼저 도발을 하지는 않지만, 일단 상대방이 도발을 하면 두려워하지 않고 전쟁에 임하는 것이 트라야누스 황제의 자세였다. 게다가 그는 누구보다 단기간에 대규모의 병력을 동원하여 군사적 성과를 이루는데 뛰어난 황제였다. 만약 파르티아가 친 로마 성향의 현 아르메니아 왕을 강제로 퇴위시키거나 혹은 친 파르티아 인사에게 힘을 실어준다면 그것은 로마에 대한 선전포고나 다름이 없었다. 트라야누스 황제는 결코 그런 도발을 무심히 넘길 사람이 아니었다.

"아무래도 저희도 그에 대비를 미리 해 두어야 할 것 같습니다."

리비우스의 말에 율리우스는 고개를 끄덕였다. 이미 황제가 그를 시리아 속주를 파견할 때부터 예상했던 일이었다.

'또 많은 이들이 피를 흘리겠군.'

저도 모르게 율리우스는 그렇게 속으로 중얼거리고 말았다. 다키아 원정에 걸린 기간은 중간에 5년 가까운 휴전 기간이 있었지만 총 7년이었다. 파르티아 원정이 시작된다면 그 또한 그만큼의 기간이 소요될 것이 분명했다. 파르티아는 로마 입장에서는 지중해를 건너야 했다. 하여 전쟁 물자의 보급이 쉽지 않을 것이 분명했기에 다키아 원정보다 더욱 길어진 공산이 컸다. 즉, 아무리 훌륭한 병력과 황제가 있다해도 로마에게도 결코 녹록지 않은 전쟁이 될 것이 확실했다.

"당분간은 지중해 및 흑해 섬들의 움직임을 잘 관찰해야 할 거다. 친 로마적인 섬들과 친 파르티아 성향으로 나누어서 면밀히 살펴보도록!"

율리우스의 말에 리비우스를 위시한 모두가 자리를 떠났다. 홀로 집무실에 남은 율리우스는 전쟁으로 또 얼마나 많은 이들이 자신처럼 가족을 잃고 아파하게 될 것인지 갑자기 안타까운 생각이 들었다. 이전에는 복수에만 집중하느라 거기까지는 미처 생각이 미치지 않았었다. 하지만 이렇게 전쟁으로 자꾸만 원한을 쌓아가는 것이 과연 좋은 일인지, 율리우스는 점점 알 수가 없어졌다.

하드리아누스가 주장하는 '이제 제국의 국경을 넓히기보다 방어에 집중해야 한다.' 던 말에 율리우스는 진심으로 동의하고 있었다. 최대로 영토가 넓어진 현재의 로마를 위해선 하드리아누스 같은 인물이 더욱 필요하지 않을까 하는 생각이 들었던 것이다. 하지만 지금 하드리아누스는 전체적으로 원정을 선호하는 로마의 정치적 기조 때문에 아테네에 아르콘(집정관)이라는 한직으로 머물고 있었다.

'그의 재능이 제국에 더욱 필요해지는 시점이 오는 것이 행복하지 않을까?'

처음으로 율리우스는 트라야누스 황제와는 전혀 다른 생각을 하게 되었다. 디기탈리스를 잘못 먹은 네로를 끌어안고 하염없이 울었다던 루시아는 이미 그때 이런 생각을 하지 않았을까? 그래서 조용히 자신의 곁을 떠났을 것이다. 원한이나 복수, 과거에 집착하기보다 그녀는 새로운 미래를 향해 꿋꿋하게 나아갔던 것이다.

원한은 씻어 내는 것이 아니라, 용서하고 치유해야만 했다.

'그래서 이젠 아픈 운명보다 우연한 만남을 기대하고 있다. 우연히 만나 사랑에 빠지는 행복한 사람들처럼 그렇게 우리도 만날 수 있으면 좋겠다.' 고 율리우스는 누군가에게 간절히 기원하고 싶었다. 묵묵히 서서, 창밖을 바라보고 있는 율리우스의 뒷모습이 무척이나 외로워 보였다.

❖

"무슨 일인가요?"

청명한 5월의 햇살에 눈부시게 반짝거리는 데카이노스 해안이 잘 보이는 집무실 안에서, 루시아의 침착한 목소리가 울렸다. 조금 전 보고할 것이 있다며 들어온 다리우스가 얼른 말을 꺼내지 못하고 우물쭈물했던 것이다. 그답지 않은 행동에 고개를 갸웃거리던 루시아의 질문에, 다리우스는 무척이나 곤혹스러운 표정을 지었다.

"그게……."

이렇게 머뭇거리는 다리우스는 처음이었기에 루시아가 그를 똑바로 응시했다. 결국 다리우스는 어깨를 축 늘어뜨리며 말을 이었다.

"율리우스 울피우스 트라야누스가 바로 유대 공주의 정혼 상대라 합니다."

순간 현기증이 나는 것처럼 눈앞이 새카맣게 변했지만 루시아는 가까스로 평정을 유지할 수 있었다. 다리우스의 말이 커다란 돌이 되어 루시아의 심장에 파문을 일으켰다. 상단 운영을 위해서는 정보 입수가 무척이나 중요했고, 특히 로마나 파르티아 그 주변국의 정세는 매우 중요한 정보였다. 파르티아 주변의 불온한 정세 덕분에 시리아 속주 후방에 있는 유대 공주의 결혼이 최근 매우 초미의 관심사가 되었었다. 다리우스 역시 그 때문에 정보를 모았음이 분명했다.

파르티아와 대치하고 있는 로마 입장에서는 유대를 자신들의 편으로 묶어 두는 것이 중요했다. 친 로마적인 아르메니아 왕국이 어수선한 지금, 배후인 유대마저 소란스럽다면 병력을 효율적으로 활용하는 것이 어려울 것이다.

이런 상황에서 시리아 속주의 총독이자 아직 미혼인 율리우스는 유대 공주의 정혼자로 아주 적절한 선택이었다. 그는 이미 유대와 가까운 곳에 머물고 있으니 굳이 로마에서 이 먼 곳으로 사람을 보낼 필요도 없었다. 그리고 누구보다 황제에게 충성하는 그였기에 유대 공주와 결혼을 한다 해도 그가 다른 마음을 먹을 거라고 걱정하지 않아도 될 것이었다.

"아주 적절한 선택이네요."

루시아의 얼굴은 여전히 냉정했다. 뭐라 말을 꺼내려던 다리우스는 그런 그녀의 표정을 보고는 입을 다물었다. 루시아는 고개를 내려 아까부터 보고 있던 일에 집중했다. 이제 그만 나가보라는 의미였기에 다리우스는 조용히 물러났다. 하지만 다리우스는 그녀의 손끝이 미세하게 떨리고 있었던 것을 놓치지 않았다. 또 얼마나 홀로 그녀가 아파할지 예상이 되자 다리우스의 마음이 무겁게 가라앉았다.

그날따라 데카이노스 섬에는 오후에 갑자기 소나기가 내렸다. 비가 드문 곳이라 비가 내릴 때마다 그 빗물을 받아서 저장해야 했다. 모두가 그 일에 정신이 팔려 어수선한 날이었다. 자신의 방에서 하염없이 내리는 비를 바라보는 그녀의 옆을 지키는 것은 그래서 작은 드라고스뿐이었다.

"이젠 괜찮아. 아니 괜찮을 거야, 사랑 따윈 벌써 예전에 버렸으니까."

루시아가 살짝 코를 훌쩍거리며 그렇게 속삭였다. 그리고는 품 안에 있는 작은 드라고스를 더욱 강하게 당겨 안았다. 영문을 모르는 아이는 그런 제 어미의 행동을 이해하지 못하고 그저 천진하게 그녀의 볼을 쓰다듬었다.

"그런데 왜 자꾸 눈물이 날까?"

눈물을 글썽이며 아프게 웃는 루시아였다. 어린 드라고스의 고사리 같은 손이 그녀의 눈물을 닦아 주었다. 왜 그런지 이해하지 못해도 제 어미가 우는 것을 보고 위로하는 상냥한 아이였다.

"엄마, 울지 마."

너무나 그를 닮은 아이의 다정한 행동에 더욱 눈물이 울컥 솟아올랐다. 루시아는 애써 미소를 지으며 아이에게 속삭였다.

"엄마가 정말 바보 같지? 그런데도 비가 오면 자꾸만 이렇게 눈물이 나는구나."

아직 그 모든 것을 이해할 리 없는 드라고스에게 그녀는 그렇게 제 마음을 털어놓고 있었다.

'이젠 당신이 그립지 않아요. 보고 싶은 마음도 없어요.'

모든 것이 빗물에 씻겨 가듯이 그와의 추억도 잊혀져 가야 했다. 하지만 추억은 시간이 지날수록 빛이 바래지기는커녕 도리어 더욱 선명해졌다. 날이 갈수록 루시아는 그가 무척이나 사무치게 그리웠다. 스스로 떠나 온 그를 아직도 루시아는 계속 그리워하고 있었다. 너무나 그리워서, 그리워해서 그래서 그가 너무나 보고 싶었다.

"당신은 다시 내 곁에 머물 수 없을 텐데, 잊지 못한 내가 너무

싫은데……."

루시아의 넋두리를 이해한 것처럼 드라고스가 그녀를 끌어안았다. 아무것도 몰라도 그저 제 어미를 위로하려는 아이의 사랑스러움에 루시아는 울면서도 웃었다.

'언제까지 내 맘은 아플까?'

답을 알 수 없는 그 질문에 일리아는 제 품 안에 있는 드라고스를 더욱 강하게 끌어안았다. 자신을 잊어버린 듯한 그 때문에 서글퍼 눈물이 계속 흘러도, 루시아는 그가 보고만 싶었다. 그렇게 뜻밖의 소나기가 하염없이 내리는 날이었다. 그것이 누군가의 눈물처럼 바다에, 땅에 찬찬히 스며들었다.

다른 곳에서 율리우스도 그 비를 오랫동안 움직이지 않고 홀로 한참을 바라보고 있었다. 시리고 아픈 기억들이 두 사람의 마음을 붙잡고 있었다. 시간이 지날수록 그리움은 더욱 짙어져 가고, 내리는 빗물은 눈물이 되어 그렇게 두 사람의 심장을 촉촉하게 적시고 있었다.

❖

여전히 시리아 속주 주변의 정세는 다소 어수선했지만 율리우스와 유대 공주의 약혼식은 예정대로 진행되었다. 율리우스는 질색을 했지만, 약혼식은 로마와 유대의 결속을 대내외에 알리기 위해서 꼭 필요한 정치적인 일이었기에 어쩔 수 없이 받아들일 수밖에 없었다. 하나, 둘, 연회장에는 많은 손님들이 도착하고 있었다. 로마에서 황제가 보내온 사절, 유대의 왕가에서 온 이들, 그리고 주변 국가에서 보내온 축하 사절까지, 연회장은 가지각색의 하객들로 가득했다.

6월 초였지만, 연회장에 앉아 있는 율리우스는 입고 있는 토가가 자신을 옥죄이는 기분이었다. 바람 한 점 없는 안티오키아의 날씨마저 오늘은 무척이나 짜증스러웠다. 연회는 끝없이 이어지는 것 같았다. 마음에도 없는 축하 인사에 일일이 답을 하려니 그것도 곤혹스럽기만 했다. 답답함에 이 공간을 박차고 나가고 싶은 생각이 굴뚝같았지만 명색이 자신이 주빈인지라 이러지도 저러지도 못하고 있었다.

"다음은 데카이노스에서 온 축하사절입니다."

마지못해 주빈 자리에 앉아서 끊임없이 이어지는 축하사절의 인사를 받던 율리우스는 데카이노스라는 말에 퍼뜩 정신을 차렸다. 데카이노스의 사절들이라면? 리비우스의 말에, 율리우스에게 가슴속 깊이 소중하게 간직해 두었던 루시아에 대한 기억들이 순식간에 떠올랐다.

'루시아.'

차마 소리 내지 못하고 마음속으로만 수없이 되뇌어 본 이름이었다. 멀어져 가는 그녀의 뒷모습을 바라보면서 율리우스는 그 순간이 결코 영원한 이별이라고는 생각하지 않았다. 루시아가 떠나는 것은 얽히고설킨 그들의 잔혹한 운명 때문이었지 절대 그를 사랑하지 않아서 떠난 것은 아니라 믿었던 것이다. 하지만 한 번도 다정하게 자신을 사랑한다는 말을 해 주지 않은 야속한 그녀였다.

"하아!"

율리우스는 길게 한숨을 내쉬었다. 그렇게 그녀를 보낸 지가 벌써 5년이 흐르고 있었다. 그런데 애꿎게도 그들의 재회는 그의 약혼식 장소였다. 그의 깊은 한숨에 옆 자리에 앉아 있던 유대 공주의 눈빛이 불안하게 흔들렸지만 율리우스는 그것에 관심조차 두지 않고 있었다.

"총독님!"

리비우스가 자신을 다시 부르자 그제야 율리우스는 고개를 끄덕였다. 아주 급하게 달리기를 한 것처럼 율리우스의 호흡이 빨라졌다. 하지만 율리우스는 간신히 냉정한 표정을 유지할 수 있었다. 그들을 기다리는 아주 짧은 시간이 영원처럼 느껴지는 기분이었다.

"안녕하십니까, 대 로마 제국의 시리아 총독이신 율리우스 님을 뵙습니다. 데카이노스의 일리아라고 합니다."

방 안을 울리는 나직하면서도 부드러운 목소리, 율리우스는 저도 모르게 손에 들고 있던 술잔을 강하게 움켜쥐고 말았다. 그리웠던 목소리, 꿈속에서 항상 듣던 그녀의 목소리였다. 하지만 마치 처음 보는 사람처럼 제 이름을 밝히는 그녀였다. 그녀는 더 이상 그가 준 이름을 사용하지 않고 있었다.

그녀 곁에 바짝 붙어 그녀를 호위하고 있던 다리우스도 어쩔 수 없다는 듯이 살짝 고개를 숙였다. 얼굴만은 무표정이었으나 그의 모든 행동이 지금 상황이 별로 마음에 들지 않음을 명백히 나타내고 있었다. 천천히 고개를 들자 우아하게 인사를 건네는 루시아의 모습이 그의 눈을 아리게 만들었다.

"두 분의 약혼을 축하드립니다."

그녀는 얇은 베일로 얼굴을 가리고 있었다. 그래서 율리우스는 그녀의 루비같이 아름다운 눈동자를 볼 수가 없었다. 지금 어떤 생각을 하고 있는지 어떤 감정인 것인지, 그녀의 조용한 목소리만으로는 확실히 파악할 수가 없어 답답하기만 했다.

"얼굴을 드러내지 않는 여왕이라더니, 그 명성이 결코 허명이 아니라는 것을 알겠소."

율리우스 역시 최대한 냉정한 속주 총독의 목소리로 인사를 받았다. 하지만 실제 마음은 오랜만에 만난 자신에게 그 어여쁜 얼굴 한 조각조차 보여 주지 않는 냉정한 루시아에 대한 투정이었다.

"죄송합니다. 얼굴에 심한 상처가 있어 사람들을 불쾌하게 만들고 싶지 않아 부득이하게 가린 것이니 총독 각하의 혜량을 부탁드립니다."

루시아의 담담한 설명에 율리우스의 심장이 '툭' 하고 바닥으로 떨어져 내렸다. 바로 자리에서 일어나 그녀의 베일을 벗기고 얼굴을 확인하고 싶었다. 당시 율리우스는 루시아가 안전하게 로마를 빠져나갈 수 있도록 은밀하게 최선을 다했다. 그녀가 무사히

오르티아 항(로마 시내에서 가장 가까운 큰 항구)에서, 동쪽으로 떠나는 배에 오르는 것까지 세야누스를 시켜 확인했다. 하지만 그 이후 어떤 일이 그녀에게 있었는지 율리우스는 알 수 없었던 것이다.

'상처는?'

목구멍까지 올라온 질문을 율리우스는 급히 목구멍으로 삼켰다. 지금 그는 루시아를 그리워하는 남자가 아니라 로마 제국을 대표하는 총독이었다. 그리고 지금 이 약혼식도 무척이나 정치적인 공식적인 자리였기에 그는 애써 냉정을 유지했다.

"특별히 여왕께서 직접 약혼 축하를 하러 오시다니 무척 뜻밖이오."

율리우스의 말에 루시아는 나직하면서도 힘 있는 목소리로 축하 인사와 더불어 사유를 설명하기 시작했다. 매번 새로운 속주 총독이 부임하면 사람을 보내어 인사를 하고 '자신들은 로마와도 파르티아와도 무역만을 진행할 뿐, 그 어느 쪽과도 군사적인 지원이나 연합은 없을 것' 이라는 상황을 전달한다고 했다. 그런데 이번에는 율리우스의 약혼식도 있었기에 축하 인사를 겸해 직접 방문했다는 말이었다.

"즉, 결국은 지금과 같은 중립적인 지위를 계속 보장해 달라?"

율리우스의 냉정한 음성에 루시아는 그렇다는 의미로 우아하게 고개를 끄덕였다.

"그걸 어떻게 믿을 수가 있소?"

율리우스도 이미 상황은 알고 있었다. 데카이노스는 지중해 중간에 있는 기착 지역으로 흑해를 오가는 모든 배들이 그곳에 정박하여 물과 음식을 보충받았다. 지중해에는 크고 작은 많은 섬들이 점점이 있었으나 갑자기 몰아치는 폭풍우에 큰 배들이 기항할 만한 기반시설을 갖춘 섬은 데카이노스뿐이었던 것이다.

그래서 로마도 파르티아도 그 섬을 중립 지역으로 인정하고 있었다. 양측이 섬을 확보하기 위해서 싸우며 그때마다 배의 행로를 바꾸는 것보다 중립 지역을 두고 편하게 오고 가는 것이 훨씬 이득이라는 것을 깨달았던 탓이다.

"약속은 무엇보다 소중합니다. 하지만 그 약속도 서로에 대한 신뢰가 없이는 지속될 수 없지요. 저는 로마가 이제껏 보여 주신 주변 국가에 대한 원칙과 신뢰를 믿습니다."

조금도 흔들림 없는 루시아의 목소리였다. 작지만 강하고 누구도 넘볼 수 없는 섬을 지배하는 여왕다운 당당한 태도였다.

"그대의 뜻은 잘 알겠으니 이제 연회를 즐기시오."

일부러 율리우스는 최대한 냉정하게 대답을 했다. 율리우스의 대답에 루시아와 다리우스는 우아하게 인사를 하고 물러났다. 아주 잠깐 그녀의 발걸음이 멈칫한 것도 같았다. 하지만 그녀는 냉정하게 뒤도 한 번 돌아보지 않고 그렇게 그의 시야에서 물러났다. 하지만 그의 시선은 계속 연회장 한쪽에 우아하게 자리 잡은 그녀의 모습을 계속 좇고 있었다.

"후우."

율리우스가 길게 한숨을 내쉬었다. 지금 율리우스는 그녀에게 철저히 잊혀진 듯한 서글픔을 가눌 수가 없었다. 어차피 홀로 남겨진 사랑이란 것을 알았다. 그리고 이젠 서로 다른 삶이란 것도 잘 알고 있었다. 그녀를 사랑했던 만큼 모질게 아파하며 그녀를 조금씩 잊어야 했고, 그 역시 잊혀져야 했다.

하지만, 그녀는 너무도 슬프도록 아름다운 율리우스의 소중한 사랑이었다. 세월이 지나도 잊혀지지 않고 가시처럼 그의 심장에 박혀 항상 그를 아프게 만들었다. 오히려 시간이 지날수록 더욱 생생해지고 있었다. 천 번의 밤이 지나도 그는 여전히 그녀를 그리워하고 있었다.

연회장 한구석에 자리를 잡은 그녀에게 율리우스의 시선이 계속 향하고 있었다. 루시아는 침묵하고 있었으나 다리우스는 아주 능숙하게 주변의 사람들과 대화를 나누고 있었다. 끝까지 루시아의 곁에 남아 그녀를 지켜주는 그가 고맙기도 하면서도 그녀를 데리고 가 버린 그가 원망스럽기도 했다. 마치 한 쌍의 연인처럼 함께 앉아 있는 그들을 보자 율리우스의 심장이 질투로 부글부글 끓고 있었다.

"곧 결혼을? 하하, 정말로 축하할 일이군요."

그들을 타는 듯이 강한 눈빛으로 계속 주시하던 그는 갑자기 들려온 목소리에 움찔하고 말았다. 목소리의 주인공은 다리우스의 옆에 앉아 있던 로마의 비텔리우스로, 그는 동서양을 오가는 큰 상단을 운영하고 있었다. 그가 다리우스의 어깨를 두드리며 축하를 해 주고 있었다. 순간 율리우스의 심장이 바닥으로 툭 떨어져 내렸다.

'루시아가?'

이제 정말로 루시아는 제 손에 닿을 수 없는 먼 존재가 되어 버린 기분이었다. 자신 역시 이렇게 다른 여인과의 약혼식장에 앉아 있으면서도 그는 충격을 금할 수가 없었다. 아직까지 그녀가 혼자라는 사실만이 그에게는 유일한 위안이었다. 그래서 그 수많은 외로운 밤들을 홀로 버틸 수 있었다.

"그럼 날짜는 언제인가?"

다시 들려온 비텔리우스의 목소리에 율리우스는 귀를 쫑긋 세웠다. 베일 때문에 그 옆에 있는 루시아의 표정을 알 수 없어 미칠 것만 같았다. 그녀도 지금 다리우스처럼 저렇게 기쁜 표정을 짓고 있는 것일까?

"7월입니다. 이제 다음 달이군요."

그의 목소리가 무척이나 감개무량하게 들렸다. 오래도록 한결같이 루시아의 곁을 지켜온 다리우스였다. 그런 그에게 드디어 루시아가 마음을 허락한 것이 분명했다. 율리우스의 심장이 바짝바짝 타들어 가고 있었다. 옆에 앉아 있는 약혼자인 유대 공주가 그런 율리우스를 복잡한 표정으로 바라보고 있었지만 율리우스는 그것에 신경조차 쓰지 못하고 있었다.

'그때 왜 난 그녀를 보낸 걸까?'

율리우스는 쓴웃음을 지었다. 이렇게 견딜 수 없다는 것을 뻔히 알면서도, 그녀를 잡지 못한 제자신이 한심했다. 그래서 이렇게 다른 남자에게 그녀를 보낼 수밖에 없는 자신의 처지가 원망스럽기만 했다. 그리고 계속 자신에게 묻고 있었다. 그녀가 그날 밤 보여 주었던 그 눈빛은 사랑이었을까?

그녀를 끌어안고 매달릴 수 없었던 그 마지막 밤이 안타깝기만 했다. 떠나지 말라고 애원을 했어야 했을까? 마음으로는 애원했었지만……. 부질없는 생각에 그는 고개를 저었다. 고민하고 몸부림치며 외롭게 보낸 수많은 밤이 오늘도 역시 그를 기다리고 있었다.

"대체?"

두어 시간 후, 리비우스는 연회장에서 말도 없이 사라진 율리우스를 찾아내고는 기가 막힌다는 표정으로 말을 잇지 못했다. 잔뜩 술에 취해 널브러진 율리우스의 모습에 뭐라 한마디 하려던 리비우스였다. 하지만 율리우스의 아픈 눈빛을 보는 순간 어떤 말도 할 수 없었다. 마치 5년 전 루시아가 떠나 버리고 난 후의 그로 돌아간 모습이었다.

"일단 안으로 들어가시지요."

리비우스가 그를 일으켜 세우려 했지만 술에 취해 제 몸을 가누지 못하는 율리우스를 홀로 부축하는 것이 쉽지가 않았다. 엉망으로 흐트러진 율리우스의 모습에 마음이 짠해져, 리비우스 역시 어쩐지 함께 술을 마시고 싶은 기분이었다. 루시아를 보면 율리우스가 다소 충격을 받을 것이라 예상은 했지만 그가 받은 재회의 충격은 리비우스가 생각했던 것보다 훨씬 컸던 모양이었다.

"그녀가……. 이제……는 나를…… 히끅. 정말로 잊은 모양이야."

넋두리 같은 율리우스의 말에 리비우스의 입매가 딱딱하게 굳었다. 마치 세상을 잃어버린 듯한 율리우스였다. 거의 이십 년을 그의 곁에 있었지만 그가 이렇게 흐트러진 모습을 보여 준 것은 딱 두 번이었다. 루시아가 로마를 떠나던 날, 그리고 오늘.

"그러니 이제 총독님도 잊으십시오."

리비우스가 일부러 냉정하고 건조하게 말을 했다. 인연이 아니라면 잊는 것이 나았다. 계속 그 인연을 부여잡고 있으면 상처 입는 것은 율리우스였다. 이미 약혼까지 했으니 그걸 빌미로 제발 지긋지긋할 정도로 지독한 루시아에 대한 마음을 접기를 리비우스는 기대했던 것이다.

"하, 잊으라고?"

율리우스가 웃는 것인지 우는 것인지 알 수 없는 표정으로 중얼거렸다.

"그럴 수가 없다."

율리우스가 제 심장을 두드리며 아프게 중얼거렸다.

"아무리 잊으려 해도, 이 가슴속에 가시처럼 박혀서 빠지지가 않아."

열병처럼 심각한, 그녀가 정원에 심었던 디기탈리스처럼 치명적인 사랑이었다. 결국 미친 듯이 울다 웃다 쓰러진 율리우스를 방으로 옮기며 리비우스는 그의 지독하고 애처로운 사랑에 그저 탄식했을 뿐이다.

율리우스의 약혼식 연회에 참석하고 데카이노스 섬으로 돌아온 루시아는 제 방에 앉아서 베일을 벗었다. 베일 아래로 드러난 여인의 얼굴은 아름다웠지만 짙은 슬픔에 젖어 있었다. 본래 다리우스만이 참석할 예정이었지만 굳이 루시아도 함께 연회에 참석한 것은 그를 제 눈으로 보고 싶은 자신의 바람 때문이었다. 다리우스는 아무런 말도 하지 않았지만 루시아는 얼굴이 화끈거렸다. 하지만 그녀는 그를 만나야만 했다.

"율리우스!"

아주 작게 루시아는 근 5년 만에 처음으로 그의 이름을 소리 내어 불러 보았다. 울컥, 그립고도 아련한 감정에 루시아의 눈에 이슬방울이 맺혔다. 그를 만나는 순간 그녀는 그의 이름을 사랑스럽게 부르고 싶었다. 그의 커다란 어깨에 얼굴을 묻고 그동안 속상하고 힘들었던 일들을 모조리 털어놓고 싶기도 했다.

그와 행복했던 시간은 너무나 짧았다. 그럴 줄 알았다면 조금 더 많이 웃고, 더 많이 그를 사랑해 주었을 텐데! 그녀는 안타까움에 그저 눈물을 흘렸다. 계절이 바뀔 때마다 그가 그녀를 잊은 것은 아닌지, 혹시 누구와 맺어진 것은 아닌지 궁금해서 미칠 지경이었다. 그의 기억 속에서 자신은 조금씩 지워져 흔적조차 없이 사라져 버릴까 봐 무섭고 두려웠다.

매일 아침, 루시아는 그가 제 곁에 없다는 사실을 아프게 깨달으며 깨어났다. 밤이면 밤마다, 그의 온기가 못 견디게 그리워 몸부림쳤다. 자신에게 사랑한다고 애틋하게 고백하던 그의 목소리가 여전히 귓전에 생생했다. 잠이 오지 않는 긴긴밤들을 오직 그를 그리워하며 보냈다. 하지만 지워질 수 없는 너무 많은 아픈 기억들이 그와 그녀 사이에 놓여 있었다.

'그런데 그렇게 미워하면서도, 그리워하면서…….'

루시아가 처음으로 자신의 마음을 인정하고야 말았다.

'나는 당신을 너무 사랑했었나 봐요.'

아니 지금도 온 생을 걸고 그만을 사랑하고 있다. 한 번도 제 입으로 말하지 못했던 그 진심을 그녀는 처음으로 입 밖으로 내뱉었다.

"사랑해요, 율리우스……."

그에게 들릴 리 없는 사랑 고백이 참으로 처량하기만 했다. 그래서 그녀는 계속 울었다. 지난 5년간 가슴속에 꾹꾹 묻어두기만 했던 그에 대한 사랑을 떠올리며 그렇게 정신이 나갈 정도로 울고 말았다. 그를 죽도록 사랑했다. 못다 전한 그녀의 안타까운 사랑, 그는 여전히 그녀에게 오직 단 하나의 연인이었다.

그런데 이제 정말로 그를 보내야만 하는 모양이었다. 누군가의 남편으로, 아버지로 자신을 잊어버리고 행복하게 살아갈 그를 떠올리니 가슴이 찢어지는 것만 같았다. 그에게 사랑한다는 고백조차 할 수 없었던 자신과는 달리, 그는 다른 사람과 행복한 미래를 그리고 있는 것 같아 야속하기만 했다.

"엄마?"

자신의 어깨를 부드럽게 만지는 작은 손길에 루시아는 얼른 고개를 들었다. 예쁜 금발 머리를 지닌 작은 사내아이가 그녀를 바라보고 있었다. 이제 막 네 살이 된 드라고스였다. 아이의 은회색 눈동자가 걱정 때문에 짙푸른 검은색으로 물들어 있었다.

"아, 드라고스!"

그녀는 급히 눈물을 닦아내며 애써 미소를 지었다. 그리고 이 세상에서 그녀가 가장 사랑하는 자신의 아들을 제 품에 꼭 끌어안았다.

"무슨 일이 있어?"

드라고스가 고사리같이 작은 손으로 부드럽게 그녀의 눈물을 닦아 주며 물었다. 애정이 넘치는 드라고스의 사소한 행동은 율리우스를 그대로 빼닮아 있었다. 루시아는 다시 울컥하고 솟아오르는 신음을 삼키며 간신히 대답했다.

"아, 아무것도 아니야."

루시아는 그렇게 속삭이며 아이를 조금 더 제 품에 당겨 안았다. 아이의 건강하고 따뜻한 체온이 날카로웠던 그녀의 신경을 누그러뜨리고 있었다.

"아빠가 보고 싶어?"

드라고스의 질문에 루시아는 천천히 고개를 끄덕였다. 아이에게는 차마 율리우스의 존재를 말하지 못했다. 그저 그는 아주 먼

곳에 있어서 지금은 볼 수 없다고만 해 두었다. 현명하게도 아이는 아빠 이야기를 그녀 앞에서 절대 꺼내지 않았다. 그런 아이가 처음으로 아빠에 대해 물었던 것이다.

"응, 너무 보고 싶어서 심장이 아파."

루시아도 처음으로 솔직하게 고백했다. 루시아의 대답에 아이는 제 작은 머리를 그녀의 가슴에 대고 그녀를 꼭 끌어안았다. 그리고는 아주 상냥하게 속삭였다.

"엄마, 아빠 대신 내가 항상 엄마 곁에 있을게. 그러니 너무 슬퍼하지 마."

'내가 항상 곁에 있을게, 어떤 상황이 와도 이 말만은 잊지 말아 줘.'

다정한 제 아비의 말투까지 꼭 닮은 드라고스를 보자 루시아는 설명할 수 없는 감동으로 흐느꼈다. 루시아는 율리우스가 자신에게 남겨 준 사랑스러운 아이를 그렇게 한동안 끌어안고 있었다. 시간이 지나도 바래지지 않는 사랑은, '사랑한다.' 말조차 제대로 전할 수 없었던 그녀의 심장을 아프게 할퀴고 있었다.

함께 있겠다던 그의 지켜지지 않은 그 약속을 떠올리며 루시아는 아프게 울었다. '차라리 그런 약속을 하지나 말지.', 이렇게 그를 잊지도 못하게 만들어 버린 그가 미웠다. 그를 잊지 못해 슬퍼하면서도 그녀는 그를 꼭 닮은 드라고스를 끌어안고 한참을 흐느끼고 말았다.

❖

"정말 아름답습니다!"

루벤이 아름다운 흰색 튜니카를 차려입은 루시아를 보며 감탄했다. 얇은 옷감으로 만들어져 하늘거리는 하얀색 옷자락과 머리에 쓰인 화관 덕분에 루시아는 마치 꽃의 요정처럼 보였다. 루벤의 칭찬에 루시아가 살짝 민망한 표정으로 얼굴을 붉혔다.

"참, 루벤 님도, 장난은 그만두세요."

루시아의 핀잔에도 루벤의 얼굴에서는 웃음이 떠나지 않았다. 날이 좋은 7월, 데카이노스 섬은 아침부터 결혼식 때문에 무척이나 떠들썩했다. 이제 곧 결혼식이 시작될 해변의 작은 아프로디테 신전은 성장한 하객들로 북적거리고 있었다.

"루시아 님, 저는 잠시 신랑에게 다녀오겠습니다."

루벤이 정중하게 인사를 하고 자리를 떠났다. 곧이어 작은 꼬마 아이가 쪼르르 달려와 루시아에게 폴싹 안겼다.

"엄마!"

역시 결혼식 때문에 한껏 멋을 낸 드라고스였다. 아이를 보자마자 루시아의 얼굴에서 빛이 났다. 피부 안쪽에서 피어나는 싱그럽고 사랑스런 환한 빛이었다. 누군가를 사랑하는 여인만이 보여 줄 수 있는 그런 빛이었다.

"엄마, 오늘 무척 예뻐!"

드라고스가 화관을 쓰고 길게 내려뜨린 제 어미의 머리를 만지작거리며 속삭였다. 드라고스도 율리우스만큼이나 제 엄마의 윤이 나는 검은 머리를 좋아했던 것이다. 드라고스의 칭찬에 루시아의 얼굴에 장미처럼 아름다운 미소가 떠올랐다.

"오늘 우리 드라고스도 아주 멋진걸!"

엄마의 칭찬에 드라고스는 어깨를 으쓱하며 한껏 어른스러운 표정을 지었다. 하얀색 튜니카 차림의 검은 머리를 지닌 엄마와 금발 머리를 지닌 작은 아이, 아름다운 모자의 모습을 멀리서 애타게 좇는 한 남자의 시선이 있었다. 멀리에서 몸을 숨기고 있었기에 그들이 어떤 말을 나누는지 알 수 없었다. 하지만 너무나 행복해 보이는 아름다운 루시아의 모습에 남자는 조용하게 마음속으로 피를 흘리고 있었다.

"아, 다리우스 님!"

신랑의 성장을 한 다리우스가 루시아 쪽으로 다가오자 루시아의 표정이 무척이나 밝아졌다. 곧 다리우스의 커다란 등에 루시아의 모습이 가려지자 남자는 애가 탔다. 다른 남자 때문에 행복해하는 그녀를 보는 것이 마음이 아프면서도, 또 한편으로는 그리운 그녀의 얼굴이라도 계속 보고 싶었던 것이다.

"축하해요."

루시아의 인사에 다리우스가 약간 쑥쓰러운 표정을 지었다. 하지만 이내 그의 표정은 사랑에 빠진 신랑의 모습이 되었다. 그런 그의 모습을 바라보며 루시아의 마음이 짠해졌다. 자신의 약혼자였던 그, 오랜 시간 동안 자신의 곁에서 든든한 버팀목이 되어 주었다. 그의 도움이 없었다면 어쩌면 소중한 드라고스를 만나지 못했을 수도 있었다. 난산으로 힘들어하는 그녀를 거의 엎다시피 해서 산파에게 데려다준 그였다. 모두가 위험하다고 아이를 포기하라고 했을 때, 오직 그만이 울부짖는 그녀의 애원을 들어주었던 것이다.

"죄송합니다. 이렇게 제가 먼저 결혼을 할 거라고는 상상도 못 했습니다."

다리우스의 말에 루시아가 살며시 그의 손을 잡고 조심스레 두 눈을 맞추었다. 진지한 그녀의 눈빛에 다리우스 역시, 제대로 자세를 잡았다.

"죄송하긴요, 다리우스 님이 안 계셨다면 데카이노스 섬도, 저도, 드라고스도 없었을 거예요. 그러니 그런 생각은 버리시고 꼭 행복하셔야 해요."

루시아의 진심 어린 부탁에 다리우스가 고개를 끄덕였다. 그에게도 상당히 긴 시간이었다. 루시아를 이제 이렇게 평정심을 가지고 볼 수 있게 된 것이 그리 오래된 일이 아니었다. 겨우, 그녀에게 자신이 결코 남자가 될 수 없음을 받아들일 수 있었던 것은, 죽을 뻔한 위기에서도 드라고스를 낳으려는 그녀의 절실한 눈빛을 보았을 때였다.

계속 그녀의 등 뒤에서 기다리면 언젠가는 한 번쯤 바라봐 주리라 기대했었다. 하지만 루시아의 마음은 아직도 오롯이 율리우스를 향하고 있었다. 겨우 자신의 마음을 정리하고 나자, 그는 자신의 등 뒤에 말없이 서 있던 여인의 존재를 그제야 알아차릴 수 있었다. 그리고 그 소중한 마음을 너무 늦게 알아차린 미련한 자신이었지만 그녀는 넓은 마음으로 자신을 이해해 주었다.

"리디아를 꼭 행복하게 해 주셔야 해요."

루시아의 축하에 다리우스는 멋쩍은 미소를 지었으나, 그는 이내 확고한 표정으로 고개를 끄덕였다. 그러자 루시아의 얼굴에 환한 미소가 피어났다. 오늘 신부 들러리 복장을 한 루시아는 그녀가 진짜 신부인 듯 아름다웠다.

루벤의 동생인 리디아, 마침내 그녀를 구해 냈을 때, 루시아도 그제야 마음의 큰 짐을 벗을 수 있었다. 자신 대신 다키아 공주의 역할을 수행했던 그녀였다. 그래서 무척 오랫동안 애를 써서 간신히 그녀를 구해 낼 수 있었다. 루시아는 마치 잃어버렸던 자매를 찾은 것처럼 그녀를 아꼈다. 그녀의 소중한 사랑이 이제야 결실을 맺는 것을 보니 루시아는 자신의 일처럼 기쁘기만 했다.

그리고 이제 루시아와 다리우스는 정말로 믿을 수 있는 동료로 편한 마음으로 함께 일을 할 수 있을 것이었다. 가시처럼 목에 걸려 있던 두 사람의 미묘한 상황이 해결되어 루시아는 기쁘기만 했다. 하지만 기쁘면서도 루시아는 제 눈에서 흐르는 눈물을 멈출 수가 없었다. 사랑에 빠져 행복해하는 연인들을 보며, 어쩔 수 없이 율리우스를 떠올린 탓이었다. 루시아는 아픈 심장을 겨우 달랬다. 이렇게 함께 할 수 있는 연인이 너무 부러웠다.

'그도 이렇게 행복하게 웃었을까?'

차마 그의 얼굴을 직접 대면할 수 없어 베일로 얼굴까지 가리고 그의 약혼식에 참석했다. 그가 만약 옆에 있는 연인을 사랑스럽게 바라보는 모습을 목격한다면, 충격으로 살아갈 수 없을 것 같았던 것이다. 멀리 떨어져 있어도, 그 역시 혼자라는 사실에 위안하며, 제 곁에 있는 드라고스를 보며 살아갈 수 있으리라 생각했다.

하지만…….

루시아는 사람들이 자신이 흘리는 눈물이 그저 기쁨 때문이라고 오해하기를 바랐다. 그렇게 눈물을 훔치던 그녀는 언뜻 사람들 사이로 밝은 금발을 본 것 같았다. 저도 모르게 그녀가 그쪽을 향해서 걸어갔다. 그러나 마치 꿈이었던 듯 그 모습은 감쪽같이 사라지고 말았다. 루시아는 심장이 뻥 뚫린 것 같은 느낌이었다. 무척 소중한 것을 놓친 기분, 그리고 어쩐지 심장이 저릿하게 아파왔다. 아주 날카로운 검에 심장을 베인 것 같았다.

"엄마?"

드라고스의 목소리에 겨우 정신을 차린 그녀가 억지로 웃었다. 그리고는 애써 자신을 위로하며 신부 들러리 역할을 위해서 신전으로 향했다.

그런 그녀의 뒷모습을 멀리서 아프게 바라보던 율리우스는 쓸쓸하게 뒤돌아섰다. 결국 여기까지 오고야 말았다. 아름다운 그녀의 모습과 또 그녀 곁에 있는 아이를 보고 난 후, 율리우스는 아무런 생각도 할 수 없었다. 충격 때문에 율리우스는 자신의 몸에 온몸의 피가 사라진 것처럼 어지럽고 아찔해졌다. 그저 숨을 쉬지도 못할 만큼 저린 심장을 부여잡았을 뿐이었다.

'이젠 정말 잊어야 하는 걸까?'

율리우스가 하늘을 보며 나직하게 탄식했다. 하지만 절대 그럴 수 없다는 것을 누구보다 자신이 잘 알고 있었기에 그저 무거운 발걸음을 돌렸다. 제 심장을 여기에 두고 가는 남자는 차마 울지도 못하고 그저 허수아비처럼 그렇게 조용히 해안으로 사라졌다. 오직 무심히 철썩이는 거친 파도만이 그를 배웅했을 뿐이었다.

16. 그리고 시간을 거슬러

"아무래도……."

말을 하는 남자의 목소리가 매우 낮아서 그다음 말이 제대로 들리지 않았다. 시리아 속주와 파르티아의 경계에 있는 사막에는 밤하늘의 별빛이 모래 위로 쏟아져 내릴 것처럼 빛나고 있었다. 7월이었지만 밤에는 기온이 뚝 떨어지는 사막이라 남자들은 두툼한 겉옷들을 걸치고 있었다.

밤의 어둠에 몸을 숨긴 세 명의 남자들이었다. 그들은 기척마저 숨기고 무엇인가를 은밀하게 논의하고 있었다. 곧 한 남자가 조용히 어둠 속으로 사라졌다. 달빛에 사막 위를 걸어가는 남자의 걸음걸이가 매우 불규칙적으로 보였다. 베두인들은 발을 끌거나 걸음걸이를 불규칙적으로 해서 모래바닥에 찍힌 발자국들을 못 알아보게 만든다고 하는데 그는 베두인인 듯싶었다.

"성공할 수 있을까?"

남은 두 남자 중 한 사람이 그렇게 중얼거리자 상대편 남자는 침묵을 지켰다. 두 사람 모두 쉽지 않은 일이라는 것을 알았기에 그들은 그냥 조용히 각자의 갈 길을 향해 걸어갔다. 달빛 때문에 사막은 마치 얼음이라도 뿌려 놓은 것처럼 시리게 반짝거리고 있었다.

로마와 파르티아 간의 긴장과 갈등은 점점 수위가 높아지고 있었다. 더불어 속주 행정에 누구보다 많은 시간을 할애하는 트라야누스 황제와 시리아 총독인 율리우스 간의 서신도 무척 빈번해졌다. 그들은 꼼꼼하게 파르티아의 동향을 확인하고, 주변 아르메니아 왕국, 시리아 후방의 유대까지 단속하고 있었다. 또 그에 따른 계획을 세우며 관리하느라 상당히 분주한 나날이었다. 시간은 어느새 8월이 되었고, 사막 쪽에서 불어오는 뜨거운 바람 때문에 속주의 수도인 안티오키아 역시 찜통 같은 더위가 사람들을 지치게 만들고 있었다.

"총독님!"

리비우스가 긴장된 표정으로 황급하게 집무실 안으로 들어왔다. 소식을 초조하게 기다리고 있었던 율리우스 역시 경직된 안색으로 자리에서 일어났다. 최근 부쩍 야윈 그였기에 훨씬 표정이 날카롭게 보였다.

"상황은?"

율리우스의 짧은 질문에 리비우스는 조용히 고개를 저었다. 율리우스와 유대 공주 간에 약혼식 이후 예상치 못한 소란이 일어났던 것이다. 로마가 두 사람의 결혼을 서두르는 것이 파르티아 원정의 전초전이라 생각한 나머지, 지중해 및 흑해의 작은 섬들에서 로마와 파르티아 상인들 양측 간에 날로 긴장감이 높아지고 있었던 것이다.

"아무래도 상황이 생각보다 조금 길어질 것 같습니다."

리비우스의 다소 비관적인 말에 율리우스의 얼굴이 굳어졌다. 마티디아의 관심에서 멀어지고 싶어서 받아들인 약혼이었다. 그렇게 약혼을 유지하는 동안 그녀가 자신에 대한 관심을 끊고 다른 남자를 찾기를 바랐다. 당분간 황제의 뜻을 받들어 약혼을 유지하다 적당한 시기를 보아서 파혼을 하고자 했던 것이다. 그런데 그것이 루시아를 위험에 빠지게 만들 것이라는 예상치 못했다.

양측의 상인들이 자유롭게 오가며 평화가 유지되던 데카이노스 섬에서, 며칠 전 파르티아 측의 배에 불이 나서 상당히 많은 이들이 상해를 입었다. 그 원인이 사고인지 아니면 누군가 양측의 갈등을 일으키기 위해서 고의적으로 일으킨 것인지는 아직 명확지 않았다. 다만 파르티아 측은 당시 옆에 정박하고 있었던 로마 상선을 배후로 지목했고, 평소에 갈등이 심했던 차라 단순한 다툼을 넘어 양측이 무장을 하고 대치하는 소요 사태로 발전했던 것이다.

"루시아와 다리우스는?"

율리우스의 질문에 리비우스는 굳이 루시아의 이름을 본명으로 정정해서 설명을 이어갔다.

"일단 일리아 여왕과 다리우스가 양측의 화해를 위해서 애쓰고 있습니다만, 공교롭게도 로마 상선의 주인이 평소 파르티아 상인들과 갈등이 잦았던 안토니우스 가문의 사람이다 보니 파르티아 쪽에서 그 의도를 의심하고 있습니다."

율리우스는 검지로 초조한 듯 자신의 입술을 문질렀다. 자칫하면 커다란 전쟁의 도화선이 될 수도 있었다. 황제는 지금 상황이 뜻밖의 소요 사태로 커지면 이를 원정의 계기로 삼고도 남을 것이었다.

"직접 우리가 움직이는 것은 상대방에게 빌미를 줄 여지가 크다."

율리우스의 말에 리비우스 역시 같은 생각이었기에 고개를 끄덕였다. 데카이노스는 중립 지역이었기에 로마의 정규군이 직접 개입하는 것은 위험했다. 파르티아가 대응 차원에서 즉시 정규군을 투입하면 그것은 곧바로 전쟁의 시작이었다.

"일단 은밀하게 일부 병사를 상인으로 위장하여 잠입시키도록 하겠습니다."

리비우스의 제안에 율리우스는 무겁게 고개를 끄덕였다. 어떤 일이 있어도, 그녀를 위험에 빠지게 할 수는 없었다. 그는 어떻게 그녀를 구할 수 있을지 고심하고 있었다.

"총독님!!"

갑자기 들려온 급박한 목소리였다. 곧이어 요란한 소리와 함께 전령 한 명이 안으로 급하게 뛰어들어 왔다.

"지금 파르티아 상선의 선원 일부가 일리아 여왕을 배에 억류하고 로마 상선 측에 완전 사과를 요구하고 있습니다."

순식간에 율리우스의 얼굴이 창백하게 굳어졌다.

"로마 상선 측의 반응은?"

굳어 버린 율리우스를 대신한 리비우스의 질문에 병사의 대답이 이어졌다.

"선주인 파니우스 안토니우스 님께서 파르티아 측의 근거 없는 무고와 무례한 요구를 받아들일 수 없다며 강경한 자세를 취하고 있습니다."

율리우스가 고개를 끄덕이자 리비우스는 얼른 병사에게 나가라는 눈짓을 주었다.

"아무래도 이건 매우 세심하게 고안된 함정 같다."

무거운 율리우스의 말에 리비우스도 고개를 끄덕였다. 선주인 파니우스와 율리우스는 서로 안면은 없었다. 하지만 파니우스와 루키우스 안토니우스는 사촌지간이었다. 다키아 총독 파견 건에서부터 율리우스가 재무관으로 재직 시, 공금 유용 혐의로 그를 고발하기까지 했던 루키우스였기에 이번 사건도 그 배후를 의심할 수밖에 없었다.

루키우스는 제국의 힘을 등에 업고 광범위하게 파르티아 및 그 주변 국가들과 상거래를 하고 있었다. 직접 할 수 없으니 파니우스를 내세웠고 실제 소유주는 루키우스라는 것이 정설이었다. 게

다가 그는 지금까지 한나라와 실크 거래를 독점하고 있는 루시아의 상단을 눈엣가시처럼 여기고 있던 차였다.

"루키우스가 배후라면 이번 기회를 통해서 루시아를 어떻게든 제거하려 하겠지."

리비우스 역시 같은 생각이었기에 그저 침묵을 지켰다. 원정으로 양국 간의 관계가 틀어지면 당분간 상거래는 어려울 것이다. 그러니 루키우스의 입장에서는 원정의 최전방에 있을 율리우스를 제거하여 전쟁을 멈추는 것이 필요했다. 더불어 어부지리로 루시아까지 제거할 수 있다면 실크 판매 독점권까지 거머쥘 수 있는 좋은 기회였다.

"만약 파르티아가 그가 의도한 대로 일리아 여왕을 처리해 준다면, 루키우스 입장에서는 이보다 더 좋은 시나리오가 없을 것입니다."

리비우스의 말에 율리우스는 가만히 고개를 끄덕였다. 지금 당장 군대를 동원해서라도 루시아를 구하고 싶은 생각이 간절했다. 하지만 자칫 잘못하면 의도치 않은 빌미를 루키우스 측에 줄 수 있었다. 그리고 개인이 아닌 시리아 총독인 율리우스로서는 결코 파르티아와의 무력 충돌 위험을 감수하면서까지 군단을 움직일 수는 없었다. 이마에 굵은 주름이 새겨진 율리우스의 얼굴을 바라보던 리비우스가 조용히 입을 열었다.

"율리우스 님!"

리비우스의 부름에 깊은 생각에 잠겨 있던 율리우스는 고개를 들었다. 평소와 달리 총독이 아닌 이름으로 부른 리비우스의 얼굴을 그가 가만히 응시하였다.

"직접 가실 예정입니까?"

거의 반평생에 가까운 이십여 년을 군단에서 함께 보낸 리비우스였기에 율리우스의 마음을 짐작했던 것이다. 그는 루시아가 떠나고 율리우스가 얼마나 고통스러워했는지 누구보다 잘 알고 있는 사람이기도 했다. 리비우스는 그때 차라리 그녀에게 매달리며 붙잡아 보라고 충고하지 못했던 것이 안타까울 지경이었다.

"미안하다. 이것은 나 개인으로 움직이는 일이다. 그러니 나를 따라오지 말라."

율리우스의 눈빛이 결연하게 반짝거리고 있었다. 말려서 될 일이 아님을 알았기에 리비우스는 더 이상 아무런 말도 하지 않았다. 곧 율리우스는 급히 무엇인가를 적어 리비우스에게 맡겼다. 그리고 그는 곧 상인들로 위장한 병사들의 틈에 조용히 스며들었다.

'루시아! 조금만 더 버텨 줘!'

급하게 데카이노스로 향하며 율리우스는 다만 한 가지 생각에 집중하기로 했다. 그녀를 구하는 것만이 지금 그의 목표였고 그 이외의 것들은 모두 부차적인 일이었다. 하얀 신부복을 입고 아름답게 웃던 그녀를 생각하면 아직도 가슴에서 피가 흘렀지만, 그것은 이제 아무래도 좋았다. 그녀가 누구의 아내가 되었든, 그에게는 여전히 루시아는 가장 소중한 존재였기 때문이었다.

율리우스가 데카이노스 섬에 도착한 것은 지중해에 붉은빛이 퍼져 가는 저녁 무렵이었다. 그는 거의 며칠을 쉬지도 않고 말을 달렸고, 겨우 항구에서 데카이노스로 오는 배 안에서 잠깐 짧은 휴식을 취했을 뿐이었다. 그는 홀로, 상인들로 변장한 병사들 보다 훨씬 신속하게 움직였던 것이다.

일촉즉발의 긴장을 품고 있는 상황과는 달리 데카이노스의 해변은 천국처럼 평화롭게만 보였다. 곧 그는 초조하고 걱정스런 얼굴의 다리우스와 루벤 일행을 항구 근처에서 만날 수 있었다.

"상황은?"

율리우스의 단도직입적인 질문에 다리우스는 고개를 저었다. 그의 시선을 따라간 곳에는 중무장한 파르티아의 배가 환하게 불을 밝히고 있었다.

"너무나 갑작스럽게 파르티아 측이 강경태도로 일변하였습니다. 로마 상선과 파르티아 측은 대치하고 있었으나, 저희는 제3자인지라 양측 모두와 나쁘지 않은, 아니 상당히 호의적인 관계를 유지하고 있었거든요."

다리우스의 설명에 율리우스가 무겁게 고개를 끄덕였다. 역시 예상한 바의 흐름이었다.

"저희 역시 상당히 많은 정보를 수집하고 있는데, 파르티아 측의 행동이 급작스럽게 변한 것은 예상치 못한 변수입니다. 누군가가 뒤에서 보이지 않는 영향력을 행사하고 있는 것이 분명합니다."

다리우스의 말은 자신이 생각했던 의심을 더욱 확신하게 만들었기에 그는 길게 한숨을 내쉬었다. 여러 복잡한 상황들이 얽혀서 예상보다 루시아를 구하는 일이 쉽지 않을 수도 있었다. 그녀를 떠올리자 순간 심장이 따끔해졌다. 그녀는 지금 괜찮은 것일까? 강단이 있는 그녀였지만 율리우스는 걱정을 금할 수 없었다. 그에게 그녀는 항상 가녀린, 그가 지켜 주고 싶은 기억을 잃은 루시아였기 때문이었다.

"루시아는 어찌하고 있소?"

율리우스가 그녀를 루시아라 부르자 다리우스는 살짝 이마를 찡그렸지만 그에 대한 별다른 말은 없었다. 율리우스의 질문에 대답한 것은 루벤이었다.

"이미 억류되신 지 거의 열흘이 되어 갑니다. 아직까진 의연하게 견디고 계십니다만, 무척 지쳐 있으신 상태입니다."

율리우스가 강렬한 눈빛으로 배를 바라보았다. 그 안에 홀로 있는 루시아의 모습을 보고 있는 눈빛이었다.

"그녀의 상태를 직접 확인할 방법은 있소?"

그의 날카로운 질문에 다리우스는 고개를 끄덕였다.

"제가 매일 같은 시각에 일리아 님을 뵙고 있습니다. 아무리 일리아 님을 억류하였다 해도 함부로 행동할 수는 없을 것입니다. 그것은 로마에 대한 선전포고나 다름이 없으니 말입니다."

율리우스의 날카로운 눈매가 걱정으로 아래로 축 처졌다. 그런 그를 다리우스가 미묘한 시선으로 바라보았다. 다리우스는 알아채고 있었던 것이다. 율리우스가 은밀하게 홀로 데카이노스를 찾았던 일을 말이다. 하지만 그는 루시아에게 차마 그 사실을 알리지 못했다. 유대 공주와의 약혼 소식에 그녀가 얼마나 힘들어했는지를 알았기 때문이었다.

동시에 다리우스는 그가 자신의 신부를 루시아라고 오해하고 있다는 것을 깨달았다. 하지만 부러 그 오해를 정정하지는 않았다. 그녀의 마음을 모두 가지고 간 율리우스에게 약간은 복수하고 싶은 유치한 감정이 있었다는 것을 다리우스는 인정했다. 그런데 오늘 율리우스를 보고 깜짝 놀라고 말았다. 그 짧은 사이에 체중이 얼마나 줄었는지 오직 형형한 눈빛만이 예전의 율리우스와 같았던 탓이다.

"그런데 총독님은 괜찮으십니까?"

그래서 저도 모르게 다리우스는 질문하고 말았다. 다리우스의 질문이 예상치 못한 것이었는지 율리우스의 짙은 눈썹이 살짝 위로 올라갔다가 아래로 내려왔다. 그리고는 쓴웃음을 지었다. 그 미소가 너무나 애틋하고 슬퍼서 다리우스는 진실을 알려주고 말았다.

"뭔가 오해하시는 것 같은데, 저는 여기 루벤의 동생인 리디아와 혼인을 했습니다."

다리우스의 말에 율리우스가 정말 놀란 표정으로 그를 바라보았다. 어찌나 그 눈빛이 강렬하던지 다리우스마저 움찔하고 말았다.

"그녀가 일리아로 위장을 한 전적이 있어서 그런지, 아무래도 소문이 와전된 것 같습니다."

율리우스는 별다른 말은 없었으나 검을 잡은 그의 손끝이 아주 격하게 떨렸던 것을 다리우스나 루벤은 부러 모른 척했다. 이후 냉정을 찾은 율리우스와 그들은 머리를 맞대고 은밀하게 이런저런 일을 논의하였다. 일단 배 안으로는 율리우스와 다리우스가 들어가기로 했다. 그동안 루벤이 바깥에서 그의 역할을 해 주기를 기도하며 세 사람은 굳게 악수를 나누었다.

그리고 곧 어두워진 시간, 율리우스와 다리우스는 배 안으로 들어갔다. 두 사람은 입구에서 무장해제 당한 상태였다. 선실 안쪽으로 들어서자 조용히 눈을 감고 있는 루시아를 볼 수 있었다. 매우 지친 안색이었지만 초조한 기색도 없이 상당히 침착한 상태를 유지하고 있었다.

'루시아!'

율리우스가 속으로 그녀의 이름을 불렀다. 그러자 마치 그의 부름을 듣기라도 한 것처럼 그녀는 두 눈을 번쩍 떴다.

찌릿!

두 사람의 시선이 공중에서 마주쳤고 그녀의 루비 같은 큰 두 눈이 무척이나 커졌다. 여기에서 그를 볼 것이라고 상상조차 하지 못했던 것이다. 그녀의 눈에서 반짝거리는 빛을 보며 율리우스는 살짝 고개를 끄덕였다.

"하하, 드디어 나타나셨군!"

갑자기 들려온 낯선 남자의 목소리에 율리우스가 고개를 돌렸다. 파르티아의 복장을 입고 있었으나 생김새가 로마인과 유사해 보였다. 북아프리카 속주 출신들 특유의 악센트가 섞여 있는 그리스어를 말하는 것을 보니 그는 아무래도 베르베르인 같았다.

"역시 사나운 수컷 늑대를 잡기 위해선 암컷을 먼저 잡아야 한다는 말이 맞는가 보군."

늑대는 무리를 지어 생활하는 습성이 있지만, 수컷 늑대는 평생 단 하나의 암컷하고만 교감한다고 한다. 남자는 율리우스를 늑대에 빗대어 비아냥거리고 있었다. 그게 진실일지도 모른다고 생각하며 율리우스는 그를 냉정한 눈초리로 바라보았다.

"나를 잡는 것이 목적이었나?"

율리우스의 질문에 남자는 날카로운 비소를 지었다.

"생각하신 바대로."

남자가 어깨를 으쓱하며 비꼰 대답에 율리우스는 남자를 천천히 살펴보았다. 베르베르인들은 누미디아의 후손이라고 알려져 있었다. 누미디아는 북아프리카의 유목 민족으로 카르타고의 한니발이 로마를 침공하였을 때, 기병으로 눈부시게 활약하였던 이들이었다. 포에니 전쟁 패배 이후 누미디아는 로마의 속주가 되었으나, 그들은 여전히 각지에서 능력 있는 용병으로 활약하고 있었다.

파르티아 역시 유목민족이었고, 파르티안 궁법(달리는 말 위에서 몸을 뒤로 돌려 활을 쏘는 것.)이라는 말이 있을 정도로 말을 다루는 능력이 뛰어난 이들이었다. 그러기에 남자는 파르티아 군에 속할 수 있었던 것 같았다.

"어딘가에서 만난 적이 있었나?"

율리우스가 나직한 음성으로 물었다. 그는 거의 반평생을 전쟁터에서 살았다. 그때마다 로마 군단을 이끌고 수많은 적들을 물리쳤다. 그 와중에 자신처럼 가족을 잃은 이들도 있었을 것이고, 그가 그랬던 것처럼 그를 원수를 생각하는 이들도 있었을 것이다. 또 얽힌 원한과 복수의 사슬에 율리우스는 무겁게 고개를 저었다.

"너의 목을 파르티아에 바칠 것이다."

남자의 무시무시한 말에도 율리우스는 침착했다. 율리우스를 제거하는 것이 원정을 막을 수 있는 가장 빠른 방법이라고 파르티아가 계획하였다는 것은 전혀 이상할 것이 없었다. 거기에 자신에게 개인적 원한이 있는 베르베르인이 엮인 것이 분명했다. 여기에 전쟁을 원치 않은 로마의 세력까지 이 모든 소란의 한 부분을 담당하고 있었다.

"그리고 미친 로마 황제의 목까지 제단에 함께 바쳐야지."

남자의 말이 떨어진 순간, 배의 바닥이 미세하게 요동치기 시작했다. 이내 율리우스는 배가 움직이고 있다는 것을 깨달았다. 이들은 바로 율리우스를 태우고 떠날 작정이었던 것이 분명했다.

"원하는 것이 나라면, 일리아 여왕과 관련 없는 데카이노스인들은 풀어 주어라."

율리우스는 조용히 말을 이었다. 아직 해변에서 많이 떨어지지는 않았기에 율리우스는 부탁을 했다.

"그들은 인질이다. 인질이 있는 한 로마도 섣불리 우리 배를 공격하지는 못하겠지."

남자는 여유 있게 말을 받았다. 그러나 곧 남자는 아주 민첩하게 배를 따라붙는 작은 배들을 보았다. 그것은 고깃배로 위장하고 있었지만 다리우스가 미리 준비시킨 다키아 유민들과 상인으로 위장하고 잠입한 로마군들이었다.

"지금 주변에는 수많은 우리의 동료들이 있다. 복수의 대상이 나라면 인질은 나만으로 충분하지 않은가?"

율리우스가 침착하게 설명하자 남자의 얼굴에 낭패스러운 표정이 떠올랐다. 곧 바깥에서 시끄러운 소음이 들려왔다. 데카이노스의 다키아인들과 위장했던 로마병사들이 배를 점거하는 중이리라. 자신의 배라 안심했던 남자는 예상치 못한 전개에 당황하고 말았다.

"이런 젠장!"

남자는 낮게 욕설을 내뱉었다. 선실 안에는 그와 율리우스, 다리우스 그리고 루시아뿐이었다. 곧 남자는 매우 신속하게 루시아를 구속하고 그녀의 목에 칼끝을 겨누었다. 그리고 혼자서라도 도망을 칠 요량인지 그녀를 이끌고 선실을 나서서 선미 쪽으로 움직였다.

"루시아."

율리우스는 그녀에게 침착하게 말을 걸었다. 오직 그녀에게 눈을 맞추며 '걱정하지 말라.' 는 의미를 전달하고 있었다. 벌써 배는 다키아인과 로마군의 합동 작전으로 함락된 상태였다. 율리우스는 그래서 오직 그녀에게만 집중했다.

"그녀 대신 나를 인질로 잡아라. 네가 무사히 탈출할 수 있도록 최대한 협력하겠다."

율리우스가 침착하게 제안했다. 루시아는 극렬하게 고개를 흔들었다. 그러나 율리우스의 눈빛은 단호했다.

"하하, 역시 다키아 출신 노예에게 푹 빠져 사자의 이빨이 다 빠졌다고 하더니 틀린 말은 아니었던 모양이군."

그 와중에도 남자는 율리우스를 비웃었지만 율리우스의 표정은 변함이 없었다. 다만 그의 뒤에 서 있던 다리우스가 노예라는 남자의 말에 분노를 참으며 씨근거리고 있었다.

"어떻게 생각해도 좋다."

그의 목소리도 역시 변함없이 침착하고 나직했다. 오히려 루시아를 잡고 있는 남자의 시선이 다소 흔들리고 있었다. 주변엔 아무것도 없는 망망대해뿐이었다. 그리고 율리우스의 손에는 어떤 무기도 없었다. 그럼에도 오히려 남자는 율리우스의 카리스마에 밀리는 느낌이었다. 공포라고는 없는 사람처럼 율리우스는 냉정하게 그를 응시하고 있었던 것이다.

"나에겐 지금 어떤 무기도 없다."

율리우스는 상대방을 안심시키려는 것처럼 두 손을 들었다. 율리우스가 조금씩 남자 쪽으로 걸음을 옮기자 남자는 루시아를 계속 칼로 위협하며 선미 쪽으로 주춤주춤 물러서고 있었다. 율리우스는 최대한 이성적으로 그를 설득하기 시작했다.

"이렇게 지금 여기서 도망친다 해도, 언제까지 숨을 수는 없을 것이다. 내 명예를 걸고 약속하겠다. 너의 안전을 보장할 테니 제발 그녀를 놓아 줘."

율리우스의 침착한 제안에 남자는 냉소를 보였다.

"하하, 설마 그 정도 대비도 없이 이런 일을 벌였을 거라 생각해?"

남자의 말에 율리우스는 속으로 약하게 탄식했다. 분명 로마 쪽에도 선이 닿아 있는 것이 분명했다. 그 와중에는 남자는 아주 조금씩 선미 쪽으로 약간 위험하게 이동하고 있었다.

"네 뒤에 있는 자가 루키우스인가?"

율리우스의 질문에 남자는 코웃음을 쳤지만 그 이름에도 놀라지 않는 것을 보니 오히려 배후가 분명해 보였다. 그러나 율리우스가 그 생각을 더 발전시킬 사이도 없이 남자와 루시아는 이제 바로 선미 가장자리에 서 있었다. 배가 흔들리자 루시아가 살짝 휘청거렸고, 그것을 보는 율리우스의 심장은 공포와 걱정으로 거의 타버릴 지경이었다. 그럼에도 남자는 더욱 바다 쪽으로 걸음을 옮기고 있었다.

"제발 멈춰!"

율리우스의 목소리가 다소 높아졌다. 그러나 남자는 집요하게 루시아를 놓지 않고 있었다. 그 행동이 다만 자신의 탈출을 위해서 인질을 잡는 것과는 다소 다르게 보였다. 여차하면 루시아의 목을 베고 혼자 바다로 뛰어들 기세였다. 순간 율리우스는 지금 함정 말고 루시아를 위해 준비된 다른 무엇인가가 더 있다는 것을 감지했다.

"혹시?"

율리우스의 말없는 질문에 남자는 그를 비웃었다.

"그렇다. 여자의 복수는 남자보다 훨씬 잔인하더군. 상황이 좋지 않으면 적어도 이 여자의 목을 따라는 것이 또 다른 의뢰인의 특별한 부탁이었지. 로마 여인들은 생각보다 훨씬 지독해."

율리우스는 속으로 탄식했다. 지금까지 마티디아를 무시했던 자신의 행동이 이런 식으로 그녀를 위험에 몰아넣은 것이었다. 이내 율리우스는 냉정하게 상황을 판단하고 결심을 했다. 그렇다면 그 책임은 자신이 지는 수밖에 없었다.

"멈춰! 더 이상 갈 곳은 없어!"

뒤에서 다리우스의 다급한 음성이 들렸지만 남자는 계속 뒤로 물러났다. 율리우스는 주변 상황보다 오직 루시아에게만 집중했다. 그는 올곧은 시선으로 루시아를 바라보았다.

"루시아!"

그가 그녀의 이름을 나직하게 불렀다. 루시아의 눈에서 눈물이 그렁그렁하게 차올랐다. 긴급한 상황이었지만 율리우스가 무척이나 다정하게 그녀를 부른 탓이었다. 그리고 그 음성은 너무나 애틋하고 절실했다.

"잘 들어."

라틴어로 그가 설명을 시작하려 하자 루시아는 고개를 저었다. 듣고 싶지 않다며 그가 어떤 생각을 했는지 아는 사람처럼 그녀는 계속 고개를 흔들었다. 그가 그리스어가 아닌 라틴어로 말을 하는 것은 그녀에게만 전하는 말이었기 때문이었다.

"절대 뒤돌아보지 말고, 가는 거다."

그가 한 음절, 한 음절 천천히 자신의 의미가 똑바로 전달될 수 있도록 발음했다. 이미 사전에 그는 다리우스에게 자신에게 무슨 일이 생기더라도 반드시 루시아를 보호하라고 말해 두었다. 율리우스는 그를 믿었다. 그라면 누구보다 성실하게 루시아를 안전한 곳으로 데려갈 것이었다.

"미친놈!"

남자가 그런 율리우스에게 욕을 해 대었다. 율리우스가 아무것도 두렵지 않은 사람처럼 그를 향해서 다가왔던 것이다. 이내 율리우스는 번개처럼 빠른 솜씨로 루시아를 남자의 손에서 떼어 냈다. 그리고 뒤쪽에 서 있는 다리우스 쪽으로 얼른 루시아를 밀쳐 내었다. 자신에 대한 방어를 생각하지 않은, 철저하게 루시아만을 구해 내려는 움직임이었다.

"율리우스!"

곧 루시아의 비명이 들렸고 율리우스는 자신의 옆구리가 무척이나 뜨겁게 느껴졌다. 이내 그는 남자의 단검이 자신의 옆구리에 깊게 꽂혀 있다는 것을 깨달았다. 하지만 율리우스는 최대한 침착하게 남자를 제압했다. 남자 역시 율리우스의 공격에 부상을 입었다.

"율리우스!"

루시아가 그쪽으로 가까이 다가오려 하자 율리우스는 다리우스에게 신호를 주었다. 다리우스가 그녀를 꼭 붙잡고 있어서 그녀는 그에게 다가오지 못하고 있었다. '어쩌면 지금뿐일지도 모른다.' 고 율리우스는 어지러운 머리로 생각했다. 그러자 그의 심장이 머리보다 먼저 움직이기 시작했다.

"루시아, 너를 사랑한다."

그의 애틋하고 처절한 고백에 루시아의 두 눈에서 결국 눈물이 후두둑 떨어졌다. 그리고 마치 유언처럼 전하는 그의 말을 거부하듯이 그녀는 계속 고개를 저었다. 율리우스의 옆구리에서 울컥울컥 피가 계속 솟아나 바닥을 흥건하게 적셨다. 율리우스는 희미해지는 의식을 부여잡고, 그녀에게 어쩌면 마지막일지도 모르는 자신의 진심을 전했다.

"처음 시작은……. 하아…… 거짓일지 몰라도……. 하악…… 너를 사랑한 내 마음은……. 절대로…… 거짓이 아니었다. 하아, 하아."

그가 거친 숨을 몰아쉬며 계속 말을 하려 하자 루시아는 오열했다. 저렇게 오열하는 루시아의 모습을 보니 그녀 역시 자신을 걱정하고 있는 것이 분명했다. 그것만이 율리우스에게 지금 위안이 되었다. 최소한 그녀가 자신을 미워하지 않는다는 것은 알게 되었던 것이다.

"제발……. 흐흑…… 율리우스 님!"

그녀의 눈물을 닦아 줄 수 없는 것이 너무나 속상했다. '그녀가 눈물을 흘릴 때, 그녀의 곁에서 그저 눈물을 닦아 주고 위로하며 살고 싶었는데.' 율리우스에게 그것은 허락되지 않는 행복이었다. 하지만 그래도 괜찮았다. 세상에서 가장 사랑하는 그녀를 만날 수 있었으니까……. 그리고 그녀를 사랑할 때 그는 가장 행복했었다.

"평생 너…… 하나……뿐이다. 하아…… 하악……. 내가 살아 있는 동안…… 내게 연인은 오직 너뿐이야."

그의 솔직하고 절절한 고백이었다.

"행……복해……라!"

그가 말을 마친 순간 남자가 함께 지옥으로 가자는 것처럼 율리우스를 끌어안고 바다로 돌진했다. 율리우스는 균형을 잃고 그와 함께 선미에서 사라졌다.

풍덩!

두 사람을 꿀꺽 삼켜 버린 밤바다는 마치 아무 일도 없었던 것처럼 이내 조용해졌다. 오직 무심하게 철썩이는 파도소리만이 주변을 채우고 있었다.

"안 돼, 율리우스!"

루시아의 찢어질 듯 처절한 비명이 지중해를 채웠다. 바다로 뛰어들려는 루시아를 다리우스가 끌어안고 간신히 말리고 있었다. 계속 그의 이름을 부르며 오열하던 루시아는 결국 다리우스의 품에서 혼절하고야 말았다.

서기 112년 8월, 시리아 속주의 총독이자 다키아 원정에 앞장섰던 로마의 장군, 울리우스 울피우스 트라야누스는 그렇게 역사에서 모습을 감추고 말았다. 이후 시리아 속주 총독에는 하드리아누스가 임명이 되었고 이듬해 113년 봄, 트라야누스 황제는 몸소 파르티아 원정을 단행하였다.

트라야누스 황제는 북부 메소포타미아를 합병하고 파르티아의 수도인 크테시폰을 점령했다. 크테시폰의 점령 이후 그는 페르시아 만에 당도하여, 알렉산더 대왕 이후 유럽 대륙의 정복 군주로서 가장 먼 동쪽까지 도달한 인물이 되었다.

하지만 군보급선의 장기화, 파르티아 군소 영주들의 게릴라 활동 등으로 전쟁 비용은 계속 높아졌고 그 와중에 유대 반란까지 일어났다. 결국 건강 악화로 로마로 귀환하던 트라야누스 황제는 소아시아의 작은 섬, 셀레누스에서 죽음을 맞이한다.

죽기 직전 그는 시리아 속주 총독이었던 하드리아누스를 양자로 지명하여, 하드리아누스는 오현제 중 세 번째 황제로 등극한다. 이후 로마는 확장 정책에서 방위 우선 체제로 변모하였다. 하드리아누스는 제국의 외곽인 브리타니아(현 영국)에까지 '하드리아누스 방벽'이라고 불리는 벽을 쌓아서 드넓은 제국의 방비 체계를 완성한다. 그 덕분에 이후 닥쳐올 3세기의 극도의 혼란에도 불구하고 로마 제국은 그 수명을 지속할 수 있었다.

17. 운명 같은 인연

"일리아 님!"

다리우스의 부름에 집무실에서 바다를 하염없이 바라보던 그녀가 그를 돌아보았다. 그렇게 율리우스가 바다에 빠져 행방불명이 된 지도 어느새 3개월이 지나고 있었다. 며칠을 고열과 과로로 사경을 헤매던 루시아는 정신을 차리자마자 바로 율리우스의 행방을 찾기 시작했다.

지중해 연안의 모든 곳을 샅샅이 뒤져서 금발 머리에 키가 큰 남자에 관한 단서를 수집했다. 다친 상태에서 바다에 빠진 그를 누군가가 구해서 보호하고 있다고 믿으며, 금발 머리의 남자가 있다는 정보만 있으면 루시아는 사람을 보내고 있었다.

"오늘도 아무런 소식이 없나요?"

그녀의 질문에 다리우스는 고개를 저었다. 서글픈 미소를 지으며 루시아는 창밖으로 시선을 돌렸다. 길게 한숨을 쉬고 다리우스는 조용히 물러났다. 율리우스가 살아 있다면, 그래서 다시 만날 수 있다면 주먹을 날리고 싶은 심정이었다. 만약 드라고스가 없었다면 루시아가 어떤 상태가 되었을지 그는 상상조차 하고 싶지 않았다.

다리우스는 부질없는 일이라고 생각하면서도 희망을 놓지 않는 그녀를 말릴 수가 없었다. 그녀는 제 눈으로 그의 죽음을 확인하기 전까지는 그가 살아 있다고 굳게 믿고 싶어 했다. 아마도 그 희망이 없다면 그녀는 곧 쓰러질지도 몰랐다. 하루하루 야위어 가는 루시아를 보며 안타까움에 다리우스는 마음이 아팠다. 다만 그녀가 희망을 놓지 않을 수만 있다면 다리우스는 최선을 다해 율리우스를 찾을 생각이었다. 굳게 닫힌 문을 한동안 말없이 바라보던 다리우스는 결국 조용히 걸음을 옮겼다.

혼자 집무실에 남은 루시아는 계속 그가 떠난 바다만을 바라보았다. 야속한 파도는 아무 일도 없던 것처럼 무심하게 철썩이고 있었다. 그래서 매일 이렇게 하염없이 바다를 바라보는 루시아였다.

'요즘 자주 생각이 나요. 당신은 항상 아무런 말 없이 저를 안고만 있었지요. 당신이 어떤 생각을 하는지도 모르고, 저는 그저 제 고민에 빠져 당신에게 위로만 바랐던가 봐요. 하지만 이젠 알겠어요. 당신도 나처럼 누군가에게 기대고 싶었다는 걸. 다시 만날 수 있다면 그땐 나도 당신을 끌어안고 말해 주고 싶어요. 모든 것을 내려 두고 그저 내게 기대라고, 나도 항상 당신 곁에 있겠다고…….'

바다를 바라보며 루시아는 그에게 들릴 리 없는 말을 중얼거리고 있었다. 요즘 계속 그녀는 그렇게 그동안 하지 못했던 자신의 마음을 넋두리처럼 전하고 있었다. 그런데 이젠 그를 꿈속에서밖에 만날 수가 없었다. 아직도 그녀는 율리우스의 추억을 잊지 못하고 이렇게 혼자 슬퍼하고 있었다. 꿈속에서 그는 항상 밝게 웃고 있었다. 햇살 아래에서 율리우스의 멋진 금발은 황금처럼 반짝거리고 그의 다정한 은회색 눈동자는 다이아몬드처럼 찬란하게 빛나고 있었다.

그녀의 두 눈에서 뜨거운 눈물이 흘러내렸다. 시간이 지날수록 기억은 잊혀져야 하는데, 아름다운 그는 오직 그녀의 꿈에서만 선명하게 보였다. 꿈이니까 만날 수 있는 것 같았다. 그가 너무 그리워서 어쩔 수가 없었다. 아픈 사랑에 홀로 흐느끼는 루시아의 가녀린 어깨가 잘게 떨리고 있었다.

차가운 겨울바람에 루시아는 마음도 몸도 너무나 시렸다. '그의 온기를 한 번만 다시 느낄 수만 있다면', 짙어져 가기만 하는 사무친 그리움에 잠겨 그녀는 기원하고 있었다.

시간을 거슬러, 그때처럼 그가 자신을 안아 주기를, 그러면 모든 것이 괜찮아질 것 같았다. 마지막 단 한 번이라도 그가 자신을 포근하게 안아 주면 루시아는 행복할 것만 같았다. 그것은 시간을 거슬러, 그에게 사랑한다는 제 마음을 꼭 전하고 싶은 루시아의 애절한 소망이었다.

율리우스가 실종된 지 벌써 반년, 하루하루 루시아는 자신의 소원을 담아서 데카이노스 항구 근처 아고라에 있는 작은 신전에 꽃을 바치고 있었다. 바다의 거품에서 태어났다는 사랑과 미의 여신 아프로디테에게 바쳐진 신전이었다. 이곳은 예전 헬레니즘 문화가 좀 더 짙게 남아 있던 탓이다.

아직 바닷바람이 다소 싸늘한 2월이었다. 수없이 많은 밤이 야속하게 흘러가고 말았다. 하지만 루시아의 마음은 오직 율리우스만을 향해 있었다. 그래서 그가 떠나간 바다를 바라보며 매일매일 그를 그리워했다. 신전에서 기원을 마치고 루시아가 바깥으로 막 나왔을 때였다.

"앗!"

루시아는 작은 비명을 질렀다. 사람들의 틈 속에서 분명 눈부시게 빛나는 금발을 보았던 것이다. 데카이노스에는 무척 많은 사람이 드나들었기에 그가 아닐 수도 있었다. 하지만 그녀는 태양신을 좇는 해바라기처럼 그 빛을 좇아서 무작정 따라갔다.

"일리아 님!"

곁에 있던 다리우스가 그녀를 불렀지만 마치 무엇인가에 홀린 사람처럼 그녀는 움직였다. 막 항구에 도착한 배에서 내린 수많은 사람들의 무리 때문에 주변은 혼잡했다. 예전 유노 정화제 때 사람들 속에서 길을 잃었던 순간 같았다. 하지만 루시아는 계속 걸었다. 이방인의 얼굴을 확인하고 다시 실망하는 한이 있더라도 그녀는 반드시 확인을 해야만 했다.

"율리우스 님!"

루시아는 비명처럼 그의 이름을 부르며 골목골목을 헤매었다. 그 낯선 이방인을 찾아서 머리카락이 흐트러지고 옷자락이 바람에 흩날리는 것에도 신경을 쓸 수가 없었다. 하지만 어디에서도 그의 흔적을 찾을 수가 없었다.

붉게 물드는 저녁노을에 지중해는 마치 타는 것 같은 선명한 핏빛으로 물들고 있었다. 율리우스를 데려가 버린 그 바다는 루시아의 마음처럼 피를 흘리고 있었다. 무심히 스쳐 지나가는 행인들 속에서 루시아는 절망적으로 한 자리에 멈추고 말았다.

"제발, 돌아와요!"

그를 보고 싶었다. '행복하라.' 며, '자신에게 평생의 연인은 루시아 뿐.' 이라던 그의 마지막 고백……. 그것은 굳이 잊지 말라는 부탁과도 같았다. 대체 그는 지금 어느 하늘 아래에 있을까? 아련하게 자꾸만 떠오르는 그의 모습을 한 번만이라도, 단 한 번만이라도 보고 싶었다. 서러운 마음에, 눈물이 흘러도 닦을 생각조차 하지 못하고 그녀는 흐느꼈다.

"대체 어디에 있는 거예요? 항상 곁에 있어 주겠다고 했으면서……."

급하게 루시아를 따라온 다리우스가 차마 위로조차 하지 못하고 먹먹한 마음으로 그녀를 바라보고 있었다. 루시아는 평소에는 의연함을 유지하고 있었으나 하루가 다르게 야위어 가고 있었다. 그런 그녀가 안타까우면서도 자신이 해 줄 수 있는 것이 없어서 다리우스는 씁쓸하기만 했다.

"당신 없이 어떻게 행복하라는 거야?"

그녀의 안타까운 목소리에 다리우스는 그저 침묵을 지킬 뿐이었다. 그 무엇도, 어떤 말도 그녀에게 위로가 될 수 없다는 것을 알고 있었기 때문이었다. 하지만 곧 그는 자신들 쪽으로 다가오는 사람의 기척에 긴장했다.

골목 사이에서 커다란 그림자가 다가오고 있었다. 황금처럼 빛나는 금발 머리, 은회색 눈동자, 이방인의 모습이 낯이 익었다. 황야를 배회하는 늑대처럼 그는 어쩐지 외로운 느낌이었다. 하지만 그의 손에는 매우 이질적인 물건이 들려 있었다. 그것을 확인한 다리우스는 얼른 조용히 뒤로 물러났다. 그리고 주변에도 두 사람을 방해하지 않도록 은밀하게 신호를 주었다.

이방인은 아주 조심스럽게 그녀에게 다가갔다. 그리고 살며시 그녀의 어깨에 손을 얹었다. 루시아가 깜짝 놀라 고개를 들었다.

그런 그녀에게 내밀어진 노란색 샤프란!

아주 오래전 루페르칼리아 축제에서 그녀가 그에게 주고 싶었지만 차마 주지 못했던 그 꽃이었다. 그에게 자신만의 발렌티누스가 되어 달라고 수줍게 고백하고 싶었던, 하지만 건네지 못하고 시들어 버린 가련한 그 꽃! 그랬다. 오늘은 바로 로마에서 루페르칼리아 축제가 열리는 날이었다.

"첫눈에 그대에게 반했다오. 그러니 그대가 이 꽃을 받아 주면 좋겠군!"

이방인의 음성이 나직하게 울렸다. 처음으로 사랑을 고백하는 수줍어하는 소년처럼 그의 귓불이 발갛게 물들어 있었다. 루시아의 루비 같은 눈동자가 아래로 굴러 떨어질 것처럼 커졌다. 온몸을 덜덜 떨며 그녀는 그저 그렇게 그의 얼굴을 삼킬 듯이 바라보고만 있었다. 그녀가 얼른 꽃을 받아 주지 않자 초조했는지 이방인이 살짝 제 입술을 물었다.

"율……리우스 님!"

루시아는 기적 같은 이 우연에 목이 졸린 듯한 쉰 음성으로 다만 그의 이름을 불렀다. 그리워하면 언젠가 만나게 되는 어느 전설과 같았던 소망! 그것이 지금 이루어졌다. 하고 싶은 말은 너무나 많았지만 지금은 어떤 말도 할 수가 없었다. 그저 그가 이렇게 살아서 제 눈앞에 있는 것만으로 충분했던 것이다. 그녀가 그의 품에 와락 하고 뛰어들었다.

"루시아!"

율리우스 역시 단 한 마디를 했다. 그토록 보고 싶어 했던 그녀가 앞에 있었기에 율리우스 역시 먹먹해져 어떤 말도 이을 수 없었다. 다만 제 품에 안겨온 그녀를 포근하게 온 마음을 다해서 끌어안고 있었다. 그런 두 사람을 보고 있던 다리우스가 어쩔 수 없다는 듯이 어깨를 으쓱하고는 조용히 물러났다. 아직 겨울은 끝나지 않았지만 지중해에서 불어오는 바람에는 봄의 기운이 담뿍 실려 있는 기분이었다.

어떻게 자신의 방으로 돌아왔는지 루시아는 기억조차 할 수 없었다. 한 공간에 두 사람만이 남겨지자 더 이상 말이 필요 없었다. 루시아는 과거의 사정을 듣는 것보다 일단 그의 존재를 느끼고 싶었다. 다급하게 서로의 입술을 탐하며 서로의 존재를 확인하려 분주하게 손을 움직였다. 그 오랜 시간 동안 떨어져 있었던 것이 거짓말이었던 것처럼 그들은 서로의 향기에 서로의 체온에 안심하며 무척 빠르게 달아오르고 있었다.

"하아!"

율리우스가 그녀를 벽에 몰아붙이고 거세게 입술을 원했다. 그녀 역시 그의 목덜미를 끌어안고 그의 격렬한 입맞춤을 받아들였다. 그러나 그것조차 부족하다는 듯이 그가 그녀를 번쩍 안아 올렸고 그녀 역시 그의 허리에 제 다리를 감았다.

츄릅, 츄릅, 츄릅!

질척하고 관능적인 물소리가 방 안에 울려 퍼졌다. 마치 영혼을 빨아들일 것처럼 농밀하고 달콤한 키스! 그들은 그렇게 서로에게 묻고 대답하고 있었다. 입술이 저릴 정도로 서로를 탐해도 좋았다. 상대방의 온기를 느끼기만 해도 몸이 달아올랐다.

"하악, 하아!"

루시아는 호흡이 딸려 거칠게 숨을 몰아쉬었다. 잠시 숨 쉴 틈을 주던 그가 곧 루시아의 입술을 다시 한입에 머금었다. 그리고 율리우스는 그녀를 번쩍 안아 올렸다. 하지만 그는 그녀에게서 결코 제 입술을 떼려 하지 않았다. 그 상태로 두 사람은 서로의 입술을 격렬하게 탐하며 침대로 이동했다.

한 몸이 되어 침대로 쓰러졌고, 두 사람 모두 급하게 옷 사이로 손을 넣어 서로의 피부를 탐했다. 율리우스도 루시아도 망설이지 않았다. 순식간에 두 사람은 태초의 순간처럼 나신이 되었다. 맨살에 느껴지는 상대방의 체온이 사랑스러워 두 사람은 더욱더 몸을 밀착시켰다.

"루시아!"

그의 부름에 루시아는 짜릿해졌다. 그가 만지지 않아도 이미 그녀의 꽃잎은 달콤한 애액을 토해 내고 있었다. 제 아랫배를 찌르는 그의 분신 역시 뜨거웠다. 그가 그녀를 살짝 위로 들어 올리자 두 사람의 하반신이 하나로 합쳐졌다. 뜨거운 그의 분신이 그녀의 꽃잎에 닿아 있었다.

"하아!"

그것만으로도 루시아는 몸을 떨었다. 그를 이렇게 온몸으로 느끼는 것이 짜릿했다. 뜨겁게 꿈틀거리는 그의 불기둥에 데어 타 버릴 것만 같았다. 그녀는 어서 그가 힘차게 제 안으로 파고들기를 원했다. 그를 오롯이 느끼고 싶었다. 하지만 곧장 안으로 돌진할 것 같았던 그는 어딘가 머뭇거리고 있었다.

그것이 안타까워 그녀가 저도 모르게 스스로 허리를 움직여 그의 뜨거운 분신에 뻐끔거리는 꽃잎을 살짝 마찰했다. 그는 움찔하고 크게 몸을 떨었다. 그녀가 더욱 그를 자극하려 허리를 야하게 움직이며 뜨거운 눈으로 그를 바라보았다. 그를 가지고 싶어서 그녀는 달아올랐다. 욕망으로 터질 것 같은 그의 얼굴에서 땀방울이 비 오듯이 쏟아지고 있었다. 그의 눈빛이 그리웠던 짙은 검푸른 회색으로 변해 있었다.

"율……리……우스!"

그녀는 최대한 달콤한 목소리로 그를 불렀다. 그녀의 커다란 눈동자가 간절하게 어서 제 안으로 들어오라고, 당신을 원한다고, 애타게 애원하고 있었다. 그제야 그가 그녀의 귓가에 애절하게 속삭였다.

"제발, 너의 마음을 말해 줘."

한숨 같은 그의 애원에 루시아의 눈가가 촉촉하게 젖어 들었다. 그는 그녀의 마음을 입으로 듣고 싶어 했던 것이다. 지금 뜨거운 열기에 미칠 것만 같아도 그는 제 자신의 욕망을 밀어붙이기보다 그녀의 허락을 원했다. 마치 버려진 아이처럼 애절한 눈빛으로 자신을 바라보는 그를 외면할 수가 없었다.

"네가 나를 원한다고 말해 주면 나는 힘껏 네 안으로 들어가고 싶어. 너를 이렇게 원하는 내 마음을……. 너를 헤집고, 흔들고, 거세게 박아 올리면서 미친 듯이 널 사랑해 주고 싶어."

그의 단순하면서도 관능적인 고백에 루시아의 얼굴이 한껏 달아올랐다. 미사여구는 모두 생략하고 사실만을 투박하게 전달하는 그의 말투였다. 꾸밈없이 솔직한 표현이 그의 진심을 잘 전해 주고 있었다.

"그러니 제발 너의 마음을, 나를 원한다고 말해 줘."

그의 애타는 부탁에 루시아는 기꺼이 그동안 전하지 못했던 제 마음을 전했다. 시간을 거슬러서까지 전하고 싶었던 자신의 진심을 그에게 똑똑히 명확하게 고백했다.

"나……나도, 당신에게 사랑받고 싶어요."

루시아의 떨리는 고백에 율리우스의 얼굴이 환희에 가득 찼다. 제 자신이 누구인지도 모르며 그에게 의지할 수밖에 없는 루시아가 아니었다. 그녀는 제 스스로 삶을 선택할 수 있는 성숙한 여인으로서 그를 원했다. 그녀는 그의 은회색 눈동자를 올곧이 바라보며 속삭였다.

"당신을 갖고 싶어요. 율리우스! 당신을 내 깊은 곳에 가득 담고 싶어요."

그녀의 허락이 떨어지자마자 율리우스는 망설이지 않고 정말로 힘차게 그녀 안으로 돌진했다. 어찌나 거세게 한 번에 들어왔는지 루시아의 몸이 한껏 들리며 뒤로 젖혀졌다. 뒤통수를 침대에 부딪힌다고 생각한 찰나, 율리우스가 자신의 커다란 손으로 그녀의 뒷머리를 소중하게 받쳐 주었다. 너무 오랜만에 그를 받아들인 루시아는 약간 삽입의 통증을 느꼈으나 그것마저 지금은 달콤하게 느껴질 지경이었다.

"하아, 루시아, 루시아……. 하아……!"

그 역시 쾌감에 젖어 몽롱한 음성으로 속삭였다. 그의 거센 피스톤 운동에 살과 살이 부딪히는 소리가 퍽퍽하고 커다랗게 방 안에 울렸다. 그녀는 부끄러우면서도 그가 자신을 원하는 것이 소름이 돋을 정도로 행복했다. 이렇게 미친 듯이 자신의 안쪽을 박아대며 헐떡이는 그가 좋았다. 떨어져 있던 동안 자신만이 그를 그리워한 것이 아니었던 것이다. 이렇게 격렬하게 자신을 원하는 그의 행동이 부족한 그의 말을 충분히 대신하고 있었다.

"아앗!"

그가 허리를 둥글게 돌리자 루시아는 자지러졌다. 그리고 정말로 힘차게 제 안으로 사정없이 들어와 루시아의 촉촉한 내벽을 마찰하는 그는 뜨거웠다. 연결된 부분에서는 아까부터 끊임없이 야한 물소리가 들려왔다. 그녀의 동굴은 아낌없이 애액을 흘리며 제 안에 있는 그를 탐욕스럽게 조이고 있었다.

"유……율리웃……. 하!"

그의 기둥이 그녀 안쪽의 민감한 곳을 찌르자 그녀는 '헉' 하고 숨을 들이켰다. 그리고 제 안에서 빠져나갈 것처럼 뒤로 빠졌던 그의 불기둥이 다시 엄청난 속도로 그녀 안으로 돌진했다. 그리고 계속 그녀의 예민한 부분을 찔러 대었다.

"하아, 하아…… 하아……. 아……앗……!"

방 안을 채우는 것은 오직 두 사람만의 거친 숨소리였다. 미친 듯이 그녀의 안을 탐하며 그녀의 입술을 욕심껏 삼키고 있는 그는 모든 것이 애틋했다. 그녀의 쾌락에 허덕이는 야한 숨소리, 그녀의 땀방울, 그리고 자신을 갈구하는 그녀의 깊은 동굴까지, 그 모든 것이 이렇게 더 이상 가까이할 수 없을 만큼 그녀 안에 있으면서도 그녀가 그리웠다.

"루시아, 루시아!"

그가 주문처럼 계속 그녀를 불렀다. 그에게 그녀는 오직 루시아일 뿐이었다. 자신이 이름을 지어 준, 그에게 소중한 처음을 허락했던, 그리고 누구보다 사랑했던, 그저 아름답고 가녀린 자신이 사랑하는 루시아일 뿐이었다.

"하아, 아……핫!"

그녀는 그의 격렬한 허리 짓에 미친 듯이 흔들리며 신음을 흘렸다. 그의 부름에 대답하고 싶어도 자신을 몰아붙이는 그의 강렬함에 대답할 틈도 없었던 것이다.

"율……."

그녀는 다시 그의 움직임에 '헉' 하고 숨을 삼켜야만 했다. 너무나 뜨거운 그는 그녀 안에서 힘껏 맥동하고 있었다. 그가 너무나 그리웠기에, 이렇게 자신을 미친 듯이 원하는 그가 사랑스러워 그녀는 그의 탄탄한 등을 끌어안았다. 그의 탄탄한 가슴근육에 자신의 젖꼭지가 사정없이 마찰되었고 자신의 안쪽을 유린하는 그의 강건한 불기둥 때문에 온몸이 미칠 듯한 쾌감으로 달아올랐다.

"하아, 아……아직도 부족해!"

그는 한숨처럼 속삭이며 그녀를 자신의 품에 끌어안았다. 커다란 그의 몸 아래에서 그의 쐐기에 꿰뚫린 루시아는 마치 침대에 꿰매어질 기세였다. 그녀의 다리는 한껏 벌어졌고 그를 받아들이는 비부는 뜨거운 열기 때문에 타버릴 것만 같았다. 더불어 그녀의 꽃망울도 한껏 자극받아서 루시아의 온몸이 덜덜 떨려오기 시작했다.

"아…… 하앗……앗……. 윱,리우스……!"

그녀는 애절하게 그에게 매달렸다. 그런 그녀의 입술을 한 입에 삼키며 그가 그녀의 가는 허리를 힘껏 끌어안았다. 그리고 더욱 강하게 퍽퍽 소리를 내며 그녀 안으로 들어왔다. 온몸을 관통해 버릴 것만 같은 그의 격렬함에 루시아의 눈앞이 하얗게 변했다.

"흐아…… 아……. 아!"

그녀가 과도한 쾌감을 이기지 못하고 어린아이처럼 흐느끼자 그는 그녀의 다리를 더욱 넓게 벌리고는 더 깊게 들어와서 허리를 돌렸다. 아주 깊은 곳까지 연결되는 충만한 느낌! 강인한 그를 자신의 안에서 느끼자 미처 말하지 못한 그의 진심을 루시아는 온몸으로 알 수 있었다.

"하아, 흐헉!"

결국 그녀는 순식간에 절정에 도달하며 제 안에 있는 그를 힘껏 죄었다. 요동치는 내벽은 정말로 탐욕스럽게 그의 분신을 삼키며 그의 파정을 자극하고 있었다.

"하아, 루……."

그 역시 그런 그녀의 움직임에 헐떡거렸다. 그녀가 제 안을 적실 뜨거운 물보라를 기대하며 그를 부둥켜안았다.

"허억……!"

그러나 다시 거세게 자신의 안을 유린하는 율리우스의 움직임에 그녀는 깜짝 놀라 눈을 번쩍 뜨고야 말았다. 조각같이 아름다운 얼굴에서 끊임없이 땀방울 솟아나고 있었고 그의 너무나 뜨거운 눈빛에 루시아는 화상을 입을 것만 같았다.

"미안해!"

그가 그렇게 속삭이며 다시 그녀 안을 자극하자 루시아는 격렬한 쾌감의 파도에 삼켜졌다. 그가 미안하다는 듯이 그녀의 입술을 삼키며 더욱 허리를 잘게 떨고, 엄청난 속도로 그녀 안으로 파고들었다.

"하아……아아……앙!"

이성을 철저하게 날려 버리는 쾌감에 그녀는 그저 그에게 매달려 신음했다. 자신을 원하는 그에게서 떨어지고 싶지 않은 루시아였지만 계속 주어진 과도한 쾌감에 그만 정신이 혼미해지고 말았다. 마치 물에 빠져 허우적거리는 사람처럼 그가 주는 쾌락에 헐떡거릴 뿐이었다.

"읏!"

율리우스가 마침내 그녀 안에 자신의 절정을 풀어 놓으며 온몸을 부들부들 떨었을 때, 이미 루시아는 반쯤 정신을 잃고 그의 품안에 안겨 있었다. 땀으로 젖어 촉촉한 그녀의 표정은 부드럽게 풀어져 있었다. 사랑스런 그녀의 입술에 키스하며 율리우스 역시 눈을 감았다. 하지만 여전히 그는 그녀의 안에 있었다.

그렇게 잠깐 잠이 들었던 그가 깨어났을 때에도 루시아는 여전히 그의 품에 안겨 있었다. 율리우스의 넓은 가슴에 얼굴을 대고는 아기처럼 새근새근 잠이 들어 있었다. 이 평화로움이 좋아서 그는 한참을 가만히 있었다. 그렇게 점점 밝아 오는 새벽빛을 받고 있던 그는 그녀를 더욱 제 품에 당겨 안으며 속삭였다.

"하아, 이제 나는 어쩌면 좋을까?"

루시아가 어느새 깨어났는지 그의 품에서 얼굴을 들었다. 그리고 루시아는 아무런 말도 없이 그의 긴 이야기를 묵묵히 들었다. 파도에 휩쓸린 그를 구한 것은 리비우스였다. 율리우스가 따르지 말라 했으나 리비우스는 그를 누구보다 잘 알았기에 작은 배를 타고 대기하고 있었다. 처음에 그는 피를 너무 많이 흘린 데다 차가운 바닷물에 체온이 떨어져 무척 위험한 고비를 넘겨야 했다. 그나마 단검이 상처에 박혀 있었던 것이 불행 중 다행이었다. 그것이 출혈을 어느 정도 막아 주었던 것이다.

그리고 얼마 후 그는 자신이 죽은 것으로 알려진 것을 알았다. 그때 그는 로마에서 받았던 그의 이름을 버렸다. 이제 검으로 누군가를 공격하고 또 그렇게 원한을 만드는 일은 더 이상 하고 싶지 않았다. 이미 그는 데카이노스로 향하기 전 하드리아누스에게 뒷일을 부탁해 둔 상태였다. 그리고 몸을 추스르고 난 후, 이제야 겨우 사람들의 눈을 피해 루시아에게 올 수 있었던 것이다.

그의 긴 이야기를 조용하게 경청한 루시아가 올곧은 눈으로 그를 바라보며 진지하게 말을 이었다.

"이곳에는 도미누스도 노예도 없어요. 함께 어울려 사는 평범한 사람들이 있을 뿐이에요."

루시아가 아름다운 눈을 반짝거리며 설명했다. 자신만의 새로운 세상을 만들어 낸 여왕이었지만 지금 그녀는 처음 보았을 때처럼 사랑스러운 소녀였다. 그 가련함에 한 품에 끌어안고 보듬어 주고 싶었고, 그 사랑스러움에 아무리 저항해도 빠져들 수밖에 없었던, 율리우스만의 기억을 잃어버린 단 하나의 아름다운 소녀, 루시아!

"그러니 당신도 당신이 하고 싶은 것을 해요. 이젠 더 이상 어떤 의무나 책임 때문에 자신을 희생하지도 말고……."

율리우스는 그런 그녀가 눈이 부셔 황홀하게 응시하고 있었다. 이제 세월이 흘러 많은 것을 이해하고 아픔을 초월하게 된 그녀는 훨씬 경건하고 고귀한 아름다움을 뽐내고 있었다. 그건 단지 겉모습만이 아닌 고통을 겪고 단단해진 진주 같은 아름다움이었다. 그런 그녀 옆에 머물고 싶었다. 지금 그가 지닌 것은 아무것도 없고 단지 이 뜨거운 심장뿐이었지만 그녀가 허락한다면 그녀 곁에 있고 싶었다. 그것이 율리우스의 유일한 소망이었다.

인간의 영화가 얼마나 덧이 없던가? 한때 로마 제국의 최고의 지위에 올랐었지만 마음은 항상 공허했다. 그 모든 가치와 명예가 이제는 부질없었다. 그녀가 곁에 있었어도 사랑받지 못해서 외로웠다. 사랑하는 이가 없는, 아무도 자신을 안아 주지 않는 삶이란 아무런 의미가 없었다. 원망도 원한도 모두 강물에 흘려보내고 율리우스는 여기에서 루시아와 새로 시작하고 싶었다. 조금씩 조금씩 그녀에게 다가가고 싶었고 그녀를 사랑하고 또 그녀에게 사랑받고 싶었다.

"난, 당신 곁에 머물고 싶어."

율리우스의 머물겠다는 말에 루시아의 긴장했던 어깨가 아래로 축 처졌다. 그가 자신의 곁에 있는 것을 선택했다! 이제 두 사람은 함께 할 수 있는 것이다. 길고 긴 시간을 돌아서, 많이 아파하고 또 아주 많은 것들을 포기한 후에야……. 드디어 허락된 함께 할 수 있음에 루시아는 감동으로 먹먹해졌다.

"제발 울지 마, 루시아!"

안타까워하는 율리우스의 목소리에 루시아는 번쩍 고개를 들었다. 그의 커다란 손이 매우 부드럽게 루시아의 눈물을 닦아 주었다. 그제야 루시아는 자신이 눈물을 흘리고 있었다는 것을 깨달았다. 그의 손의 따뜻한 온기에 위안을 받으면서도 루시아는 눈물을 멈출 수가 없었다.

"아무것도 줄 것 없는 내가 너무 초라해지잖아."

율리우스가 미안해하는 목소리로 그렇게 속삭였다. 루시아는 그의 손을 떼어 내서 제 가슴에 가져다 대었다. 격렬하게 뛰고 있는 그녀의 심장박동을 그도 느꼈을 것이다. 그리고 눈물이 그렁그렁한 눈으로 그의 눈을 똑바로 바라보며 자신의 마음을 전했다.

"아무 말도 하지 않아도 돼요."

그의 눈빛이 여러 가지 감정으로 일렁거리고 있었다. 그녀를 만난 반가움, 그동안 보고 싶어 했던 그리움, 그리고 아무것도 줄 것이 없어 미안해하는 안타까움까지, 그리고 무엇보다 그녀에게만 받치는 순수하고 아름다운 애정, 수많은 감정들이 말이 되지 못하고 소용돌이치고 있었다.

"더 이상 무엇이 필요하겠어요? 지금 여기 당신이랑 내가 함께 있는데……."

다시 루시아의 루비 같은 아름다운 눈에서 눈물이 방울방울 흘러내렸다. 하지만 이 눈물은 기쁨의 눈물이었다. 긴 시간 그를 그리워하며 흘렸던 슬픔의 눈물이 아니었기에 루시아는 굳이 그것을 닦아 낼 생각도 하지 않고 그를 바라보았다. 율리우스의 눈빛이 무척이나 다정하게 그녀를 바라보았다. 그 눈빛 속에 빠져 죽더라도 행복할 것 같았다.

"제발 울지 마, 루시아, 사랑해! 네 눈물까지도……."

율리우스가 고개를 내려 부드럽게 그녀의 눈물을 핥았다. 마음까지 위로하는 다정함이었다. 하지만 루시아는 눈물을 멈출 수가 없었다. 그동안 서러웠던 시간만큼 그의 넓은 어깨에 기대어 위로를 받고 싶었다.

"흐흑, 율리우스, 율리우스!"

그녀가 그저 그의 이름만을 부르며 흐느끼자 율리우스 역시 울 것 같은 표정이 되었다. 이렇게 애틋하고 격렬하게 자신을 원하는 그녀가 사랑스러워 심장이 저릿했다. 그 오랜 시간 동안 자신을 잊지 않고 그 마음에 담아 주었다는 사실에 감동했다. 그 역시 그녀를 결코 잊지 못했다. 아니 잊을 생각조차 하지 않았다. 그녀는 얼어붙었던 그의 마음에 날아와 봄바람 같은 훈기로 그를 녹여 준 단 하나의 빛이고 생명이었던 것이다.

"제발, 루시아!"

율리우스의 안타까운 목소리에 루시아가 여전히 눈물을 그렁그렁 단 채 속삭였다. 수천 번의 외로운 밤을 서로를 그리워하며 보냈던 두 연인이 마침내 함께 있을 수 있게 된 것이다.

"그냥 꼭 안아 주세요. 서러웠던 시간만큼! 이젠 당신 없인 살 수 없어요."

그녀의 사랑스런 부탁에 율리우스는 몹시 감동한 표정으로 그녀의 두 뺨을 감싸고 촉촉한 입술에 경건하게 키스했다.

"루시아, 나는 당신만의 남자야."

자신의 심장을 꺼내 보여 줄 수 있다면 그녀에게 보여 주고 싶었다. 말만으로는 부족한 자신의 사랑을, 그녀를 위해서라면 아무것도 아깝지 않은 제 마음을 다 전달할 수 없어서 그는 그녀를 끌어안았다. 그녀 역시 율리우스의 목에 팔을 두르고 그의 귓가에 애절하게 속삭였다.

"사랑해요, 사랑해요, 흐흑, 율리우스, 사랑해요. 당신만을…… 흐흑…… 죽을 만큼 사랑해요!"

그녀가 그동안 아껴왔던 사랑의 말을 아낌없이 그에게 속삭여 주었다. 율리우스의 눈동자도 촉촉하게 젖어 들었다. 살면서 절대 듣지 못할 것이라 생각했던 그녀의 고백이었다. 그녀가 이렇게 애절하게 자신이 없으면 죽을 것처럼 매달리며 사랑한다고 말해 주니 율리우스는 모든 것이 꿈만 같았다.

"사랑해, 루시아, 사랑해!"

그동안 하고 싶어도 할 수 없었던 사랑의 밀어를 그들은 서로의 귓가에 마음껏 속삭였다. 그렇게 울고 웃으며 그들은 서로의 마음을 고백했다.

"나에게도 연인은 평생 당신뿐이에요. 그러니 이제는 제발 어디에도 가지 말아요."

아이처럼 그에게 애원하는 그녀였다. 그런 그녀가 사랑스러워 율리우스는 그녀를 제 품에 꼭 보듬어 안아 주었다. 그리고 따듯한 온기와 그녀의 향기, 다시 몸이 달아올랐다. 율리우스는 이제 망설이지 않았다. 그녀가 자신을 원한다는 것을 알았기에 제가 느끼는 감동을 그녀에게 온몸으로 전하고 싶었다. 곧 경건했던 입맞춤이 욕망을 자극하는 관능적인 것으로 변모한 것은 순식간이었다.

"이제는 내가 너의 노예가 되겠어. 이미 예전부터 내 마음은 너에게 포박되어 어찌할 수가 없었거든."

그의 고백에 루시아는 관능적인 미소를 지었다. 여왕 같은 미소를 지으며 그녀가 도도하게 명령했다.

"좋아, 이제부턴 내가 너를 돌봐 주지. 그럼 주인에게 충실히 봉사를 해보실까?"

그녀의 명령에 율리우스는 군말 없이 복종했다. 그녀가 원하는 것은 그도 원하는 것이었고 그녀가 원한다면 율리우스는 산이라도 옮길 기세였다.

"기꺼이, 주인님의 명령은 제 소망이기도 하니까요."

그렇게 속삭인 율리우스가 섹시하게 움직이기 시작했다. 누가 주인인지 알 수 없게 그녀는 곧 그의 열정에 푹 빠져버렸고, 어느 순간 그 무엇도 중요하지 않게 돼 버렸다. 그저 서로가 주는 열기에 아무런 제약 없이 빠져들었고 그것으로 충분했다.

"이렇게 제멋대로인 노예라니, 한 군단을 준다 해도 사양하겠어요."

루시아의 음성은 뾰족했지만 숨길 수 없는 웃음기를 잔뜩 머금고 있었다. 그에게 한껏 야하게 시달린(?) 이후 진이 빠져 버린 그녀의 귀여운 투정이었다.

"뭐라고? 한 군단이면 4,200명이나 되는데, 설마 남자가 나 하나로 부족한 거야?"

그의 커다란 손이 곧장 아직도 조금 전 사랑의 여파로 질척거리는 그녀의 꽃잎을 희롱하기 시작했다. 그가 위협하는 투로 으르렁거렸지만 그의 얼굴도, 루시아의 얼굴도 비어져 나오는 미소를 어찌할 수가 없었다.

다시 방 안은 두 사람의 교성으로 후끈 달아올랐다. 그녀도 그도 그저 지금은 서로를 애틋하게 탐하고 있었다. 그들은 알고 있었다. 두 사람이 어떠한 장애도 없이 서로 사랑할 수 있다는 것이 얼마나 축복이며 감격스러운 일인지 말이다. 루시아는 체력의 한계를 느끼면서도 기꺼이 그를 받아들였다. 아무래도 조심하지 않으면 과도한 쾌락으로 죽을지도 모르겠다며 행복한 걱정을 했지만 말이다.

"부족하지…… 하아…… 않아요. 당신 하나만으로도 나는 로마군 열 개 군단을 상대하는 기분이라고요."

농밀한 열락의 시간이 다시 조금 더 흐른 후 나른한 표정으로 그의 가슴에 볼을 기대고 루시아가 그렇게 속삭였다. 두 사람의 나신이 열락의 땀방울로 젖어 희미한 아침 햇살에 아름답게 반짝거리고 있었다.

그가 낮은 목소리로 쿡쿡거리고 웃었다. 그런 그의 떨림을 기분좋게 받아들이며 루시아는 그에게 조금 더 밀착했다. 율리우스가 커다란 손으로 그녀의 이마에 붙어 있는 젖은 머리카락을 다정하게 치워 주었다.

"5년 동안이나 세계 최강의 로마 군단을 괴롭힌 다키아 공주님의 말씀이니 어련하려고?"

그의 차가웠던 은회색 눈빛이 간질간질한 따뜻한 감정으로 일렁거렸다. 외로운 한 마리 늑대 같았던 그에게 루시아의 온기가 따스한 위로가 되었던 것이다. 율리우스는 그런 제 마음을 전하고 싶어 그녀의 입술에 부드럽게 키스했다. 항상 부족한 말보다는 이렇게 직접 그녀에게 제 마음을 전하는 것이 쉬웠다.

"달콤해요!"

그녀가 나른하게 웃으며 속삭였다. 그리고 그녀 역시 웃으며 장난처럼 그의 얼굴 여기저기에 짧은 키스를 했다. 서로의 몸을 이제 막 알아가는 귀여운 연인들처럼 그들의 서로의 온몸에 키스를 하기 시작했다. 입술이 닿을 때마다 피부에서는 짜릿한 감각이 솟아났다. 그러면서도 자꾸만 웃음이 나왔다.

"달콤한 것은 너야!"

그가 꿀이 뚝뚝 흐르는 목소리로 속삭였다. 루시아는 온통 달콤한 것을 모아서 만든 율리우스만을 위한 완벽한 여인이었다.

"안 됩니다, 드라고스 님!"

그렇게 장난치듯 서로에게 빠져 있던 두 사람은 바깥에서 들려온 다리우스의 음성에 화들짝 놀라 몸을 일으켰다. 율리우스보다 루시아가 더욱 신속하게 옷을 꿰입었다. 조금 전까지 열락에 지쳐 나른하게 누워 있던 그녀라고는 상상할 수 없을 만큼 민첩한 행동이었다. 그리고는 황급하게 방문 쪽으로 걸어가며 재빨리 율리우스에게 튜니카를 집어 던졌다. 율리우스가 그녀의 의도를 알아채고는 급히 튜니카를 입은 순간이었다.

"엄마아!"

아장아장 걷는 꼬맹이가 벼락처럼 방 안으로 들어오며 루시아의 품에 안겼다. 햇살처럼 반짝거리는 아이의 금발이 시리게 율리우스의 두 눈을 자극했다. 멍한 표정으로 루시아와 드라고스라 불린 꼬맹이를 바라보는 율리우스의 시선에, 방 밖에서 미안해하면서도 어쩐지 고소해하는 표정의 다리우스가 보였다.

'서, 설마?'

루시아는 사랑스런 표정으로 아이를 끌어안았다. 그 아이는 루시아를 꼭 닮은 아이였다. 엄마의 얼굴을 한 루시아는 사랑스러웠다. 다정한 눈빛으로 아이를 바라보고 있었다. 말하지 않아도 두 사람이 얼마나 강한 유대감을 가지고 있는지 알 수 있을 정도였다. 반면 아이는 루시아의 품에 안겨서도 부지런히 율리우스 쪽을 바라보며 호기심으로 눈동자를 반짝거리고 있었다.

"어, 저, 저기 소개할게요."

루시아가 어색한 음성으로 얼굴을 붉히며 말을 꺼냈다. 그러자 아이는 어미 품에서 벗어나 당당한 두 발로 서서 그를 똑바로 바라보았다.

"이 아이는 드라고스예요."

뭐라 대답도 못하고 인사도 없이 엉거주춤한 자세로 서 있는 율리우스였다. 아들을 보여 주느라 잔뜩 긴장한 루시아는 지금 율리우스가 충격으로 굳어 있는 것을 미처 파악하지 못했다.

"평화로운, 소중하다는 뜻의 이름이죠."

작은 녀석이 씩씩하게 제 이름의 뜻을 밝혔다. 맑고 투명한 빛으로 상대방의 영혼까지 뚫어보는 눈빛이 루시아와 닮아 있었다. 드라고스는 아장아장 걸어 율리우스에게 다가왔다. 아이가 조금씩 가까워질수록 율리우스의 심장이 더욱 거세게 요동치기 시작했다.

아이를 자세히 보고 싶다는 욕망과 과연 가까이 가도 되는지, 알 수 없는 두려움이 율리우스의 안에서 격렬하게 갈등하고 있었다. 그러나 자신에게 한 손을 내민 아이의 당당하면서도 깜찍한 모습에 율리우스는 저도 모르게 어색하게 손을 내밀었다.

"나, 나는…… 유, 율리우스라고 한단다."

율리우스가 제 안에서 요동치는 여러 복잡한 감정을 억누르며 간신히 제 이름을 밝혔다. 유난히 말을 더듬거리는 그의 모습이 무척이나 어색했다. 드라고스는 그 손을 강하게 꽉 움켜쥐었다. 아이답지 않은 힘과 그리고 자신을 애타게 바라보는 눈빛에 율리우스는 긴장했다. 동시에 그 온기에 깜짝 놀라면서도 율리우스는 아이가 매우 친근하고 사랑스럽게 느껴져 당황하고 말았다.

"엄마 사랑하는 거 맞지요?"

아이는 단도직입적으로 그렇게 물었다. 순간 율리우스는 움찔하고 말았다. 하지만 아이의 박력에 저도 모르게 율리우스가 고개를 끄덕였다.

"이제 절대 엄마가 떠나게 두지 않을 거죠?"

다시 드라고스가 답변을 요구했다. 거짓말은 용서하지 않겠다는 단호한 표정이었다. 그 단호한 입매가 루시아를 빼닮았다는 사실에 율리우스는 묘한 심정이 되었다.

"이제 곁에 있을 거야. 내 목숨이 다하는 날까지……."

드라고스의 진지한 표정에 율리우스 역시 아주 엄숙하게 대답했다. 커다란 체구의 남자와 그의 허리춤에도 오지 않는 작은 아이였지만 두 사람의 태도는 상당히 진지했다. 마치 남자 대 남자로 대화를 나누는 것 같았다. 그런 두 사람을 바라보며 루시아는 눈가가 촉촉해지는 것을 어찌할 수가 없었다.

"내 검에 걸고 맹세하마!"

율리우스의 다짐에 그제야 아이의 얼굴에 밝은 미소가 피어났다. 루시아를 꼭 닮은 천진한 미소였다. 처음 루시아를 보았을 때 심장을 베였던 것처럼 그는 드라고스에게 푹 빠지고 말았다. 그리고 자신의 심장에서 계속 간질거리며 움직이는 감정의 정체를 자연스럽게 받아들이기로 했다. 그는 드라고스를 사랑스럽다고 여기고 있었던 것이다. 루시아를 닮은 아이라면 율리우스는 사랑할 수밖에 없었다.

"그럼 이제 동생을 만들어 달라고 부탁해도 되죠, 엄마?"

드라고스의 천진한 음성에 율리우스는 깜짝 놀라고 말았다. 자신에게는 무섭도록 진지하던 아이가 제 엄마에게는 아기처럼 어리광을 부리고 있었다.

"드라고스!"

루시아 역시 무척이나 당황했는지 아이의 이름을 불렀다. 그러자 드라고스가 엄마를 바라보며 한쪽 눈을 찡긋했다. 율리우스는 그제야 그 아이의 오른쪽 귀 모양을 알아보았다. 자신의 가족들에게만 나타나 남자들에게만 전해지는 그 모양. 자신의 것과 꼭 닮은 아이의 귀 모양이었다. 그리고 아이의 표정과 몸짓이 아주 오래전 가슴에 묻은 어린 제 동생을 보는 것 같았다.

"그리고 이제는 아빠라고 불러도 되죠?"

아이가 던진 말이 생각보다 큰 파장을 일으켰다. 루시아가 놀라

숨을 '헉' 하고 들이켠 것보다, 율리우스가 제 심장을 부여잡고 바닥에 주저앉은 것이 먼저였다. 율리우스는 과도한 기쁨이 이렇게 충격을 줄 수 있다는 새로운 사실에 놀랐다. 하지만 다리를 휘청거리게 만드는 이 충격은 무척이나 달콤한 것이었다. 자신은 아빠가 된 것이었다! 그 사실의 의미를 이제야 제대로 이해하게 된 율리우스였다. 너무 강한 충격에 혼이 나가서 그 의미마저 잊고 있었다.

"아빠, 괜찮아요?"

드라고스의 천연덕스러운 물음에 율리우스는 뭐라 대답도 하지 못하고 그저 고개만 끄덕였다. 그리고 곧 그는 자신의 손등에 떨어지는 것이 자신의 눈물이라는 것을 알았다. 모든 일이 믿기지가 않았다. 오늘 자신에게 주어진 이 기적 같은 진실에 그저 율리우스는 온몸으로 감동할 수밖에 없었다.

"아빠?"

아이의 걱정스런 물음에 율리우스는 아이를 한 품에 끌어안았다. 아이의 건강하고 따듯한 체온이 자신의 품 안에서 죽어가던 동생을 다시 찾은 것만 같았다. 그리고 율리우스는 처음으로 신이 존재한다면 기도를 하고 싶었다. 자신에게 생긴 이 기적은 신의 섭리라고 생각할 수밖에 없었던 것이다.

"고, 고맙다."

떨리는 음성으로 건넨 그의 감사 인사의 의미를 루시아만은 이해했다. 지금 그에게 다시 가족이 생긴 것이다. 떨어져 있던 동안 자신과 그를 이어 주었던 드라고스에게 그는 진심으로 감사 인사를 하고 싶었던 것이다.

루시아 역시 자신이 이 세상에서 가장 사랑하는 두 사람을 한 품에 끌어안았다. 루시아의 품 안에서 하염없이 눈물을 흘리는 거구의 남자와 그 품에서 또 이리저리 답답한 듯 꼼지락거리는 드라고스까지, 그렇게 가족은 하나가 되었다.

에필로그: 그리고…… 세월이 흐른 후

지중해를 거쳐 로마로 향하는 동방의 많은 상인들뿐만 아니라 반대로 향하는 로마의 상인들에게도 무척이나 유명한 커플이 있었다. 지중해의 작은 중립 지역, 데카이노스, 그 섬에는 자신의 아내를 마치 여신처럼 대하는 태양신을 닮은 남자가 있었다. 그의 아내는 윤기 나는 검은색 머리와 루비같이 예쁜 눈을 가진 여인으로 유명했다. 그녀가 남편에게 보내는 사랑이 가득한 아름다운 미소를 보면 모든 사람들이 진심으로 그를 부러워할 수밖에 없었다.

서로를 바라보는 뜨거운 눈빛과 그 안에 가득 찬 애정은 보는 사람마저 행복하게 만들곤 했다. 또한 그들에게는 금발의 잘생긴 아들들과 흑발을 지닌 귀여운 딸들이 있었다. 그들이 옹기종기 모여서 지중해의 햇살을 즐기는 모습은 마치 천국에서 노니는 천사들을 보는 것처럼 황홀하면서도 아름다웠다. 오늘도 막 여름이 시작되는 지금, 아름다운 가족은 해변에서 평화로운 시간을 보내고 있었다.

"으애앵……!"

막내딸의 커다란 울음소리에 율리우스가 허겁지겁 아이에게 달려왔다. 이제 막 걸음마를 배워 아장아장 귀엽게 걷는 아이의 이름은 일리아였다. 율리우스가 지어 주었던 루시아라는 이름을 다시 쓰는 아내를 위해서, 율리우스는 그녀의 소중한 본래 이름을 막내딸에게 주었던 것이다.

"왜 그러지, 우리 공주님?"

멋있고 잘생긴 아버지가 훌쩍 아이를 안아 올렸다. 작은 손으로 제 아비의 목을 답싹 끌어안으며 아빠의 넓은 어깨에 머리를 묻고, 일리아는 하소연하기 시작했다.

"흑흑, 드라고스 오빠가…… 크윽…… 흑, 저기…… 흐엉……."

무척이나 서러웠는지 일리아는 훌쩍거리며 말을 제대로 잇지 못했다. 율리우스는 아이의 떨리는 등을 부드럽게 쓰다듬어 주며 참을성 있게 아이의 다음 말을 기다렸다.

"나만…… 흑, 머리색이…… 다르다고…… 흐엉……. 나는 주워 온 아이라고……. 흐헝…… 아빠……."

일리아는 제 아버지의 넓은 어깨에 얼굴을 묻고 서럽게 울었다. 율리우스가 짧은 한숨을 쉬며, 어깨를 으쓱하는 장남과 눈을 맞추었다. 제 아비를 꼭 닮아 키가 훌쩍 크고 눈부신 금발을 지닌 멋진 미소년이었다. 하지만 약간 짓궂은 것이 단점이라고나 할까? 다정하면서도 장난이 심해서 가끔 이렇게 일리아를 울게 만드는 것이었다.

"일리아, 괜찮아."

율리우스는 아이를 제 품에 끌어안고 부드럽게 속삭였다. 드라고스와 그 아래의 남자 쌍둥이들은 그를 닮아 모두 금발이었고 넷째와 바로 연년생인 다섯째 딸들은 엄마를 꼭 닮은 흑발이었다. 하지만 막내인 일리아는 금발도 흑발도 아닌 연한 갈색머리였던 것이다.

"흐엉, 아빠, 나…… 정말 주워 온 거야? 흐흐흑, 흐엉?"

일리아는 몸을 부들부들 떨며 아빠에게 매달렸다. 누구보다 루시아를 많이 닮아서 모두의 사랑을 넘치게 받고 있는 일리아였다. 누구보다 제 아빠를 좋아하는 일리아는 자신이 가족이 아닐지도 모른다는 말만으로도 몸이 떨릴 정도로 두려워했던 것이다.

"아니야, 일리아."

율리우스는 울고 있는 일리아가 가여우면서도 천진난만한 아이가 너무나 사랑스러워 작은 미소가 지어지는 것을 어찌할 수가 없었다. 애써 미소를 감추고 율리우스는 최대한 진지한 음성으로 일리아에게 말을 걸었다.

"자, 일리아, 아빠가 이야기를 하나 해 주마."

율리우스는 작은 일리아를 제 무릎에 앉히고 이야기를 시작했다. 어릴 때 남들과 다른 아이가 있어서 모두의 놀림감이 되었다고, 하지만 그 아이는 자신이 남들과 다르다는 것을 알고 더욱 열심히 노력했다고, 일리아는 눈에 눈물을 그렁그렁 담고 아빠의 이야기에 집중하고 있었다.

"그래서, 그래서 어떠케 되써?"

일리아가 혀짤배기소리로 아빠를 채근했다. 집중해서 이야기를 듣는 아이의 진지한 눈을 바라보며 율리우스는 한껏 미소를 띠며 속삭였다.

"나중에 그 아이는 백조처럼 이 세상에서 가장 아름다운 숙녀가 되었단다."

율리우스의 말에 일리아의 눈동자가 별처럼 초롱초롱하게 반짝거렸다.

"저, 정말이야?"

아이의 매달리는 표정이 너무나 사랑스러웠다. 자신에게 애절하게 매달리던 기억을 잃었던 루시아의 눈빛 같았다. 이 눈빛에 언제나 약한 율리우스였다.

"나도 그러면 아빠처럼 멋찐 왕자님을 만날 쭈 이써?"

제 아빠를 가장 이상적인 남자로 생각하는 일리아의 귀여운 소망이었다. 얼마 전 아빠랑은 결혼할 수 없다는 드라고스의 말에 며칠을 풀이 죽어 있던 일리아는 이제 아빠 같은 왕자님과 결혼하겠다고 목표를 바꾼 상태였다.

"그럼, 아빠가 언제 거짓말하는 것 봤어?"

율리우스가 어깨를 으쓱하며 한쪽 눈을 찡긋하자 일리아는 머리를 붕붕 내저었다. 저에게 보여 주는 아이의 무한한 신뢰와 애정에 율리우스의 가슴이 저릿했다. 무럭무럭, 새털같이 따뜻하고 행복한 기운이 율리우스를 포근하게 감쌌다.

"그러니까 울지 않아도 돼. 남들과 다른 것은 행복이란다. 그건 네가 아주 특별하다는 의미니까! 그리고 누가 뭐래도 아빠에게 일리아는 정말 사랑스러운 딸이란다."

일리아는 밝은 얼굴로 고개를 끄덕이더니 곧장 일어나서 제 오빠에게 달려갔다. 그리고 열심히 드라고스에게 아빠에게 들은 이야기를 해 주었다. 심드렁한 표정을 짓는 드라고스였지만 그래도 끝까지 일리아의 이야기를 참을성 있게 듣는다. 그리고 엄마인 루시아만큼 일리아의 혀짤배기소리를 잘도 알아듣고 대꾸도 해 주었다.

이러니저러니 해도 일리아가 가장 좋아하는 드라고스였고, 드라고스 역시 막냇동생을 가장 사랑했다. 결국 드라고스가 작은 일리아를 훌쩍 안아 올려 목마를 태워 주자 일리아는 까르륵하고 즐겁게 웃었다.

"뭐를 보고 계세요?"

율리우스는 활짝 웃으며 제 곁에 다가온 루시아를 한 품에 끌어안았다. 그의 시선을 따라 움직이던 루시아 역시 사랑스러운 드라고스와 일리아를 보고 미소를 지었다. 그렇게 두 사람은 말없이 아이들을 바라보고 있었다. 사내아이들의 금발 머리가 햇빛에 찬란하게 반짝거렸고 흑발의 소녀들은 천사처럼 사랑스럽기만 했다.

"참 행복해요."

그의 굵은 허리를 끌어안고 넓은 가슴에 살포시 머리를 기대며 루시아가 속삭였다. 그런 그녀의 정수리에 제 입술을 찍으며 율리우스도 대답했다.

"나도!"

저무는 해가 데카이노스의 해변을 붉은빛으로 물들였고 그곳에는 서로를 지극히 사랑하는 평범한 가족이 있었다. 아마도 더 오랜 시간이 흘러 더 많은 가족이 생겨도 이들의 평범한 행복은 변하지 않을 것이었다.

[The end.]

작가 후기

이번에는 서양풍에 로마 시대가 배경입니다! 이제 아시는 독자분은 아시겠지만 저는 역사를 무척 좋아합니다. 그래서 항상 작품의 컨셉을 정하고 나면 그에 어울리는 시대와 배경을 정하는데 많은 시간을 할애하곤 합니다. 그런데 제가 이 과정도 무척 좋아합니다. 그러다 보니 이번에도 리서치가 도통 끝날 생각을 하지 않아서 힘이 들었습니다. 자료는 컴퓨터에 넘쳐 나고, 빨리 작품을 쓰기 시작해야 하는데, 하나를 읽고 나면 또 궁금한 것이 생겨서, 근 한 달을 또 로마 시대 삼매경에 빠지고 말았습니다.

사실 본래 설정은 여주인공인 루시아가 복수를 위해서 기억을 잃은 체하고 율리우스의 곁에 머무는 것이었습니다. 율리우스도 그것을 알고 있었지만 복수가 끝나고 삶이 허무해져서 그녀의 손에 죽어도 좋다는 심정으로 곁에 둔다는 설정이었죠. 즉, 시작은 잔혹하면서도 에로틱한 복수극을 꿈꾸었죠. 네, 서로 미워해야 하는데, 좋아서 엄청 야해지는 것을 피할 수 없는 금단의 설정이었습니다. 그리고 시대 배경도 지금보다 한 100년 정도 빠른 초대 아우구스트 황제 시절 토이토부르크 전투였고요. (토이토부르크 전투는 대신 짧은 이북으로 인사드릴까 생각 중입니다.)

그런데 어찌하여 루시아를 정말로 기억상실 한 것으로 설정을 바꾸다 보니 처음에 생각했던 시놉과는 다소 다른 흐름이 되어 버렸습니다. 뭐, 삶이 항상 계획대로 흘러가는 것은 아니니까요. 기억을 잃은 남주가 자아를 찾아서 떠나면 하염없이 같은 자리에서 기다리는 여주인공들에게 실증이 나서, 이번에는 반대로 여주가 떠나고 남주가 기다리는 설정은 어떨까 하는 생각 때문이었습니다.

그랬더니 한 가지 문제는, 이 두 주인공들이 저의 허락(?)도 없이 마구 자기들끼리 미리 달콤해지는 겁니다. 쓰면서도 어느 날은 '아니 이분들 왜 이리 달콤, 꿀 뚝뚝이지?' 라고 생각하며 자판을 두드리는 거죠. 본래 '분명 이게 아니었는데.' 하면서도 숨 가쁘게 저는 달콤해지는 연인들을 쫓아 갑니다. 물론 작가로서 이들을 한 번 고난에 빠뜨릴 음흉(?)한 간계를 숨기고 말이죠!

하지만 쓰고 나니 이것도 나쁘지는 않았네요. 아니, 사실은 좋았습니다. 저는 율리우스가 서투르게 루시아에게 다가가는 모습이 상당히 귀여워서 좋았습니다. 그리고 망설이지 않고 직설적으로 사랑 고백하는 것도 사랑스러웠고요. 서로가 서툴러서 고민도 하고, 민망해하기도 하면서 사랑에 빠지는 연인들을 보는 것은 심장이 새콤달콤해지는 기분이었습니다.

심장이 떨릴 정도로 달콤한 첫키스, 서투른 애무, 숨이 멎어 버릴 것 같은 첫 경험, 사랑하는 귀여운 연인들이 하나씩 하나씩 야한(?) 신세계를 발견해 나가는 과정을 그려보고 싶었습니다. 그러다 보니 사실은 중간에 떠나려는 루시아를 율리우스가 야하게 엄청 괴롭히게 만들려고 했는데, 결국 많이 괴롭히지는 못했습니다. 아무래도 저는 다정하고 친절한 남주에 대한 애정을 끊을 수가 없나 봅니다.

작품에 등장하는 많은 시대 배경과 등장인물들은 실존역사 및 인물들입니다. 다키아 원정도 파르티아 원정도 실제로 있었던 일입니다. 그리고 작중에서 언급한 대로 로마가 이렇게 잔인하게 상대방을 무자비하게 정복한 것도 다키아가 거의 유일한 케이스였고요. 수많은 조연들인 트라야누스 황제, 그의 아내인 플로티나, 조카딸인 마티디아, 하드리아누스 황제 등등 모두가 역사의 한 페이지를 장식했던 이들입니다.

다만, 사과를 드리고 싶은 분들이 있습니다. 설정상 작품 속에서는 플로티나 황후와 마티디아가 약간 정치에 나서는 것처럼 나왔는데 실제로 이들은 아주 조용하게 문제를 일으키지 않고 지고의 황제의 시대를 살아갔던 현명하고 우아한 여인들입니다. 설정을 위해 제게 희생(?)당하신 두 분께, 이 자리를 빌려 죄송하다는 말씀을 드립니다.

항상 말씀드리듯이 제 작품을 읽어 주신 독자님께 감사드립니다.

독자님들이 주신 피드백은 매번 꼼꼼히 읽고 있습니다. 이제 더운 여름이 지나고 시원한 가을바람이 불어올 때 여러분의 손끝에 제 책이 들려 있었으면 하는 작은 바람입니다. 그리고 책이 나올 수 있도록 도와주신 모든 분들께도 역시 감사드립니다. 항상 행복하세요!

2018년 10월, 이수현 드림